LES INVISIBLES

Titre original : *I Am The Ghost In Your House*
Édition originale publiée aux États-Unis par Delacorte Press,
une marque de Random House Children's Books Group,
un département de Penguin Random House LLC, New York.

Slalom, un département d'Édi8
92 avenue de France, 75013 Paris
www.slalom-editions.fr
Correction : Krysia Roginski
Couverture : Germain Barthélémy

Loi n° 49-956 du 16 juillet 1949 sur les publications destinées à la jeunesse, modifiée par la loi n° 2011-525 du 17 mai 2011.
ISBN : 978-2-37554-345-0
Achevé d'imprimer en France en avril 2022
par Normandie Roto Impression s.a.s. (2201720)
Dépôt légal : avril 2022

MAR ROMASCO-MOORE

LES INVISIBLES

Traduit de l'américain
par Laure Jouanneau-Lopez

Slalom

West Palm Beach, Floride

Quand elle était enceinte, ma mère était terrifiée à l'idée de mettre au monde une enfant normale.

Elle a accouché à Palm Beach, dans la baignoire d'une maison de vacances qui appartenait à des gens riches. Le robinet en imitation or avait la forme d'un cygne au bec grand ouvert – on aurait dit qu'il crachait de l'eau.

L'été était terminé, la demeure était vide, ma mère seule. Alors elle a hurlé quand la douleur est apparue.

Elle m'a dit qu'elle n'avait pas crié sans retenue depuis des années, et que ça faisait le plus grand bien d'expulser sa peur, lovée à mes côtés comme une sœur jumelle pendant des mois et des mois.

Ma mère était passée à l'hôpital quelques jours plus tôt, mais pas en tant que patiente. Elle était entrée en douce et s'était servie en désinfectant, gants en latex et médicaments. Elle était prête à couper le cordon ombilical elle-même. Elle avait regardé une vidéo sur Internet.

J'ai fini par sortir et elle m'a soulevée, exténuée, avec ses gants. Elle était soulagée d'entendre ma respiration, et encore plus de voir, bien définis à travers la peau de mon ventre, les contours du robinet derrière moi.

J'étais transparente, en bonne santé, et le cygne doré hurlait sans bruit dans mon estomac.

« J'étais tellement heureuse », m'a raconté ma mère. Parce que j'étais invisible comme elle, ou parce que la douleur de l'accouchement était finie, qui sait. En revanche, je ne crois pas une seule seconde qu'elle était heureuse de m'avoir.

Elle m'a appelée Pietà, « pitié » en italien.

1

Le train pour Pittsburgh allait à reculons, annulant toute la distance qu'on venait de parcourir.

Ma mère s'était endormie la tête contre la vitre. Je voyais à travers son corps transparent le paysage défiler en marche arrière. Les images se succédaient sur son visage : un bout de ciel, des troncs d'arbres et des flancs de montagnes qui lui donnaient un air agité.

— Maman, ai-je murmuré en lui donnant un petit coup de coude.

On avait prévu de s'arrêter un jour et une nuit à Pittsburgh avant de prendre le train pour New York, et j'avais hâte. Peur, aussi, qu'on n'arrive jamais. Mais bon, ce n'était pas comme si on avait acheté les billets. Ma mère et moi, on n'en avait pas besoin.

Il fallait juste faire attention à ce que personne ne s'assoie sur nous.

Le soleil se levait. Par la fenêtre, j'ai aperçu le fleuve qui, une demi-heure plus tôt, s'était fondu dans le ciel de la nuit. Il était désormais vert et brumeux, la surface accidentée par des rochers rougeâtres, avec des traînes d'écumes délicates comme de la dentelle. Tout paraissait bien net dans la lumière du matin – la fenêtre du train était mon écran de cinéma. Mais le film n'avait aucun sens, il était expérimental et plein d'audace. Sans réel scénario.

À côté de moi, ma mère s'est retournée en grognant doucement.

— On va dans la mauvaise direction, lui ai-je dit.

— Il y a sûrement un train de marchandises sur la voie.

Puis elle a agité une main dédaigneuse.

— Ils ont la priorité.

Sur le siège derrière nous, un enfant s'est mis à pleurer. J'avais envie de pleurer, moi aussi. C'était égoïste, et stupide, mais j'avais l'impression que, peut-être, l'univers complotait pour me tenir à distance de Pittsburgh. La dernière fois qu'on y était allées, deux ans plus tôt, les choses s'étaient très mal terminées. Par ma faute. Et maman avait déclaré qu'on n'y retournerait jamais, jamais de la vie – c'était sans appel.

Mais moi, je voulais y aller. C'est ce que j'avais désiré tous les jours pendant deux ans.

Il y avait, dans cette ville, une personne que je devais voir.

— Je ne me sens pas bien, a dit ma mère, toujours recroquevillée, la tête contre la vitre. Sois gentille, va me chercher un soda.

— Ok, j'y vais tout de suite.

Quand maman avait fini par céder et donner son accord pour faire un bref détour par Pittsburgh, je m'étais dit que c'était trop beau pour être vrai.

Aujourd'hui, à la condition que le train se mette enfin à avancer dans le bon sens, on allait faire escale dans la ville mondialement connue pour ses nombreux ponts, avant d'aller à New York le lendemain pour célébrer mon jour préféré de toute l'année. Pas mon anniversaire, non – déjà passé. C'était bien mieux, d'ailleurs, que ça ou Noël.

Halloween. L'unique moment de l'année où on pouvait me voir.

Ce n'était pas une histoire de magie. Simplement, Halloween est le seul jour du calendrier où on peut porter un masque recouvrant tout le visage sans que personne ne se sente en danger de mort. Les gens voyaient le masque, pas mon visage.

Je suis née invisible.

Vraiment invisible. Pas juste timide, ou quelconque. Pas non plus façon super-héroïne : impossible d'activer ou de désactiver ce pouvoir.

Personne au monde n'a jamais vu mon vrai visage, sauf ma mère, invisible elle aussi. Elle me voit telle que je la vois, et telle que je perçois mon propre reflet dans le miroir. Comme si j'étais faite de verre ou d'eau. Dénuée de substance. Une fille qui pourrait se briser ou s'évaporer, au choix.

Pour tous les autres, je ne ressemble à rien du tout.

Je n'ai jamais eu ni travail, ni voiture, ni amis.

Ma mère et moi on vagabonde, on prend ce dont on a besoin, on vit dans les maisons des autres comme des fantômes.

Et de fait, on nous a officiellement exorcisées à six reprises.

Dans le train qui allait à reculons, je me suis levée et frayée un chemin dans l'allée. On prenait le train pour des raisons de place. Les bus étaient des boîtes de sardines. Les avions, encore pires, j'imagine.

J'ai pressé avec mes gants la porte automatique au fond de la voiture. On est invisibles mais bien solides. Une porte ne fait aucune différence entre une personne normale et moi. Une vieille dame qui appartenait sans doute aux mennonites[1] a relevé la tête alors que la porte s'ouvrait avec fracas pour ne laisser passer personne – à ses yeux –, mais à cette heure-là, la plupart des passagers dormaient encore.

Dans le no-man's-land des plateformes étroites entre les voitures, le grondement jusqu'alors discret du train devenait un rugissement métallique, une plainte sifflante. Quand les trains sont bondés, ma mère et moi on est parfois obligées de passer la majeure partie du voyage dans ces espaces de chaos, où le sol, le plafond et les parois s'entrechoquent sauvagement, où le vent s'engouffre toujours pour faire partie du voyage.

Dans le wagon-bar, un contrôleur mangeait un croissant, assis sur une banquette bleue. Il a froncé les sourcils en me regardant sans me voir alors que j'entrais.

— La porte est cassée ? a-t-il demandé au serveur, qui a haussé les épaules en guise de réponse.

Le train s'est arrêté brutalement, j'ai perdu l'équilibre et ma hanche s'est cognée contre une banquette. Le contrôleur a grommelé quelque chose à propos de « ces foutus trains de marchandises ».

Je me suis faufilée derrière lui pour atteindre le bar et j'ai retiré mes gants. Je les avais piqués dans une friperie à Chicago : ils étaient en soie, couleur lilas, avec des boutons nacrés.

---

1. Mouvement évangélique.

Quand le barman s'est penché pour nettoyer le micro-ondes, je me suis hissée sur le comptoir et j'ai tendu ma main nue vers les canettes de soda posées sur l'étagère. Au moment où mes doigts en ont effleuré une, elle a perdu sa consistance, elle est devenue translucide, aussi transparente que moi. Si le contrôleur et le barman avaient regardé dans ma direction, ils l'auraient vue disparaître.

C'est comme ça que ça fonctionne. Voilà pourquoi je porte toujours des gants. Tout ce qui entre en contact avec ma peau nue devient invisible. Pour Halloween, je dois porter deux masques l'un par-dessus l'autre, car le premier disparaît.

Ma mère dit qu'on contrôle ce pouvoir jusqu'à un certain point, même si c'est inconscient. C'est un réflexe, comme sursauter quand quelqu'un vous frôle. Parfois, elle arrive à le maîtriser un tout petit peu si elle se concentre très fort – par exemple, elle peut rendre invisible une seule partie d'un objet – mais moi, je n'ai jamais réussi.

Je me suis glissée hors du wagon-bar avec le soda en main. Dans mon dos, le contrôleur a maudit le « tas de ferraille ». Le train était encore à l'arrêt complet.

Quand je suis arrivée à son niveau, ma mère était pliée en deux sur son siège, la tête entre les mains.

— Maman ? ai-je demandé tout bas.

Elle a levé les yeux, livide – c'est-à-dire plus transparente que d'habitude. Derrière elle, j'ai aperçu par la fenêtre un faucon se poser sur un arbre, et se nicher par la même occasion au creux de son œil droit.

La plupart du temps, on ne renvoie pas du tout de lumière, même si ma mère prétend que si on se tenait parfaitement immobiles contre un mur blanc, un observateur attentif pourrait déceler dans l'air la tache un peu plus foncée de nos pupilles. Mais elle et moi, on perçoit une partie du spectre inaccessible au commun des mortels. Ce qui signifie qu'on voit bien dans le noir, car il y a un halo infrarouge autour de tout être vivant, et de toute source de chaleur. Voilà pourquoi je peux la voir, même très légèrement, et vice-versa.

Il en a toujours été ainsi.

Je lui ai tendu la canette mais elle s'est détournée, toujours aussi pâle, les mains crispées sur son ventre. Je croyais qu'elle allait vomir, mais je me trompais.

Car elle a disparu.

Une petite ville aux alentours du lac Michigan

Contrairement à moi, ma mère n'est pas née invisible. C'est arrivé, comme une maladie, quand elle était adolescente. À dix ans, m'a-t-elle raconté, elle est devenue invisible pour la première fois pendant une sortie au lac. Elle se souvenait d'être au bord de l'eau. Son père criait son prénom quelques mètres plus loin, mais ses yeux passaient sur elle sans la voir. Pendant un instant inestimable, elle avait été en sécurité.

Au début, l'invisibilité prenait effet sans crier gare, et durait quelques heures avant de s'estomper. La longueur et la fréquence se sont intensifiées au fil des années, jusqu'à ce que ça devienne permanent à l'âge de quatorze ans. Irréversible.

Non pas qu'elle avait un quelconque désir de revenir à la normale.

Ma mère était convaincue que c'était un mécanisme de défense. Un camouflage de protection. Parce que déjà à son âge, on l'avait regardée telle qu'elle ne voulait pas être regardée.

Je n'ai jamais rencontré mes grands-parents et je ne les rencontrerai jamais. Ma mère n'aime pas parler d'eux. Ils n'étaient ni de bons parents, ni de bonnes personnes.

À quatorze ans, dès qu'elle a pu se cacher et partir, elle a sauté sur l'occasion. À partir de ce moment-là, ma mère s'est débrouillée seule et s'est mise à hanter les maisons des riches, en volant pour subvenir à ses besoins. Elle n'a jamais fini le lycée, mais dévorait des livres et assistait à certains cours à l'université. Elle apprenait tout ce qu'elle pouvait, elle voyageait. Elle était autonome. Et seule.

Sans compter, bien sûr, les cinq années passées avec mon père, à voler des œuvres d'art à l'étranger.

Elle disait qu'elle regrettait.

« Ne tombe jamais amoureuse, répétait-elle constamment. Ça n'en vaut vraiment pas la peine. »

Trop tard.

2

Je fixais le siège vide à côté de moi, dans le train qui était censé nous emmener à Pittsburgh, mais qui en cet instant précis n'allait absolument nulle part.

Ma mère est morte. C'est la première pensée qui m'est venue à l'esprit. Ça n'avait pas de sens, pas plus que ce qui venait de se dérouler sous mes yeux.

Peut-être était-ce ce qui arrivait quand les gens comme nous mouraient. J'avais toujours pensé que ce serait comme pour tout le monde, mais je n'en avais jamais eu la preuve.

Ma mère ne savait pas s'il existait d'autres personnes invisibles. On n'en avait jamais rencontré. On pouvait tout aussi bien être deux. Seules au monde.

Même si ce n'est pas exactement exact. Elle m'avait, et vice-versa.

Mais c'était tout.

Paniquée, j'ai agité mes mains à l'endroit où ma mère s'était assise. L'espace n'était pas vide. Mes doigts se sont écrasés contre son épaule.

Elle est redevenue visible petit à petit.

— Tu m'as frappée, a-t-elle lancé, les sourcils froncés.

Je l'ai fixée, bouche bée. Une seconde plus tard, elle était pliée en deux et vomissait par terre.

On communiquait toujours à voix basse dans les trains. Le sifflement de l'air et le fracas des roues sur les rails suffisaient généralement à couvrir nos paroles. Mais là, les haut-le-cœur de ma mère étaient bruyants. Une forte odeur âcre est arrivée à moi.

— Oh non ! a dit une femme assise derrière nous. Riley, tu es malade ?

— Nan-nan, a répondu un enfant de l'autre côté de l'allée centrale.

J'ai rangé le soda dans mon sac. Ma mère avait élaboré tout un système des années plus tôt : on découpait des fentes dans nos T-shirts au niveau des épaules, puis on y passait les bretelles de nos sacs à dos pour qu'elles restent en contact permanent avec notre peau et gardent le contenant (et le contenu) invisibles.

Ma mère s'est essuyé la bouche d'une main tremblante. J'ai désigné l'arrière de la voiture. Elle a acquiescé et m'a suivie le long du couloir avant d'entrer avec moi dans une grande cabine de WC. J'ai fait coulisser la porte, qui était lourde, puis j'ai fermé le loquet.

— Mais qu'est-ce qu'il se passe ? lui ai-je demandé en essayant de contrôler ma voix.

Elle s'est adossée au mur à côté du lavabo, les yeux fermés, une main sur l'estomac. Sous nos pieds, le train se remettait en branle. Dans la bonne direction cette fois, il me semblait.

— M'man ?

Elle a ouvert les yeux et s'est penchée au-dessus du lavabo, les deux mains prêtes à recueillir l'eau du robinet.

— Fais-le couler, s'il te plaît.

Je voulais dire non, lui crier dessus pour qu'elle comprenne qu'elle m'avait fait peur, mais j'avais bien conscience que ce serait égoïste, et digne d'une gamine. J'avais dix-sept ans, j'étais presque une adulte, alors j'ai tendu la main pour ouvrir le robinet. L'eau a coulé goutte à goutte, s'accumulant lentement dans les paumes translucides de ma mère, qui s'est rincé la bouche. Une fois, deux fois.

— Je suis désolée, mon cœur, a-t-elle finalement lâché en se redressant. Je crois que j'ai le mal des transports.

Un énorme bobard. J'avais pris le train avec elle toute ma vie, et ça n'était jamais arrivé. Des voyages de plusieurs jours, parfois. Voire plusieurs semaines.

— Tu as disparu, ai-je dit sur un ton accusateur.

— Oh.

Plusieurs expressions sont passées, les unes après les autres, sur son visage.

— Je ne m'en suis pas rendu compte.

Moi, si, en revanche. Et j'avais bien déchiffré ce grand déploiement d'émotions. Elle n'était ni sous le choc, ni en panique. Elle savait très bien. Ce n'était pas la première fois. J'ai senti la colère monter en moi.

— Ça t'est déjà arrivé ? ai-je demandé, plus fort que d'habitude, assez pour qu'on m'entende.

Je savais que ce n'était pas juste : elle était malade, de toute évidence. Quelque chose clochait. J'aurais dû être gentille avec elle, et non hors de moi.

Elle a froncé les sourcils et contemplé un moment la possibilité de mentir, ce qui me suffisait comme réponse.

— Quand ça ? ai-je exigé. Et pourquoi tu ne m'en as pas parlé ?

— Baisse d'un cran.

— Ce n'est pas moi qui ai vomi assez fort pour en faire profiter la rame entière, hein.

Elle a poussé un soupir et s'est frotté les yeux. Était-elle plus translucide que d'habitude ? C'était bien possible. Je pouvais lire sans problème l'écriteau accroché derrière son épaule gauche : POUR LE CONFORT DE TOUS, VEUILLEZ LAISSER CET ENDROIT TEL QUE VOUS AIMERIEZ LE TROUVER.

— Qu'est-ce qui t'arrive ? ai-je demandé.

— Tout va bien, a-t-elle répondu.

Encore un mensonge éhonté.

— J'ai simplement besoin de repos.

On avait beaucoup voyagé ces derniers temps, ce n'était pas faux. Mais ce n'était pas exceptionnel non plus.

On est, par nature, des êtres tourmentés. On erre d'une maison à l'autre, de ville en ville. Nos séjours ont une durée limitée, les gens finissent par nous remarquer. Même quand on trouve une maison vide, il y a toujours le risque du retour des propriétaires, de l'arrivée des nouveaux acheteurs, ou (précisément comme c'est déjà arrivé) celui de se faire tirer du lit par un boulet de démolition traversant la fenêtre.

— Tu ne vas pas bien, lui ai-je dit. C'était flippant.

Un euphémisme.

— Pie.

C'était le nom que je m'étais choisi – celui qu'elle m'avait donné était trop déprimant.

— On en reparle un peu plus tard.

Sa voix était tranchante, un vrai sermon maternel. Le même ton que lorsqu'elle rabâchait : « On ne retournera jamais dans cette ville, Pie, et tu sais très bien pourquoi. »

— Trouvons un endroit dès qu'on arrive. J'ai l'impression de ne pas avoir fermé l'œil, ces dernières semaines.

Je l'ai regardée en fronçant les sourcils. Trois semaines plus tôt, c'était mon anniversaire. On l'avait fêté sur la côte californienne, dans une maison condamnée sur la plage. Ma mère avait rassemblé dix-sept gâteaux miniatures, qui venaient de différentes pâtisseries, et j'avais croqué dans chacun d'entre eux.

Mon cadeau d'anniversaire, avait-elle annoncé, ce serait de choisir notre prochaine destination. Ce qui était curieux. J'avais l'habitude que ce soit ma mère qui décide. Et moi, je la suivais où elle voulait et j'appliquais mille et une règles de sécurité et de discrétion.

Ne t'éloigne pas. Ne marche pas dans la neige ni le sable ni les graviers ni la boue ni la terre battue. N'expire pas trop fort dehors quand la température est en dessous de zéro. Évite de sortir dès lors qu'il tombe quoi que ce soit du ciel. Évite la fumée. N'entre jamais dans une piscine ou n'importe quel bassin d'eau devant autrui. Ne t'assois pas sur une surface molle, sauf si tu es seule. Ne touche jamais rien avec tes gants si quelqu'un regarde dans ta direction. Ne vole jamais rien avec une étiquette et un antivol. Ne vole jamais rien de trop personnel ou reconnaissable. Prends seulement ce dont tu as besoin. Ne fais pas de bruit, surtout pas de bruit, zéro bruit. Ne parle jamais si on peut t'entendre. Ne touche jamais personne. Ne laisse jamais qui que ce soit, sous aucun prétexte, remarquer ta présence.

Quelqu'un a secoué la poignée de porte et ma mère a tressailli. La colère s'est évanouie, vite remplacée par la culpabilité. Je nous faisais traverser le pays à toute vitesse. Peut-être que tout était ma faute.

— On ferait mieux d'attendre entre deux voitures, a dit ma mère.

Elle m'avait paru normale, les semaines passées. Mais peut-être que je n'avais pas fait assez attention à elle. J'étais tout sauf une adulte : j'étais une petite fille égoïste et stupide.

Le fait qu'elle ait accepté de retourner à Pittsburgh, même pour vingt-quatre heures, aurait dû me mettre la puce à l'oreille.

Est-ce que c'était pour ça qu'elle avait dit oui ? Est-ce qu'elle était tout simplement trop fatiguée pour s'y opposer ?

J'aurais dû me contenter de la liberté qu'elle m'accordait pour Halloween : pouvoir enfreindre les règles un jour par an. C'était ingrat d'avoir remis Pittsburgh sur le tapis.

Encore plus étant donné mes plans à l'arrivée. Que je comptais bien mettre à exécution, d'ailleurs.

— D'accord, ai-je dit, résignée. Prête ?

Ma mère a secoué la tête. J'ai pris une grande inspiration et j'ai déverrouillé la porte avant de l'ouvrir. La femme mennonite que j'avais vue un peu plus tôt attendait devant les toilettes. Elle a levé les yeux, perplexe. Je me suis faufilée derrière elle, sans prendre la peine d'éviter son bras.

Elle a jeté un coup d'œil à l'intérieur de la cabine.

— Y a quelqu'un ?

J'ai poussé la porte au fond du wagon et, en s'élançant sur le sol branlant, on s'est jetées dans le rugissement du métal et le hurlement solitaire du vent.

Pourvu qu'il y ait une gare

J'ai passé la moitié de mon existence dans des trains. Ça m'arrive de me réveiller dans une maison et d'être complètement désorientée : pourquoi est-ce qu'on est à l'arrêt ? Et pourquoi ce silence au lieu du fracas des rails ?

Une fois, on a crapahuté pendant un mois entier, en décrivant de grandes boucles à travers le pays. On s'installait dans des wagons-lits vacants, à l'étage, dans les trains de nuit.

J'ai appris à appréhender le monde en termes de distance. « Quelle distance jusqu'à New York ? », ai-je demandé à ma mère un jour, quand j'étais petite, en la dérangeant alors qu'elle n'exigeait rien d'autre que le silence. « Quelle distance entre nous et la Californie ? Entre nous et la Lune ? »

En guise de réponse, elle a attrapé la brosse à cheveux au manche incrusté de pierres précieuses, qui était posée sur la coiffeuse de la dame riche chez qui on vivait, et l'a jetée sur le lit à baldaquin. Elle l'a désignée en précisant : « New York ». Un tube de médicament, placé à l'opposé, est devenu Los Angeles. Une petite culotte en soie sortie d'un tiroir, la Floride. Elle a recréé le Mississippi avec la ceinture d'une robe de chambre. Un coussin faisait office de Rocheuses.

Elle a continué à ajouter différents objets au tableau, tout en les baptisant – de la magie, à mes yeux. J'ai étudié cette carte des heures et des heures pendant que ma mère se reposait. J'y ai conduit un train (une barquette vide de fruits secs) d'un bout à l'autre, sans m'arrêter.

Par la suite, j'ai souvent pensé ce pays comme un grand lit, alors que je le voyais défiler par la fenêtre. Les collines vallonnées à l'est ? Une couverture qui bouloche. Et alors que le train fonce vers l'ouest, elle est de mieux en mieux repassée, bien lisse, avec des rangées de verdure à perte de vue, jusqu'à ce qu'au final, le dénivelé disparaisse et la couverture devienne si plate qu'on aurait pris une colline de trente mètres de haut pour le mont Ararat – un véritable miracle ! Si on continue plus loin, la couverture se froisse de nouveau, parsemée de buissons pelucheux, puis soudain : des mesas ! Des buttes ! Des doigts de pieds de géant qui dépassent de la couette. Les genoux, le point culminant. Et escarpé. Ses hanches, ses épaules, son visage. Des volcans-naseaux en activité. Et pour finir, le pied du lit, les couvertures en pagaille qui plongent doucement dans le sol-océan.

Ma mère et moi avons visité quantité de villes, bien sûr, dont quelques-unes qui n'étaient pas très étendues, mais la majeure partie de ce que j'ai vu de ce pays, je l'ai aperçu à bord d'un train.

Comment le décrire exactement ? Dit avec des mots, ça ne paraît pas grand-chose. Un canapé au bord d'une rivière. Le soleil qui s'installe contre les falaises rougeoyantes. Des ciels d'aquarelle qui se reflètent dans des champs inondés. Une famille de caribous immobiles, observant les nuages, devant un lac de montagne. Un troupeau qu'on est en train de rassembler, pendant une seconde. Des enfants qui courent partout dans les rues, qui agitent la main. Des piscines dans les jardins, étincelantes et turquoises. Deux chevaux pie côte à côte, qui regardent dans des directions opposées, telle une seule et même créature à deux têtes. La fumée d'un feu de forêt au loin.

Beaucoup de paysages, beaucoup de rien. Beaucoup d'étendues de terre déserte et de ciel immense, esseulés, sans personne pour y vivre, sans personne pour seulement les contempler. À part moi.

3

Sur les plateformes entre les wagons, on trouve essentiellement deux portes qui se font face, chacune conduisant aux voitures, où s'assoient les passagers. Il s'y trouve aussi deux ouvertures, de chaque côté, sur le paysage qui défile, menant à la liberté ou à la mort assurée, au choix. Sur le chemin en direction de Pittsburgh, je regardais de nouveau par la fenêtre crasseuse le bruissement de la rivière, désormais scintillante et tachetée de soleil.

Ma mère était assise en face de moi, contre une porte, le front posé sur les genoux, les bras autour de ses jambes repliées.

Je la regardais de temps en temps pour m'assurer qu'elle était encore là. Ce que j'avais ressenti à la seconde où elle avait disparu me revenait par à-coups. J'avais pensé : *Ma mère est morte. Je suis seule maintenant. Plus seule que jamais.*

Ce qui n'était pas rien.

S'il avait existé un concours de la personne la plus seule au monde, je me faisais souvent la réflexion que j'arriverais en première position. Pas facile de rencontrer des gens quand seule votre mère peut vous voir.

Je suis habituée à la solitude. Et je me débrouille bien dans ce domaine. C'est une compétence que je maîtrise. La solitude fait partie de moi – un puits infiniment profond, que rien ne saurait jamais combler.

Il arrive que des gens traversent la plateforme entre les voitures pour aller et venir au wagon-bar. Ils n'ont qu'à tendre la main pour nous toucher.

Mais ça, bien sûr, ça n'arrive jamais.

À mesure qu'on approchait de Pittsburgh, le décor se transformait. Les lignes électriques remplaçaient les arbres, les rivières se changeaient en plaines de béton, jonchées de camions, bateaux et containers aux couleurs criardes, couverts de rouille, comme si l'enfant d'un géant avait laissé traîner ses jouets sous la pluie.

J'ai retroussé mon gant pour regarder l'heure. Le diamant de ma montre indiquait midi. Ma mère s'était énervée contre moi en sortant de la bijouterie à Los Angeles, parce que mon butin avait déclenché une alarme – les sirènes lui donnaient des migraines. Le train avait plus d'une heure et demie de retard. Je me suis dit que ça n'avait pas vraiment d'importance. Ce n'était pas un signe, ni une sentence de l'univers.

D'habitude, je sais faire preuve de patience. Ça vaut mieux, quand on passe son temps à prendre des trains. Mais je venais déjà d'attendre deux années entières, dans un sens. Pour retourner à Pittsburgh. Pour la voir.

Tess.

Même si elle, évidemment, ne pouvait pas me voir.

Le bruit nous empêchait de parler, alors je me suis penchée vers ma mère et j'ai posé une main sur son genou. Par le passé, on avait vécu plusieurs mois dans une école pour personnes malentendantes. Depuis, on poursuivait notre étude de la langue des signes américaine, qui était belle et très utile.

— Ça va ? ai-je demandé avec les mains.

— Je suis désolée, a-t-elle répondu de la même manière. On va se trouver une maison et à manger. Je vais me reposer. Et on ira dans l'endroit que tu adores. Ce soir.

Je n'avais pas révélé à ma mère la vraie raison pour laquelle je voulais retourner à Pittsburgh. Je ne pouvais pas. Elle ne se souvenait même pas de Tess. Ne connaissait sûrement pas son prénom. Le contraire m'aurait étonnée.

Elle n'était qu'une fille chez qui on avait vécu.

Rien de plus.

Alors j'avais menti et je lui avais dit que je mourais d'envie de retourner dans un musée qui s'appelait L'Usine à matelas. C'était un ancien entrepôt qui accueillait des expositions d'art expérimental.

Et, vous voyez, ce n'était pas entièrement un mensonge. J'adorais vraiment cet endroit. La dernière fois qu'on l'avait visité, il y avait une installation de son et lumière. Dans l'une des galeries, j'étais restée debout au beau milieu d'une œuvre, les rayons multicolores projetés perçaient mon estomac et me traversaient complètement.

Quelqu'un a ouvert une porte et j'ai fait un bond en arrière. C'était le contrôleur qui traversait la plateforme. On s'est contorsionnées pour l'éviter tandis qu'il jetait un coup d'œil par la fenêtre tout en parlant dans son talkie-walkie grésillant.

Tout autour de nous, la ville nous fonçait dessus. Elle ouvrait sa gueule, ses tunnels et ses viaducs nous avalaient toutes crues.

Le train a grogné doucement avant d'effectuer une halte en gare. Quand le contrôleur a déverrouillé les portes, on s'est faufilées derrière lui, et on a sauté sur le quai pour étreindre le mur en face de nous pendant qu'un flot de passagers se déversait des voitures.

J'ai toujours adoré arriver à destination, tout excitée à l'idée d'être dans une nouvelle ville. Même quand elle n'était pas « nouvelle » à proprement parler, curieusement, descendre d'un train me faisait toujours de l'effet. Le retour à Pittsburgh aurait dû être exaltant, mais je ne me sentais pas très bien.

Ma mère a pris ma main, ce qu'elle n'avait pas fait depuis mon enfance. Je l'ai emmenée vers la sortie. Elle marchait lentement et se traînait derrière moi. On s'est engouffrées sous un pont d'autoroute.

Sur le chemin, j'ai essayé de me souvenir de la géographie de Pittsburgh. En gros, le centre-ville ressemble à une part de pizza. Et trois fleuves se rencontrent à la pointe.

Y penser m'a donné faim. J'aurais dû me prendre quelque chose au wagon-bar.

Il fallait monter dans un bus dès que possible et s'éloigner du centre. Trouver une grande maison victorienne dans une banlieue riche. Avec des chambres à ne plus savoir quoi en faire. Des rideaux baroques. Des coussins moelleux partout. Et des méridiennes. Ma mère adorait ça.

Peut-être qu'elle s'était évanouie, un peu plus tôt. Du haut de mes dix-sept ans, je n'avais jamais rien vu de tel, mais qu'est-ce que je connaissais de la vie, au fond ? Pas grand-chose.

Je me suis retournée pour lui demander ce qu'elle pensait de l'hypothèse de l'évanouissement, mais elle n'était plus là.

Mon cœur s'est arrêté de battre. J'ai pris une grande bouffée d'air et manqué de m'étrangler.

Pourtant, elle était bien là, même si mes yeux me disaient le contraire. Je lui tenais la main. J'ai pressé sa paume. Fort. Très fort. Je pouvais la sentir, mais je ne la voyais pas.

— Maman ?

— Oui, a-t-elle répondu.

En moins de temps qu'il ne faut pour le dire, elle était de retour.

Mon pouls n'a pas ralenti. J'attendais qu'elle dise quelque chose, n'importe quoi en rapport avec ce qui venait de se passer. En était-elle même consciente ? Elle m'a adressé un petit sourire, sans prononcer un traître mot.

Droit devant nous, une enseigne lumineuse brillait dans la grisaille de l'aube.

— Tu as faim ? lui ai-je demandé. Peut-être que manger te ferait du bien.

— Oui, c'est possible, a-t-elle répondu.

Il nous arrivait d'attendre dehors que quelqu'un ouvre la porte pour entrer discrètement sans attirer l'attention, mais j'étais en panique totale, donc j'ai poussé les portes du McDonald's. Une poignée de clients se sont retournés pour jeter un coup d'œil, mais par chance, la plupart des gens préfèrent ignorer tout phénomène inexpliqué. C'est plus facile que d'admettre que le monde n'a aucun sens.

— Je prendrai des frites, a dit ma mère. Il faut que j'aille aux toilettes.

Je l'ai regardée s'éloigner, le cœur battant toujours la chamade. Quelque chose clochait, j'ignorais quoi, je ne savais pas comment aider et je ne savais pas non plus pourquoi elle faisait mine que tout allait bien.

En vitesse, j'ai doublé tout le monde dans la file d'attente pour atteindre une portion de comptoir où il n'y avait personne, et je me suis hissée pour passer de l'autre côté.

Dans les vapeurs des cuisines, j'ai vu un garçon de mon âge soulever une pelletée de frites et la verser dans un cornet en carton d'un petit mouvement sec du poignet, avant de placer le tout sur un présentoir. J'ai retiré mes gants et attrapé un cornet.

Je touchais uniquement le carton, pas les frites, mais ça suffisait à rendre l'ensemble translucide. Je n'arrivais pas à contrôler mon pouvoir, du moins pas consciemment, mais tout dépendait de la manière dont je percevais les limites d'un objet. Le coup du sac à dos fonctionnait ainsi. De même quand je tenais un verre : le liquide n'avait pas l'air de flotter tout seul, sans contenant.

J'ai attrapé une frite avec mes dents et je l'ai mangée, en essayant de me concentrer sur son goût pour oublier la peur. Le sel m'a chatouillé la langue.

Ça nous est arrivé, à ma mère et moi, de débarquer dans des restaurants cinq étoiles et de voler des plats de grands chefs cuisiniers. On s'est fait des barquettes de veau avec de l'aïoli à la truffe blanche. Des mille-feuilles nappés de feuille d'or. Mais une assiette de confit de canard ou de foie gras qui disparaît, ça se remarque. Chez McDonald's, personne ne fait attention aux quelques frites manquantes. Et quand bien même, tout le monde s'en fiche. Ceux qui y travaillent gagnent trop mal leur vie pour en avoir quelque chose à faire.

Je me suis habilement faufilée, avec prudence, jusqu'à l'étagère des burgers fraîchement emballés qui séparait les cuisines des caisses.

De ma main nue, j'en ai attrapé un... avant de le laisser tomber par terre, surprise par le cri d'un caissier.

Au moment où j'avais touché le burger, l'étagère tout entière était devenue transparente. Quelques secondes seulement. Mais ça suffisait amplement.

— Bon sang ! a lancé le caissier. Tu as vu ça, Cheryl ? Je suis en train de devenir fou ou quoi ?

J'étais surprise. Mais au moins, je comprenais ce qui venait de se passer.

Ça m'était déjà arrivé.

Le stress et l'adrénaline s'étaient manifestés. Dans la panique, mon toucher gagne en puissance et n'a plus les mêmes limites. Il faut faire attention, ralentir, respirer et se concentrer. Ne pas perdre le contrôle.

La Cathédrale

Pendant mon dernier séjour à Pittsburg, j'ai perdu le contrôle.

J'ai fait disparaître une chose immense. Tellement immense que je n'aurais même pas dû être en mesure d'agir dessus. Pire qu'une étagère chez McDonald's. Bien pire.

Un mur entier.

Pas un muret de jardin, non. Pas une petite cloison de rien du tout. Même pas le mur d'une maison.

Mais bien celui d'un immeuble de quarante étages.

J'ai touché cette immense paroi de pierre – bon d'accord, la vérité, c'est que je l'ai frappée – et elle s'est volatilisée. En dévoilant toutes les pièces de ses entrailles, comme si on avait fait la coupe d'une fourmilière géante sous verre.

Les gens l'ont remarqué, vous vous en doutez. Des fourmis terrifiées. Certains ont crié, d'autres ont couru. La plupart ont pris des photos et des vidéos avec leur téléphone. Ça n'a pas duré plus de quelques secondes. Mais il y avait des centaines de personnes dans l'immeuble et dans la rue. Le bâtiment lui-même était assez grand pour qu'on le voie à plusieurs kilomètres à la ronde. De n'importe quel endroit de la ville.

Les images et les vidéos sont arrivées sur les réseaux sociaux. La presse locale a couvert l'événement. Même une poignée de médias nationaux se sont emparés du fait divers croustillant. Ma mère était furieuse. Et totalement effrayée. Je lui ai expliqué que les gens étaient convaincus que c'était un canular monté de toutes pièces, avec un système de projection d'images. Et qu'ils pensaient que c'était une publicité vouée à faire le buzz, ou l'épisode inédit d'une émission de caméra cachée.

Elle n'en a pas tenu compte et m'a annoncé qu'on ne reviendrait jamais dans cette ville, point barre. Il fallait que je fasse attention. Elle martelait : « Mais à quoi pensais-tu enfin ? »

À quoi je pensais ?

Quand j'ai touché ce mur, j'étais en colère, j'étais frustrée et blessée.

Ce n'était pas vraiment un accident. Mais ça, je ne lui ai jamais dit. J'en avais eu envie, dans un sens. J'avais souhaité que tout l'immeuble disparaisse. Le monde entier, même. Je ne pensais pas que ça arriverait, évidemment – je ne savais même pas que c'était possible. Mais bref, j'avais touché ce mur de ma main nue, téméraire, sans réfléchir.

C'est arrivé parce qu'en dépit des mises en garde de ma mère, j'étais tombée amoureuse.

Et le mur, dans tout ça ? J'ai déjà fait bien pire.

4

Je suis sortie en vitesse des cuisines, le cornet de frites coincé entre les dents, après avoir tiré une croix sur le burger et renfilé mes gants aux boutons nacrés. J'ai sauté par-dessus le comptoir et j'ai scruté la file d'attente pour voir combien de clients avaient sorti leur téléphone. Quasiment tout le monde, évidemment. J'espérais que personne n'avait pris de photo. Tout ça allait tellement vite.

— Hé, vous avez vu ça ? a demandé un caissier à un homme d'affaires juste devant lui.

Ce dernier a secoué la tête.

— Moi, je l'ai vu, a dit une dame derrière lui.

J'ai couru aux toilettes et j'ai ouvert la porte en grand. Une femme qui se repoudrait le nez s'est retournée. Elle avait dû voir la porte bouger toute seule dans le reflet du miroir.

— Rebecca ? C'est toi ?

Je n'avais pas le temps de me demander si Rebecca était une simple amie ou une sœur décédée prématurément. J'ai remarqué une lueur faiblarde sous la porte de la dernière cabine.

— Maman ? ai-je murmuré une fois à son niveau, tout doucement cette fois, car la femme était encore devant le miroir.

En trouvant le bon angle, j'arrivais tout juste à voir par l'interstice entre les cloisons. Ma mère était agenouillée sur le sol crasseux, pliée en deux, le front posé sur le siège des toilettes.

La femme est enfin partie. J'ai frappé contre la porte de la cabine. Ma mère a poussé un grognement et s'est relevée pour ouvrir.

— Tiens, ai-je dit en lui tendant les frites.

D'habitude, j'étais plus prudente quand je manipulais quelque chose avec mes gants – les objets qui flottaient dans les airs avaient tendance à effrayer les gens – mais là, je savais qu'on était seules.

— Non merci, a répondu ma mère.

Elle s'est avancée et s'est mise à tituber. Dans sa chute, elle a disparu encore une fois. J'ai palpé l'air devant moi, à l'endroit où elle aurait dû se trouver. Les frites ont valdingué et se sont éparpillées sur le carrelage. Ma mère est réapparue, adossée de tout son poids contre le mur.

— Maman ! ai-je crié.

— Baisse d'un ton, a-t-elle dit. On pourrait t'entendre.

— Mais qu'est-ce qui t'arrive ?

— Je ne me sens pas bien. J'ai vraiment besoin de repos.

— Ok, très bien, ai-je dit, même s'il était évident que la situation était tout sauf très bien.

Je ne pouvais pas l'emmener à l'hôpital. Ni demander de l'aide.

Elle n'a pas bronché lorsque j'ai attrapé sa main pour la guider vers la sortie. Je marchais vite et je priais pour que le remue-ménage près du comptoir n'arrive pas à ses oreilles. Savoir que j'avais déconné une fois de plus, c'était la dernière chose dont elle avait besoin.

Le soleil était tout à fait levé, les lumières des vitrines s'allumaient. On est passées devant trois arrêts de bus avant d'en trouver un avec du monde. Un bus ne se serait jamais arrêté pour nous, naturellement. Perchée sur le trottoir, je n'ai pas lâché le poignet de ma mère.

Les gens qui attendaient étaient tous agités. Dans une sorte de communion éphémère et de misère partagée, ils n'arrêtaient pas de bouger, consultaient leur téléphone ou tendaient le cou pour guetter l'arrivée du bus. Nous aussi, on attendait à l'écart.

On n'était pas des leurs. Vraiment pas.

Quand le bus est arrivé, on est montées à bord de justesse, et les portes se sont refermées violemment derrière nous. J'ai jeté un coup d'œil à ma mère, qui s'est assise près de la vitre et m'a adressé un autre sourire faiblard avant de fermer les yeux.

J'ai attrapé le soda dans mon sac et je l'ai ouvert pour le renverser sur le siège vacant à côté d'elle. Le liquide moussait sur le coussin. Simple précaution. Personne, je l'espérais, ne viendrait poser ses fesses sur un endroit imbibé de mystérieux liquide. Je suis restée debout et j'ai scruté les passagers.

D'habitude, c'était ma mère qui nous trouvait une maison, mais cette fois la tâche me revenait.

Sa tactique principale, c'était de choisir une personne qui avait l'air riche, ou intéressante, et de la suivre chez elle.

Dans le bus, aucun individu ne correspondait à ces critères, alors tout ce que je pouvais espérer, si je voulais dénicher un endroit rapidement, c'était de trouver une personne qui n'était pas sur le chemin du bureau. À part si elle travaillait dans une usine à matelas, une vraie, elle ne m'était d'aucune utilité.

Un homme a attiré mon attention. Sous sa veste, il y avait un uniforme – un agent de sécurité, peut-être, ou un gardien – et sa tête reposait contre le dossier de son siège. J'avais l'intuition qu'il avait terminé sa garde de nuit. Je ne l'ai pas quitté des yeux, prête à bondir et à le suivre dès qu'il descendrait du bus.

On était toujours dans le centre et on roulait en direction d'Oakland, une université à l'extérieur de la ville. Par la fenêtre, j'ai aperçu la gigantesque Cathédrale du savoir. Haute de quarante étages.

À l'arrêt suivant, quelques étudiants sont montés. Une très mauvaise option pour nous, de toute évidence. Ils allaient probablement en cours.

J'ai regardé par la fenêtre et j'ai vu une fille adossée à un abribus, qui portait une veste noire et fumait une cigarette. Une douleur m'a transpercé la poitrine, et avant de réfléchir à ce que j'étais en train de faire, j'ai soulevé ma mère pour la mettre debout. Le bus s'apprêtait à redémarrer lorsque j'ai ouvert la porte arrière. Le chauffeur a pilé. J'ai sauté sur le trottoir, ma mère sur les talons.

La fille à la veste noire s'est tournée dans notre direction et j'ai pu contempler mon erreur.

L'espace d'un instant, j'avais cru que c'était elle. Je l'avais prise pour quelqu'un d'autre. Quelqu'un que j'avais rencontré deux ans plus tôt.

À qui j'avais pensé presque tous les jours.

Le cœur

Être écorchée, ou du moins l'idée que je m'en faisais. Être dépecée. Toute la peau, ôtée à la hâte. La laisser repousser et sentir qu'on la racle de nouveau. Doucement, cette fois. Et ainsi de suite. Ainsi de suite.

C'était ça, être amoureuse.

5

— Que se passe-t-il ? a demandé ma mère. Pourquoi est-ce qu'on est descendues du bus ?

Je ne savais pas quoi répondre. Qu'est-ce que je pouvais bien lui raconter ?

Je m'étais trompée. Bien sûr. Quelle débile, ce n'était pas du tout Tess. C'était quelqu'un d'autre. Elles avaient juste le même style. Une veste longue et noire. Des grosses bottes menaçantes, éraflées aux talons et aux orteils.

Cette fille-là portait un bonnet en laine orange enfoncé jusqu'aux yeux. Des petites mèches de cheveux blond décoloré s'en échappaient, et les pointes étaient teintes en bleu pastel, couleur chlore (les cheveux de Tess étaient châtain). Sous le bonnet, je distinguais un fard à paupières noir et du rouge à lèvres dans une nuance de rose que Tess n'aurait portée sous aucun prétexte. La fille portait une couche épaisse de fond de teint, taupe brunâtre, plus foncé que la couleur de peau de Tess.

Le soleil, pendant une courte apparition, a fait briller quelque chose sous sa veste. Des paillettes ou des sequins, peut-être. Ses jambes maigrichonnes étaient nues et grelottantes. Elle n'avait pas du tout l'air d'aller en cours ou au travail – même pas dans un bar ou chez un disquaire. Elle était plutôt en tenue de soirée, prête à sortir, et ça voulait peut-être dire qu'elle n'était pas rentrée chez elle la veille, qu'elle y retournait seulement maintenant. On venait tout juste de passer devant les résidences universitaires, elle n'y vivait probablement pas.

— On va la suivre, ai-je murmuré à ma mère, la voix camouflée par le fracas de la circulation. Elle rentre chez elle, je pense.

— OK.

Ça lui était complètement égal. Elle s'est laissée tomber sur le banc de l'abribus, et tout ce que j'espérais, c'était que personne ne s'assoie sur elle. Même avec toute la prudence du monde, ça nous était déjà arrivé à toutes les deux. C'est une sensation horrible, de devenir le siège de quelqu'un tout à coup.

L'un des nombreux tracas que les gens normaux ne connaissent pas.

Je me suis raidie en voyant un groupe d'étudiants, qui discutaient et riaient, s'approcher de nous. L'arrivée du bus nous a sauvées. À mon plus grand soulagement, la fille à la veste noire a jeté son mégot avant de monter à bord. J'ai tiré ma mère par la manche, et on s'est dépêchées de s'assoir juste derrière elle.

Alors qu'on roulait, le menton de ma mère s'est affaissé vers sa poitrine. J'étais sur le point de la secouer pour la maintenir éveillée quand elle a disparu encore une fois. Une seconde présente – transparente mais parfaitement visible pour moi – la suivante, volatilisée. Inspiration, expiration. Et voilà qu'elle était de retour.

Le bus a fait un arrêt et la fille s'est levée.

— Allez, viens.

J'ai aidé ma mère à se mettre debout et à sortir par la porte arrière.

On l'a suivie comme son ombre dans une rue bordée de résidences et d'entrepôts, son bonnet orange flottant devant nous telle une bouée de sauvetage. Sa veste était couverte de pin's et de patchs. Un arc-en-ciel. Un couteau. Un poing.

Je ne me suis pas retournée vers ma mère, je ne voulais pas voir si elle disparaissait ou non, je ne voulais pas penser à ce que ça impliquait.

Quelques rues plus loin, on est passées devant une maison en briques sur deux étages, avec un pignon élégamment sculpté. Derrière elle, il y avait une fresque avec une réplique presque identique de façade : un rayon de soleil oblique s'abattait sur le bâtiment, des rideaux blancs s'échappaient des fenêtres comme des volutes de fumée. On voyait une mariée sur le perron, qui tenait sa traîne.

La vraie demeure paraissait abandonnée, du contreplaqué remplaçait les rideaux. Le ciel était gris. J'ai agrippé fort la main de ma mère, comme elle le faisait quand j'étais petite.

La fille a pris un virage dans l'une des rues adjacentes et s'est approchée d'une maison mitoyenne, avec une marquise délabrée en plastique vert au-dessus de la porte d'entrée. On cavalait derrière elle.

Quand elle a ouvert la porte, une boule de poils sombre est sortie en boulet de canon. Elle a fait un dérapage avant de s'arrêter net à une vingtaine de centimètres de nous, la queue en pétard, le dos cambré, dans une posture menaçante.

Un chat noir, qui a planté ses yeux jaunes dans les miens.

— Reviens par ici, a lancé la jeune fille en s'adressant à lui.

J'ai tiré ma mère par le bras et on s'est faufilées dans le hall d'entrée. La fille nous a suivies un instant plus tard, tout en berçant l'animal dans ses bras. Il a bondi en sifflant à notre attention.

Il ne pouvait pas nous voir, mais il nous sentait. Ou nous ressentait mystérieusement, peut-être, à la manière des animaux. C'est pour ça qu'on les évitait, généralement. Les chiens n'arrêtaient pas de nous aboyer dessus. Les oiseaux piaillaient. Les chats, passe encore, puisque personne ne s'inquiète jamais de les voir regarder dans le vide.

Peut-être que vous avez déjà vu votre chat faire ça.

Et peut-être que c'était moi qu'il fixait.

L'entrée était sombre, avec un escalier étroit. À gauche, un salon plein à craquer de meubles dépareillés. Des chaises en bois autour d'une petite table colorée. Un canapé moutarde. Des piles de livres à même le sol, dans un équilibre précaire.

— Neely ? a demandé une voix venant d'une autre pièce. Je ne savais pas qu'il y avait quelqu'un à la maison. Tu ne devais pas aller en cours ?

Ma mère m'a lâché la main avant de monter à l'étage. Les marches grinçaient terriblement – avec un peu de chance, on mettrait ça sur le dos du chat.

— Baignoire a essayé de s'échapper, mais je l'ai rattrapée, ai-je entendu dire la fille – Neely ? – alors que je suivais ma mère. Je crois qu'elle sait que c'est bientôt Halloween. En mode gros coup de flippe et tout.

À l'étage, un autre couloir sombre, avec une moquette bordeaux qui tirait sur le marron et qui sentait le renfermé.

Il y avait quatre portes, toutes fermées sauf une. Même avec toute l'imagination du monde, il fallait admettre que ce n'était pas le contexte idéal. C'était une petite maison. Y avait-il une pièce qui ne servait pas, allait-on trouver un coin tranquille ?

J'ai jeté un coup d'œil par la porte entrouverte – ce n'était que la salle de bains. Ma mère s'est faufilée derrière moi et s'est penchée au-dessus du lavabo, prise de haut-le-cœur. J'ai posé une main sur son épaule, à laquelle elle n'a pas porté la moindre attention.

J'ai tiré le rideau de douche sur le côté pour m'asseoir sur le rebord de la baignoire, mais j'ai été coupée dans mon élan. Au fond de la cuve, il y avait une épaisse couche de journaux entassés les uns sur les autres, sur lesquels étaient posés trois crânes.

On aurait dit des crânes d'animaux. Ils n'étaient pas humains, en tout cas, mais j'étais quasiment sûre que c'était des vrais. Il y avait une forte odeur d'eau de Javel.

Derrière moi, dans un ultime hoquet, ma mère a vomi. J'ai refermé le rideau précipitamment.

— Ça fait combien de temps ? ai-je demandé.

Elle a ouvert le robinet pour nettoyer le lavabo et se rincer la bouche.

— Comment ça ? a-t-elle demandé sans se retourner.

— Ça fait combien de temps que ça dure ?

— Je suis malade depuis ce matin. Ça a commencé dans l'Ohio.

Elle s'est dirigée vers les toilettes et s'est assise sur la lunette. Je dis « assise », mais le terme exact serait plutôt « affaissée ». Effondrée. Elle se la jouait très calme, presque blasée. Elle me ménageait, je m'en rendais bien compte, mais ça a eu pour seul effet de me mettre dans une colère noire.

— Non, ai-je dit en m'appuyant contre le lavabo, en face d'elle. Je parle d'autre chose. Je parle de quand tu disparais.

Ma mère a fermé les yeux en se pinçant le nez.

— Ça fait un moment, a-t-elle répondu.

— Merde.

— Mais ça n'arrivait qu'une ou deux fois par semaine. Pas comme maintenant. Je ne savais pas, enfin, je n'étais pas sûre, que...

— Mais enfin, pourquoi tu ne m'as rien dit ?

Je haussais le ton et ma voix montait dans les aigus. C'était n'importe quoi. Si voyager sans arrêt la rendait malade, on aurait pu se débrouiller autrement.

— Je ne voulais pas que tu t'inquiètes.

Un craquement, quelque part dans la maison, nous a toutes les deux pétrifiées. On a attendu. J'entendais des voix étouffées au rez-de-chaussée. Mais pas d'allées et venues.

— Et qu'est-ce qui se passe exactement ? ai-je murmuré. Quand tu disparais ?

— Je ne sais pas.

— C'est comment ?

— Tout devient noir, c'est tout, d'accord ? Je suis désolée, a-t-elle ajouté en me lançant un regard affligé. Il faut vraiment que je m'allonge, là.

— Oui. Ça marche, d'accord, ai-je dit, en prenant sur moi.

Je suis sortie dans le couloir. Je n'entendais aucun bruit derrière les portes fermées, mais rien ne me garantissait que les chambres étaient vides. En revanche, il y avait un chat dans cette maison. Et ça, ça pouvait être utile.

Je me suis agenouillée devant la première porte et je l'ai grattouillée du bout des ongles, à hauteur de chat. J'ai gratté encore, plus fort cette fois. Comme personne n'est venu ouvrir ou crier sur Baignoire pour qu'elle arrête, j'ai décidé de prendre le risque et j'ai tourné la poignée tout doucement.

La lumière du jour se déversait à travers des rideaux jaunes très fins et des particules de poussière tournoyaient dans les airs, agglutinées comme une nuée de moustiques en plein été. Un futon était posé à même les lattes étroites du parquet et les draps étaient froissés, comme un tourbillon de pétales de roses géantes. Je suis entrée et quelque chose dans un coin de la pièce a retenu mon attention. Mon estomac s'est noué. J'ai fait un bond en arrière.

Une femme longiligne était debout, adossée au mur. Elle me fixait.

Elle était nue.

Sur la pointe des pieds.

J'ajoute qu'elle n'avait pas de bras.

Je me suis calmée après l'avoir bien observée. Ce n'était qu'un mannequin – j'aurais dû m'en rendre compte instantanément – posé contre un mur. Je me suis approchée, un peu bête. Dans l'articulation à découvert de l'épaule du mannequin, il y avait un trou parfaitement circulaire. Au-dessus du trou, quelqu'un avait écrit au feutre noir ce que j'imaginais être son nom : CINDY.

J'ai fait signe à ma mère d'entrer et j'ai refermé la porte derrière nous. Elle s'est écroulée sur le futon sans enlever ses chaussures, son sac toujours sur le dos. Elle a attrapé une couverture avant de se recroqueviller. Elle sombrait dans un monde qui n'appartenait qu'à elle. Elle n'avait pas retiré ses gants, donc la couverture restait bien visible, mais le coussin qui soutenait sa tête avait disparu. J'espérais que personne n'entrerait et ne le remarquerait. J'espérais que personne n'entrerait tout court.

Je ne l'ai pas quittée des yeux, convaincue qu'elle allait se mettre à disparaître puis réapparaître – ou qu'elle s'évaporerait entièrement. Mais ça n'est pas arrivé. Je dirais même que ses traits sont devenus plus distincts. Elle semblait aussi solide qu'une statue de verre. Claire, mais pas comme de l'air. Comme de l'eau, redirigeant toute la lumière qui la traversait.

Il m'a semblé que, pour la première fois en quasiment une heure, mon pouls ralentissait enfin. Je respirais normalement. Peut-être que ma mère allait mieux, et qu'elle avait raison : elle avait besoin de repos, tout simplement.

J'ai inspecté la pièce et j'ai effleuré le bureau près de la fenêtre avec mes gants. Un appareil photo numérique avec un gros objectif était posé à côté d'un ordinateur portable. Pour passer le temps, j'ai pris une photo de ma mère roulée en boule sur le futon. Quand j'ai regardé le petit écran juste après, la photo dévoilait ce que les gens visibles pouvaient voir. Juste le futon. Pas de maman.

J'ai effacé la photo et j'ai cliqué sur les autres fichiers de la carte mémoire. Il y avait plusieurs clichés du petit chat noir, qui reniflait avec curiosité les crânes que j'avais vus un peu plus tôt. Et des photos de la fresque que j'avais remarquée sur le chemin. J'ai fait défiler jusqu'au tout premier portrait – au pied d'un mur en briques, une fille noire aux cheveux auburn, qui portait un sweat à capuche marron délavé et qui ne souriait pas – avant d'entendre un bruit de pas, sans équivoque, dans l'escalier. J'ai reposé l'appareil où je l'avais trouvé, manquant de le faire tomber dans la précipitation.

Une seconde plus tard, la porte s'est ouverte, et j'ai laissé échapper un gros mot – beaucoup trop fort.

Tacoma, Washington

Quand j'étais bébé, ma mère choisissait souvent des maisons avec d'autres enfants. C'était essentiellement une question de camouflage – pauvres parents, hantés par des cris mystérieux venus de nulle part – mais c'était aussi pour avoir des couches à portée de main. J'ai grandi et, quand c'était possible, ma mère trouvait des familles avec des enfants qui avaient à peu près mon âge.

Dès que j'ai prononcé mon premier mot, en revanche, les règles étaient claires : je ne devais jamais, sous aucun prétexte, parler à qui que ce soit. Ni adulte, ni enfant. Il fallait rester cachées. Et si des bruits étranges ou des disparitions de vivres engendraient des soupçons, il fallait déguerpir.

Quand j'avais six ans, on a habité un moment dans la banlieue de Seattle. Il y avait une petite fille, Christy, un an de plus que moi, qui vivait dans cette maison. C'était une propriété en bord de mer, on dormait dans les dépendances.

Pendant la journée, quand la famille était absente, on entrait en douce dans la maison principale. Une fois, j'étais en train de m'amuser avec les jouets de Christy (je construisais une maison sophistiquée avec des Lego) quand la petite fille est entrée en trombe. Peut-être qu'il n'y avait pas école l'après-midi, ce jour-là. Ou peut-être qu'on l'avait renvoyée chez elle avant l'heure. Je n'en sais rien. Quand la porte s'est ouverte, j'ai cru que c'était ma mère, de retour de sa promenade dans le port.

J'ai fait un bond et je me suis réfugiée dans un coin.

La maison que j'avais construite était en plein milieu de la pièce. Christy l'a examinée avec curiosité. J'ai pensé qu'elle allait la détruire, mais elle s'est vautrée par terre et s'est mise à jouer, déplaçant ses petits personnages Lego – clop clop clop – dans les pièces multicolores. J'ai explosé de joie en la regardant. C'était presque comme si on jouait ensemble.

Et je me suis dit : *J'ai une amie.*

À partir de ce jour-là, dès qu'elle était à l'école, je fignolais un peu plus la maison. Une table. Un lit. Un lustre jaune et chaleureux au plafond de la petite salle à manger. Des chambres supplémentaires. Un jardin. Un bassin avec des briques bleues. Je n'en ai jamais parlé à ma mère. C'était mon tout premier secret. Et si Christy, de son côté, se posait des questions sur ces aménagements, elle n'en a jamais rien dit à personne. Elle laissait les personnages en plastique dans une pièce et je les déplaçais dans une autre. C'était comme une conversation. Ça me suffisait.

Jusqu'à ce que ça ne me suffise plus, évidemment.

Un jour, j'ai installé une maison en Lego miniature dans l'une des pièces. Ce n'était qu'un petit tas de trois, quatre briques, mais j'en étais plutôt fière. J'ai déposé les deux figurines de petites filles qu'elle possédait juste à côté. C'était Christy et moi.

— Mais qu'est-ce que c'est que ça ? a demandé Christy à voix haute, des heures plus tard, quand elle les a remarquées.

J'étais assise à un mètre d'elle, en train de l'observer. Même très jeune, j'arrivais à rester immobile et silencieuse.

Elle a froncé les sourcils et a soulevé la maison miniature pour la regarder d'un peu plus près.

Et là, je ne sais vraiment pas ce qui m'a pris.

— C'est une maison de poupée, ai-je dit.

— Quoi ?

Elle a brusquement relevé la tête, pas exactement vers moi.

— C'est une maison miniature.

— Qui est là ? Qui parle ?

Elle regardait dans toutes les directions, les yeux écarquillés.

— C'est moi, ai-je dit. C'est moi qui l'ai construite.

Ses yeux se sont posés de l'autre côté de la pièce, vers la porte, comme si elle s'attendait à ce que quelqu'un surgisse. Je me suis penchée en avant et j'ai touché son bras. Tout doucement. Je l'ai à peine effleurée du bout de mes gants.

Elle a lâché la maison et s'est mise à hurler, hurler, et hurler encore, jusqu'à ce que ses parents montent l'escalier quatre à quatre pour lui faire des câlins, caresser ses cheveux et la rassurer en lui disant que ce n'était que son imagination, qu'il n'y avait personne, absolument personne dans cette pièce à part eux, et qu'il n'en avait jamais été autrement. J'étais toujours là, interdite, pitoyable.

6

Ce n'est pas la fille du bus qui est entrée. Cette personne était plus grande, plus replète, et elle venait de m'entendre prononcer un gros mot.

Je le savais, car elle s'était arrêtée net sur le pas de la porte. De la fumée s'échappait de la tasse de café dans sa main, et caressait ses joues brunes avant de se perdre dans ses boucles – noires aux racines, avec une explosion de bleu clair et de violet quelques centimètres plus bas. Elle scrutait la pièce. Son regard faisait des allers-retours entre le bureau et le futon. Mon cœur battait à tout rompre. Ma mère était sous son nez, assoupie. Invisible, comme toujours, mais prenant tout de même de la place – un volume sous les couvertures.

C'est la seule façon dont les gens peuvent nous « voir ». Notre espace négatif. Le vide qu'on crée. Là où la pluie ne tombe pas. Où les coussins du canapé sont comprimés sans aucune raison. Où les draps sont suspendus en l'air, ne couvrant aucun corps apparent.

Mais les yeux de la fille ne se sont pas arrêtés sur les draps enchevêtrés et le coussin manquant. Une chance que le lit ait été dans un désordre pas possible.

En revanche, elle a froncé les sourcils en regardant en direction de Cindy.

— Y a quelqu'un ? a-t-elle demandé.

Cindy n'a pas bougé, la peinture bleue et terne de ses iris fixait droit devant elle.

Une brise faisait onduler les rideaux jaunes. La fille a jeté un coup d'œil par la fenêtre ouverte. Je l'entendais penser : *Ça doit venir de dehors. Je suis bête. Les mannequins ne parlent pas.*

Elle s'est élancée vers moi en traînant une odeur de café derrière elle. Je me suis décollée du bureau en vitesse et j'ai reculé jusqu'à ce que mes omoplates heurtent le mur. Alors qu'elle approchait, j'ai observé son visage d'un peu plus près, et j'ai compris que c'était la fille du portrait photo, avec une coupe différente. Elle s'est assise à l'endroit où j'étais un instant plus tôt et elle a ouvert son ordinateur portable. J'ai expiré sans faire de bruit.

Devant la preuve de notre existence, les gens ont des réactions diverses et variées. On essaie d'être prudentes, mais ça arrive – un objet qui disparaît ou qui flotte dans les airs, des portes qui s'ouvrent toutes seules. Certaines personnes font mine de rien, d'autres paniquent.

On est invisibles, mais pas infaillibles. Un jour, je me suis cassé la cheville en sautant du premier étage pour échapper à une femme qui me coursait parce qu'elle me prenait pour un démon. On nous a tiré dessus une seule fois, et heureusement, il est très facile de rater une cible qu'on ne peut pas voir, mais c'était quand même terrifiant.

Tant que la fille était dans la pièce, il ne fallait pas faire un geste, ni le moindre bruit. Elle était habillée et buvait son café, donc j'espérais qu'elle n'avait pas pour projet de retourner au lit, et qu'elle ne trébucherait pas sur ma mère, qui n'avait pas bougé d'un centimètre.

Ce qui était louche. Ma mère avait le sommeil léger.

De mon recoin, je pouvais voir l'écran de l'ordinateur. Elle traînait sur la page d'accueil de Facebook. En me penchant un peu, j'ai réussi à déchiffrer son nom en haut à gauche : Denise Crutchen.

Dans le train, ça m'arrivait de regarder des films ou des séries entières comme ça, par-dessus l'épaule d'un étranger.

J'ai entendu quelqu'un d'autre dans l'escalier, et j'ai profité du bruit pour me détacher du mur. Une latte de plancher a craqué bruyamment sous mon pied. Denise s'est retournée, pétrifiée.

Une voix dans le couloir nous a surprises toutes les deux :

— Est-ce que Jules sèche aussi ?

C'était Neely. La fille du bus.

— Eh oui, a répondu Denise en faisant volte-face. C'est bien simple, iel est encore au lit.

— Je suis choquée, et déçue, a lancé Neely d'un air dramatique, en faisant mine de s'évanouir. On vous laisse sans surveillance quelques jours et vous passez en mode décrochage scolaire ?

— Vas-y, la ferme, a répondu Denise en levant les yeux au ciel. J'irai après la pause déjeuner. Les cours du matin sont chiants.

— Ton oncle et ta tante vont péter un câble à leur retour, non ? a demandé Neely.

— Ce qu'on ignore ne peut faire de tort, pas vrai ? Pas un mot, Neely. Pas un seul mot.

— Sans déconner.

Elle est entrée, nonchalante, et s'est assise sur le rebord de la fenêtre.

— Tiens, tant que j'y pense : il te reste des flyers pour la soirée ?

— Encore ? a lancé Denise en fronçant les sourcils. Je t'en ai déjà donné genre trente. C'est censé être une petite soirée, tu ne vas pas te mettre à inviter n'importe qui.

Je ne comprenais rien à leur conversation. Ma mère n'avait toujours pas bougé d'un iota.

— J'ai plein de potes, a dit Neely, un peu sur la défensive. Mais bref, je pensais inviter Sam et Candace, du concert, le mois dernier. Tu te souviens d'eux ?

— Pas vraiment, non.

On a entendu une porte s'ouvrir et se refermer, puis quelqu'un a fait couler l'eau dans la salle de bains.

Combien de personnes vivaient ici ? J'ai profité du fond sonore pour traverser la distance qui me séparait du futon sur la pointe des pieds et je me suis agenouillée.

J'ai touché le bras de ma mère tout doucement. J'étais si proche d'elle que je pouvais voir le mouvement infime de sa respiration. Elle avait juste besoin de se reposer. Pas vrai ?

Denise a sorti une pile de papiers de son bureau. J'ai aperçu le dessin d'une chauve-souris sur l'un d'eux, et des lettres majuscules tracées en dessous.

Je me suis penchée vers ma mère et j'ai chuchoté – le plus fort possible étant donné la situation – ce qui est malgré tout resté un murmure :

— Maman ?

Rien.

— Salut !

Une autre voix s'est élevée dans le couloir et je me suis retournée vers elle. Cette personne avait des cheveux noirs, longs et frisés, mais uniquement sur le haut du crâne car les côtés étaient rasés. On décelait la trace d'une barbe de trois jours sur ses joues, qui étaient plus foncées que celles de Denise. Sa robe de chambre à fleurs était courte et laissait entrevoir une culotte rose. Sur ses doigts et ses orteils, un vernis violet dans les tons pastel.

— Salut, Jules, a dit Neely.

Il y avait beaucoup trop de monde dans cette pièce. Il fallait partir.

Pour commencer, ça avait été une erreur de venir dans cet endroit. D'avoir suivi cette fille dans le bus. D'être revenues à Pittsburgh tout court.

Peut-être que j'aurais dû laisser ma mère tranquille, et respecter son sommeil, exactement comme elle me l'avait demandé. Mais j'avais peur qu'elle fasse un mouvement et qu'elle nous trahisse. Et c'était bizarre qu'elle dorme encore, avec toute cette agitation. J'avais peur.

Je me sentais seule.

Je me suis penchée de nouveau et j'ai secoué son épaule. Elle s'est redressée d'un coup, comme si on l'avait brûlée, en déplaçant l'enchevêtrement de couvertures. Le coussin est redevenu parfaitement visible. Ses yeux sont rapidement passés sur moi, puis Denise, puis Neely, et se sont posés en direction de la porte, où la dernière personne arrivée – Jules – se tenait.

Pendant une fraction de seconde, le visage de ma mère a pris une authentique expression de terreur, puis elle s'est volatilisée.

— Merde, ai-je lâché.

— Quoi ? a dit Denise.

— J'ai rien dit, a répondu Jules.

J'ai essayé d'attraper le bras de ma mère, mais ma main s'est enfoncée pile à l'endroit où elle s'était endormie. Il n'y avait plus rien. Dans tous mes états, j'ai tâté le futon.

— Qu'est-ce que tu regardes ? a demandé Neely.

J'ai vu que Denise scrutait son lit, le front plissé.

— Je ne sais pas, a-t-elle dit. C'est rien, je pense.

Denise avait dû voir le coussin réapparaître dans son champ de vision, ainsi que les draps et la surface du matelas bouger de façon suspecte.

J'ai retenu mon souffle. Un hurlement continu me transperçait le crâne.

Denise a secoué la tête, comme si elle était en conflit avec ses propres pensées.

Ses boucles bleues et violettes ont rebondi.

— Ça va si je prends une douche ? a demandé Neely. J'ai dormi chez Ed hier soir, et tu connais sa salle de bains.

Denise a cligné des yeux avant de reprendre ses esprits :

— Pas de problème. Il faut juste qu'on enlève les crânes.

Je suis restée de marbre jusqu'à ce que tout le monde sorte de la pièce. Quand je me suis retrouvée seule, j'ai murmuré : « Maman ? »

J'agitais mes bras devant moi, et partout autour, en me déplaçant dans toute la pièce pour ne brasser que de l'air.

— Maman ? ai-je demandé encore, plus fort cette fois.

J'ai palpé le lit en tournoyant dans tous les sens, et j'ai mis un coup à Cindy en manquant de la faire tomber. Aucune trace de ma mère. Plus de son, plus d'image.

Je ne comprenais pas ce qui arrivait. La veille, elle allait parfaitement bien, et désormais, pour une raison que j'ignorais, elle n'était plus là.

— Maman ? Maman !

Je criais presque. On aurait pu m'entendre, et ça me passait complètement au-dessus.

Paradise Cove, Californie

C'était peut-être un mensonge, de dire que ma mère allait bien la veille.

Disons qu'il n'y avait rien eu à signaler.

Jusque-là, c'était vrai.

On avait squatté une villa sur la plage trois semaines plus tôt, juste avant mon dix-septième anniversaire. Ma mère avait passé une journée entière assise en silence sur le béton du toit-terrasse, enveloppée dans le châle en pashmina d'une inconnue, à fixer l'océan.

Comme d'habitude, ce silence ne durerait pas longtemps, mais il était impressionnant.

Je me levais régulièrement pour lui demander si elle avait besoin de quoi que ce soit et elle ne me répondait pas. Elle ne me regardait même pas. J'avais envie de crier, de la prendre par les épaules et de la secouer.

Mais il fallait faire preuve de bon sens. J'avais tout essayé étant petite, et ça avait empiré les choses. La meilleure stratégie, c'était d'attendre que son silence passe et espérer qu'elle en sorte rapidement. J'ai fait les cent pas dans les couloirs de la demeure abandonnée en donnant des coups de pied dans les gravats, j'ai passé ma main sur les graffitis qui recouvraient les mosaïques orientales extravagantes et les panneaux en bois sculpté avec des entrelacs. Cet endroit était un pot-pourri de styles architecturaux, et les gens qui y avaient vécu étaient tellement riches qu'ils n'avaient même pas pris la peine de résilier le contrat d'électricité à leur départ. J'ai joué avec l'interrupteur, assise au bord du jacuzzi rempli de morceaux de plâtre, furax contre ma mère.

Mais j'aurais dû être reconnaissante. Ce jour de grand silence était un million de fois plus supportable que ça.

Au moins elle était présente, certes silencieuse et transparente, mais bien présente, assise dans un fauteuil en brocart qu'elle avait sorti sur la terrasse, le cuir moisissant deux fois plus vite, ça ne faisait aucun doute, à cause de l'air chargé d'eau et de sel. Debout derrière elle, je voyais le pouls acharné de l'océan à travers son crâne, chaque vague comme un battement de cœur.

À ce moment-là, au moins, j'avais la certitude qu'elle était en vie.

7

Je tournais en rond dans la chambre de Denise, je tournais en rond et je n'arrivais pas à penser, une panique animale et frénétique s'est emparée de mon corps, me poussant à faire quelque chose, n'importe quoi. J'ai arraché les couvertures du futon et j'en ai fait un tas par terre. J'ai tout inspecté, comme si ma mère était devenue aussi fine qu'une feuille de papier et s'était glissée entre deux draps. Quelle débile. J'ai poussé le futon sur le côté.

Jules, la personne aux orteils violets, a passé une tête dans la pièce et observé mon bazar avec curiosité. Elle ressemblait suffisamment à Denise pour que je me demande si les deux n'avaient pas un lien de parenté. J'étais trop bruyante, et pas assez prudente, mais si ma mère était partie pour de bon, rien de tout ça n'avait vraiment d'importance.

Au rez-de-chaussée, une porte a claqué. Toujours incapable de réfléchir, je suis sortie en trombe de la pièce, en me faufilant sous le bras de Jules, qui a fait un bond en arrière. Mais j'étais déjà en train de courir dans le couloir, avant de dévaler les marches, obnubilée par l'idée que ma mère venait de sortir de la maison, et qu'il fallait que je la rattrape. J'ai fait un dérapage devant la porte d'entrée et je me suis précipitée à l'extérieur.

Mais ce n'était que Denise. Ses boucles bleues et violettes scintillaient alors qu'elle s'éloignait. Le petit chat noir, qui a déboulé par la porte ouverte derrière moi, a fait lui aussi un dérapage entre mes jambes.

— Hé ho, reviens par ici !

Je me suis décalée sur le côté, juste à temps pour que Jules, qui courait derrière l'animal, ne me rentre pas dedans. Denise s'est retournée.

— C'est quoi ce bordel ? a-t-elle crié. Baignoire a appris à ouvrir la porte toute seule comme une grande ?

— Tu n'as pas dû bien la refermer derrière toi, a répondu Jules en attrapant l'animal, qui miaulait en guise de protestation.

Denise a haussé les épaules.

— Bah, t'as qu'à fermer à clé.

Jules a acquiescé avant de rentrer avec le chat et de fermer la porte, le tout en un battement de cils. J'ai entendu le *clic* du loquet. J'étais enfermée dehors.

J'ai fixé l'entrée de la maison. Tout était parti en vrille si rapidement.

Denise a disparu au coin de la rue. J'ai essayé d'entrer, en vain. Alors je me suis faufilée par le chemin étroit et jonché de mauvaises herbes qui longeait la maison. Ce passage ne menait pas à un jardin mais à une friche bétonnée, couverte par un porche en bois défoncé que surplombait un premier étage. J'ai grimpé les marches et j'ai essayé d'ouvrir la porte de derrière, fermée à double tour elle aussi.

Ma mère et moi, on a rarement dû s'introduire par effraction dans des endroits a priori interdits. On entrait, tout simplement, à condition qu'il y ait quelqu'un pour ouvrir la porte.

Malgré tout, elle est plutôt forte pour crocheter les serrures, ce qui s'avère très utile par moments. Elle m'avait appris, bien sûr, mais tous les outils étaient dans son sac, volatilisé en même temps qu'elle.

J'ai de nouveau contourné la maison. La fenêtre de Denise était légèrement entrouverte, les rideaux jaunes flottant dans la brise.

Je n'ai aucune expérience en termes d'escalade. J'ai de la force dans les jambes, puisque j'ai l'habitude de marcher des kilomètres et des kilomètres tous les jours, mais rien dans les bras.

Alors c'était plutôt naïf de ma part d'empoigner la gouttière, de caler mes baskets (en édition limitée, montantes et rouge vif, même si elles devenaient aussi pâles et transparentes que moi dès que je les portais) contre le mur en briques et d'essayer de me tracter vers le haut. Dans un accès de pure adrénaline, j'ai fait une ascension d'environ un mètre cinquante avant que ma main glisse. La gouttière s'est fracassée contre la façade de la maison, je suis tombée dans les buissons et j'ai roulé sur la pelouse.

Couverte de bleus, endolorie et le souffle coupé, je suis restée allongée sur le côté. J'ai concentré toute mon attention sur une touffe d'herbe à quelques centimètres de mon nez. Je l'ai regardée frissonner dans le vent.

Puis je me suis mise à pleurer.

J'ai pleuré (silencieusement, bien sûr) jusqu'à ce que mon visage et ma gorge me fassent mal. Le vent séchait les larmes sur mes joues.

Maman reviendrait.

Il le fallait.

J'avais besoin de bouger, d'agir. Je me suis relevée, et j'ai marché. J'avais faim, alors je me suis mise en quête de quelque chose à manger. On avait encore deux barres de céréales, restées elles aussi dans le sac de maman.

N'y pense pas, me disais-je. *Ne pense à rien et marche.*

Ma mère était-elle morte ? Pouvait-elle l'être ? Partie pour de vrai, pour toujours ? J'y avais pensé, dans le train. Mais je refusais de considérer sérieusement cette possibilité. J'ai évacué de mon esprit tout ce qui la concernait, de près ou de loin. J'avais le visage en pagaille, tout gonflé à cause des sanglots.

Je marchais vite, mes pieds martelaient le trottoir, j'anticipais les douleurs aux tibias à venir. J'essayais de faire défiler le monde comme si j'étais dans le train, et de laisser mon esprit vagabonder à un rythme effréné.

Un jeune homme avec des écouteurs m'est rentré dedans. Il a poussé un grognement de surprise, s'est retourné et a regardé tout autour de lui pour voir si quelqu'un avait été témoin de la scène. Il n'y avait personne aux alentours. Il a baissé la tête et passé son chemin.

Voilà tout l'impact que j'avais dans ce monde. Si une voiture me renversait, personne ne verrait mon corps. Si je mourais, personne ne le saurait.

Je me dirigeais grosso modo vers le sud. Les rues ont changé à mesure que j'avançais, il y avait de plus en plus d'arbres, les maisons s'espaçaient et se métamorphosaient en superbes demeures victoriennes.

La circulation m'a obligée à faire une pause au carrefour. Il y a tellement de choses que les gens normaux prennent pour acquis. Ne pas se faire écraser, par exemple. Évidemment, ils ne peuvent pas errer à leur guise au beau milieu du trafic, mais s'ils traversent la rue et qu'une voiture arrive, le conducteur les remarque.

Un conducteur ne me verrait pas. Ne s'arrêterait pas. Chaque fois qu'on empruntait un passage piéton, il fallait faire très attention. On attendait parfois une dizaine de minutes avant que la chaussée soit absolument déserte.

Pour les rues où la circulation était constante, la meilleure chose à faire, c'était de traverser en même temps qu'une autre personne, la suivre comme son ombre.

Le feu pour les piétons s'est allumé. Une femme s'est élancée avec trois sacs de courses dans chaque main, et je me suis rendu compte que je connaissais cette rue. Je savais exactement où j'étais.

J'ai couru pour traverser, terrifiée malgré le petit bonhomme vert, et j'ai atteint le trottoir en face, où un homme était assis par terre, enroulé dans une couverture, penché en avant, tête baissée, tendant un gobelet en plastique. Quelques mètres plus loin, je suis entrée à toute vitesse dans le supermarché par les portes automatiques.

Sans mes gants, j'ai tendu la main pour prendre une pomme Fuji rose et brillante. Dès que je l'ai touchée, tout l'étalage a disparu. Une femme près de moi a crié en laissant tomber l'orange qu'elle venait d'attraper.

Ce n'était pas censé arriver. Peut-être que c'était à cause de la panique et de la tristesse que je refoulais tant bien que mal, que j'essayais d'enfouir en moi et d'ignorer. Peut-être que j'étais détraquée pour de bon, finalement. Peu importe. Impossible, à ce moment-là, d'en avoir quelque chose à faire. J'ai soulevé la pomme et toutes les autres sont redevenues visibles.

J'ai croqué dedans. C'était comme si son goût sucré était hors de propos, presque cruel. Je l'ai lâchée et laissée rouler au loin. N'importe qui aurait pu la voir réapparaître pendant sa chute. Je m'en fichais.

Je me fichais de tout.

Au rayon traiteur, une jeune femme avec un tablier et un filet dans les cheveux s'ennuyait ferme, adossée contre une énorme machine à trancher le fromage. Je me suis faufilée derrière le comptoir et j'ai vu qu'elle tenait son téléphone à l'abri des regards, dissimulé par un kilo de salami, et qu'elle bougeait son pouce distraitement : gauche, gauche, droite. J'ai pris une barquette vide et je l'ai remplie de salade de pâtes, que j'ai mangée avec les doigts en observant la jeune femme.

Je la détestais. Je détestais sa désinvolture et son aisance. Alors je me suis approchée et j'ai touché le comptoir, qui a disparu. Délibérément, cette fois. Elle a relevé la tête en aspirant une grande bouffée d'air. J'ai retiré ma main et le comptoir est réapparu. Solide et fiable.

J'ai passé mon chemin et attrapé deux boîtes de sushis. Deux paquets de gâteaux apéritifs. Et deux cheddars vieillis.

Je suis sortie du supermarché et j'ai déposé la moitié de mes achats devant le sans-abri. Le bruit l'a fait sursauter. Il a considéré le sac de courses avant de balayer la rue du regard. Personne en vue. Il a lancé un coup d'œil en direction du supermarché.

— Bordel, a-t-il lâché. Oh, bordel de merde.

Il n'avait pas l'air content du tout. Il était effrayé. Il a rassemblé ses affaires frénétiquement et s'est emparé de la nourriture avant de détaler.

J'ai eu honte.

Je ne connaissais rien de la vie de cet homme, et je ne l'avais pas aidé, c'était le moins qu'on puisse dire. Ce que j'avais fait, je l'avais fait pour moi, pour me donner bonne conscience. Mais j'aurais dû lui donner de l'argent.

Je me suis effondrée sur le banc d'un arrêt de bus, épuisée. Une femme d'une soixantaine d'années avec une attelle au poignet grattait un ticket de loterie à côté de moi. J'avais la sensation que la pièce de monnaie – *croutch croutch croutch* – me grattait la colonne vertébrale. Toutes les pensées que j'avais maintenues à distance, la culpabilité, la terreur, m'ont envahie sans crier gare, et j'ai perdu pied.

Orlando, Floride

Une fois, ma mère m'a perdue à Disneyland. J'avais sept ans.

Mon expérience dans ce parc était différente de celle des autres enfants. D'un côté, les montagnes russes étaient trop dangereuses, et, de toute évidence, je ne pouvais pas me faire prendre en photo avec la Petite Sirène. De l'autre, je pouvais aller n'importe où. Danser avec les fantômes bleus dans la salle de bal de la Maison Hantée. Traîner avec les pirates-automates. Explorer par-delà les miroirs et la fumée.

Quand la foule nous a séparées, ma mère et moi, j'ai suivi la première personne – ou créature ? – qui m'était familière : Mickey Mouse. Une enfant normale aurait crié à l'aide, mais moi, je l'ai simplement suivi.

J'ai atterri dans un immense réseau de tunnels souterrains en dessous du parc – une « galerie technique », comme on les appelle (ce que j'ai appris un peu plus tard). Pleine de courants d'air, bétonnée, éclairée par des néons fluorescents au plafond, avec des allées assez larges pour accueillir les voiturettes de golf des employés. Il y avait une cantine et des toilettes. En cherchant la sortie, je suis tombée sur une salle remplie de têtes. Toutes énormes, en plastique ou en fausse fourrure, avec des cous démesurés et des ouvertures dissimulées pour les yeux. Elles me terrifiaient.

Quand j'ai retrouvé mon chemin vers la lumière du jour, je n'avais aucune idée de l'endroit où j'étais. Je me suis assise, toute recroquevillée, au pied d'un bâtiment et je me suis mise à pleurer. Le soleil avait disparu. Le parc allait fermer pour la nuit, des lumières s'éteignaient au loin. Un chat, avec une épaisse fourrure pleine de crasse et un bout d'oreille manquant, est passé devant moi en claudiquant. Je l'ai suivi jusqu'à une cour déserte, où ma mère a fini par me retrouver.

Elle était furieuse. Je pensais qu'elle allait me crier dessus, ou me frapper, peut-être. Mais elle m'a prise dans ses bras. Elle m'a soulevée et serrée contre elle.

Ce qui était très inhabituel. Ma mère ne me prenait jamais dans ses bras. Elle me tenait la main quand on traversait la rue, mais c'était un geste pragmatique, en aucun cas une démonstration d'affection. J'ai grandi depuis, et je crois comprendre pourquoi elle était comme ça, mais quand j'étais petite, ça me rendait triste.

Son câlin m'a rendue heureuse. Malgré la peur, la solitude et le désespoir des dernières heures, j'en suis tout de même venue à me dire : *Ce n'est pas si mal de se perdre, finalement.*

J'ai retenté le coup délibérément, quelques jours plus tard, dans une villa à Miami. Je me suis cachée dans un placard et elle m'a cherchée partout. J'ai fini par perdre patience et sortir. Zéro câlin. Juste une attitude glaciale.

Dans l'état de Géorgie, une semaine plus tard, j'ai peaufiné mon petit numéro. Je me suis aventurée dehors et je suis allée au rayon « maison » d'un magasin au coin de la rue. Je suis restée assise là jusqu'à la fermeture, et je n'ai pas bougé pendant une bonne partie de la nuit. Je me suis endormie un moment, avant de me réveiller en sursaut.

Au petit matin, je suis revenue sur mes pas. J'ai vu ma mère, par la fenêtre, qui lisait un livre comme si de rien n'était. J'ai éclaté en sanglots sur le trottoir.

Elle a levé les yeux et m'a aperçue avant de retourner à son livre dans le plus grand calme.

Elle ne m'a pas prise dans ses bras quand j'ai couru vers elle et que je me suis accrochée à sa jambe. Elle m'a secouée doucement pour que je la lâche. Je crois, avec le recul, qu'elle avait vu clair dans mon petit jeu, et qu'elle ne voulait pas l'encourager.

— Je suis désolée, avais-je gémi.

— Tais-toi, avait-elle répondu.

Ma mère était tout ce que j'avais au monde. C'était l'unique personne qui me ressemblait. Qui pouvait me voir. À qui je pouvais parler. Sans elle, j'étais perdue pour de bon.

8

Je connaissais la localisation exacte de ce supermarché parce que j'y étais déjà allée.

Je savais aussi que si je traversais la voie ferrée et que je marchais environ un kilomètre, je finirais par tomber sur une montée abrupte, bordée d'allées privées qui menaient à des demeures classées, protégées du regard de la plèbe par de grands arbres.

Ma mère et moi, nous avions vécu dans l'une de ces maisons.

Je ne serais pas capable de vous donner le nom des rues, ni de tracer l'itinéraire sur une carte. Mon souvenir n'était pas intact, pas conscient, même, mais j'ai laissé mes pieds me guider jusqu'à cette fameuse habitation, tout en picorant du fromage et des gâteaux apéro.

Dans ma tête, je l'avais toujours considérée comme un château.

Le château de mon cœur.

Quelle idiote je faisais. C'était tellement bête.

Mais j'étais bête. Je l'étais deux ans auparavant et je n'avais pas changé depuis.

C'était une maison en pierre, à l'architecture Tudor, avec une immense pelouse et un court de tennis qui en jetait.

J'ai commencé par la cabane pour enfants. Située à l'arrière de la propriété, c'était une imitation miniature de la demeure principale, juste assez grande pour qu'un enfant puisse y tenir debout. Comme une maison de poupée, sauf que la poupée, c'est toi. La cabane avait de vraies fenêtres en verre et un petit porche.

J'ai ouvert la porte et je suis entrée à quatre pattes. Le sol était recouvert de coussins et de feuilles mortes. C'était la cachette de Tess quand elle sortait fumer. D'après l'odeur de tabac froid qui imprégnait les tissus, elle n'avait pas arrêté.

J'ai déplacé une pierre dans la fausse cheminée et j'ai inspecté la cavité sombre.

Rien.

Pourquoi y aurait-il quelque chose deux ans plus tard ? Tess n'avait pas passé les vingt-quatre derniers mois à penser à moi comme j'avais pensé à elle.

Je suis sortie et je me suis dirigée vers l'allée pavée qui faisait le tour de la propriété. Pendant notre séjour, ma mère et moi avions cassé le loquet d'une fenêtre pour aller et venir sans devoir forcer la porte quand il n'y avait personne pour ouvrir. On en avait choisi une dans un coin de la cave, loin des étagères interminables de bouteilles de vin.

Mon cœur a fait un bond quand j'ai découvert que le panneau sale s'ouvrait encore, sans aucune résistance. Depuis le temps, personne ne l'avait réparé.

La cave était humide et fraîche, et dans leur planque, les bouteilles de vin se portaient à merveille.

Une fois, j'y avais suivi Tess. Je l'avais observée en train de les évaluer soigneusement, en passant ses doigts sur les goulots poussiéreux, avant d'en sélectionner une. Elle l'avait ensuite cachée dans la cabane pour la boire en secret.

En haut de l'escalier plongé dans la pénombre, j'ai passé une porte et je me suis retrouvée dans la cuisine.

La plupart des maisons étaient devenues floues dans ma mémoire, des espèces de monstruosités, avec des ribambelles de chambres. J'avais oublié dans laquelle il y avait un frigo de la taille d'une armoire, des vitraux sur deux étages ou encore une bonde au plafond, remplissant la baignoire telle une mini-cascade.

Mais l'image de cette demeure était restée nette et précise. J'aurais pu fermer les yeux et la parcourir mentalement. Et la voici qui était devant moi, absolument conforme à mes souvenirs. L'îlot central couvert de marbre, les bassines, en cuivre brillant, suspendues au plafond. La cuisinière en fonte bleu nuit et, derrière elle, un mouton, un poisson et des radis gravés sur les plinthes – comme si ces organismes vivants avaient leur place dans cette cuisine sans vie, immaculée et froide. Pas plus que de la vaisselle sale, en tout cas. Il y avait un vase de fleurs au centre de l'îlot en marbre. On aurait dit une mise en scène de magazine, uniquement là pour susciter l'admiration.

Mon cœur s'est arrêté de battre. Au fond de la pièce, j'allais peut-être la trouver. La voir. Et je ne savais pas quelle serait ma réaction.

Ça me faisait beaucoup de mal, j'en avais bien conscience, d'aimer quelqu'un qui ne m'aimerait jamais en retour, et qui ne savait même pas que j'existais. Je comprenais pourquoi ma mère m'avait déconseillé de tomber amoureuse. Le jeu n'en valait pas la chandelle.

J'ai fait le tour du rez-de-chaussée sans voir le moindre signe de vie, puis j'ai emprunté l'escalier de service étroit. Dans le temps, il était réservé aux domestiques. Ils ne les appelaient plus comme ça, mais cette famille payait bel et bien des gens qui venaient chaque jour faire le ménage. Et quand ils organisaient des soirées, ils prenaient un traiteur.

Ce n'était pas le foyer le plus riche où j'avais habité, loin de là. Il n'y avait ni employé de maison, ni piscine intérieure. Mais ça ne faisait aucun doute qu'ils vivaient confortablement. Mieux, de toute évidence, que la famille de Denise. Leur maison comptait six chambres et cinq salles de bains.

Je suis montée dans une chambre dont je me souvenais particulièrement bien, au deuxième étage. C'était celle de Tess, avec un plafond voûté, des poutres apparentes et une cheminée électrique.

Elle était en bazar, par rapport au reste de la maison – des vêtements entassés par terre, un soutien-gorge à pois vert citron accroché à l'une des colonnes de lit.

J'ai ôté mon sac à dos, je l'ai déposé sur le lit, et je me suis dit que peut-être, je pourrais dormir là, à l'endroit où elle dormait toutes les nuits. Mon estomac s'est retourné.

Ce n'était pas bien de traîner dans sa chambre, et je le savais. C'était bizarre.

Mais c'est précisément ce que j'étais. Une fille bizarre. C'est pourquoi des gens avaient déboursé des sommes astronomiques pour se débarrasser de nous, nous prenant pour des fantômes, des démons, ou encore une invasion de ratons laveurs. Rien que des nuisibles, des êtres infects et sinistres.

J'avais appris à connaître Tess comme un espion apprend à connaître quelqu'un. Comme une mouche sur un mur qui observe. Je l'avais regardée dormir. J'avais lu son journal. J'avais lorgné par-dessus son épaule quand elle le rédigeait, et suivi attentivement le stylo qui traçait les courbes de chaque lettre.

Pour tout vous dire, je n'en suis pas fière.

Mais j'avais mes limites. Je détournais le regard quand elle était nue. Je m'obligeais à le faire. Je fermais les yeux. Effrayée, dégoûtée de moi-même et de mon désir.

Je l'avais néanmoins déjà aperçue très peu vêtue. En soutien-gorge et en petite culotte, ce qui n'était pas mieux. J'essayais peut-être de me prouver que je n'étais pas répugnante.

Mais non, je ne dupais personne.

J'étais répugnante. Et je me détestais pour cette raison.

Je ne sais pas si ça compte, mais il n'a jamais été question de son apparence. Je la trouvais belle, mais je ne l'aimais pas pour ça. Je crois que c'était l'inverse : je la trouvais belle car je l'aimais.

Dans la chambre déserte, j'ai regardé sous le matelas. J'ai tendu la main pour tâter la cachette où elle laissait son journal d'habitude. Il n'y était pas.

J'ai inspecté les tiroirs de la table de chevet. Et le bureau. J'ai feuilleté un livret épais, mais ce n'était que des cours de maths, avec des gribouillis occasionnels.

J'étais en train de chercher sous le bureau, au cas où le journal serait coincé contre le mur, caché, quand j'ai entendu une porte claquer en bas.

Il n'y avait qu'une seule et unique personne dans cette maison pour claquer les portes comme ça.

Sans prendre le temps de réfléchir, je me suis levée en vitesse, j'ai ramassé mon sac, je me suis élancée dans le couloir, j'ai descendu l'escalier de service ventre à terre et débarqué au rez-de-chaussée en faisant un dérapage pour m'arrêter juste devant la cuisine.

Elle était là.

Frick Park

Ce que j'aimais chez Tess, c'était toute la colère qu'elle portait en elle, qui irradiait comme de la chaleur, comme des rayons de soleil bien définis. Un jour, elle avait jeté un œuf sur un type au beau milieu d'un centre commercial parce qu'il lui avait dit un truc déplacé. Ses yeux avaient lancé des éclairs, et elle s'était éloignée, comme si chacun de ses pas maudissait la Terre entière, en distribuant des doigts d'honneur à tout va.

Je la voyais exprimer tout ce que j'avais en moi, et que je ne pouvais jamais laisser sortir. C'était probablement la toute première raison pour laquelle j'avais craqué pour elle : cette facette ostentatoire et rebelle.

Mais ce n'était que la partie émergée de sa colère. Celle que tout le monde pouvait voir.

Il y avait autre chose, une part secrète, que moi seule connaissais.

Ça a commencé comme ça : je l'ai suivie un soir, juste avant le coucher du soleil, alors qu'elle faisait le mur et venait de refermer tout doucement la porte derrière elle. Je croyais qu'elle allait en soirée ou à un concert, et que je m'apprêtais à voir des ados mener leur vie d'ados – tout ce qui m'était interdit, en somme. Tout ce que je ne ferais jamais.

Je l'ai accompagnée dans le quartier de Squirrel Hill, jusqu'à Frick Park, dans lequel elle s'est enfoncée. Elle s'aventurait au-delà des allées pavées, loin des couples qui s'embrassaient et des petits chiens de compagnie qu'on promenait. Je suis restée sur ses talons le long d'un sentier boueux. On est passées devant un canal, des caisses en bois abandonnées au pied d'une colline, un tas de graviers, puis on a emprunté un passage où seul un petit muret nous empêchait de dégringoler dans une pente abrupte. Puis la vue s'est dégagée sur l'ouest de la ville, comme un grand carnaval de lumières scintillantes en contrebas.

Je l'ai suivie le long d'un chemin qui n'était plus qu'une ébauche – un simple sillon au milieu des branches. Le ciel devenait sombre et je suis restée auprès d'elle, au cœur de la forêt, là où une adolescente ne devrait peut-être pas s'aventurer seule.

Mais elle n'était pas seule. Plus maintenant. J'étais là, et déjà, cette première fois, j'avais le sentiment que j'aurais pu faire n'importe quoi pour elle.

Une fois bien enfoncée dans les bois – assez pour ne plus percevoir aucun signe de civilisation, ni de gens, ni même des voix lointaines, rien que Tess, les arbres et moi – elle s'arrêtait, cette fois-là comme toutes les autres qui suivirent, et elle se mettait à tout casser.

Dans ses poches, il y avait des tasses en porcelaine qu'elle ramenait de chez elle. Des verres à pied. Des petits bibelots en cristal. Les bracelets de sa mère. De tout petits objets, précieux et chers.

Tess s'en emparait et lançait le tout, très fort, contre l'arbre le plus proche. Les verres à vin délicats explosaient.

Certaines babioles survivaient, alors elle les jetait encore, et encore, jusqu'à ce qu'elles se brisent. Puis elle rassemblait en tas les morceaux de verre, de porcelaine, de cristal ou de métal déformé, qu'elle piétinait, à plusieurs reprises, qu'elle écrasait avec une pierre jusqu'à ce qu'ils soient en mille morceaux, complètement pulvérisés.

Une fois en miettes, réduits à l'état de poussière et rendus à la terre, Tess cherchait autre chose, frénétique et insatisfaite. Elle trouvait des branches de bois sec, les cassait d'un coup de genou et les mettait en pièces de ses mains nues, jusqu'à s'écorcher les paumes et saigner.

Rendue là, elle transpirait et reprenait son souffle – elle n'avait plus aucune énergie.

Elle essuyait ses mains sur son jean, s'épongeait le front avec la manche de sa chemise, dévoilant pendant une seconde une bande de ventre pâle dans la nuit. Puis elle tournait les talons et se dirigeait vers la sortie du parc.

Sans faire le moindre bruit, je la suivais comme son ombre.

9

Et la voilà qui se tenait à quelques mètres de moi. Tess.

Elle n'avait pas beaucoup changé en deux ans. Ses cheveux étaient un peu plus courts. Ses vêtements étaient sombres, comme d'habitude. Elle était mince comme un fil. Et par là, je ne veux pas seulement dire qu'elle était fine. Il y avait chez elle une tension permanente, comme une corde de guitare tendue qui pourrait claquer à tout moment. Je crois que c'était la raison pour laquelle j'étais descendue du bus, autant que pour la veste noire. Il y avait un peu de ça aussi chez Neely, la fille de l'autre maison.

La mère de Tess, qui était à l'étage, l'a appelée. Je n'avais pas eu conscience qu'il y avait d'autres personnes dans la maison – c'était une bonne chose que je me sois déplacée sans faire le moindre bruit, comme d'habitude.

Tess a laissé tomber son sac par terre et s'est dirigée vers le frigo. Elle en a sorti une brique de lait au chocolat, avant d'attraper un verre sur l'étagère.

J'ai fait un pas vers elle, osant à peine respirer. J'étais assez proche pour voir le grain de sa peau, ses lèvres gercées, sa petite cicatrice en relief sous l'œil gauche. Et toutes ses taches de rousseur, moins visibles ce jour-là qu'en plein été, quand je l'avais vue pour la première fois.

J'avais rêvé de ce moment pendant deux ans. J'avais répété un million de scénarii dans ma tête. L'endroit où on se retrouverait. À quoi elle ressemblerait. Ce que je dirais. J'avais imaginé des tirades et des grands discours.

Elle s'est servi un verre de lait.

J'ai pris une grande inspiration.

Bonjour, Tess, voulais-je dire. Des mots simples, pour commencer.

J'ai ouvert la bouche pour parler.

Elle a avalé une gorgée de lait chocolaté.

J'ai expiré.

Il y avait un mur entre nous. Une fenêtre fermée. Du verre. Je voyais au travers, mais c'était tout. Je ne pouvais pas entrer.

Il y avait eu trop d'années de silence, trop de conditionnement à ne jamais faire de bruit. Comment était-ce possible ? Comment pouvais-je décemment lui parler ?

Cette idée était stupide et téméraire. J'avais les paumes de main moites, et mon cœur faisait un bruit sourd.

Sans la maladie de ma mère et sans son... départ, j'aurais suivi le plan, même s'il n'était pas terrible, que j'avais échafaudé quelques jours plus tôt. On serait arrivées à Pittsburgh. On serait allées à L'Usine à matelas. On aurait déjeuné – pourquoi pas ? Puis j'aurais dit que je voulais voir un film. J'aurais choisi le film parfait. Récent et violent. Ma mère, j'en étais sûre, m'aurait dit d'y aller seule. La foule et l'agitation des salles de cinéma l'auraient rebutée.

Et zou, je me serais mise en route vers la maison de Tess. Je l'aurais retrouvée.

C'est là que le plan, jusqu'ici plutôt cohérent, volait en éclats : il y avait des centaines d'éventualités, chacune plus tranchante que la suivante, plus terrifiante et plus palpitante. Il fallait que je fracture cet écran de verre d'une manière ou d'une autre, que je l'explose.

— Tess, ai-je réussi à lâcher.

Juste un murmure. À peine audible.

Elle s'est raidie et n'a pas cillé. Je me suis souvenue de Christy avec la maison en Lego des années auparavant, et de son hurlement. J'ai eu envie de partir en courant.

Mais il fallait être courageuse. Digne d'une vraie personne.

— Tess, ai-je répété un peu plus fort en m'étranglant à moitié, la voix rauque, presque éreintée.

Son verre s'est fracassé par terre sans se briser. Il a roulé dans un coin en répandant le lait chocolaté en arc de cercle boueux.

Elle s'est précipitée pour sortir de la cuisine.

— Maman ! a-t-elle crié. Maman !

Il y avait une touche de nervosité dans sa voix. Je l'ai entendue monter les marches.

Ce n'était peut-être pas aussi désastreux qu'avec Christy. Mais pas génial non plus.

J'étais tellement bête. Je n'avais rien à faire là. Je n'aurais jamais dû venir. Ma mère était malade. Elle était peut-être morte.

Le sac à dos de Tess était par terre, à l'endroit où elle l'avait laissé. Je l'ai ouvert pour chercher son journal et j'en ai sorti un cahier ainsi qu'un agenda couvert d'autocollants. Une petite feuille de papier pliée en deux en est tombée.

Je l'ai dépliée. C'était la photocopie d'un flyer dessiné à la main. Il y avait un croquis de chauve-souris tout en haut, avec écrit en lettres majuscules : SOIRÉE D'HALLOWEEN / GARDE L'INFO POUR TOI / AVEC CONCERT DES SQUIRREL KILL. En-dessous, une heure et une adresse.

Tout prenait sens. Le nom de la rue, le numéro : c'était la maison où j'avais atterri après avoir suivi Neely le matin même. Celle où ma mère avait disparu. Je me suis souvenue des flyers que Denise avait sortis de son bureau.

La fête aurait lieu le soir même. Et Tess avait reçu une invitation.

Peut-être que c'était le destin ?

Encore une fois, j'avais suivi Neely parce qu'elle ressemblait à Tess. Alors ce n'était pas improbable qu'elles traînent dans le même groupe. J'ai soigneusement remis le flyer à sa place, puis je suis descendue au sous-sol en courant, et je me suis faufilée par la fenêtre avant de traverser l'immense jardin.

Sur le chemin, j'ai pensé à ma mère qui serait peut-être là à mon arrivée. Peut-être en colère parce que je m'étais absentée. Et j'en serais plus que ravie.

La culpabilité me rongeait. Je n'aurais pas dû m'éloigner d'elle. Et si elle avait besoin d'aide ? Je me suis trompée de rue et je suis tombée sur un grand cimetière barricadé. J'ai longé la barrière sur plusieurs pâtés de maisons et je suis passée devant un portail en fer forgé avant de retrouver le bon chemin. Quand j'ai fini par arriver chez Denise, la porte était encore verrouillée, alors je me suis assise sur le perron et j'ai attendu, en me faisant la remarque que j'étais la fille la moins douée de l'histoire tout entière.

Dès qu'une voiture ou une personne passait, je me levais d'un bond, avant de me ratatiner de nouveau.

La nuit tombait quand Denise est arrivée. J'ai repéré ses boucles bleues et violettes de loin, et une vague de soulagement m'a envahie. Elle portait un paquet à la forme bizarre, emballé dans un sac poubelle, et plusieurs sacs de course qui, je l'ai deviné à mesure qu'elle approchait, contenaient essentiellement du soda.

Elle s'est engagée dans l'allée, et je me suis engouffrée par la porte juste derrière elle comme une bourrasque de vent.

Je me suis dépêchée de la dépasser et j'ai monté les marches quatre à quatre. La chambre de Denise était comme je l'avais laissée, futon renversé, draps et couvertures en tas dans un coin. Le regard vide de Cindy était tourné vers la fenêtre.

— Maman ? ai-je appelé doucement.

Pas de réponse.

J'ai fait le tour de la pièce. J'avais besoin de sa présence, et j'avais besoin de savoir qu'elle allait bien.

Le désespoir m'a envahie encore une fois, tel un hurlement silencieux. J'avais imaginé que tout rentrerait dans l'ordre à mon retour. Mais j'étais de retour, et rien n'allait.

J'ai fouillé la maison. L'étage du bas. Le salon où Jules installait les crânes décolorés sur le rebord de la cheminée en briques. La cuisine où Denise rangeait les courses. Aucune trace de ma mère.

À l'étage, j'ai inspecté la salle de bains, et j'ai ouvert les portes des pièces que je n'avais pas encore explorées. La première était une chambre de la même taille que celle de Denise, avec un lit double au lieu du futon. Les murs étaient couverts de dessins et de photographies du sol au plafond.

J'y ai reconnu Jules et Denise. On aurait dit la chambre d'un adulte, d'un parent.

La seconde porte menait à un autre escalier raide. Je suis montée et je me suis retrouvée dans une jungle.

Il y avait des pots en terre cuite et des seaux de jardinage alignés sur le sol, tous remplis de verdure. Des plantes étaient suspendues au plafond, leurs longues feuilles en pattes d'araignées descendaient assez bas pour caresser mes cheveux. Une vigne serpentait le long du mur et autour de plusieurs clous plantés exprès. Les derniers rayons du soleil couchant passaient par les Velux.

Cet endroit me rappelait Albuquerque, une ville dans laquelle on avait passé pas mal de temps. J'avais envie d'en parler à ma mère. Lui montrer cette pièce et lui dire : *Tu vois, exactement comme cette femme dans le désert, qui était complètement obsédée par les plantes.*

— Maman ? ai-je lancé.

Pas de réponse, évidemment.

Le sol a grincé très fort sous mes pieds. J'ai grimacé. Les lattes de parquet étaient bleues, et la peinture se décollait par endroit, comme une écorce. En dessous, on voyait le bois foncé et nu.

Plus loin dans la pièce, un matelas une place était posé sur deux palettes en bois. À côté, un portant en métal était couvert de vêtements colorés. Il y avait une commode, aussi, et des tonnes de plantes grasses posées dessus. Des bracelets dorés et des colliers de perles pendaient aux branches d'un petit cactus.

Plusieurs toiles étaient posées contre la commode. J'étais en train d'en soulever une pour la regarder – une explosion de taches colorées, signée JULES dans un coin – quand un détail, sur l'une des plantes, a attiré mon attention. Une fleur étrange. Argentée et brillante. Je me suis approchée pour l'examiner, mais en me penchant, j'ai compris que ce n'était pas du tout une fleur. Je l'ai extraite d'un enchevêtrement de feuilles.

C'était un emballage de barre de céréales.

Quand elle a disparu, ma mère en avait dans son sac à dos.

Ce n'était pas une coïncidence, n'est-ce pas ? Ça ne pouvait pas être le fruit du hasard. J'ai froissé l'emballage au creux de ma main, et je l'ai déplié, puis froissé, et déplié. Ce papier de rien du tout devenait un indice.

Ça signifiait sûrement qu'elle était vivante. Et qu'elle se nourrissait de barres de céréales. Avant de jeter ses déchets n'importe où. Ma mère n'était pas morte. Elle était là, quelque part.

Invisible. Même pour moi.

Albuquerque, Nouveau-Mexique

Dans le sud-est, les bâtiments, comme les arbres, sont bas. Ou alors c'est juste l'impression que donne l'ombre des montagnes. Les gens ont du gravier en guise de pelouse. Il fait trop chaud et sec pour faire pousser du gazon. La pluie, s'il y en a, se déverse par torrents imprévisibles. Le sol, pris de court, ne sait pas quoi faire de toute cette eau qui inonde les rues une dizaine de minutes avant de s'évacuer. L'air ne devient pas plus frais, l'odeur de goudron persiste, aussi forte que la fumée qui suit un incendie.

À Albuquerque, il y a des bandes turquoise de chaque côté de la route. Les fenêtres des maisons sont striées de barreaux, turquoise eux aussi, pour éloigner les voleurs. Et nous.

Avec ma mère, on a vécu deux mois en centre-ville, dans un pavillon des années soixante-dix avec un terrarium en guise de salon. Entrer dans cette maison, c'était exactement comme entrer dans le grenier de Jules : c'était franchir le seuil d'un autre monde. Le contraste entre l'extérieur, chaud et sec, sous un soleil de plomb, et l'intérieur, vert, frais et humide grâce à la climatisation, tenait du miracle.

La femme qui vivait là possédait toutes sortes de plantes. Chaque matin, elle s'en occupait avec amour, elle y mettait le soin d'une mère. Elle enlevait les feuilles mortes. Arrosait, pulvérisait, ou administrait un peu d'engrais. Elle chantait pour elles et caressait leurs feuilles.

Je m'asseyais à mon endroit préféré – derrière une feuille de bananier et une feuille de figuier en forme de violon – et j'imaginais qu'elle chantait pour moi aussi. Que ses paroles m'étaient adressées. J'imaginais être une plante qu'on cajolait pour en accélérer la croissance. J'imaginais être aimée.

10

Je me suis installé une cachette dans le grenier de Jules, comme celle d'Albuquerque. Je me suis calée entre le mur et une énorme plante en pot, dont les grandes feuilles ressemblaient à des oreilles d'éléphant. Un écran de verdure entre le monde et moi. Il faisait nuit, la pièce était plongée dans la pénombre. J'ai terminé le fromage et les biscuits apéro, et j'ai attendu un signe.

Une heure plus tard, Jules a monté l'escalier pour se changer (j'ai fermé les yeux), avant de s'assoir un bon moment devant la coiffeuse pour se peindre le visage.

Et je veux vraiment dire « peindre ». Pas du maquillage, mais des tubes d'aquarelle vidés sur le couvercle d'un Tupperware et appliqués, en rayures et en pois de couleurs vives, à l'aide d'un long pinceau. Un gros livre était posé sur la coiffeuse, et Jules le consultait régulièrement.

Après son départ, une fois l'atelier peinture terminé, je me suis faufilée vers la coiffeuse et j'ai vu qu'il s'agissait d'un livre d'art, ouvert sur un portrait de Matisse : *Femme au chapeau, 1905.* Jules l'avait pris pour modèle, et en avait copié les formes et les couleurs. Du lilas pâle pour souligner les joues. Un point jaune au bout du nez. Je me suis assise et je me suis observée avec attention.

Pour une fille invisible, je suis plus vaniteuse qu'on pourrait le croire.

Je n'ai rien d'un vampire. Les miroirs reflètent un peu les infrarouges, donc je peux m'y voir, même si les autres ne le peuvent pas.

Mon apparence change selon ce qui se trouve derrière moi. Je me vois transparente. Une fille en verre. Comme une fenêtre. Si je suis devant un mur fleuri, je suis couverte de roses.

J'ai fait des expériences pour trouver la combinaison la plus flatteuse. J'ai essayé le visage d'autres personnes. Scotché des pages de magazines sur le mur derrière moi. En trouvant la bonne configuration, il y avait moyen d'aligner mes yeux avec ceux d'un mannequin ou d'une célébrité. Je voyais leur nez se fondre dans le mien. J'ajustais ma bouche pour imiter leur expression.

Un déguisement, un masque.

Et le but de tout ça ? Personne n'en a la moindre idée.

Je ne sais pas vraiment à quoi je ressemblerais si je n'étais pas transparente. Ma mère et moi sommes pâles, presque incolores. Nous n'avons pas la peau brune, ni bronzée, ni beige, ni rose. Nos cheveux ne sont pas noirs, ou auburn, ou blond, ou encore châtain. Nous avons la couleur d'une bulle de savon, sans l'irisation arc-en-ciel. La couleur d'une eau de vaisselle, insipide.

Je me suis toujours trouvée laide. De ce que je vois, mes traits sont quelconques, presque repoussants. J'ai le nez de traviole, un œil un peu plus gros que l'autre, comme deux taches sur une vitre qui gâcheraient la vue sur un beau paysage.

Alors ça aurait dû être une bénédiction que personne ne puisse me voir, pas vrai ?

En bas, j'ai entendu la porte d'entrée s'ouvrir et se fermer à plusieurs reprises. J'ai collé mon oreille au plancher. Une multitude de voix montaient jusqu'à moi. D'autres que celles de Neely, Denise et Jules. J'entendais de la musique.

— Maman, ai-je dit en m'adressant à la pièce, si tu ne reviens pas tout de suite, je vais à cette foutue soirée.

Il y a eu des rires étouffés en bas. Mais dans le grenier il n'y avait rien que le silence, le noir, le bruit des plantes qui poussaient tout doucement.

De retour dans ma cachette, je me suis forcée à attendre. J'ai essayé de deviner, à partir du vacarme sourd, combien de personnes étaient en bas. Des portes s'ouvraient et claquaient. Des voix s'élevaient et retombaient. Si c'était une grosse soirée, je pourrais me fondre dans la masse. J'avais un costume qui était prêt, même si j'avais prévu de le porter à New York et non à Pittsburgh.

Quand ma montre a indiqué vingt-deux heures, j'ai décidé que j'avais assez attendu.

En descendant en douce au premier étage, j'essayais de me convaincre qu'il ne s'agissait pas que de Tess et d'une pulsion égoïste. Le volume sonore de la soirée a considérablement augmenté. Je me suis arrêtée dans la chambre de Denise, j'en ai fait le tour en appelant ma mère tout bas, à l'affût d'un autre emballage. Tout ce que j'ai repéré, c'est le sac à main de Denise, posé aux pieds du bureau. Je me suis agenouillée et j'y ai plongé la main pour en sortir la clé de la maison. On ne pourrait plus m'enfermer dehors.

Je suis allée dans la salle de bains, j'ai claqué la porte et fermé le verrou. J'ai enlevé mon sac à dos et j'en ai sorti une robe soigneusement pliée. Elle coûtait cinq mille dollars.

Enfin, elle aurait coûté cinq mille dollars si je l'avais achetée. Je n'avais évidemment pas déboursé un seul centime. Je l'avais tout simplement prise dans une boutique de robes de mariée, dans le centre de Chicago.

J'avais imaginé des gens en train de l'admirer, lors d'une grande soirée d'Halloween glamour en plein Manhattan.

La robe tombait jusqu'au sol et avait de longues manches – ce qui était primordial.

Des rangées de perles irisées et de petites pierres dessinaient des motifs sophistiqués sur le buste et les manches. J'avais choisi la robe précisément pour cette raison : avec tout ça, elle était lourde. Solide. Et il me fallait une armure infaillible.

Peu importe à quel point j'avais hâte qu'on me voie avec un déguisement : ça me terrifiait. J'ai retiré mon jean et mon T-shirt à manches longues et j'ai enfilé un fond de robe, très près du corps, avec un col montant. La jupe s'arrêtait au-dessus du genou. Elle était faite pour souligner les formes, mais pour moi, ce n'était qu'une couche supplémentaire que personne ne verrait.

J'ai sorti deux paires de collants. Celle du dessus, puisqu'elle ne touchait pas ma peau, était visible. Puis deux paires de gants. Ma paire habituelle, en soie lilas, soigneusement rentrée dans mes manches. Et par-dessus, une deuxième que j'avais volée au magasin de robes de mariée : plus ample, blanche et visible.

Il a bien fallu faire quelques contorsions pour rentrer dans la robe, tandis que les perles s'entrechoquaient et que les tissus froufroutaient. J'ai dû me tortiller dans tous les sens pour atteindre la fermeture Éclair dans le dos. Normal que ce soit traditionnellement le boulot de la demoiselle d'honneur. Ma mère m'aurait aidée, peut-être, si elle avait été là.

J'ai repensé à la fresque que j'avais aperçue un peu plus tôt dans la journée, et à la mariée sur les marches. Qui était seule, elle aussi.

Quelqu'un a frappé à la porte. Mon instinct m'a pétrifiée, je n'ai plus fait un seul bruit. Il m'a fallu plusieurs tentatives avant de retrouver ma voix.

— Il y a quelqu'un, ai-je tenté dans un murmure laborieux.

On a frappé encore une fois. J'ai réessayé. Plus fort.

— Y a quelqu'un !

Un frisson de nausée m'a parcourue tout entière.

Quelqu'un. C'est-à-dire moi.

Figée par la peur, je suis restée immobile encore quelques secondes. Pas de réponse. Je suis retournée à ma fermeture Éclair.

Une fois enfilée, j'ai attentivement inspecté la robe dans le miroir. Aucun centimètre carré de tissu ne touchait ma peau nue, elle était donc bien matérielle et visible. J'ai gigoté un peu pour vérifier qu'elle ne risquait pas de devenir transparente. J'avais tout prévu, comme chaque année.

Enfin, j'ai sorti mes baskets et j'ai rentré une cagoule de ski dans le col de ma robe. Par-dessus, un masque de squelette avec, en relief, des os en plastique blanc. Comme touche finale, une perruque avec une crinière blanche comme la mort, que j'ai accrochée à la cagoule aussi vite que j'ai pu.

On a frappé à la porte de nouveau. Des coups lourds et insistants.

— Une minute, ai-je crié.

Cette fois les mots m'étaient venus plus facilement. J'ai dandiné de la tête pour essayer de voir à travers les trous des yeux, qui réduisaient ma vision à un tunnel étroit.

J'étais visible. Enfin, en tout cas, mes vêtements l'étaient : robe de mariée, gants, tête de mort en plastique, perruque. Pas tout à fait moi, mais un visage et un corps. Un rôle que je pouvais jouer.

J'ai caché mon sac à dos dans la baignoire, derrière le rideau de douche, où les crânes se trouvaient un peu plus tôt. En revanche, j'ai gardé sur moi les clés de la maison : je les ai glissées dans ma basket, la robe de mariée n'ayant malheureusement pas de poches.

En ouvrant la porte, mes mains tremblaient terriblement. *Ce n'est qu'une pièce de théâtre,* me suis-je dit. *Un spectacle que tu as répété plein de fois.*

Ce n'est pas de la peur : c'est de l'excitation. Tu t'apprêtes à monter sur scène. Le rideau va se lever.

De tout ce qu'il y a d'absurde dans ma vie, c'est peut-être le pire : quand j'étais petite, mon plus grand rêve, c'était de devenir actrice.

Travailler sous les feux des projecteurs. Impossible.

J'ai ouvert la porte et je suis passée devant la personne qui était là sans la regarder, ce qui ne demandait pas un grand effort puisque le masque amputait mon champ de vision. Je ne voulais pas lui donner une chance de poser des questions. « Tu sors d'où comme ça ? » ou pire encore : « Mais, t'es qui en fait ? »

Ma robe traînait sur les marches de l'escalier, les perles et les pierres tintaient. J'étouffais à cause de la chaleur, mais je ne pouvais pas me passer des multiples couches de vêtements. Je m'aidais du mur et je faisais de mon mieux pour ne pas trébucher. Une fois au rez-de-chaussée, je me suis dirigée vers le salon.

Toutes les têtes se sont tournées vers moi. Les regards étaient braqués. Droits. Sur. Moi.

Quelque part dans le Maine (je crois)

La toute première fois que je me suis déguisée, c'était dans une petite ville de la Nouvelle-Angleterre dont j'ai oublié le nom. C'est bête, mais j'avais eu l'idée en regardant un dessin animé. Je me souviens d'un moment en particulier.

Moi : silencieuse, perchée sur le dossier du canapé pendant que des enfants visibles regardent la télé.

À l'écran : un fantôme de drap blanc, des trous à la place des yeux, qui flottait dans les airs, errait dans les couloirs et effrayait les gens. « N'ayez pas peur », disait l'un des personnages. « C'est évident que ce n'est qu'une personne enroulée dans un drap ». Très fier de lui, absolument triomphant et convaincu de sa propre hypothèse, le personnage tend le bras et soulève le drap.

Mais en dessous : rien.

Rien d'autre que du vide.

Ça m'a frappée comme une révélation : *C'est moi,* me suis-je dit. *Cet épisode parle de moi.* J'ai dégringolé du canapé et j'ai couru pour retrouver ma mère.

Je lui ai expliqué le coup du fantôme et du drap. Elle ne comprenait pas en quoi ça avait une portée existentielle ou bouleversante. Alors il a fallu que je le formule pour elle : si je portais un costume, les gens penseraient qu'il y avait une personne normale en-dessous. Ils ne se poseraient même pas la question.

Alors, pourquoi ne pouvais-je pas en profiter ? Pourquoi ne pas me joindre aux autres enfants pendant Halloween ?

Ça m'a bien pris deux semaines de persuasion et de flatteries.

— Si c'est des bonbons que tu veux, disait ma mère, je peux aller t'en chercher autant que tu veux.

Mais évidemment, ça n'avait rien à voir avec ça.

Quand la tournée d'Halloween a fini par arriver, et quand les enfants de la maison où on vivait ont débarqué dans leur déguisement de Power Ranger rose, de tigre ou encore de sorcière, je me suis cachée dans la haie puis je les ai suivis, couverte d'un drap avec des trous pour les yeux (et une cagoule de ski en-dessous, deux paires de collants, deux T-shirts et deux paires de gants).

Je n'ai pas prononcé un seul mot cette nuit-là, ni à un autre enfant, ni aux adultes qui distribuaient des bonbons.

Mais je me souviens de l'onde de choc qui me parcourait dès que je frappais à une porte, dès que je montais les marches d'un perron ou que quelqu'un me regardait bien en face. « Viens-là, le petit fantôme », me disait-on. Je me cramponnais à la taie d'oreiller dans laquelle je recueillais les bonbons, mes petites mains gantées tremblaient. On me souriait, on m'offrait des chocolats. On se moquait, de temps en temps, de mon silence, et du fait que j'étais à fond dans le personnage, ou alors on me demandait, avec une pointe d'inquiétude, si j'étais toute seule (ma mère n'était jamais loin, elle rôdait sur le trottoir, invisible).

Elle détestait ça, mais chaque année je la suppliais, et elle finissait par céder.

Je passais des mois entiers à préparer mes costumes, le temps de rassembler ou de confectionner les différentes pièces. Toujours un masque pour couvrir le visage, bien sûr, et des vêtements pour dissimuler le corps. La deuxième année, j'ai réussi à grommeler : « des bonbons ou un sort ! » à voix basse et : « merci » lorsqu'on me complimentait sur mon costume. L'année suivante, j'ai parlé, pas très sûre de moi, avec les autres enfants. « Salut. Cool, ton déguisement. Tu veux échanger des bonbons ? » Il est très probable que tout ça leur venait naturellement, mais, de mon côté, chaque interaction était une montagne à gravir. Prononcer le moindre mot, c'était comme descendre en rappel le long d'une falaise à pic – je cherchais des prises, je prenais mon courage à deux mains puis je me tournais vers le vide et je m'élançais à corps perdu, dans une terreur comparable à celle de la chute libre. Je suis sûre que les autres pensaient que j'avais un problème. Et ils n'avaient pas tort.

Certains étaient gentils. D'autres se moquaient de moi ou m'ignoraient. Je faisais le plein d'interactions pour l'année à venir, je les rejouais sans cesse dans ma tête, les bonnes et les mauvaises. Je les soupesais, les évaluais, j'imaginais ce qui aurait pu les rendre différentes, j'anticipais pour mieux m'en sortir la prochaine fois.

Ça me suffisait.

Ça ne me suffisait pas.

Mais c'était tout ce que je m'autorisais à vivre.

11

La soirée était moins bondée que prévu, mais j'entendais de la musique venir d'une autre pièce de la maison. J'ai balayé le salon du regard, mal à l'aise. Il y avait une méduse et une fille aux oreilles de chat assises sur le canapé. Harley Quinn et d'autres costumes que je ne reconnaissais pas près de la cheminée.

Je faisais tache. Tess avait le même âge que moi, et Neely avait parlé à Denise de décrochage scolaire, je devais être dans une soirée de lycéens. Ma robe était beaucoup trop habillée. J'ai vérifié que mon masque était bien en place. Je n'avais plus qu'à jouer mon rôle, et me comporter comme une lycéenne normale en soirée.

Avec tout ce que ça pouvait bien impliquer.

Boire un verre. C'est assurément ce que mon personnage, Madame Tout-le-Monde, voudrait dans ce genre de situation. Je me suis frayée un chemin dans le salon, étourdie, déjà ivre du regard des gens. Personne ne remettait en question ma présence – c'était déjà ça.

Des cierges brûlaient dans des bougeoirs sur le rebord de la cheminée, les flammes scintillaient et vacillaient, et entre elles étaient disposés les fameux crânes. J'ai gratifié chaque tête de mort d'un petit signe de la tête et je me suis glissée dans la cuisine.

Le plan de travail était saturé de boissons. Du soda. Des packs de Heineken. De la vodka premier prix. Des gobelets en plastique rouge. Les mains tremblantes, je me suis servi une vodka limonade, avant de constater que je ne pouvais pas boire avec mon masque. Le cocktail avait l'air infect, de toute façon.

Ma mère m'avait laissée boire mon premier verre à quatorze ans. Une coupe de champagne pour le réveillon. « Il faut que tu saches que l'alcool ne fait pas de miracle », avait-elle dit. « Ce n'est pas le fruit défendu de l'arbre de la connaissance. Juste une boisson avec des effets chouettes, suivis d'autres effets beaucoup moins chouettes. »

J'avais passé le test haut la main, j'imagine, en buvant mon unique coupe de champagne sans en réclamer une deuxième. Par la suite, il nous arrivait de boire un verre ensemble, volé sous le nez d'un client distrait, dans un bar prestigieux à la lumière tamisée, ou directement issu de la cave à vin personnelle d'une famille de riches détestables.

Peut-être que ce n'était pas normal, mais chez nous rien ne l'était vraiment.

Je crois que tout ça m'a rendu un peu snobe. J'adore boire un bon Gin Fizz à la prunelle, un Sazerac ou un Sidecar. Siroter un whisky à la menthe sous un porche du Mississippi. Ou un Vieux Carré, assise sur un toit-terrasse dans le Quartier Français de la Nouvelle-Orléans.

Toutes les personnes présentes à cette soirée m'auraient certainement prise pour une fille insupportable et prétentieuse. Je savais bien que les jeunes de mon âge buvaient

– s'ils buvaient – pour se bourrer la gueule, avec absolument tout ce qui leur passait sous la main.

Je ne sais pas vraiment ce que ça veut dire, d'avoir dix-sept ans. Je me suis toujours sentie trop âgée ou trop jeune. Un petit vieux ratatiné qui sirote son whisky vieilli en fût, ou au contraire, un bébé naïf qui ne sait ni conduire une voiture, ni payer à la caisse d'un supermarché, ni discuter avec un autre être humain.

J'ai entendu quelqu'un derrière moi et j'ai fait volte-face. Les perles de ma robe ont tinté. Jules était sur le pas de la porte, sourcils froncés. Je devais avoir un air absurde, agrippée à mon gobelet comme si j'étais pétrifiée. Iel portait un haut en soie à fleurs, une longue jupe et un chapeau de plage à grands rebords. Son visage, marbré de taches de couleurs vives, était une reproduction exacte du tableau de Matisse.

Une seconde est passée. Puis une autre. Et encore une. Un silence assez long pour être gênant. Et m'assurer que la phrase qui sortirait de sa bouche entrouverte ressemblerait à quelque chose comme : « Mais t'es qui, toi, et qu'est-ce que tu fous dans ma cuisine ? ».

— Matisse ! ai-je craché dans une panique aveugle.

Son regard inquiet s'est immédiatement transformé en sourire.

— C'est toi, Shawna ?

Jules a examiné le masque d'un peu plus près. Sans le vouloir, j'ai eu un mouvement de recul.

Iel souriait encore. J'ai compris que j'étais censée répondre. Évidemment. C'est comme ça qu'une conversation fonctionne.

J'ai secoué mon masque pour dire non. C'était simple comme bonjour, et moi, j'étais une débile profonde. Je n'étais tellement pas préparée.

— Ah, a dit Jules en penchant la tête. Tu es qui alors ?

Il fallait bien dire quelque chose :

— Sam.

C'était l'un des prénoms que Neely avait mentionné devant Denise le matin même. Sam, une connaissance rencontrée lors d'un concert. C'était risqué. Et Sam était peut-être un garçon. Mais ça n'avait sûrement aucune importance : c'était une soirée queer, et ça, c'était cool. En revanche, Sam était peut-être déjà là.

— Qui t'a invitée ? a demandé Jules.

Personne.

— Neely, ai-je répondu.

Je ne parlais pas assez fort, j'en avais bien conscience, et le masque étouffait ma voix encore plus. Jules devait se pencher pour m'entendre. Mon cœur battait la chamade.

— Ben, moi c'est Jules, et ma cousine, c'est Denise, a-t-iel lancé en décapsulant une Heineken. Tu la connais aussi ?

J'ai hoché la tête doucement, avec assez peu de conviction. J'avais reculé sans le remarquer. Le bas de mon dos s'écrasait contre le bord du plan de travail. L'intérieur du masque était trempé de condensation. J'aurais aimé pouvoir l'enlever. Mais il était, dans les faits, mon visage.

— Tu vas à l'APSV ? a demandé Jules.

Cette conversation allait beaucoup trop vite pour moi.

Devais-je dire oui ? Non ? Je ne savais pas ce qu'était l'APSV, et j'étais déjà épuisée.

Pour gagner du temps, j'ai levé le verre vers mon masque et j'ai essayé de boire une gorgée. Quelques gouttes sont arrivées à ma bouche, mais le reste a dégouliné sur ma robe.

— Merde, ai-je dit.

Au moins, la vodka et la limonade ne tachaient pas.

— Il te faut une paille !

Jules a ri et m'a tourné le dos pour fouiller dans un tiroir, avant de faire volte-face et de m'en tendre une dans son emballage.

— Et voici !

En la prenant, j'ai vu ma main trembler. J'ai fait attention de ne pas frôler la main de Jules avec mon gant. Les risques étaient faibles. Mais il fallait être prudente.

J'ai ôté l'emballage tant bien que mal. Quelle idiote je faisais. J'aurais dû dire merci. Et prononcer plus d'un mot à la fois. Je transpirais. Je n'en menais vraiment pas large.

J'ai glissé l'extrémité de la paille dans le trou du masque et j'ai maladroitement bu une grande gorgée. C'était ignoble : un enrobage de sucre, léger et trompeur, dilué dans une bonne base d'alcool à décaper. J'ai pris une autre gorgée malgré tout, en laissant le liquide me brûler le fond de la gorge.

— Est-ce que Neely est là ? ai-je demandé.

Ma plus longue phrase jusque-là.

— Elle est au sous-sol.

Jules a désigné une porte dans un coin de la pièce que je n'avais même pas remarquée.

— C'est son groupe qui est en train de jouer.

Je m'y suis précipitée. Avant de prendre conscience, un peu tard, que j'aurais encore une fois dû dire : « merci » ou au moins : « à tout à l'heure ». Un truc, quoi. Mais j'étais trop soulagée de me dépêtrer de la conversation pour en avoir quelque chose à faire.

Ce qui était débile. Je me fatiguais.

Toute l'année, je rêvais de parler à des gens, et dès que j'en avais l'opportunité, je m'étranglais. Je fuyais lâchement.

Ce n'était pas Neely que je voulais voir, vraiment pas, mais je n'avais pas osé parler de Tess. Je ne pouvais pas décemment raconter comment je l'avais rencontrée.

La porte du sous-sol était entrouverte.

La musique vibrait sous moi. Le son m'a happée. J'ai descendu une marche de l'escalier en bois branlant, puis une autre.

La cave était sombre et exigüe. Des guirlandes lumineuses serpentaient le long des poutres du plafond, qui était assez bas. Chaque filet de lumière scintillait différemment – il y en avait des blancs, des bleus, des multicolores.

Dans un coin tout au fond de la pièce, un groupe jouait, installé sur un tapis élimé. Un type qui avait un look de rockeur ringard était à la guitare, Neely était au clavier, toujours dans sa veste en cuir, et entre eux deux, affublée de cornes de diable rouges à paillettes et gémissant dans un micro, nulle autre que Tess.

Le château

J'avais eu de nombreux coups de cœur jusque-là. Je les collectionnais. Histoire de passer le temps. C'était toujours fugace. Ça ne durait parfois pas plus longtemps qu'un trajet en bus ou en train. Un beau garçon, une jolie fille avec une coupe de cheveux intrigante. Qui entrait et sortait de ma vie exactement comme on entrait et sortait de toutes ces maisons avec ma mère.

Pourquoi est-ce que c'était différent avec Tess ? Est-ce que c'était une histoire de chimie ou est-ce que c'était une pure coïncidence ? J'ai dit que je l'aimais parce qu'elle était en colère, mais ça allait plus loin que ça. J'avais le sentiment que si les circonstances avaient été différentes, et que si j'avais été quelqu'un d'autre, on aurait pu bien s'entendre. On aurait pu se comprendre. Je ne l'explique pas.

On a habité dans sa maison plusieurs mois. Alors mes sentiments pour elle ont eu le temps d'évoluer. De changer. De partir en sucette.

C'est devenu douloureux. D'être si proche d'elle, et pourtant si loin. Je rêvais parfois de ne jamais l'avoir rencontrée, et de ne jamais avoir eu de coup de cœur pour elle.

Je ne pouvais pas lui parler ni établir de lien. Un écran de verre se dressait entre moi et le reste du monde. Incassable.

Et pourtant, j'étais restée près d'elle et je l'avais regardée casser quantité de trucs. Y compris les foutues jointures de ses poings.

Alors j'ai un peu participé, moi aussi. J'ai commencé à voler des objets pour les lui offrir. Des trucs chers, dans des magasins chics. Le genre de choses que sa mère aurait achetées. Des poupées et des tasses à thé en porcelaine. Je les déposais là où il fallait dans la maison. Dans le placard de services à thé. Au grenier.

Pour ce qu'elle en savait, sa mère commandait ce genre d'articles quand elle veillait tard le soir et faisait des folies sur Internet. Ça se tenait. Je l'avais déjà vue cliquer sur « acheter » sous un tableau à huit cents dollars, à deux heures du matin, le plus naturellement du monde.

Ça m'a suffi, pendant un temps, de voir Tess utiliser les choses que j'avais rapportées. De la voir les casser. En chacune d'elle, mon cœur éclaté en mille morceaux.

Quelle fleur bleue débile je faisais. Une nuit, une idée m'est venue. Une idée romantique. Et bête. Comme les gens dans les films ou à la télé quand ils sont fous d'amour. Je me suis lancée.

Je lui ai laissé un mot.

12

Je détestais tout ce qu'il y avait au sous-sol : la chaleur, le bruit, la foule. Je comprenais mieux pourquoi le rez-de-chaussée était désert. Tout le monde s'agglutinait ici. Il n'y avait pas de place pour bouger ni respirer. Et nulle part où se cacher. Les gens se bousculaient, sans danser pour de vrai. C'était comme un pogo géant, où une personne se détachait parfois du groupe pour sauter dans tous les sens.

Ça me faisait penser aux fourmis ou aux abeilles. Des individus comme des cellules, qui bougeaient ensemble et formaient un seul grand organisme. Petites parties d'un ensemble plus large.

Moi, je n'avais jamais fait partie de quoi que ce soit.

Malgré tout, je suis descendue. En rasant les murs. Et en marchant lentement pour ne pas trébucher sur l'ourlet de ma lourde robe de perles qui traînait par terre.

J'ai vu Tess, sur la scène de fortune un peu plus loin, et c'était comme dans un rêve.

Dans mes songes, j'étais toujours en train de me battre avec un contrôleur de train démoniaque ou de gravir une montagne avec cinq chatons dans les bras quand Tess apparaissait sans crier gare.

Assise sur le flanc de la montagne. Debout au fond du wagon.

Mon Dieu, la manière dont mon estomac se tordait ! Et dont mon cœur s'emballait.

Comme à ce moment-là.

Mais dans mes rêves, elle me regardait. Elle souriait. Ses yeux rencontraient les miens. Dans mes rêves, mes yeux étaient un peu plus que des petites têtes d'épingles noires qui voletaient comme des particules de poussière.

Serais-je assez courageuse, cette fois, pour lui parler ? J'avais un masque. Et un verre à la main.

Ce dont j'avais vraiment besoin, c'était un peu d'expérience.

La moitié des personnes présentes semblaient déguisées en elles-mêmes. Des ados punks. Certains avaient de la peinture ou des paillettes sur le visage. J'ai aperçu un garçon aux cheveux hirsutes barbouillé de faux sang. Ou bien c'était du vrai ?

J'ai repéré Denise contre le mur du fond, qui écoutait attentivement le groupe. Elle n'avait pas l'air de porter de costume non plus.

Je me suis frayé un chemin vers elle en slalomant du mieux que je pouvais entre les gens. Le groupe terminait un morceau avec un crescendo assourdissant quand je suis arrivée à son niveau. Elle s'est retournée et j'ai vu que je m'étais trompée : ses vêtements étaient normaux jusqu'à l'épaule gauche seulement. Puis son pull gris dégénérait en cascade de plumes anthracites. Son bras était enveloppé tout entier dans une aile immense qu'elle déployait, et dont l'extrémité caressait le mur.

Dans la pénombre de la cave, l'effet était à couper le souffle. Ce n'était pas une aile achetée en magasin. Rien à voir avec les Anges de Victoria's Secret et leur duvet de mauvais goût sur du fil de fer. L'aile avait l'air authentique. Toutes les plumes étaient soigneusement accrochées les unes aux autres et formaient un tissage méticuleux.

Je la fixais. Elle me fixait. Le groupe a entamé une autre chanson stridente au moment où elle a ouvert la bouche pour me dire quelque chose.

— Quoi ?

— Ça fait peur ! a-t-elle répété, plus fort cette fois, en agitant son aile en direction de mon visage.

Les plumes bruissaient.

— On se connaît ? a crié Denise, un sourire aux lèvres. Je n'arrive pas à dire ! Tu pourrais être n'importe qui là-dessous.

Je suis le fantôme de ta maison, ai-je pensé. *On s'est déjà rencontrées, d'une certaine manière.*

— Sam, ai-je répondu, mieux préparée cette fois. C'est Neely qui m'a invitée.

— Ah, ok. Neely a invité presque tout le monde ici. Elle connaît tellement de gens.

Denise s'est retournée pour regarder le groupe. Tess était penchée en avant sur son micro, avec une intensité qui me bouleversait. Elle criait un refrain saccadé dont je ne comprenais pas bien les paroles. Ni la mélodie.

— Super déguisement, a dit Denise.

Dans un sursaut, j'ai compris qu'elle parlait de moi.

Je ne m'en remettais pas. Je ne pensais pas pouvoir m'en remettre un jour. On me considérait.

— Merci, me suis-je forcée à répondre.

J'étais en train de me dire que le hurlement caverneux et dissonant de la guitare ressemblait au bruit d'un train. Ce n'était pas si différent d'une conversation avec ma mère.

— Où est-ce que tu as trouvé cette robe ? a demandé Denise.

Je n'ai pas voulu dire que je l'avais volée. Je ne savais pas trop quoi répondre. Pourquoi une lycéenne aurait-elle une robe de mariée ? Héritage familial ? Elle n'était pas vintage, donc ça ne marchait pas.

C'était tellement compliqué de faire la conversation.

— Tu as trouvé ça où ? ai-je demandé en désignant son aile.

— Je l'ai fabriquée, a répondu Denise en la repliant.

Ça m'a rappelé un conte de fées que j'avais lu un jour et qui racontait l'histoire de sept frères, que leur belle-mère avait décidé de changer en cygnes, je ne sais plus pour quelle raison. Leur sœur devait alors tricoter sept pulls avec des orties pour contrer le mauvais sort, ce qu'elle avait fait – seul le dernier pull avait une manche inachevée. Les frères étaient donc redevenus des garçons normaux, sauf le cadet, coincé avec une aile de cygne pour le restant de ses jours.

— Le septième frère ! ai-je lâché avant de me remettre à bafouiller.

Denise était surprise. Jules avait apprécié que je reconnaisse son costume, mais j'avais eu la certitude de viser juste – j'avais triché, en même temps. Peut-être qu'il s'agissait cette fois aussi d'une peinture. Ou d'un mythe grec. Ou peut-être que c'était une référence récente de culture pop ? Tirée d'une nouvelle série télé que je n'avais pas vue. Ou d'un clip.

— Tu sais, l'histoire, ai-je grogné en fixant mes pieds. Le conte de fées. Ton costume.

Je devais passer pour une imbécile. Mon visage me brûlait. Est-ce que je rougissais ? Peut-être. Et peu importe : personne ne pouvait le voir.

— Waouh ! a lancé Denise. Tu es la seule personne à avoir trouvé jusqu'ici !

J'ai levé les yeux. Elle souriait.

— On a fait un pari avec Jules, qui pensait que personne ne reconnaîtrait. Mais tu viens de me faire gagner le gros lot, cinq dollars !

J'ai souri, mais ça, elle ne pouvait pas le voir non plus. Quand tu n'as pas d'amis et que tu passes beaucoup de temps dans le train, tu lis des livres. Beaucoup, beaucoup de livres. C'était uniquement grâce à eux que je me sentais vivante.

— Tu es un personnage de livre, toi aussi ?

Denise m'examinait.

J'ai eu honte, soudainement, de mon costume. Et de moi-même. Je n'étais qu'une enfant dans un déguisement. Une imposture. Une menteuse. Une idiote et une ratée. Si elle savait qui j'étais réellement. Si quelqu'un s'en était douté...

J'ai secoué la tête.

— Ou t'es juste une mariée qui est morte ? a demandé Denise.

J'ai acquiescé. Je perdais patience et m'exaspérais moi-même : *Mais enfin, dis quelque chose, espèce de débile !*

— Morte de peur, le coup classique ? s'est aventurée Denise, qui souriait encore malgré ma bêtise et mon silence.

Elle était tellement chaleureuse. Elle faisait son maximum pour faciliter l'échange. Si je ne pouvais pas parler avec elle, jamais je n'arriverais à avoir une discussion avec Tess.

— On m'a quittée devant l'autel, ai-je raconté.

Impossible de parler fort. Denise s'est approchée tout près de moi pour entendre. Elle sentait l'huile de coco.

— Et je suis morte sur le coup. De rage.

Le morceau s'est soudainement achevé sur des larsens de guitare électrique. Silence.

J'ai repris en parlant très vite, avant de perdre les pédales :

— Depuis, j'erre sur terre pour me venger.

— Et alors, tu as réussi ?

— Pas encore. C'est pour ça que je suis ici.

Denise a ri et j'ai eu un pincement au cœur – de bonheur, peut-être. Comme un éclat, une minuscule lueur, la fraction d'une fraction de fraction de ce qu'on ressent lorsqu'on noue une amitié.

— Oh, a-t-elle déclaré en regardant la scène, le groupe prend une pause.

Les musiciens avaient débranché et posé leur instrument. Tess discutait avec le guitariste. Neely a repéré Denise après avoir scruté la foule et s'est précipitée vers nous. Avec horreur, je me suis souvenue que je prétendais connaître Neely. Il fallait que je décampe.

J'ai tourné les talons, mais la foule se pressait en bas des marches et me barrait le chemin.

— Hé, Neely, a lancé Denise dans mon dos. Sam a trouvé mon costume !

J'ai fait volte-face. Les cheveux de Neely partaient dans tous les sens, et il semblait qu'elle les avait teints en noir avec une bombe de mauvaise qualité achetée dans un magasin spécial Halloween. D'épaisses formes géométriques noires soulignaient ses yeux.

— Ah ouais ? a répondu Neely.

Elle m'a regardée sans poser de question. Peut-être qu'elle me confondait avec quelqu'un d'autre. Peut-être qu'elle était nulle en prénoms. Ou qu'elle s'en fichait royalement.

— Du coup, tu sais qui je suis, moi ?

Neely, ai-je failli répondre, avant de comprendre qu'elle parlait de son costume. Décidément. Je l'ai observée. Le maquillage était très original, ça ne faisait aucun doute.

— Mmmh, Cléopâtre version punk ?

Elle a levé les yeux au ciel :

— Siouxsie, de *Siouxsie and the Banshees.*

Je ne connaissais pas. J'avais échoué au test qui aurait pu me définir comme étant une personne cool. Enfin, je savais très bien ce qu'était une *banshee,* ces créatures magiques dans le folklore celte, mais je doutais que ça me soit d'une grande utilité.

Neely a soupiré :

— Il me faut une cigarette. Tess !

Toujours sur la scène improvisée, Tess s'est retournée vers nous.

Neely lui faisait des signes de la main. C'était un rêve. Mon Dieu. Je rêvais.

Tess. Son visage pâle qui traverse la foule et vient vers nous, comme la Lune fonce vers la Terre et s'approche de plus en plus près, en occultant tout le reste. Mais passons. Je suis une astronome plutôt médiocre.

— Salut, a dit Tess.

— Salut, a dit Denise.

Bordel, a dit mon cœur. *Bordel de merde.*

— Allez, viens, a dit Neely, on sort.

Et c'est comme ça que Tess et elle se sont volatilisées, Denise sur leurs talons.

Je n'ai pas bougé et je les ai regardées partir. Quand Denise est arrivée au pied de l'escalier, elle s'est tournée pour me chercher du regard et ses yeux se sont posés sur moi. Elle m'a fait un signe, et j'ai mis un certain temps à comprendre qu'elle voulait que je les rejoigne.

La cabane pour enfants

J'avais eu des conversations imaginaires avec Tess pendant des semaines avant de rédiger le petit mot. Et je ne savais toujours pas quoi dire.

Tess, je t'aime, ai-je écrit sur un joli papier à lettres volé dans une boutique à Shadyside. J'ai relu cette phrase et j'ai ri tout haut. Débile. J'ai enlevé une lettre et ajouté deux mots.

Tess, j'aime ton style.

J'ai laissé le mot dans la cabane, sous la pierre de la fausse cheminée, où elle cachait souvent son paquet de cigarettes.

Un peu plus tard, je l'ai suivie dans le jardin. Je l'ai regardée tomber sur le mot. Les sourcils froncés, elle l'a retourné et a gribouillé une réponse.

Quoi ? C'est une blague ? T'es qui en fait ? On se connaît ?

Pardon, ai-je répondu une fois sa cigarette terminée. *Je ne voulais pas te faire peur. Je suis dans ton lycée.*

Ce n'était pas un mensonge. J'y allais parfois. J'avais suivi Tess dans le bus deux fois. Après avoir annoncé à ma mère que je voulais simplement visiter le lycée et assister à quelques cours.

Tess est revenue dans la cabane le jour suivant.

Viens me parler au lycée, alors, a-t-elle écrit. *Pourquoi tu entres illégalement chez moi ? Si mes parents te voient, ils appelleront la police.*

J'ai peur de te parler, ai-je écrit. *Pardon. Je suis très timide. Je ne vis pas loin.*

Moins loin qu'elle ne pouvait l'imaginer.

Sa réponse est arrivée un jour plus tard : *Tu dois te prendre pour un grand romantique. Désolée, mec, j'aime les filles !*

Je m'en étais doutée, et je n'aurais pas su expliquer pourquoi, c'était juste un pressentiment, je n'étais sûre de rien. Dans tous les cas, je n'avais entretenu aucun espoir, évidemment. Malgré tout, mon cœur a fait un bond lorsqu'elle a confirmé mes soupçons.

Ma réponse fut très simple : *Je suis comme toi.*

Elle a fixé le mot de longues minutes. L'a retourné pour regarder au verso. A effleuré chaque lettre du bout des doigts. Une caresse sur ma peau.

Ok, a-t-elle répondu. *Parle-moi de toi. Est-ce que tu aimes le punk ? C'est quoi tes groupes préférés ?*

Jusque-là, tout allait bien.

13

J'ai suivi Denise dans l'escalier. On a traversé la cuisine puis on est sorties sous le porche, à l'arrière de la maison. Une pelouse synthétique en plastique vert recouvrait la terrasse. Comme un jardin factice posé sur du béton. Je me suis dirigée instinctivement vers le coin le plus éloigné de la maison puis je me suis arrêtée près d'un petit barbecue rouillé. Tess, appuyée contre la rambarde, a sorti un paquet de cigarettes tout froissé de sa botte. Elle en a allumé une avant de tendre le paquet à Neely.

— Du coup, tes parents savent que vous faites une soirée ? a-t-elle demandé à Denise.

— Ah, c'est la maison de mon oncle et de ma tante, en fait.

— Je croyais que tu vivais ici.

— C'est le cas.

Elle n'était pas à l'aise.

— Quelqu'un veut un verre ?

— Grave, a répondu Tess. Vodka-pomme. Mets la dose.

— Une bière pour moi, a dit Neely.

— Ça marche. Sam ?

J'ai mis un moment à me rappeler que c'était moi, Sam. J'ai refusé en secouant la tête. Denise est retournée dans la cuisine, laissant traîner son aile derrière elle. J'étais bizarrement triste de la voir partir. Techniquement, Tess était la seule à ne pas être une inconnue totale, mais ma conversation avec Denise avait été fluide et... ben, c'était à peu près la plus fluide de toutes les conversations que j'avais jamais eues.

Sauf avec ma mère, bien sûr.

J'ai ressenti une pointe de culpabilité. J'avais à peine pensé à elle depuis le début de la soirée. Ce n'était pas bien. Je n'aurais pas dû être en train de m'amuser.

— Tu as bu combien de verres ? a demandé Neely. Tu devrais faire gaffe.

— Oulah. Laissez-moi tranquille, monsieur l'agent, a répondu Tess.

— Arrête un peu. Si ça ne tenait qu'à moi, il n'y aurait même pas d'alcool ce soir.

— Personne ne serait venu, dans ce cas.

Tess a tapoté sa cendre par la balustrade. J'observais ses mains.

— Harry serait venu. Il ne boit pas et ne fume pas, lui.

— Chiant, a dit Tess avec une grimace. Si c'était ma soirée, ça serait obligatoire de boire un coup. Interdit aux gens chiants.

Neely a levé les yeux au ciel.

— Bien sûr, et interdit aux hétéros, tant qu'on y est.

Elles discutaient facilement, sans le moindre effort, en tirant sur leurs cigarettes. Je ne pourrais jamais parler comme ça. Elles avaient une place dans le monde, avec leurs vestes noires et leurs bottes.

Mais moi, je n'en avais pas. Et pourtant, j'étais là, captive sous ce porche. Visible. Coincée. Je commençais à avoir le tournis. Pas facile de prendre une grande inspiration dans un masque tête de mort en plastique.

Denise est revenue avec les boissons. Jules et le guitariste à la dégaine de vieux rockeur l'accompagnaient. Le visage de Jules fondait : la peinture coulait goutte à goutte le long de ses joues comme des larmes, le mélange des couleurs était heureux par endroits, et prenait un aspect de gadoue à d'autres.

— Il fait beaucoup trop chaud à l'intérieur, a-t-iel dit.

J'étais bien d'accord, même si je ne l'ai pas exprimé tout haut. Je transpirais des litres d'eau avec mes deux couches, même dehors.

Le tournis s'est transformé en un vrai vertige. Mais qu'est-ce que j'étais en train de faire ? C'était dangereux, et nul, et faux, et ma mère n'était pas là. Elle était peut-être morte.

— Slots prend de bonnes photos pour la simple et bonne raison qu'il est riche, disait Denise aux autres.

J'avais raté un bout de la conversation.

— Être riche ne fait pas tout, a répondu Tess.

Elle était légèrement sur la défensive. Sa colère, que je connaissais si bien, frémissait en surface.

Il fallait que j'essaye de lui parler. J'étais là pour ça.

— Peut-être, a ajouté Denise, mais en attendant, il peut s'acheter tout ce qu'il veut. Tous les objectifs trop bien, et tout. Moi, je dois louer un appareil au lycée.

Je me suis décollée de la rambarde. J'ai fait un pas en avant avec maladresse. Vers Tess. Mon cœur battait à tout rompre.

Salut. Je m'entraînais intérieurement. *Hé, coucou !*

Ses yeux sont passés sur moi une seconde. Je haletais, le souffle court. J'ai cru que j'allais m'évanouir.

On a entendu un bruit fracassant dans la maison. Tout le monde s'est retourné vers la porte.

— Merde, s'est exclamée Denise en se précipitant à l'intérieur.

— Vaut mieux pas que ce soit nos instruments, a dit Neely.

Tess et elle ont jeté leurs cigarettes et sont rentrées aussi. Un frisson m'a secouée du haut du crâne jusqu'en bas de la colonne vertébrale lorsque j'ai pris conscience qu'il y avait quelqu'un juste à côté de moi. Je me suis tournée. C'était le fameux guitariste.

— C'est quoi ton prénom, déjà ? a-t-il demandé.

Malgré le tournis, j'ai soulevé ma lourde robe de perles et j'ai détalé.

Dans la cuisine, je me suis agrippée au plan de travail et j'ai essayé de reprendre mon souffle. Je serrais mon gobelet tellement fort que je l'ai écrasé. Quelqu'un m'a frôlée, tout en piétinant mon ourlet, avant de lancer un : « oups, pardon ». Je ne me suis pas retournée.

Les soirées dans lesquelles on avait prévu d'aller à New York étaient énormes, organisées par des clubs branchés – exactement comme l'année précédente. On y était anonymes. Les pièces étaient grandes et sombres, avec plein de recoins dans lesquels se fondre.

Un an plus tôt, je m'étais déguisée en médecin de la peste du dix-septième siècle, avec une blouse foncée et un masque doté d'un long bec. J'avais déambulé de pièce en pièce, ma mère sur les talons, invisible. Pour la majeure partie, je m'étais contentée d'observer, comme toujours, même si j'avais savouré chaque regard posé sur moi. J'avais brièvement parlé à quatre personnes : le barman, pour commander des cocktails (on vérifiait les cartes d'identité à l'entrée, mais j'étais invisible à ce moment précis), deux personnes en admiration devant mon costume, et une femme aux toilettes. Aucun de ces échanges n'avait duré plus de deux minutes.

Je n'avais pas mesuré à quel point une petite soirée serait pire.

— Sam ?

Je me suis retournée. C'était Jules.

— Ça va ?

Pas du tout. Rien n'allait.

J'ai secoué la tête.

— Oh.

Jules, qui avait remarqué la paille tombée à mes pieds, a de nouveau fouillé dans un tiroir et m'en a tendu une nouvelle.

— Tiens.

— Merci, me suis-je forcée à dire, en la prenant d'une main tremblante.

Les larmes me brûlaient les yeux. C'était n'importe quoi.

J'avais déjà soupesé des diamants dans le creux de ma main, et pourtant, j'étais là à m'étrangler devant une personne qui m'offrait une paille jetable.

J'ai pris un nouveau gobelet et attrapé la bouteille d'alcool la plus proche. J'ai rempli mon verre à moitié. À la première gorgée, j'ai manqué de m'étouffer. J'ai versé du soda à ras-bord avant de prendre une autre gorgée.

Jules se servait un verre d'eau. Il n'y avait que nous dans la cuisine. Des cris et des rires fusaient du salon.

Iel venait de réajuster le grand chapeau bleu posé sur ses boucles noires et avait l'air sympa. Très calme, par rapport aux autres. La peinture de son visage avait dégouliné sur le col de sa chemise.

— Tu connais Tess ? ai-je demandé.

— Tess ? Ouais, carrément. Enfin, on n'est pas non plus hyper proches.

Jules a haussé les épaules.

— Je ne suis pas hyper proche de la plupart des gens ici. Ils ont tous un an de plus que moi. Honnêtement, je suis un peu à côté de la plaque.

— Oh.

Une vague de chaleur m'a parcourue. Une expérience commune.

— Ouais, moi aussi.

— Pourquoi tu me demandes ça ?

— Je...

J'ai pris une grande inspiration.

— Je voulais juste lui dire que j'adore la façon dont elle chante.

— Ben viens, a dit Jules en souriant et en faisant un petit signe vers le salon, désormais plein à craquer.

Il y avait des gens assis par terre, sur la table basse, sur le dossier et les accoudoirs du canapé. D'autres étaient adossés aux murs. Denise était à genoux dans un coin, en train de remettre en place une pile de livres renversée. J'ai balayé la pièce du regard, sans trouver Tess.

Elle est apparue un instant plus tard, avec une bouteille de whisky et des mini-gobelets en carton pour bain de bouche.

— Shooters ! a-t-elle crié avant d'aligner les gobelets sur le rebord de la cheminée, à côté des crânes et des bougies, et de les arroser généreusement de whisky.

Elle s'est retournée en en brandissant un tandis qu'on s'approchait d'elle avec Jules.

— T'as pris ça dans la salle de bains ? a demandé Jules en fronçant les sourcils.

Avant qu'elle puisse répondre, Neely est arrivée et a pris le gobelet des mains de Tess. Elle l'a écrasé. Le whisky a dégouliné sur son poing fermé.

— On peut savoir ce que tu fais ? a demandé Neely. On doit encore jouer un deuxième set.

— Et alors ? a demandé Tess en levant un sourcil.

— Alors tu ne peux pas te bourrer la gueule.

— C'était pour Jules, a répondu Tess en désignant le gobelet écrasé. Tu pourrais dire pardon.

— C'est rien, a grommelé Jules.

Neely a fusillé Tess du regard.

— Vas-y tranquille, ok ?

Sans détourner le regard, Tess a attrapé un autre gobelet et l'a bu cul sec.

Neely a lâché une exclamation de dégoût et s'est éloignée d'un pas raide.

Jules s'est éclairci la gorge :

— Mmhmh, dis-moi Tess, tu connais Sam ?

Tess s'est tournée vers moi. Ses yeux étaient légèrement vitreux – c'était clair qu'elle n'y allait pas tranquille du tout. Deux ans plus tôt, elle avait déjà une passion pour le minibar de ses parents.

J'étais paralysée. Un animal sauvage figé dans la lumière éblouissante des phares. *Allez,* me suis-je dit, *tu attends ça depuis longtemps. Tu y es. Si tu ne dis rien, tu le regretteras. Tu y repenseras pendant des mois et des mois.*

— Je...

Ma voix était faible et enfantine. Presque suppliante.

— J'adore quand tu chantes.

Tess a souri.

— Oh, cool, merci. Un shooter ?

Le temps s'est arrêté. Je voulais capturer cet instant, le sauvegarder pour l'éternité. Son sourire. Son regard sur mon visage. Enfin, sur mon masque, mais presque.

Le garçon avec le faux-ou-vrai-sang-on-ne-sait-pas-trop est arrivé près de moi.

— Je peux en avoir un ? a-t-il demandé.

Tess s'est tournée vers lui.

— Ouais, tiens.

Elle s'est activée pour en distribuer d'autres.

C'était tout. Mais ma tête bourdonnait. Je lui avais parlé. Elle avait répondu.

L'auditorium

Notre échange de petits mots a pris de l'ampleur. Ils se sont transformés en lettres. Je surprenais Tess en train d'espionner à la fenêtre, parfois pendant une vingtaine de minutes, les yeux fixés sur la cabane. Il n'y avait qu'une seule fenêtre d'où on pouvait la surveiller – celle du grenier. Elle s'asseyait là, avec ses écouteurs – la musique tellement forte que je l'entendais à plusieurs mètres – et je l'observais me guetter.

Je lui ramenais des paquets de cigarettes. Des nouveaux CD, qui venaient du disquaire sur Squirrel Hill, et qui selon moi pouvaient lui plaire.

Dans ses lettres, il lui arrivait encore de me demander qui j'étais. Elle tentait sa chance. *J'ai compris : tu es la fille qui s'appelle Taylor, un an en dessous de moi, c'est bien ça ?*

Au lycée, le jour suivant, j'ai essayé de deviner qui était Taylor. De repérer qui Tess était en train de lorgner. Je m'y rendais désormais presque tous les jours en même temps qu'elle. Je m'éternisais à l'auditorium pour assister aux répétitions d'une pièce de théâtre (elle faisait partie de l'équipe technique).

Il faut que vous compreniez : ce n'était pas une véritable idylle, j'en avais bien conscience. Mais c'était la chose la plus excitante qui m'était jamais arrivée. Tess occupait toutes mes pensées, tous mes réveils. Ma vie entière était une lettre qui lui était adressée.

Tess, pensais-je, *je te vois dans l'auditorium. Discrète, au fond de la scène, tu travailles sur le décor. Tu peins un panneau en bois dans une nuance de vert hideuse, et les comédiens en face de toi chantent, prennent des poses, agitent les bras et dansent. Mais je ne vois que toi. Je n'ai jamais vu que toi.*

J'ai joint une tasse en porcelaine au mot suivant. Ce qui était extrêmement bête.

Elle avait mentionné dans l'une de ses lettres qu'il lui arrivait de tout casser, et s'était plainte des bibelots de valeur de sa mère. Alors j'ai jugé que c'était suffisant, et j'ai pris ça pour un feu vert. Mais en vérité, j'étais en train de me perdre, et je brouillais la limite entre le personnage que je jouais – celle qui envoyait des lettres – et moi-même.

Personne ne savait que Tess cassait des trucs dans la forêt. Du moins, personne n'était censé le savoir.

Quand elle a découvert la tasse (je l'observais à travers la fenêtre de la cabane), elle l'a ramassée et l'a fixée pendant un bon moment. Puis elle a regardé tout autour d'elle. Son visage arborait une expression étrange, comme une sorte de hantise. Elle a répondu sans attendre, dans les marges du mot que je lui avais laissé.

QUI ES-TU ? Dis-moi ou je ne t'adresse plus jamais la parole.

C'était le début de la fin.

14

Tess se faisait engloutir par une foule de fêtards, attirés comme des mouches par la promesse d'un shooter. Je me suis mise à l'écart et je me suis retrouvée à côté de Denise, qui terminait de ranger la pile de livres.

— Coucou, la mariée-fantôme ! a-t-elle lancé.

J'ai eu un petit sursaut, ce qui n'était pas très malin de ma part, mais je ne m'attendais pas à ce que quelqu'un m'adresse la parole. Ça n'arrivait jamais, d'habitude. Là, on pouvait me voir. C'était risqué. Et ça craignait.

Et en même temps, c'était fantastique et carrément excitant.

— T'as retrouvé le connard qui t'a plantée, c'est bon ?

J'ai mis du temps à comprendre. L'histoire que je m'étais inventée. La mariée fraîchement larguée qui parcourait la terre pour se venger. J'ai esquissé un sourire sous mon masque et fait non de la tête.

— Oh nan, mais qui l'a invité ? a dit Denise, les yeux fixés sur quelqu'un derrière moi.

Un grand garçon venait d'entrer. Des cheveux blonds et sales. Des joues roses. Il était habillé en Jésus Christ, enveloppé dans un drap, une couronne d'épines en plastique sur la tête.

— Je crois bien que c'est toi, a lancé Jules, qui passait justement par là. Tu n'aurais pas invité l'intégralité de ta classe par hasard ?

Dis quelque chose. C'était un ordre à moi-même.

— C'est lui ! L'homme duquel j'ai juré de me venger.

Ça n'avait aucun sens. Je le savais. D'ailleurs, était-ce le bon usage de « duquel » ?

— Slots ?

Denise était surprise.

— Mais à quel moment tu aurais voulu épouser Slots ?

— Hum...

Vingt-deux sur vingt, cette conversation, vraiment. Brillante même, on pourrait le dire.

J'ai essayé de fermer les yeux. Je n'avais qu'à faire comme si je ne m'adressais à personne en particulier. Ou comme si je parlais à ma mère.

— Ben, peut-être que ce n'est pas lui. Peut-être que ça s'est passé il y a tellement de temps que j'ai oublié à quoi ressemblait mon fiancé. Et que je vais tuer tous les hommes qui lui ressemblent.

— Tous les hommes blancs et chiants à mourir ? a demandé Jules. Y en a des camions.

Denise a laissé échapper un grand rire irrésistible.

— C'est parfait : supprimer Slots parce qu'il est terriblement quelconque. Une mort qui lui va comme un gant.

D'une certaine manière, son rire me réconfortait. J'ai rouvert les yeux et regardé Denise avant de me tourner vers la cheminée. J'ai vu Tess dans la foule, le chatoiement des flammes, les crânes blanchis. Le mec en Jésus, Slots, était juste là. Il buvait de longues gorgées directement au goulot de la bouteille de whisky et discutait avec Tess.

Il fallait que je la rejoigne et que j'essaie encore de lui parler. Et d'en dire un peu plus, cette fois.

J'étais bien en train d'avoir une vraie conversation avec Denise, non ?

— Est-ce que tu connais Slots pour de vrai ? a demandé Denise, légèrement inquiète.

— Non, ai-je répondu en vitesse.

J'ai avancé vers la cheminée et vers Tess.

— Le concert reprend dans cinq minutes ! a crié Neely sur le seuil de la cuisine.

Les gens redescendaient au sous-sol, Tess en chef de file.

— Tu veux venir écouter le groupe ? a demandé Denise en s'approchant de moi.

J'avais raté le coche. Fallait-il retourner dans l'étau du sous-sol ? Le simple fait que Denise me le propose était tellement étrange. Tellement... gentil. Presque comme si on était amies.

Ma prise de décision a été reportée à cause de Slots, qui est apparu soudainement pour nous barrer la route. Il regardait les boucles bleues et violettes de Denise avec insistance.

— Waouh.

Sa voix était lente, avec un fort accent.

— Qu'est-ce qui est arrivé à tes cheveux ? Tu as fait une teinture ?

Il a tendu une main vers Denise, qui l'a évitée. Il tanguait un peu.

— Comment ça se fait que tu sois déjà bourré comme un coing ? s'est-elle exclamée.

— J'ai pris l'apéro avant de venir.

Je plissais les yeux pour voir ce qui se passait derrière lui. Tess s'était déjà volatilisée.

— T'as demandé à ta sœur de t'acheter de l'alcool ? a demandé Denise.

Slot a haussé les épaules en essayant encore une fois de toucher ses cheveux, mais elle l'a repoussé d'une claque sur la main. Parfaitement immobile, je rêvais d'être invisible, en sécurité.

— Fais pas ta mijaurée, là. Ils sont beaux. Comment tu fais pour qu'ils soient si brillants ?

— Ce sont des extensions.

Son ton était plat et froid, exactement comme son expression.

— Ah ouais, ce ne sont même pas tes vrais cheveux, trop bizarre.

Une moue de dégoût est passée sur le visage de Denise, puis il est redevenu neutre.

— Ce sont mes vrais cheveux. Maintenant, bouge de là.

Elle a essayé de le contourner. Mais il n'en avait pas fini avec elle.

— Tess m'a dit que tu racontais de la merde sur moi, a-t-il dit tout en l'empêchant de passer.

Je me suis souvenue que Denise s'était plainte de ce type, quand on était dehors sous le porche. Je ne comprenais pas comment Tess aurait pu lui rapporter ça. C'est le genre de choses que je n'aurais jamais fait. Ça ne servait à rien, à part blesser et créer des histoires.

Mais qui étais-je pour dire ça ?

— Et qu'est-ce que ça peut te faire ?

— Eh ben, vas-y, dis-le-moi en face alors.

Il a fait un pas vers elle, menaçant, tout à coup, comme si quelqu'un venait d'appuyer sur un bouton.

— Laisse-la tranquille, ai-je lancé.

Il s'est tourné vers moi, perplexe.

Je l'étais tout autant : qu'est-ce que j'étais en train de faire ? Je devais être presque aussi saoule que lui.

— Mais t'es qui, toi ? a demandé Slots.

Bonne question.

Je m'étais emportée et je m'étais perdue dans le rôle. J'avais menti pour arriver là, j'avais prétendu être l'une d'entre eux, être normale. Denise n'était pas mon amie, pas pour de vrai. Mais pendant un moment, j'avais eu l'impression que c'était le cas.

J'étais ivre de ce sentiment, je crois, autant que d'alcool.

— Elle t'a dit de bouger de là, ai-je continué.

Il s'est avancé et m'a poussée. Du moins, il a posé sa main sur moi. Sur mon épaule. Fermement.

Le choc était électrique. Pas dans le bon sens. J'avais l'impression qu'on venait de me tirer dessus.

— Sam ! a dit Denise.

Impossible de dire s'il s'agissait d'un cri de reproche ou d'inquiétude.

Je l'ai repoussé des deux mains. Fort. Tellement fort qu'il a perdu l'équilibre.

Il a vacillé tout en cherchant désespérément à se rattraper. Sa main gauche s'est prise dans ma longue perruque blanche et il s'est agrippé à une poignée de cheveux.

L'élan l'a fait tomber malgré tout. Mais il n'a pas lâché prise. Ma tête est partie vers l'avant, et sans que je comprenne ce qui m'arrivait, il a arraché ma perruque, ainsi que le masque tête de mort soigneusement accroché à elle.

Je n'ai pas bougé pendant un bon moment, trop choquée pour faire quoi que ce soit.

Quelqu'un a crié.

Sans le masque qui limitait mon champ de vision, je voyais la pièce entière, et j'avais l'impression d'être dans un rêve. Ou un cauchemar. Tous ces gens. Qui me fixaient, bouche bée, les yeux écarquillés. Tous ces regards braqués sur moi, qui me transperçaient, me déchiquetaient.

Je portais encore la cagoule de ski, mais ça ne changeait rien : elle était en contact avec ma peau. Elle était invisible comme moi.

Tout ce qu'on voyait, c'était une longue robe de perles avec un col montant. Au-dessus : le néant.

— Mais c'est quoi ce bordel ? a crié quelqu'un.

J'ai sursauté avant de me remettre en mouvement : j'ai ramassé mon masque, je me suis pris les pieds dans la robe et je me suis cognée contre le rebord de la cheminée. La bougie la plus proche a vacillé et s'est renversée sur le crâne à côté d'elle, qui lui-même s'est affalé contre une autre bougie. Et ainsi de suite, comme des dominos enflammés. La toute dernière bougie est tombée par terre. Au coin du tapis, une flamme a jailli.

Mais j'étais déjà en train de me ruer vers la porte, tout en remettant mon masque tant bien que mal, pour m'enfuir. Des gens criaient. J'ai entendu quelqu'un prononcer mon prénom d'emprunt, mais je ne me suis pas retournée. Le masque était de travers, je ne voyais que d'un œil. J'ai enfoncé la porte d'entrée, j'ai couru dans l'allée et j'ai de nouveau trébuché sur l'ourlet de ma robe. Je me suis étalée de tout mon long.

J'ai entendu le tissu se déchirer. Des graviers se sont incrustés dans mes paumes. Dans la maison, j'entendais des gens crier. Une main a agrippé mon bras.

Je m'en suis libérée, je me suis relevée, et j'ai soulevé ma jupe avant de me mettre à courir comme si ma vie en dépendait. La direction n'avait aucune importance. Je courais loin, loin, très loin.

La Cathédrale

Les lettres ont cessé.

Je considérais sérieusement le fait de révéler à Tess mon identité. Je savais qu'il valait mieux ne pas le faire, que je ne pouvais pas vraiment me le permettre, mais cette correspondance était tout pour moi. Elle était nécessaire à ma vie. Les mots de Tess étaient comme de l'eau, et j'étais en feu.

Je m'étais dit que, peut-être, j'aurais pu lui en parler. Que si je lui expliquais bien, elle comprendrait, peut-être.

Qu'elle m'aimerait en retour, peut-être.

Je me suis mise à la suivre de l'aube au crépuscule. Je guettais le bon moment, tout en rassemblant le courage nécessaire.

Et c'est comme ça que j'ai appris pour Taylor.

J'ai vu Tess passer discrètement un mot à cette fille dans le couloir du lycée. J'ai vu leurs mains se caresser pendant une seconde. Je les ai vues marcher et rire ensemble. C'était tout ce que je ne voulais pas voir. Tout ce à quoi je ne voulais pas croire.

— Alors tu jures que ce n'était pas toi ? ai-je entendu Tess lui demander.

— Je te le jure.

Taylor était sportive. Elle portait une queue-de-cheval bien serrée et jouait dans l'équipe de basket de l'école. Elle n'avait rien en commun avec Tess. Je ne comprenais pas.

— Ça ressemble plus à du harcèlement, honnêtement. C'est un peu chelou.

— Ouais, je crois que tu as raison.

— Préviens-moi si on t'envoie encore des trucs.

Un jour, elles ont quitté le lycée ensemble et n'ont pas pris leurs bus respectifs pour rentrer chez elles. Je les ai suivies jusqu'à Oakland, et j'ai marché derrière elle tandis qu'elles traversaient les pelouses du campus de l'Université de Pittsburgh. Elles portaient toutes les deux leur uniforme du lycée, jupe bleu marine jusqu'aux genoux et veste assortie. Elles se ressemblaient énormément. Comme si elles appartenaient l'une et l'autre au même endroit.

Je les ai vues claquer derrière elles la porte d'entrée de la Cathédrale du savoir. Une fois à l'intérieur, moi aussi, j'ai tourné en rond pour les retrouver. Cet endroit avait des allures de château, tout de pierres et de voûtes, avec des escaliers sinueux et des parapets. Elles auraient pu être n'importe où. Au fond d'un couloir étroit ou au dernier étage.

J'ai fini par les repérer, perchées sur un balcon en pierre. Elles riaient, le visage rougi, et reprenaient leur souffle après avoir couru. Taylor a dit quelque chose que je n'ai pas réussi à entendre d'en bas. Elle a pris la main de Tess. Puis Tess s'est penchée vers elle et l'a embrassée.

Ça n'aurait pas dû me surprendre, ni être un choc. Mais ce fut le cas.

J'étais une tasse de porcelaine : brisée et piétinée.

J'ai tourné les talons et je me suis mise à courir. Puis je me suis vautrée par terre sur l'une des terrasses. J'ai mis des coups dans le mur. Et j'ai entendu des hurlements.

Le mur avait intégralement disparu – on voyait la grande étendue verte de pelouse derrière lui. Les étudiants qui étaient en train de s'y prélasser se sont tous levés en un éclair. Beaucoup ont sorti leur téléphone. J'ai décollé ma main en vitesse, évidemment, mais c'était trop tard.

C'est bien plus tard que j'ai pris conscience de l'ampleur de ce que j'avais fait.

Avec le recul, je me suis sentie coupable. Ça devait être terrifiant, du quarantième étage, de se retourner en s'attendant à faire face à un mur, et ne voir que du ciel devant soi.

Mais à l'instant précis où ça s'est déroulé, je n'étais pas du tout désolée. J'avais envie que le monde entier ressente la même chose que moi. J'avais envie de tout défoncer.

15

Lestée par la robe de mariée, je me suis arrêtée quelques rues plus loin, à bout de souffle. L'intérieur de mon masque était trempé de sueur, de larmes et de morve. La clé volée dans la chambre de Denise, qui avait glissé dans le fond de ma basket, poignardait mon talon à chaque pas.

J'ai emprunté un passage entre deux maisons et je me suis traînée jusqu'à un jardin à l'arrière, sombre et mal délimité. Je me suis recroquevillée derrière une poubelle, j'y ai jeté mon masque et je me suis contorsionnée dans tous les sens pour atteindre la fermeture Éclair de la robe. Je respirais avec tellement de difficultés que j'ai cru que j'allais m'évanouir. J'ai toussé, puis j'ai eu des haut-le-cœur. Quand j'ai tiré dessus, la fermeture s'est cassée.

J'ai dû me tortiller dans tous les sens pour me libérer de cette tenue : à l'inverse d'un papillon, j'émergeais de ma chrysalide dorée pour redevenir une chenille sans intérêt.

C'est seulement après m'être débarrassée de la couche supérieure – je portais encore une paire de gant, le fond de robe en élasthanne et des collants, que j'avais déchirés au niveau des orteils pour être en contact direct avec mes chaussures – que j'ai fait une pause. J'étais de nouveau invisible. En sécurité. Effacée.

J'ai laissé tomber ma tête entre mes mains tremblantes et je me suis agenouillée à même le béton.

J'étais seule. Pour de bon, et plus que je ne l'avais jamais été. Que faire ? Où aller ? Je n'en avais pas la moindre idée. Je ne savais pas non plus où se trouvait ma mère. Ni comment la faire revenir.

Aux yeux du monde, je n'existais pas. Je n'avais ni carte d'identité, ni acte de naissance. Je ne pouvais pas aller voir la police, je ne pouvais pas m'adresser à qui que ce soit.

Je n'avais personne.

Quand cette pensée m'a effleuré l'esprit, je me suis rendu compte que ce n'était pas entièrement vrai. Il y avait une autre personne dans ce monde, hormis ma mère, qui savait que j'existais. Je détestais lui demander de l'aide, mais je ne voyais pas d'autre option. J'ai rassemblé la robe, le masque et la perruque. J'ai jeté le tout à la poubelle.

Il fallait se reprendre en main : je me suis époussetée, j'ai vérifié qu'aucune partie de mon corps n'était visible et je suis partie.

J'ai marché un bon moment avant de trouver ce que je cherchais. Une enseigne néon sur la façade d'un bâtiment en brique : LA SALLE DE RÉVEIL DE NICO. Un bar, dans lequel il faisait chaud et où il y avait du bruit. Parfait.

Je me suis approchée d'un groupe de filles qui riaient aux éclats. Toutes avaient leur téléphone à portée de main, posé sur la table. Je n'ai pas eu besoin de fouiller leurs poches. Ou d'attendre qu'elles regardent ailleurs. J'en ai attrapé un avec une coque en strass et je suis ressortie.

Il n'y avait pas d'impasses à proximité, seulement des rues plus ou moins larges, qui me paraissaient toutes trop exposées. En m'éloignant un peu, je suis de nouveau tombée sur le grand cimetière. Le portail était fermé à double tour, mais j'ai réussi à escalader la barrière grâce à un arbuste qui poussait à ses pieds.

Il fallait un code pour déverrouiller le téléphone, mais grâce aux traces de doigts sur l'écran, je n'ai pas eu de mal à le deviner. Assise sur le muret d'un mausolée en pierre, j'ai composé l'unique numéro que je connaissais par cœur : celui de mon père.

Ça a sonné une fois. Deux fois.

Il était tard. Bientôt minuit. Il n'allait peut-être pas décrocher.

— Allô ?

Ma voix s'est perdue en chemin et s'est transformée en un croassement un peu triste.

C'était mon père, et non un inconnu, et j'avais parlé à plein d'inconnus ce soir-là, mais c'était quand même difficile. Je ne savais pas quoi dire. Ni comment entamer la conversation. Ça faisait presque un an qu'on ne s'était pas parlé. Et une décennie qu'on ne s'était pas vus.

— Annette ? a-t-il demandé en brisant le silence.

Le prénom de ma mère.

— Non.

— Pietà !

Il semblait ravi, mais pas plus bouleversé que ça, comme s'il n'y avait rien de plus normal. Et qu'on n'était pas au beau milieu de la nuit. Et que j'étais le genre de fille qu'on avait au bout du fil de temps à autre.

— Ça me fait plaisir de t'entendre. Où es-tu ?

J'ai pris une grande inspiration et j'ai soufflé fort dans le téléphone.

— Maman est malade, ai-je lâché.

— Oh.

J'avais du mal à déchiffrer son ton, qui était plat et superficiel. Est-ce qu'il était sous le choc ? Agacé ? Déçu ? Mon père ne laissait jamais paraître ce qu'il ressentait vraiment.

— Elle est vraiment très malade, ai-je ajouté. J'ai besoin d'aide.

— Où es-tu ?

— Pittsburgh.

Il a ri, ce qui était à mes yeux la pire des réponses.

— C'était toi ? Il y a un moment déjà. La Cathédrale du savoir ?

J'étais surprise. Comment est-ce qu'il avait su ? Ça tombait sous le sens. La presse locale avait couvert l'événement. Et lui seul détenait tous les indices pour déduire ce qui s'était vraiment passé.

— Oui, ai-je admis.

— J'en étais sûr. Je suis venu quand j'en ai entendu parler. J'ai essayé de te retrouver.

Cette information m'a fait chaud au cœur, étrangement. Ça me rendait presque heureuse, qu'il m'ait cherchée. Qu'il ait voulu me voir.

— On a décampé juste après, ai-je déclaré.

— Je m'en doutais, oui.

— Tu es toujours à Pittsburgh ?

Ça tomberait bien. Je pourrais aller chez lui et... y vivre peut-être ?

Cette simple pensée était bizarre. Je l'avais rencontré en personne quand j'avais sept ans, pas avant. Et je ne l'avais pas vu depuis.

— Eh non, je suis dans le Michigan. Mais écoute, pour toi, je peux m'arranger. Je saute dans la voiture aux aurores, demain.

— Ok, ai-je répondu, soulagée. Merci.

Il était loin d'être parfait, mais c'était un adulte. Qui pouvait aider. Je n'aurais plus à gérer ça seule.

— J'en ai probablement pour cinq heures. Donc en partant tôt...

Il a grommelé un moment pour faire des calculs inaudibles.

— Ça te va si on se donne rendez-vous à treize heures ? Au musée Carnegie. Côté beaux-arts. Tu vois cet endroit ? À Oakland ?

— Ouais, ai-je répondu, même si faire un tour au musée était le cadet de mes soucis.

Combien d'heures me séparaient de l'heure du déjeuner le lendemain ? Qu'allais-je faire d'ici là ?

— Ça va être génial de te voir, a dit mon père l'air enjoué, comme s'il avait oublié le motif de mon appel. Est-ce que ta mère est au courant ?

— De quoi ?

— Que tu m'as appelé.

— Ah.

Je ne voulais pas lui expliquer au téléphone. Et je ne voulais pas le prononcer à voix haute, et que ça devienne vrai. Peut-être qu'elle serait de retour le lendemain, et que je n'aurais pas à lui annoncer qu'elle n'était pas simplement malade, mais bel et bien partie.

— Non.

— Ok, ça marche. Je suis content en tout cas. À demain, ma chérie. Tiens bon, on va régler tout ça.

Sa voix était tellement joyeuse qu'elle frisait celle d'un interlocuteur d'un service après-vente. Mais je voulais le croire : tout irait bien.

— D'accord, merci, ai-je dit avant de raccrocher.

J'ai longuement fixé le téléphone entre mes mains et je l'ai secoué pour que les strass scintillent dans le halo des lampadaires au loin. Je ne croyais pas une seule seconde que tout irait bien. J'étais mal à l'aise, pas certaine d'avoir fait ce qu'il fallait.

Mon père était un voleur et un arnaqueur. Ma mère m'avait toujours dit qu'il montrait rarement son vrai visage. Même à sa propre famille.

Il pouvait bien voler pour vivre : techniquement, ma mère et moi on le faisait aussi, même si je ne nous considérais pas comme des voleuses. Mais bon, il faut croire qu'on en était. C'est juste que nous, on n'avait pas le choix. Zéro alternative.

Le vrai souci, avec lui, c'est qu'il mentait comme il respirait. Je ne pouvais jamais savoir ce qu'il pensait ou ressentait réellement. Je le connaissais à peine.

Il était parfaitement visible. Et pourtant, à sa manière, il était aussi insaisissable que nous. Continuellement planqué derrière un masque.

Austin, Texas

J'ai rencontré mon père uniquement parce que ma mère pensait que j'allais mourir.

Elle n'avait jamais caché son identité. Bien au contraire. Elle parlait tout le temps de lui, surtout pour me dire que c'était un vrai salaud, et qu'ensemble, quand ils avaient braqué des tonnes d'œuvres d'art, ils s'étaient montrés complètement stupides et téméraires.

Mais tout de même, il y avait dans ces récits une trace de tendresse.

Généralement, quand j'étais malade, ma mère me soignait elle-même. Elle avait assisté à des cours de médecine pendant un trimestre lorsqu'elle était enceinte, et s'était mise à voler, en toute discrétion, des médicaments dans les hôpitaux ou dans les cabinets médicaux. Quand j'étais petite, elle avait remis mon poignet tordu en place, et elle avait volé tous les vaccins obligatoires pour me les administrer.

Mais cette fois-là, la fièvre ne baissait pas. Elle a pris peur et a fini par appeler mon père.

Il a débarqué et nous a réservé une chambre dans un motel. J'avais sept ans. Je délirais à cause de la fièvre et de la déshydratation. Avant ça, mon père n'avait été qu'une voix anecdotique au bout du fil.

Ma mère et lui se sont disputés. Je me souviens les entendre se crier dessus, tandis que je perdais connaissance à intervalles réguliers.

— Elle est où, là tout de suite ?

Je me souviens de sa question – car bien sûr il ne pouvait pas me voir.

— Tu n'es pas vraiment son père.

C'était la réponse de ma mère.

— Pardon ?

Il avait soudainement l'air plus désorienté qu'en colère.

— Ben, tu es son père biologique. Mais ça s'arrête là. Et laisse-moi te dire que ça ne signifie pas grand-chose.

Malgré tout, il nous a aidées en nous ramenant tout ce dont nous avions besoin, pendant que ma mère restait à mon chevet. Même quand la fièvre a chuté et que j'ai pu absorber de la nourriture liquide, il n'est pas parti. Je croyais que, peut-être, on continuerait à vivre avec lui. On est allés dans une autre ville et on a pris une autre chambre dans un motel. On est sortis dîner. Il a commandé de la nourriture pour trois.

Et on lui volait des choses. Rien d'important, au début. Et puis ça a changé. « Hé, mon petit, murmurait-il à mon attention. Va me choper quelques billets. »

Il ne me touchait jamais. Ne me prenait jamais la main.

— Un câlin ? m'a-t-il demandé un jour, en regardant à la gauche de ma mère, où il pensait que je me trouvais.

— Non, a-t-elle répondu.

Son ton était dur et froid comme de la glace. À sa droite, je me suis recroquevillée, déçue. Moi, j'aurais adoré un câlin. Mon père s'est contenté de hausser les épaules, un sourire triste sur les lèvres.

— Tu ne peux pas lui faire confiance, a déclaré ma mère.

On est parties un matin sans prévenir ni dire au revoir, et sans que je puisse comprendre pourquoi.

— Tu ne peux faire confiance à personne, a-t-elle ajouté.

Je savais qu'elle avait raison. Elle avait toujours raison.

16

J'avais mal au pied à cause de la course et le froid s'infiltrait par mes collants troués. Ma mère et moi, on portait des sandalettes la majeure partie de l'année, mais avec des bottines ou des baskets, il fallait au choix faire des trous dans nos chaussettes ou ne pas en porter du tout pour que notre peau soit en contact direct avec les chaussures.

Il y a une montagne de petits détails dans le genre. Des trucs auxquels je pense à peine, jusqu'à ce que je voie quelqu'un s'habiller. Ça me frappe toujours de constater à quel point les choses sont simples pour les autres.

Comment les gens font-ils ? On dirait que ça ne leur coûte rien d'être vus. De parler aux autres. De les toucher. Comment ne deviennent-ils pas fous ?

Je ne suis pas naïve. J'ai lu plein de livres et vu plein de films. J'ai vu des gens se toucher de plein de façons différentes.

Il m'arrive de penser qu'il doit y avoir un sixième sens – comme le toucher ou le goût – que tout le monde a, sauf moi. De la même façon que je peux déceler l'infrarouge, alors que les gens visibles en sont incapables, il existe dans ce monde une dimension qui m'est absolument inaccessible.

Un sens qui permettrait de créer du lien.

Tess ne pourra jamais, jamais m'aimer en retour. Personne, d'ailleurs. Je pourrais tout aussi bien être un fantôme. Ou un cadavre.

J'ai passé un bon moment dans le cimetière, assise là, dans le noir, à penser *Tu es ici chez toi.*

J'ai fini par me forcer à me relever. Je me suis dégourdi les bras et les jambes pour me réchauffer. Il était presque deux heures du matin. Le téléphone volé s'était mis à sonner sans interruption – la fille bourrée avait dû remarquer son absence – alors je l'ai balancé au pied du portail.

J'ai déambulé dans les rues sombres, en lançant un coup d'œil occasionnel aux fenêtres éclairées. J'ai contemplé ces mondes dont je ne faisais pas – et ne ferais jamais – partie.

Après avoir suivi un itinéraire plus qu'hasardeux, je me suis retrouvée devant la maison de Denise. À mon plus grand soulagement, il n'y avait plus de lumière à l'intérieur. Ni musique, ni voix qu'on entendait de la rue. La soirée était terminée.

J'ai retiré un gant et repêché la clé volée dans ma chaussure, puis j'ai ouvert la porte. Je me suis glissée à l'intérieur, les yeux rivés par terre au cas où le chat tenterait de s'échapper encore une fois. La maison était plongée dans la pénombre.

— Y a quelqu'un ?

J'ai sursauté en entendant la voix, puis j'ai fait volte-face.

Denise était penchée en avant dans le salon, faiblement éclairé par l'éclairage public dehors. Même dans l'obscurité, je pouvais voir que la pièce était sens dessus dessous. Denise avait une canette de bière à moitié écrasée dans la main, un sac poubelle dans l'autre. Elle s'était arrêtée en plein mouvement, les yeux rivés sur la porte.

— Neely, c'est toi ?

Sa voix était aigüe et tremblait légèrement.

J'étais pétrifiée. Je retenais mon souffle.

Denise a mis la canette dans le sac poubelle et s'est déplacée en crabe vers la lampe, main tendue, sans quitter la porte des yeux. J'ai remarqué qu'elle avait déposé son aile immense contre la cage d'escalier. Elle ne portait plus qu'un jean et un débardeur noir.

— Neely, a-t-elle lancé, la voix encore plus aigüe, si tu le fais exprès, ce n'est pas marrant.

J'aurais dû partir. Mais où ? Il fallait bien que je sois là au cas où ma mère revienne. Et j'avais laissé mon sac à dos dans la baignoire. Rien d'irremplaçable – on bougeait trop souvent pour s'attacher aux choses – mais à ce moment-là, c'était tout ce que je possédais au monde.

J'ai senti les larmes me monter aux yeux. Quelle connerie. Je n'étais bonne qu'à pleurer.

— Jules ?

Denise a tiré sur le cordon de la lampe.

Une lumière flamboyante a inondé la pièce : rien.

Le sac de canettes s'est fracassé par terre. Denise a tâtonné tout autour d'elle avant d'attraper une bouteille en verre vide et de la lever comme une batte de baseball.

J'ai vu que le coin du tapis était carbonisé, la cheminée et le mur noircis. Dans la panique, j'avais totalement oublié que j'avais renversé des bougies. Je me suis sentie coupable. Au moins, je n'avais pas brûlé la maison tout entière.

— Merde, a soufflé Denise.

Elle avait peur. La main qui tenait la bouteille tremblait. Ses yeux étaient rouges et gonflés. Avait-elle pleuré, elle aussi ?

Je ne sais pas ce qui m'a pris.

— Tout va bien, ai-je dit avec aplomb. Je ne vais pas te faire de mal.

Ses yeux se sont écarquillés. Elle a fait un autre pas en arrière, pas rassurée le moins du monde. Nous n'étions plus à la soirée. Je ne portais pas de masque. Elle ne pouvait pas me voir.

— Qui est-ce ? Qui parle ?

Ce n'était pas trop tard. J'aurais pu ne pas ouvrir la bouche, et faire comme si je n'avais jamais prononcé le moindre mot. Elle en aurait conclu que ma voix venait de son imagination. Qu'elle était trop fatiguée. Trop ivre.

— C'est moi, ai-je fini par lâcher.

L'écran de verre

Je marche dans la rue la nuit et je passe devant des maisons sombres aux fenêtres illuminées. Derrière les carreaux, des petits mondes chaleureux, éclairés comme des aquariums. Je peux marcher droit vers eux, presser ma paume de main contre la vitre, et regarder des étrangers tout aussi lumineux voleter d'une pièce à l'autre.

Des gens que je ne peux jamais toucher, auxquels je ne peux jamais parler. Des gens qui ne me verront jamais, et ne sauront jamais que j'étais là à un moment donné.

Même s'il leur arrive de jeter un coup d'œil par la fenêtre, même s'ils regardent droit dans ma direction. Même si je délaisse la fenêtre pour entrer par la porte.

Même debout devant eux, assez proche pour compter les petites veines dans le blanc de leurs yeux, l'écran de verre serait toujours entre nous.

Il me suit partout où je vais. Il n'est jamais bien loin.

17

C'est moi.

Je n'arrivais pas à croire ce que je venais de dire.

— Je ne te vois pas, a dit Denise.

Sa voix tremblait aussi fort que ses mains.

— Je sais, ai-je dit sans savoir quoi ajouter. Désolée.

— Pourquoi est-ce que je ne peux pas te voir ? Où es-tu ?

— Je suis juste là.

Que pouvais-je bien avoir à perdre à ce stade ? J'avais déjà touché le fond.

— Je suis invisible.

— Oh bordel. Oh merde. Ça y est, c'est vraiment en train de m'arriver, c'est ça ?

Denise a lâché la bouteille, qui est tombée sur le coin de la table basse avant de rouler un peu plus loin. Elle a pressé ses mains contre ses oreilles.

Je ne comprenais pas ce qu'elle racontait, mais j'ai pensé à Christy, ma première non-amie, qui m'avait fait mesurer à quel point j'étais monstrueuse. Moins les visibles en savaient sur moi, mieux ils se portaient. Il fallait que je m'en aille. Que je prenne mon sac et que je parte. Je ne pouvais pas rester.

J'ai soupiré, je suis entrée dans la pièce et je me suis vautrée dans le canapé.

Denise a fait un bond en arrière en voyant le coussin bouger.

— Mais c'est quoi, ce putain de délire ?

— Tu dis beaucoup de gros mots, ai-je répondu.

J'ai laissé tomber ma tête entre mes mains et j'ai tout lâché. Je ne pouvais plus me retenir. J'ai sangloté. En silence, évidemment. Des spasmes incontrôlables déchiraient ma poitrine et tordaient mes muscles.

Je suffoquais dès que j'essayais de reprendre ma respiration. J'ai ouvert la bouche pour crier sans bruit. C'est comme ça que j'avais toujours pleuré : dans le silence et dans la douleur.

Je me fichais de ce qui pouvait m'arriver. Elle pouvait bien se mettre à crier, appeler les flics ou fracasser une bouteille en verre sur ma tête.

Je méritais probablement tout ça. C'était terminé. Je baissais les bras.

— Sam ?

La voix de Denise avait légèrement changé. Il y avait un petit quelque chose en plus. De l'espoir, peut-être. Ou du soulagement ?

J'ai relevé la tête et j'ai cligné des yeux pour voir à travers les larmes. Elle me fixait. Enfin, pas moi, mais le canapé et le creux que j'y faisais. Son regard me frôlait. C'était déstabilisant.

— Ta voix, a-t-elle dit avec hésitation. Je l'ai reconnue.

— Oui, ai-je répondu, la voix à peine plus forte qu'un murmure.

— Ton visage est tombé, a-t-elle ajouté.

J'ai ri en m'étranglant à moitié. J'ai laissé échapper un petit sanglot audible, puis je me suis calmée.

— C'est juste un canular, n'est-ce pas ? Je ne suis pas en train de devenir folle ?

— Tu n'es pas folle.

Ce n'était pas comme avec Christy. Denise ne criait pas, ne courait pas partout. Elle ne me traitait pas de démon, n'essayait pas d'exorciser sa maison non plus. Pas encore, du moins.

— Mais qui es-tu, au juste ? a-t-elle demandé, de nouveau sur ses gardes. Neely a dit qu'elle ne te connaissait pas. Je lui ai posé la question après que tu t'es enfuie en mode sans tête.

Pourquoi me parlait-elle ? Elle aurait dû prendre ses jambes à son cou. Ou paniquer.

— Pardon, ai-je dit en haussant les épaules (ce qu'elle ne pouvait pas voir). J'ai atterri à ta soirée.

Denise s'est levée et a avancé vers moi, une main tendue devant elle. Je me suis levée en un éclair pour m'éloigner. Elle s'est arrêtée et a laissé retomber sa main.

— Je deviens folle, c'est bien ça ? Je suis en train de tout inventer ?

— Je n'en sais rien.

Un jour, j'avais rencontré un homme qui avait des hallucinations chroniques. Je faisais semblant de croire qu'il s'adressait à moi, tandis qu'il parlait dans le vent sans jamais avoir conscience de ma présence.

Denise a tourné la tête en direction de ma voix, fixant un point à un bon mètre de moi.

— Est-ce que toute cette histoire de mariage était vraie ? Genre tu es un vrai fantôme et tu viens me hanter ?

— Non.

Peut-être qu'elle avait une maladie mentale. Après tout, elle était vraiment en train de me parler. On était en train d'avoir une conversation. Comme pendant la soirée. Mais sans le masque. Moi au naturel.

— Est-ce que je suis défoncée mais grave ? a demandé Denise.

— Je n'en sais rien, t'es défoncée ?

Elle a ri haut et fort avant de se frotter les yeux.

— Pourquoi tu es là ?

Si j'avais été en état de trouver un mensonge plausible, je le lui aurais sorti. Mais je ne pouvais pas, alors j'ai dit la vérité.

— C'est juste que je n'ai nulle part où aller.

— Je ne comprends rien. C'était quoi, ta combine, à la soirée ? Comment tu fais ça ?

J'aurais aimé le savoir.

— Je ne fais rien. Je suis comme ça, c'est tout.

Denise a secoué la tête et cligné des yeux au ralenti. Elle a tourné les talons pour sortir de la pièce à grandes enjambées.

C'était tout, donc. Je me suis dit que ça aurait pu être bien pire. Oserais-je rester ?

Non. C'était la chose la plus débile que j'avais jamais faite. C'était du délire.

J'allais essayer de trouver une autre maison dans les alentours. Peut-être faudrait-il laisser un signe pour ma mère. Un mot caché dans la plante où j'avais retrouvé l'emballage. Je pourrais m'y faufiler sans que Denise ne s'en rende compte.

Il fallait tout simplement quitter cet endroit. J'avais la nausée, j'étais exténuée, et l'alcool de la soirée stationnait douloureusement dans mon estomac.

Je me suis dirigée vers la porte d'entrée. J'ai tourné la poignée millimètre par millimètre. Tout doucement. J'allais l'ouvrir, me glisser dehors et la refermer. Disparaître dans la nuit, inaperçue, une fois de plus.

Le plancher a grincé derrière moi. Je n'avais même pas encore entrouvert la porte. Je me suis retournée.

Denise était de retour, deux verres à la main. Elle en a posé un sur la table et s'est assise sur le fauteuil.

Elle regardait le rebord de cheminée taché par la fumée, à côté duquel je me tenais quelques instants plus tôt.

— Je n'arrive pas à dormir, de toute façon. Alors vas-y, balance ton histoire.

Portland, Oregon

Le silence de ma mère surgissait telle une vague.

Je le voyais parfois venir longtemps à l'avance. Mais je ne pouvais pas l'empêcher, pas plus qu'une personne sur la plage ne saurait arrêter le va-et-vient de l'eau.

On était très isolées, comme nous l'imposait notre style de vie, mais par moments ça ne suffisait pas. Quand la vague s'écrasait sur le rivage, ma mère se retirait. Elle arrêtait de me parler, à l'exception d'un ou deux mots pleins de ressentiment. Elle nous emmenait aussi loin des gens que possible, on marchait des heures à travers la forêt ou le désert. Il nous arrivait de tomber sur une maison, une location de vacances vide ou une résidence secondaire perdue au milieu de nulle part.

Mais la plupart du temps, on abandonnait notre train de vie de luxe par procuration et on vivait à la dure. C'est arrivé à Portland une fois, quand j'avais seize ans. Ma mère nous a emmenées au cœur de Forest Park. Elle avait pris une tente, et nous avait installé un campement dans un endroit reculé, loin des sentiers. Le camping n'y était pas autorisé mais, bien sûr, personne ne pouvait voir la tente quand on était à l'intérieur. Les bois ressemblaient à une forêt préhistorique. Pleine de fougères. Et très humide.

Ma mère m'autorisait à randonner pour parcourir les deux kilomètres qui nous séparaient de l'entrée du parc chaque jour, toute seule, afin de ramener des provisions.

Il y avait un petit camp de réfugiés à côté d'une bretelle d'autoroute devant lequel je passais à l'aller et au retour. Je prenais mon temps, peu disposée à retourner dans les bois et le silence, mourant d'envie d'entendre d'autres êtres humains. C'est comme ça que j'ai rencontré Javier.

Il parlait à des gens qui n'étaient pas là. Le fait est qu'il y avait bel et bien quelqu'un – moi. Mais bon, ce n'était qu'une coïncidence.

Javier n'était pas très vieux, il devait avoir la vingtaine, pas plus. Mais il était émacié, avec un visage rugueux et creusé, buriné comme celui d'un vieil homme. Il faisait partie des quelques personnes qui prenaient de la drogue dans le camp. Des familles entières vivaient là. Des mères, des enfants en bas âge. Certains ressemblaient à Javier, et se battaient contre une addiction, ou une maladie mentale, ou les deux. D'autres, je l'ai appris en les écoutant parler, n'avaient tout simplement plus d'argent. Ils avaient perdu leur travail ou leur appartement. Ils étaient tombés dans un gouffre béant.

À mes yeux, c'était injuste de vivre dans une tente par choix, quand ces personnes n'avaient aucune autre perspective. Techniquement, on était sans abri aussi, mais je savais bien que ça n'avait rien à voir. En ville, je tombais sur des boutiques de luxe et je me servais. Je volais le portefeuille des gens qui faisaient la queue devant des restaurants branchés pour aller bruncher. Je ramenais de l'argent et des babioles au camp de réfugiés. Mais rien de tout ça ne correspondait à ce dont ils avaient réellement besoin.

J'ai passé le plus clair de mon temps avec Javier, assise à côté de lui alors qu'il était en pleine conversation avec des voix que personne d'autre que lui n'entendait. Parfois, quand il racontait ses coups durs, ses compagnons invisibles semblaient être de son côté. À d'autres moments, c'était évident qu'il était en colère contre eux, ou qu'il en avait peur. Alors il se bouchait les oreilles et grognait, ou leur criait de la fermer.

J'en ai honte, mais je ressentais presque de la jalousie. *Au moins,* pensais-je, *il n'est jamais seul.*

Il avait vraiment besoin d'aide, d'un toit pour vivre et d'un exutoire sain pour apaiser ses crises de terreur. J'ai eu envie de lui parler à de nombreuses reprises. Ça ne me paraissait pas particulièrement risqué. Je n'aurais été qu'une voix de plus. Une voix bienveillante. Pour lui murmurer des encouragements.

Mais je n'ai jamais franchi le pas.

18

Je n'ai rien répondu. Je n'ai pas bougé, une main encore sur la poignée de porte. J'étais sonnée, incapable de prendre une décision. Denise attendait, penchée en avant, les mains sur les genoux. Le silence était pesant. Dans l'un des verres posés sur la table, un glaçon a craqué. Elle s'est mise à regarder droit devant elle.

— Est-ce que tu es encore là ? a-t-elle demandé.

Je pouvais encore arranger les choses, pas vrai ? Je pouvais me taire.

— Merde, a-t-elle dit tout doucement en laissant tomber sa tête entre ses mains.

J'ai cru qu'elle allait pleurer.

Et donc, sans réfléchir, je me suis avancée vers elle.

— Je suis vraiment désolée pour l'incendie, ai-je lâché.

Elle a relevé la tête d'un coup et son expression est passée, sans transition, de la tristesse au soulagement.

— Oh, t'inquiète. Ce n'était pas ta faute.

Je me suis assise sur le canapé en face d'elle.

— Si.

Elle s'est redressée.

— Écoute, Ed l'a éteint à temps. Dieu merci, les punks portent des semelles compensées.

Elle souriait – elle souriait avec sincérité – et ça m'était adressé. Enfin presque. L'intention était là.

Je ne comprenais pas.

Mon estomac bouillonnait. Idiote, idiote, idiote. J'aurais dû partir. Tant que je le pouvais encore.

J'étais convaincue que j'allais vomir. Avais-je attrapé le truc de ma mère ?

— Oui, mais quand même. Pardon.

Elle a haussé les épaules.

— C'était irresponsable d'organiser une soirée comme ça. Ma tante a dit qu'on pouvait inviter quelques amis, mais évidemment qu'elle ne pensait pas à, genre, une centaine de personnes. Et si un jour elle découvre qu'il y avait de l'alcool...

Denise a grogné.

— Elle est vraiment à la cool, tu sais. Enfin, j'imagine que tu ne sais pas. Avec mon oncle, ils m'ont accueillie quelques jours quand ma mère est partie à l'hôpital pour la première fois, et ensuite ils m'ont proposé de m'installer ici, parce que c'est plus pratique pour aller au lycée. Mais bon, je sais qu'ils n'ont pas trop de thunes, et tout.

Avait-elle oublié à qui elle s'adressait ? C'était louche. Denise parlait sans s'arrêter. C'était assez merveilleux. Comme Javier, sauf qu'elle savait que j'étais là.

— Merde, a-t-elle dit – ou craché, plus exactement.

J'ai sursauté. Elle a posé ses doigts sur ses tempes et s'est mise à les masser.

— Cette soirée était une très mauvaise idée. J'aurais dû bosser sur mon projet. Ok, Neely m'a forcé la main, mais elle n'a pas eu besoin de beaucoup insister.

Je souriais malgré moi. C'était surréaliste. Est-ce qu'elle était ivre, tout simplement ? Je me suis penchée pour attraper le verre qu'elle avait posé sur la table, mais je me suis ravisée. Parler était une chose. Si je le touchais, il deviendrait invisible, et si je mettais mes gants, il se mettrait à flotter dans les airs, comme ensorcelé. Clairement, c'était suffisant pour paniquer Denise.

— Attends, a dit Denise avec un regard concentré. C'est n'importe quoi. Je suis en train de raconter mes problèmes à une meuf invisible. Tu devais m'expliquer d'où tu viens.

— Oh...

J'avais imaginé ce moment un million de fois. J'avais raconté mon histoire sur des plateaux télé, ou face à la silhouette indéfinie d'un potentiel amour futur (c'était difficile de faire comme s'il existait, mais j'avais tenté le coup). Et, bien sûr, j'avais rejoué dans ma tête cette conversation avec Tess à de multiples reprises. Parfois, elle réagissait bien, parfois c'était catastrophique. Il lui arrivait de me prendre dans ses bras, ou alors de hurler et fuir en courant – tout dépendait à quel point je me laissais embarquer dans l'histoire.

J'aurais dû être prête, avec toutes ces répétitions.

Mais je ne l'étais pas.

— Pourquoi est-ce que tu parles avec moi ? ai-je demandé.

Denise a cligné des yeux.

— Et pourquoi pas ?

— Ben...

Que dire ? N'était-ce pas évident pour elle ? Les raisons étaient tellement nombreuses. J'étais une abomination. Je n'aurais pas dû exister. J'étais entrée chez elle par effraction.

— Je suis une étrangère.

— Pas vraiment. On s'est rencontrées à la soirée.

— Mais je n'étais pas censée y être.

Elle a ravalé ce qu'elle était sur le point de répondre. Son visage a changé.

— Écoute, honnêtement, je ne sais même pas si tu es bien présente, là, tout de suite. Je ne sais pas encore si c'est vraiment en train de se passer.

Je ne voyais pas ce qu'elle entendait par « ça », mais la situation entière était hautement improbable. Elle a pris son verre et l'a fait tourner entre ses mains en regardant les glaçons se cogner contre les parois.

— Tu ne m'as pas encore demandé de tuer quelqu'un, alors peut-être que tout va bien, finalement.

Elle a levé le regard, les yeux plissés.

— Est-ce que tu veux que je tue quelqu'un ?

C'était peut-être une blague, mais j'ai fait de mon mieux pour prendre un ton sérieux, sans être menaçante non plus.

— Non.

— Ok, cool. Enfin, c'est vraiment cliché, de toute façon. C'est différent, pour ma mère.

Alors évidemment, j'ai pensé à la mienne, de mère. Et à sa fureur, si elle pouvait me voir en cet instant précis, en train d'enfreindre toutes les règles une par une sans exception.

— Ta mère ? ai-je demandé.

— On a un passif, dans la famille. Ma grand-mère a fait une dépression – une dépression psychotique, comme disent les médecins – et ma mère, pareil.

Les coins de sa bouche se sont furtivement étirés en un petit sourire.

— J'ai toujours attendu mon tour inconsciemment. J'imagine que ça y est.

Elle faisait des grands gestes dans ma direction.

— Eh bien, ai-je dit doucement, je suis là pour de vrai. Je te le promets.

— Est-ce que tu peux arrêter d'être invisible ?

C'était plus de la curiosité que de la colère ou de la peur.

— Non, désolée.

— Pourquoi tu es comme ça ?

— Je ne sais pas. Je suis née invisible. On ne change pas...

— Comme la chanson ?

Son rire ressemblait à un aboiement rauque.

— Attends un peu. Tu étais là avant la soirée ? C'est pour ça que la porte s'est ouverte toute seule tout à l'heure ?

Penaude, j'ai hoché la tête, avant de me rappeler que je n'étais pas en train de parler à ma mère. Denise était visible. La même phrase martelait mon cerveau : *Mais qu'est-ce que tu es en train de faire ?*

— Ouais, ai-je répondu.

— Qu'est-ce qui s'est passé ?

— Je suis désolée, on a...

— *On* ? a relevé Denise. Vous êtes plusieurs ?

Avant que je puisse dire un mot, elle s'est levée, hérissée et sur ses gardes, regardant partout autour d'elle.

— Non, ai-je dit.

Je n'en menais pas large.

— Enfin si, on est deux mais c'est tout.

— Ça y est, a-t-elle dit en faisant les cent pas. La paranoïa, c'est bien ça ? Le fantasme d'être observée ?

Elle a failli trébucher sur le sac poubelle rempli de canettes de bière qui était posé par terre.

— Les fous sont-ils conscients à ce point ? ai-je demandé.

— Ça leur arrive.

Elle a regardé dans ma direction.

— Ma mère... ma mère est comme tout le monde, vraiment. Pas bête. Pas folle, du moins pas comme l'entendent les gens quand ils utilisent ce mot. Elle fait juste des crises parfois.

La mienne aussi, j'ai failli lâcher.

— Je suis désolée. Je suis arrivée ici avec quelqu'un d'autre. Ma mère. Mais elle n'est pas là tout de suite.

— Ok.

Denise s'est immobilisée, tout en continuant à inspecter les quatre coins de la pièce, nerveuse.

— Tu en es sûre ?

Eh bien, non, je ne l'étais pas. Mon Dieu, quel bazar. Comment avais-je pu en arriver là ? Était-il trop tard pour partir ?

Mais avais-je vraiment envie de partir ?

— Je suis désolée d'avoir débarqué chez toi sans être invitée, ai-je dit. Ma mère... elle était malade, il fallait qu'elle s'allonge. On a choisi ta maison au hasard. C'est comme ça qu'on vit. On squatte chez les autres.

Denise a cligné des yeux.

— Est-ce que le monde est plein à craquer de gens invisibles ? Est-ce que je leur rentre dedans toute la sainte journée sans m'en rendre compte ?

— Non, ai-je dit. On n'a jamais rencontré quelqu'un comme nous.

— Oh.

Elle a penché la tête sur le côté et froncé les sourcils.

— C'est triste.

J'ai détourné le regard et j'ai caressé le canapé avec mon pouce. Il était moutarde, et le tissu des coussins était usé jusqu'à la corde. Une touffe de rembourrage se faisait la malle par un petit trou.

— Où est ta mère, du coup ? a demandé Denise.

— Elle est partie.

— Elle est morte ?

Les yeux de Denise se sont écarquillés avec horreur.

— Non, ai-je rapidement répondu. C'est juste que je ne sais pas où elle est.

Denise a ri.

— Ah, je vois ! C'est parce qu'elle est invisible, c'est ça ? Du coup tu ne peux pas la voir !

Je n'ai pas répondu. C'était dangereux de penser à ma mère. Comme se tenir au bord d'un gouffre de culpabilité et de peur sans fond. Une pichenette et je tombais pour toujours.

Le rire de Denise s'est éteint.

— Merde, non, je suis désolée. C'est tellement bizarre. Je ne vois pas ton visage, alors c'est dur de savoir quand tu es sérieuse. Tu es sérieuse là, non ?

— Oui, ai-je répondu.

J'ai pris une profonde inspiration et remis le rembourrage vagabond à l'intérieur du coussin.

— Ma mère et moi, on peut se voir l'une et l'autre, mais pour les autres on est invisibles.

— Chelou, a dit Denise. Tu as quel âge, alors ? J'ai l'impression que tu as genre cinquante ans, ou un truc du style, mais je n'en sais rien en vrai. Enfin, ce n'est pas comme si tu ressemblais à quelqu'un de cinquante ans.

— J'ai dix-sept ans.

— Oh ! (Son visage s'est illuminé.) J'ai dix-huit ans, moi ! Bien, si tu existes vraiment, considère ceci comme une invitation officielle.

Elle a tendu la main. Je l'ai fixée.

Denise attendait.

De toute évidence, ça allait beaucoup trop loin, pas vrai ? Ça n'avait plus aucun sens.

Denise a cligné des yeux. Son regard se baladait nerveusement dans le vide en face d'elle. En retenant mon souffle, je lui ai serré la main.

Liste exhaustive des gens que j'ai touchés

Ma mère, surtout quand j'étais petite et qu'elle tenait fermement ma main tandis qu'on se pressait sur un quai de gare, qu'on se frayait un chemin dans un magasin ou qu'on traversait la rue en courant. Il lui arrivait de la serrer tellement fort que je ne sentais plus mes doigts, mais je ne lui en ai jamais tenu rigueur. Je me sentais en sécurité.

Christy, juste une seconde. Son bras.

Slots, quand je l'ai poussé.

Quelques personnes, par accident, dans le métro ou le train, qui ont essayé de s'asseoir sur moi sans se douter que j'étais là. Ce qui se terminait toujours en collision paniquée de bras et de jambes, tandis que j'essayais désespérément de m'enfuir, le cœur battant à tout rompre. Pour elles, ce n'était rien qu'une anecdote déstabilisante, voire agaçante. Mais ma peau n'a jamais touché la leur, bien sûr. Jamais. Et je ne les ai jamais touchées volontairement.

Moi-même, évidemment. Plus que je ne veux bien l'admettre.

C'est tout.

19

Ma main droite dans un gant en soie lilas. Des coutures le long de chaque doigt. Trois boutons nacrés au poignet.

La main gauche de Denise, nue. La peau tiède et brune, sous l'éclairage de la lampe. La paume plus claire, barrée de lignes foncées. Le rose irisé de ses ongles.

Elle avait attendu, pleine d'espoir.

Nos mains à quelques centimètres l'une de l'autre. Une distance infranchissable à mes yeux.

Mais j'avais osé. J'avais avancé un peu plus ma main tremblante et laissé mes doigts gantés effleurer les siens. Elle avait laissé échapper un petit cri incontrôlable. J'avais retiré ma main.

Ce moment était étrange pour l'une comme pour l'autre, mais pas pour les mêmes raisons.

Mon pouls s'est emballé et mon cerveau m'a ordonné de partir en courant, mais je ne l'ai pas fait. Il n'y avait aucun danger. C'est ce que j'ai essayé de me dire. C'était juste une main.

Trois fois rien. Une personne normale y aurait à peine prêté attention.

Denise souriait.

— Si tu veux dormir sur le canapé, il n'y a pas de problème, a-t-elle déclaré.

— Sérieux ?

Notre bref moment de contact avait suffi à me donner des picotements dans les doigts. Nos peaux ne s'étaient pas touchées. Je me demandais quelle texture avait la sienne. Douce ? Rugueuse ?

— Bien sûr. Il y a tout le temps du monde qui dort ici. C'est une maison de punks, a-t-elle dit, non sans fierté. Enfin, tu vois l'idée, quoi. Pas non plus comme chez Ed. Mais Tante Larissa nous laisse organiser des concerts au sous-sol de temps en temps. Et si quelqu'un a besoin d'un endroit où dormir, on l'accueille. Larissa est sur la même longueur d'onde que nous. Neely peut dormir ici dès qu'elle veut.

— Merci, ai-je répondu, émue.

Je ne comprenais pas la majeure partie de ce qu'elle venait de me dire. Mais je comprenais la partie inédite, improbable, et totalement dingue : Denise m'accueillait chez elle.

Elle avait envie de m'accueillir chez elle.

— Beaucoup d'ados se la racontent dans cette ville, a continué Denise, et tout le monde pense qu'être punk, c'est détester des trucs et être vénère. Qu'on soit bien d'accord : la société craint à fond. Mais elle craint en grande partie, enfin, c'est mon avis, parce que les gens ne créent pas de lien les uns avec les autres. Les vrais punks sont hyper sympas.

Elle a haussé les épaules.

— Enfin, je n'en sais rien, mais c'est ce que je pense en tous cas.

Elle s'est levée et dépêchée de sortir de la pièce avant de monter les marches quatre à quatre, mais je savais qu'il ne fallait pas le prendre personnellement. J'étais assise dans le noir, assommée. Le salon tanguait. J'étais exténuée. Émotionnellement et physiquement.

Denise est revenue une minute plus tard avec un drap, une couverture et un oreiller, qu'elle m'a tendus.

— Tu es encore là ?

— Oui. Au fait, j'ai laissé mon sac à dos dans ta baignoire.

— Ah ouais ?

Avant de pouvoir ajouter un mot, elle était repartie. Je l'entendais monter l'escalier de nouveau. J'ai fixé l'oreiller et la couverture. Est-ce que tout ça était bien réel ?

Denise a réapparu, chacun de ses pas faisant un bruit sourd contre les marches. Elle tenait mon sac à dos, qu'elle a déposé aux pieds du canapé. La vue de cet accessoire familier m'a soulagée. Bien sûr, j'avais laissé derrière moi quantité de sacs à dos mais, à cet instant précis, tout objet qui me raccrochait au quotidien et à ma mère, aussi insignifiant soit-il, me remontait le moral.

— Et voilà, a dit Denise, en parcourant vainement le canapé des yeux.

— Merci.

— Où es-tu ?

— Ici.

J'ai légèrement rebondi pour qu'elle puisse voir le coussin bouger.

Elle s'est affalée à l'autre bout du canapé. Je me suis raidie, mais elle n'a pas essayé de m'effleurer ou quoi que ce soit.

— Heureusement que le sac était visible, lui, a-t-elle lancé.

J'ai répondu avec un petit rire, mal à l'aise.

— Mmmh, oui, c'est vrai.

— Attends, a-t-elle dit en faisant les gros yeux.

Mon cœur s'est serré. Avait-elle changé d'avis ? Allait-elle me mettre dehors ?

— Est-ce que tu es toute nue ?

— Pardon ?

— À la soirée, tu portais des vêtements et tout, et je pouvais les voir, mais après, ton masque est tombé et tu étais invisible. Est-ce que ça veut dire que tu ne peux pas porter de vêtements ?

— Ah !

Je n'avais jamais eu à expliquer ça jusque-là. J'ai retiré mon gant et je l'ai lancé sur la table basse pour que Denise puisse le voir. Au moment où il a cessé d'être en contact avec ma peau, il est redevenu visible.

— Je porte des vêtements. C'est assez compliqué, mais en gros, pendant la soirée, je portais plusieurs couches.

Denise a ri, les yeux rivés sur le gant.

— Désolée, ma question était vraiment très malpolie.

— Ça ne fait rien. Merci de m'accueillir.

— Aucun problème. Je sais qu'il n'a pas l'air comme ça, mais honnêtement, il est très confortable.

Elle a mis une petite tape affectueuse sur le canapé.

— On l'a eu gratos. Je l'ai repéré sur le trottoir et j'en ai parlé à Larissa, qui est allée le voir sur-le-champ. On l'a ramené à la maison en voiture. Il dépassait un peu du coffre.

Tout ce que j'ai, je l'ai eu gratos, ai-je pensé. Ma voix était à vif après toutes ces conversations. J'avais tellement parlé cette nuit-là, avec tellement de personnes différentes. Tout ça pour terminer en beauté avec la conversation la plus folle et la plus magique de toute mon existence.

— Il y a une tache, juste là, qui a la forme du Texas.

Denise désignait une forme sombre sur le coussin entre nous.

— Depuis la soirée ? ai-je croassé.

— Non, elle a toujours été là. C'est probablement la raison pour laquelle on a jeté ce canapé. Enfin, ça et le pied manquant.

Elle a pointé du doigt l'un des pieds qui, contrairement aux trois autres, n'était pas en bois sculpté mais en planche de bois brut.

— On l'a réparé. On a essayé de nettoyer la tache, mais elle n'a pas bougé. Jules dit que c'est du sang, mais c'est du vin rouge, ma main à couper. Un jour, je visiterai cette tache.

— Hein ?

— Je parle du Texas.

— Ah.

C'était génial, cette façon qu'elle avait de s'adresser à moi. Comme si tout était on ne peut plus normal.

Comme si j'étais normale. J'avais presque la sensation de l'être.

— Tu devrais visiter les spots de baignade aux alentours d'Austin. Ils sont magnifiques.

— Tu y es allée ?

— On y a vécu un moment.

— Bordel. Je parie que tu as une vie incroyablement passionnante. Tu me raconteras ? Demain ?

Je ne trouvais pas ma vie passionnante du tout. Je passais le plus clair de mon temps à observer le paysage par la fenêtre. Mais j'ai répondu oui.

— Oh ! s'est exclamée Denise.

Elle a fait un bond et s'est rendue dans la cuisine. Elle est revenue avec un morceau de papier, un rouleau de scotch et un marqueur indélébile.

NE PAS S'ASSEOIR ICI, a-t-elle écrit, avant de scotcher la feuille contre le dossier du canapé.

Ça ne faisait aucun doute : c'était la chose la plus mignonne qu'on ait jamais faite pour moi.

— Bonne nuit, a-t-elle dit.

Elle est partie, la chaleur de ses mots s'est évaporée et je m'en suis rappelé : j'aurais dû dire bonne nuit en retour.

Liste non-exhaustive des endroits où j'ai dormi

Les meilleures maisons sont immenses, excessives et déraisonnables, à tel point que le nombre de lits est supérieur à celui de leurs habitants. Des maisons avec des pièces entièrement dédiées au rangement des affaires superflues. Des chambres oubliées, dans lesquelles personne ne va jamais. Des chambres pour nous.

Mais on ne tombe pas toujours sur ce genre de demeures. Les dénicher prend un certain temps. Il est rare que les riches vivent juste à côté de la gare.

Parfois, il faut déguerpir en vitesse, ou débarquer dans une ville à pas d'heure. Alors on dort dans des boutiques de matelas ou autres grandes surfaces – il faut entrer avant la fermeture et rester à l'intérieur quand le dernier employé à partir ferme la porte à double tour. Ces endroits sont froids, des machines vrombissent sans interruption. Ça nous arrive aussi de passer la nuit dans des bibliothèques fermées. Dans des cafés. Dans un magasin de vêtements, sur une pile de manteaux.

De temps à autres, on va se coucher sur des canapés. Ou on sort des édredons du stock d'hiver pour s'installer un petit nid dans le grenier ou n'importe quel autre coin tranquille.

***

Sans oublier les nuits à la belle étoile, aussi, quand maman était dans une phase de silence. Et quand même un grenier devenait synonyme d'une trop grande promiscuité avec les gens. Quand le simple son de leurs voix, étouffées par le plancher, devenait trop bruyant.

On s'est réfugiées dans les bois. On est parties dans le désert. À la montagne. On a dormi dans des duvets. À même le sol.

On a dormi dans des trains, évidemment. On a dormi partout dans le pays.

J'ai rarement dormi dans un endroit en tant qu'invitée. La première fois, c'était dans la chambre de motel que mon père avait réservée grâce à l'argent ramené par ma mère.

La seconde fois, c'était sur ce canapé, en compagnie d'une tache qui avait la forme du Texas.

20

— Sam, tu dors encore ? a demandé Denise.

Sa voix était un peu enrouée, comme si elle avait attrapé froid.

C'était le matin. Je venais tout juste de reprendre conscience. Je n'avais pas bougé du canapé, encore enveloppée dans un morceau de rêve, réticente à émerger pour de bon et à faire face à ma situation.

J'avais l'habitude de me réveiller dans des lieux étranges. En temps normal, je me levais en vitesse et j'effaçais toute trace de ma présence. En temps normal, c'était ma mère que j'entendais dans mon demi-sommeil.

— Sam ?

Denise était dans le couloir, les yeux rivés sur le canapé.

Ce qui était anormal. J'étais allongée et immobile, les muscles tendus. Complètement et terriblement éveillée.

Elle me terrifiait.

Elle a fait un pas dans le salon en fronçant les sourcils.

— Tu es là ? a-t-elle demandé, la voix légèrement chevrotante.

Elle était au courant. On en avait discuté. Ça n'avait plus rien à voir avec le fait de regarder les gens, d'apprendre à les connaître petit à petit, à travers leurs habitudes et leur façon de préparer le petit déjeuner lorsqu'ils étaient seuls.

Ça, c'était sécurisant. Et normal. C'était ma manière à moi d'aimer. Comme on aime un musée – distance, silence, interdiction de toucher.

— Sam ?

Il y avait une touche de tristesse dans sa voix.

Je ne pouvais pas répondre. C'était d'ailleurs la meilleure option, n'est-ce pas ? C'était si facile de faire semblant de ne pas être là. C'était naturel. C'était ce que j'avais toujours fait. Je pouvais me retirer et ne plus jamais prononcer le moindre mot, la laisser penser que la fameuse maladie mentale de son histoire familiale l'avait rattrapée. Qu'elle était seule. Comme moi : seule.

J'ai senti ce mot bouillonner en moi, coincé au fond de ma gorge.

La nuit passée était une folie. On avait toutes les deux bu. Mais tout était différent, désormais, dans la fraîcheur de la lumière du jour.

Je ne pouvais pas parler. Je ne devais pas parler. C'était impossible qu'elle se montre aussi calme et tolérante que la veille.

Mais en étais-je bien sûre ?

— Oui, ai-je murmuré.

Tout bas, si bas que j'ai pensé qu'elle ne m'entendrait pas. Mais elle s'est figée, la tête mobile, comme à l'affût du moindre bruit.

— Y a quelqu'un ? a-t-elle chuchoté en faisant un pas vers le canapé.

Je me suis mordu les lèvres. J'ai pris une grande inspiration plutôt chaotique. Je me suis assise. J'avais l'impression que ma tête se détachait de mon corps.

— Y a quelqu'un, ai-je répondu, à peine plus fort qu'avant.

Mais ça ne faisait aucun doute : cette fois-ci, elle m'avait entendue.

— Bordel de merde, a-t-elle dit, les yeux écarquillés, mais pas de peur.

Plutôt... de joie ?

Est-ce que c'était possible ? Ou est-ce que je voyais ce que je voulais voir ?

— Où es-tu ?

Ses yeux balayaient le canapé d'un bout à l'autre. Sa voix était rauque. Peut-être à cause de l'alcool.

— Je ne sais pas où regarder.

— Euh...

Je me sentais un peu étourdie.

— Sur le canapé. Côté gauche, près du Texas ?

— Et merde, a-t-elle lâché, enrouée mais joyeuse.

Elle a avancé et j'ai tressailli, mais elle s'est simplement laissée tomber sur le fauteuil en face du canapé.

— J'ai eu peur d'avoir imaginé tout ça. Je me suis levée ce matin en pensant que ce n'était qu'un rêve, et puis j'ai vu la pancarte.

Elle a désigné le mot scotché au dossier du canapé.

— Alors j'ai fini par me dire que je ne m'étais pas trompée : j'avais bien fait une crise psychotique.

Je me suis mise à haleter, j'avais le souffle court, comme si c'était impossible d'inspirer assez d'air. J'ai essayé de me calmer. Et d'ignorer les signaux qu'envoyait mon corps – *Il faut que tu prennes tes jambes à ton cou.* Je n'étais pas en sécurité. C'était impossible.

Ma bouche était sèche. Ma tête me lançait. J'avais la gueule de bois, probablement. J'étais complètement déshydratée.

— Est-ce que tu manges, tu bois, et tout ? a demandé Denise.

J'ai pris une inspiration et j'ai soufflé. Je me suis enfoncée dans le canapé et j'ai fermé les yeux.

— Désolée, question bête. Bien sûr que oui. Tu buvais hier soir. Tu veux du café ?

J'ai ouvert les yeux. Denise souriait en fixant un point légèrement au-dessus de ma tête. Elle continuait à être gentille avec moi, et à me parler comme si j'étais une vraie personne.

— Euh, ok, ai-je réussi à articuler.

Je ne comprenais pas.

Ce qui s'était passé la veille aurait pu être mis sur le compte de l'ivresse. Et pourtant, elle était bien là, à faire la conversation. Comme si de rien n'était. Et presque comme si on était amies.

Elle s'est précipitée dans la cuisine.

Le parquet a grincé. Je me suis redressée.

Jules, qui portait la même robe fleurie que la veille, a fait son apparition en bas de l'escalier avant d'entrer dans le salon et de froncer les sourcils devant le tapis brûlé. Son regard a dérivé sur le canapé. J'étais parfaitement immobile, osant à peine respirer.

Iel a avancé vers moi pour se pencher en avant et déchiffrer le mot que Denise avait scotché.

— Eh ! Est-ce que quelqu'un a vomi sur le canapé ?

Sa voix portait jusqu'à la cuisine.

Denise est revenue en courant et ses yeux ont jonglé entre Jules et le canapé.

— Ah, non non.

Mon pouls a accéléré d'un coup, mes réflexes coincés à mi-chemin entre la paralysie et la fuite.

— Alors pourquoi je ne pourrais pas m'asseoir ici ? a dit Jules en désignant l'écriteau.

— C'est que... ben, c'est au canapé de décider s'il veut bien te raconter son histoire.

Jules a lancé un regard sceptique à Denise.

Baignoire a choisi ce moment pour débarquer dans la pièce, en miaulant aussi fort que ses petits poumons le permettaient. Tout le monde s'est tourné pour la regarder.

Le chat s'est frayé un chemin jusqu'au canapé pour sauter à côté de moi. Je n'ai pas bougé, perplexe. J'aimais bien les chats, même si j'avais rarement l'opportunité d'interagir avec eux. Baignoire, qui reniflait avec application dans ma direction, a eu un moment d'hésitation puis elle s'est avancée. Sa petite truffe s'agitait avec frénésie. Elle a tendu une patte, qu'elle a agitée dans les airs. Elle a reculé après avoir heurté ma cuisse.

— C'est quoi ce bordel ? a lâché Jules. Le canapé est hanté ou quoi ?

Denise a ri.

Baignoire, qui avait manifestement décidé que je ne représentais pas une menace, s'est installée sur mes genoux. Elle a fait quelques tours sur elle-même avant de se mettre en boule, les pattes repliées sous son petit corps, la truffe collée contre sa queue. Je suis restée parfaitement immobile.

Jules a battu des paupières.

— C'est ce foutu chat qui est hanté, c'est ça ?

À ses yeux, évidemment, le chat lévitait à une quinzaine de centimètres au-dessus du canapé. J'avais été très bête : j'aurais dû me lever et m'enfuir en courant à la seconde même où je me réveillais. Je n'aurais jamais dû me mettre dans ce pétrin.

J'ai poussé Baignoire pour me mettre debout. Au plus grand bonheur du chat, qui s'est installé sur la place tiède que je venais de lui laisser.

Denise a tenté un regard appuyé, mais je m'étais éloignée sans faire de bruit. Je n'étais plus très loin d'elle, désormais.

— Jules est digne de confiance, promis. Est-ce que je peux lui raconter ? a-t-elle demandé au canapé.

Ma mère m'avait toujours recommandé de ne jamais faire confiance à qui que ce soit. De ne jamais me révéler ou laisser des traces de ma présence. J'ai lancé un coup d'œil à la porte en me demandant si je ne ferais pas mieux de me ruer dessus.

La nuit passée, j'avais enfreint absolument toutes les règles. On avait discuté, avec Denise. Et je lui avais tout raconté.

Et pourtant, elle avait été gentille. Ça n'avait donné lieu à aucune catastrophe.

— Ok, ai-je dit.

Denise, qui ne s'attendait pas à entendre ma voix juste à côté d'elle, a fait un bond.

— Désolée.

Je me demandais déjà si je n'avais pas pris la mauvaise décision.

Jules fronçait les sourcils. La confusion creusait des rides sur son front.

— Jules, voici Sam. Sam, je te présente Jules.

Denise faisait des gestes hasardeux vers l'endroit où elle pensait que j'étais.

J'ai hésité, puis je me souvenue de la paille. C'était d'une simplicité inouïe, Jules qui m'offrait de quoi boire à travers mon masque, mais ça m'avait presque émue aux larmes.

— Tu m'as rencontrée hier soir, ai-je dit.

— Attends, quoi ? a dit Jules. Il se passe quoi là, t'es ventriloque, maintenant ?

— Non, a dit Denise. C'est légèrement plus chelou que ça.

Et elle a tout raconté à ma place.

La gare de triage

Un jour, quand j'étais plus jeune, j'ai trouvé un chaton dans une gare de triage : une boule de poils ébouriffée, à peine vivante, lovée au pied d'un tas de traverses de chemin de fer en bois pourri, qui a poussé un petit cri faiblard quand je l'ai prise dans mes bras.

Ma mère m'a ordonné de ramener le chaton où je l'avais trouvé : ce n'était pas à nous d'en prendre en soin. Mais je l'ai glissé sous ma chemise alors qu'elle regardait ailleurs, et je l'ai bercé doucement en le tenant tout contre moi. Au contact de ma peau, il est devenu invisible. Je l'ai fait monter en douce dans le train.

Maman s'en est rendu compte quand on a démarré, mais j'ai menacé de crier si elle essayait de me le reprendre. Il gigotait contre ma hanche et posait ses minuscules pattes contre ma peau. Il était chaud, tout doux, en manque d'affection. Je l'ai nourri de morceaux de fromage et de jambon trouvés sur un plateau-repas du wagon bar, que j'ai roulés en petites boules. Il n'a pas émis un seul gazouillement de tout le trajet. Seules quelques puces avaient décidé de quitter sa fourrure sale, agrémentant mon ventre de morsures rouges qui grattaient au passage.

Quand on est descendues du train à Little Rock, ma mère a dégoté une belle villa avec six salles de bains. Elle a rempli l'une des baignoires géantes d'eau tiède et de savon et nous a plongés dedans tous les deux pour qu'on se débarrasse des puces. J'ai séché le chaton dans une serviette avant de lui donner de la truite à la sauce safranée que j'avais volée dans la cuisine.

Je me suis endormie dans un lit désert, dans une chambre libre, le chaton roulé en boule dans mes bras. Les petits battements frénétiques de son cœur pulsaient sur ma peau nue, ses ronronnements vibraient contre moi. Je l'aimais au-delà du raisonnable.

Quand je me suis réveillée, il était parti. Je suis tombée du lit, malade d'angoisse. Ma mère pensait qu'il avait dû s'échapper. J'ai couru de pièce en pièce, dans cette maison immense et à moitié vide. L'inquiétude me tordait le ventre. J'ai fini par la véranda au rez-de-chaussée, où la maîtresse de maison et l'un des trois enfants se penchaient au-dessus de quelque chose.

C'était le chaton. Quand je me suis approchée, j'ai vu qu'il allait parfaitement bien, qu'on ne lui avait pas fait de mal. Sa fourrure était toute duveteuse du bain de la veille. Il titubait, adorable, sur ses petites pattes bancales, tout en reniflant les motifs du tapis persan.

— Bon, je ne sais pas d'où il peut bien venir, a dit la femme, mais j'imagine qu'on peut le garder, à partir du moment où il n'a pas de maladie ou quoi que ce soit.

Mon cœur s'est serré. Je me suis avancée, mais ma mère m'a retenue par le bras.

— On ne peut pas le garder invisible, a-t-elle dit en langue des signes. Ce ne serait pas juste. Un chaton a besoin de jouer, il a besoin d'aventures. Il sera beaucoup plus heureux si on le laisse vivre une vie normale.

J'ai acquiescé tristement. Elle avait raison. Je le savais bien.

Une expression peinée est passée sur le visage de ma mère. Elle m'a regardée, puis elle a regardé le chaton.

— Il mérite une vie normale, a-t-elle répété.

21

C'était étrange de constater à quel point la situation était... ben, pas vraiment normale, mais tout sauf catastrophique quinze minutes plus tard. Nous trois, dans le fauteuil et le canapé du salon. À boire du café et à manger des bagels rassis avec du beurre de cacahuète (le frigo était tristement vide).

Après avoir écouté les explications de Denise et demandé la permission de me toucher le bras, Jules avait intégré mon existence :

— Pourquoi es-tu invisible ?

J'avais eu le temps de me poser cette même question au fil des ans. Ma mère m'avait donné plusieurs réponses. « Ne remets pas en question une bénédiction », avait-elle répondu une fois. Puis : « C'est peut-être parce que tu as grandi à l'intérieur de moi, et qu'on a été en contact permanent pendant neuf mois. »

— Épigénétique, a-t-elle fièrement lancé un jour après avoir assisté à des cours de sciences pendant tout un semestre, car on vivait juste à côté d'une université.

La vraie réponse, c'est qu'elle n'en avait pas la moindre idée non plus.

— Je suis comme ça, c'est tout, ai-je répondu à Jules, qui avait encore des questions sur la soirée de la veille, sur la manière dont mon « pouvoir » fonctionnait et les raisons pour lesquelles j'avais atterri dans leur maison.

J'ai répondu du mieux que j'ai pu. Puis, à ma grande surprise, la conversation s'est détournée de mon cas pour dériver vers d'autres sujets.

J'ai appris que Larissa et Terrance – la tante et l'oncle de Denise, ainsi que les parents de Jules – étaient partis en week-end pour leur anniversaire de mariage et seraient de retour le dimanche. Soit le lendemain.

— Qu'est-ce qu'on va bien pouvoir faire avec ça ? a demandé Jules en gesticulant vers le tapis carbonisé et le mur noirci par la fumée, juste au-dessus de la cheminée.

Denise a soupiré.

— Espérons que ça parte, sinon c'est la merde.

Elle est allée chercher de l'eau savonneuse et des torchons dans la cuisine. Tout le monde s'est mis à frotter. J'ai gardé mes gants. Jules se délectait du bout de tissu plein de mousse qui avait l'air de nettoyer le mur tout seul.

— On se croirait dans *Fantasia* !

Jules a fait une pause pour mettre la bande originale avec son téléphone.

Avec nos efforts, la tache grise et fantomatique laissée par la fumée est partie, en même temps qu'une bonne couche de peinture.

— Le proprio est vraiment radin, a déclaré Denise.

Il a fallu ouvrir la porte pour aérer la pièce et détacher les rideaux pour les laver. On a passé la serpillère avec du détergent qui sentait le citron et récuré les petits tas de cire sur le rebord de la cheminée. Il y avait des traces de brûlures sur le bois blanc qu'aucun effort n'aurait su récupérer, alors Jules a fait un aller-retour à l'étage pour ramener un tube de peinture blanche.

Au final, la seule chose qu'on ne pouvait pas arranger, c'était le tapis. Les fibres avaient fondu et noirci autour d'un trou irrégulier, de la taille d'un poing, et le tout empestait la fumée.

On a roulé le tapis sur lui-même avant de le descendre au sous-sol. Denise l'a rangé dans un coin, derrière une pile de palettes. La cave paraissait bien plus petite que la veille. J'avais du mal à voir comment on avait pu y entasser tant de monde.

— On verra ce qu'on en fait, a dit Jules.

— Ouais, a répondu Denise. Merci pour ton aide, Sam.

J'ai hésité à lui dire que je ne m'appelais pas Sam, mais j'avais l'impression que c'était beaucoup trop tard. Et je n'aimais même pas mon vrai prénom. Du coup, c'était l'occasion de devenir une nouvelle personne. Une version améliorée de moi-même.

— Tout ça est ma faute, ai-je dit sans réussir à être sincèrement désolée.

J'étais contente que mon masque soit tombé. Contente d'avoir discuté avec Denise.

Et contente... non, je n'étais pas contente que ma mère ait disparu. Ce n'était pas possible.

Je n'aurais pas dû m'autoriser à être heureuse.

— On devrait te donner un coup de main, a dit Denise.

— Vous m'accueillez déjà ici, ai-je répondu.

— Bien sûr, mais il faut bien que tu retrouves ta mère, non ?

— Ah.

J'étais désorientée, c'était comme si elle venait de lire dans mes pensées. Même si je lui avais évidemment tout raconté la nuit passée.

— Si.

Il a alors fallu mettre Jules dans le coup et lui expliquer comment ma mère s'était volatilisée. C'est-à-dire, vraiment volatilisée, même du point de vue d'une personne invisible.

— Mais tu crois qu'elle est encore là ? a demandé Jules. Dans la maison ? Genre, cachée ?

— Ben, j'ai retrouvé ça au deuxième étage, après sa disparition.

J'ai sorti l'emballage de mon sac et je leur ai tendu, avec mes gants pour qu'il soit bien visible.

— Ce n'est pas à moi, a confirmé Jules.

— Je pense que c'est ma mère qui l'a laissé là.

Jules fronçait les sourcils. Peut-être que ça ne lui plaisait pas que je sois allée dans sa chambre, peut-être que c'était le moment de se dire que je n'étais finalement pas digne de sa confiance. Toute raidie, je me suis préparée à encaisser sa colère et ses reproches.

— C'est un indice, a dit Denise en souriant. Et nous sommes face à un vrai mystère.

Elle a donné un petit coup de coude à Jules, qui hochait la tête avec sérieux, sans la moindre trace d'agacement.

— Il y en a peut-être d'autres. Fouillons la maison.

Liste non-exhaustive des meilleurs plats que j'aie jamais mangés

Pizza à la truffe blanche et son œuf de canard poché, parsemée de copeaux de parmesan, volée sur la table d'un restaurant à Chicago.

Assortiment de makis chez Omakase à Manhattan, prélevés directement, les uns après les autres, d'un plateau de présentation.

À Miami, bouchées de navets au beurre miso clarifié, épi de maïs à l'indienne rôti au feu de bois, *pani puri* et jarret de bœuf rôti à la cardamome.

Gâteau sicilien *cassata* et son sabayon au champagne, accompagnés d'une émulsion de grenade, au menu d'un mariage dans lequel on s'est retrouvées à Tucson.

Bol entier de ramen au bœuf Wagyu avec des champignons matsutake, dans un food truck à Los Angeles.

Pinces de crabe royal à la vapeur avec copeaux de *bottarga*, patates douces du Japon rôties au sel, vinaigrette expresso et lait de noix de Macadamia, topinambours caramélisés à la crème avec miel et cire d'abeille, dans un restaurant éphémère à Brooklyn.

Soufflé de pomme de terre et sauce béarnaise, plateau d'huîtres Ohan aux aubergines et andouilles, café brûlot, le tout préparé par un chef à domicile à la Nouvelle-Orléans.

Bagel rassis en compagnie de Denise et Jules dans leur salon.

Oui, je suis sérieuse. On ne peut plus sérieuse.

22

On a entamé les recherches au deuxième, puisque c'était l'endroit où j'avais trouvé l'emballage. Jules a fouillé dans son matériel de peinture tandis qu'on inspectait les feuilles des différentes plantes avec Denise.

— Ta chambre est dans un de ces bordels, a dit Denise.

— Tu peux parler, a répliqué Jules.

On n'a rien trouvé. Je n'avais pas beaucoup d'espoir à la base, mais le fait que les deux autres s'y collent et m'aident, ça me réchauffait le cœur.

Au premier étage, Jules a exploré la chambre de ses parents, pendant que Denise et moi fouillions la sienne. Elle a ouvert les tiroirs du bureau. J'ai tiré les rideaux jaunes pour jeter un œil derrière eux.

— Oh, a dit Denise, je vois ta main.

— Quoi ?

Le choc était tel que j'ai lâché le rideau et fait un pas en arrière. Je me suis cognée contre la fenêtre.

— Enfin, les contours de ta main, vite fait. Vas-y, reprends le rideau.

Je me suis exécutée précautionneusement.

J'ai compris, alors, ce qu'elle voulait dire. Le tissu transparent recouvrait mon bras et plongeait entre mes doigts gantés, épousant grossièrement la forme de ma main.

— Tellement cool, a dit Denise. Je peux prendre une photo ?

J'avais bien conscience qu'il fallait dire non. Une preuve de notre existence, c'était dangereux. C'était ce que ma mère m'avait appris à éviter à tout prix. Mais j'en avais déjà tellement dit à Denise. C'était à peine pire, n'est-ce pas ?

— Bien sûr.

Elle s'est emparée de l'appareil volumineux qui était posé sur le bureau pour prendre quelques clichés. J'ai remarqué qu'il y avait un numéro de série sur l'appareil, écrit au feutre indélébile argenté, et je me suis souvenue de ce qu'elle avait dit pendant la soirée, sur le fait qu'elle devait le louer au lycée car elle n'avait pas les moyens d'en acheter un.

— Tu es photographe ? ai-je demandé.

Elle a ri.

— J'essaie. J'ai un gros projet à rendre lundi, et d'ailleurs j'aurais dû bosser dessus au lieu d'organiser cette soirée de malheur.

Elle a repris une photo et m'a tendu l'appareil pour que je puisse regarder le petit écran. Ma main et mon bras – prudemment couverts de gants et de manches longues – n'apparaissaient pas sur la photo. On devinait juste leur forme sous le rideau.

— Ça rend bien, ai-je dit. Attends, et comme ça ?

J'ai déplacé les rideaux pour donner l'illusion que c'était le vent qui les soulevait, puis je les ai poussés des deux mains, comme si un fantôme s'y débattait. Denise me bombardait. C'était drôle, beaucoup plus que prévu. Plus que tout ce que j'avais eu le droit de faire jusque-là.

Alors Denise a attrapé le rideau et l'a drapé sur ma tête. Bien sûr, au début, il a disparu, alors j'ai dû lui expliquer comment ça fonctionnait. Elle a déniché un bonnet en laine et une écharpe pour me couvrir le visage afin que le rideau reste visible et qu'on discerne la silhouette de mon corps en dessous. Exactement comme mon premier costume d'Halloween : un fantôme sous un drap.

— C'est quoi, ton projet ? ai-je demandé.

— C'est censé être une série de dix photographies organisées autour d'une thématique. Attends, je vais te montrer.

Elle a ouvert un dossier sur son ordinateur portable.

Il y avait des photos d'elle-même avec l'aile qu'elle portait la veille, mais en extérieur cette fois, devant une rivière.

— Je les ai prises avec un retardateur, a-t-elle expliqué. La série doit avoir un thème, alors j'ai choisi *transformation.* Mais genre, une transformation partielle. À mi-chemin entre un état et un autre, peut-être coincée entre les deux, ou juste l'idée d'une possibilité.

Il y avait aussi une photo de Cindy le mannequin, avec un véritable bras humain qui sortait de son épaule.

— C'est le bras de Neely. Ça m'a pris des plombes pour trouver le bon angle. Je ne voulais pas faire de retouches après-coup.

Elle a cliqué sur un autre fichier. C'était encore elle, dans la salle de bains cette fois – j'ai reconnu les carreaux. Denise était avachie sur le rebord de la baignoire à moitié remplie, tête baissée. Ses bras inertes pendaient sur le carrelage, à l'endroit où ses cheveux turquoise ruisselaient. Son dos était nu et brillant.

— Ça me stresse un peu, de montrer celle-ci, a-t-elle déclaré.

Immergée, la partie inférieure de son corps avait l'aspect d'un poisson. Les écailles vert d'eau se terminaient en une nageoire presque translucide. Avec la distorsion de l'eau, on aurait dit que c'était réel.

— Enfin, on ne voit pas grand-chose, a continué Denise.

J'aimais la manière dont elle parlait, simplement, sans compter sur moi pour prendre en charge la moitié de la conversation.

— Mais je ne porte pas de haut, tu vois. Et ça me fait des gros bras, du coup.

Elle a tapoté sur l'écran avec son ongle.

— J'aimerais m'en foutre complètement. J'imagine que toi, tu ne te poses jamais ce genre de questions, si ?

— Mmmh...

Je ne savais pas quoi répondre. Je n'étais pas mince. J'étais dans la moyenne, je crois. Une fois, ma mère m'avait surprise à huit ou neuf ans en train de me pincer un bourrelet sur le ventre, exactement comme la femme chez laquelle on vivait le faisait devant son miroir, et elle m'avait mise une claque sur la main : « Ne crois pas ces conneries. Même si on pouvait te voir, ton apparence n'aurait aucune importance. »

Denise a soupiré.

— J'ai longtemps voulu être photographe de mode. Je passais des heures à feuilleter, genre, *Vogue*. Mais tous les modèles lui ressemblaient, à elle.

Elle pointait Cindy du doigt.

— Aucun ne me ressemblait. Ça m'a fait un peu vriller.

— C'est une très belle photo, ai-je dit.

C'était vrai. Et Denise était très belle, elle aussi. La grande courbe brune de son dos sur la photo. Ses joues rebondies, qui reflétaient la lumière, alors qu'elle se tenait près de moi.

Elle a ri, mal à l'aise.

— Merci. C'est gentil. Je ne sais pas. Elles ne sont jamais comme je les imagine dans ma tête. J'ai passé un temps fou sur les écailles et sur l'aile. C'est pour ça que je suis en retard. Mais bon, c'est probable que Slots prenne juste ses potes en train de faire des figures de skateboard. C'est ce qu'il rend à chaque fois. Le pire, c'est que ses photos sont loin d'être dégueu.

Elle fixait tristement l'écran.

— Je devrais laisser tomber ma thématique et faire toute une série sur les fantômes.

— Est-ce que ce n'est pas une transformation partielle, un fantôme ? Coincé à mi-chemin entre la vie et la mort, me suis-je aventurée.

— Tu n'as pas tort, a-t-elle répondu en souriant. Hé, Baignoire, qu'est-ce que tu nous ramènes là, bichette ?

Le chat venait d'entrer dans la pièce et s'était mis à jouer avec quelque chose qui s'était glissé entre les lattes du plancher.

Denise s'est agenouillée à côté de lui pour extraire un petit bout de papier plié en deux.

— Oh, a-t-elle dit après l'avoir ouvert, c'est peut-être pour toi.

J'avais encore le rideau sur la tête, elle pouvait donc me regarder bien en face. Elle m'a tendu le papier, que j'ai attrapé avec mes gants. Denise observait la scène, les yeux grands ouverts. Pour moi, ce n'était que ma main, ma main normale, qui tenait un bout de papier. Mais elle, elle le voyait flotter tout seul dans les airs. Comme par magie.

Des lettres y étaient griffonnées, tremblotantes et désorganisées, dans une écriture que j'ai immédiatement reconnue.

Celle de ma mère.

Je vais bien, disait le mot. *Je suis là mais je ne peux pas te rejoindre. J'espère que ce mot te parviendra. Je suis désolée.*

J'ai ressenti une vague de soulagement – *Je vais bien* – puis de confusion – *Je suis là mais je ne peux pas te rejoindre* – et enfin de colère.

Je l'ai lu et relu, mon regard dévalait frénétiquement la piste des mots tout en essayant de lire entre les lignes. De trouver une information supplémentaire dans ces coups de stylos.

— C'est elle ? a demandé Denise en se penchant vers moi. C'est ta mère ?

— Oui, ai-je répondu faiblement, en train de relire le mot une énième fois.

À chaque nouvelle lecture, les mêmes émotions ressurgissaient. La colère a grandi petit à petit, et elle a fini par prendre le dessus. C'était tout ce à quoi j'avais droit ? Elle avait disparu. Et elle n'était pas capable de faire mieux que ça ? C'était pire que toutes ses périodes de silence réunies.

Et cette dernière phrase.

Je suis désolée.

Ça voulait dire quoi ? Désolée de quoi ? Qu'avait-elle fait ?

— Hé, Jules ! a crié Denise. On a trouvé quelque chose !

— Qu'est-ce que c'est ?

Jules a immédiatement passé une tête par l'encadrement de la porte, les yeux rivés sur ma silhouette en dessous du rideau. Je lui ai tendu le mot.

Pourquoi ne pouvait-elle pas en dire plus ? Me raconter ce qui se passait, m'expliquer comment l'aider ?

— Elle est ici ? a demandé Jules en balayant la pièce du regard.

— Réfléchis, enfin, a répondu Denise. On ne peut évidemment pas la voir. Même Sam n'y arrive pas.

— Alors elle est, genre, doublement invisible ? a demandé Jules.

C'était une drôle de façon de voir les choses.

— C'est possible. Je ne comprends pas vraiment ce qui se passe.

— Bien. Comment retrouver une personne qu'on ne peut pas voir ? a demandé Denise.

— Baignoire pourrait peut-être tracer son odeur ? a suggéré Jules.

La vague de chaleur que j'avais ressentie un peu plus tôt et la reconnaissance que j'avais eue s'étaient dissipées. Ce n'était qu'un jeu de piste divertissant à leurs yeux. Il ne s'agissait pas vraiment de m'aider, n'est-ce pas ?

C'était impossible. Ces deux-là ne me connaissaient même pas. Personne ne me connaissait. J'étais seule.

Le désespoir menaçait de m'avaler toute crue. Ma mère était partie. Me laissant derrière elle. Sans rien, à part un message crypté.

— Oh, j'ai une idée, a annoncé Denise.

Elle a dévalé les marches en courant, Jules et moi sur ses talons, et a ouvert les placards de la cuisine.

— Aha ! s'est-elle exclamée en brandissant un paquet de farine.

— Tu vas préparer des miches de pain si délicieuses que tous les fantômes, alléchés par l'odeur, sortiront des murs ? a dit Jules d'un ton moqueur.

— Non. Et ce ne sont pas des fantômes. Pas vrai, Sam ?

— Euh, en effet, ai-je répondu, même si j'avais l'impression que ma mère me hantait.

Denise a ouvert le paquet pour répandre de la farine par terre.

— Hé, a crié Jules, fais gaffe !

Des panaches de poussière blanche se sont échappés en volutes dans les airs avant de se déposer en fine couche sur le sol.

— Sam, a dit Denise, viens par ici.

J'ai compris, alors, ce qu'elle était en train de faire. Je n'étais pas sûre d'y adhérer, mais j'ai joué le jeu et marché dans la farine. Mes chaussures laissaient l'empreinte de mes pas dans la poudre blanche.

— Tu vois ! s'est exclamée Denise, le doigt pointé sur les traces, manifestement ravie.

Elle est allée dans le salon en versant de la farine derrière elle, épargnant seulement un couloir étroit au ras des murs. Je l'ai regardée faire, trop abattue pour prendre part à l'opération.

— On peut aussi en mettre dans les autres pièces ce soir, avant d'aller dormir, a-t-elle déclaré.

— Il faudra tout nettoyer demain matin, a prévenu Jules. Papa et maman rentrent dans l'après-midi.

— Tu as raison, a dit Denise. En tout cas, maintenant, on saura si quelqu'un d'autre que nous se déplace dans le salon. Qu'est-ce que tu en penses, Sam ?

Les deux me fixaient et c'était très déstabilisant. J'ai haussé les épaules, ce qui pour une fois pouvait se voir, puisque le rideau était encore enroulé autour de ma tête et de mes épaules.

— Tu devrais garder ça, a dit Jules. Comme ça on peut voir où tu es.

Le rideau posait un filtre jaunâtre sur tout ce que je voyais, comme une couche de beurre sur le monde entier. Ou un soleil permanent. Je ne portais pas de masque, mais je n'étais pas invisible non plus. J'étais à mi-chemin entre un état et un autre. Peut-être coincée entre les deux, ou peut-être juste une possibilité.

On a entendu la porte d'entrée s'ouvrir.

Je ne tenais pas en place : j'espérais de tout mon cœur que c'était ma mère. Même si, a priori, elle n'avait pas les clés de la maison.

Ce n'était pas elle.

Mais une grande femme aux cheveux longs soigneusement nattés. Elle avait la peau plus foncée que Denise. Ses sourcils parfaitement dessinés se sont courbés de consternation quand elle a vu la farine répandue dans la pièce. Personne n'a osé faire le moindre geste.

— Jésus Marie Joseph ! Les enfants, qu'est-ce que vous avez fait à mon plancher ?

Mobile, Alabama

J'étais assise dans le grenier d'une villa victorienne construite à l'époque de la reine Anne. La pièce était plongée dans la pénombre, seule une petite télévision en sourdine, avec des sous-titres, émettait une lumière scintillante. Je la regardais avec un doigt sur le bouton « OFF » au cas où.

Au loin, le tintement de la sonnette. Des voix étouffées et vagues.

Quelques secondes plus tard, les marches de l'escalier ont grincé. J'ai éteint la télévision à contrecœur.

Mais ce n'était que ma mère. Quand je l'ai vue surgir au coin de la pièce, j'ai rallumé le poste. Je n'avais loupé qu'une minute ou deux.

— Tu devrais voir ce qui se passe en bas, a-t-elle dit à voix basse.

— Je suis en plein milieu d'un film.

— Il faut qu'on parte.

Alors j'ai balancé mon sac sur mes épaules et je l'ai suivie au rez-de-chaussée. La famille était rassemblée dans le salon. Avec eux, un homme en noir. Tous ces gens étaient debout, entassés dans un coin de la pièce, et faisaient face à deux adolescentes qui portaient la même jupe en jean en dessous des genoux et le même pull couleur crème sur un col Claudine. Chacune avait une croix argentée à la main.

— Nous vous éloignons de nous, récitait la plus jeune des deux, le visage lumineux et brillant, les joues roses. Qui que vous soyez, esprits malins, pouvoirs sataniques, envahisseurs infernaux et légions malfaisantes.

— Elle parle de nous ? ai-je demandé à ma mère en langue des signes.

— Oui, a répondu ma mère. La famille se plaint de bruits étranges dans la maison.

— Au nom de Notre Seigneur Jésus Christ, et au nom de Son pouvoir, a poursuivi l'autre jeune fille.

Elle avait les yeux clos et brandissait la croix devant elle, en l'agrippant si fort que les jointures de ses doigts étaient blanches.

— Nous vous éloignons de cet endroit. Nous purifions cette maison de votre présence maléfique.

L'homme en noir hochait solennellement la tête, l'air suffisant, sans quitter les filles des yeux. Ses filles à lui, semblait-il.

— Dieu notre Père vous l'ordonne, a lancé la plus jeune, Dieu le Fils vous l'ordonne, et le Saint Esprit vous l'ordonne.

L'autre fille est tombée à genoux, la croix déployée au-dessus de sa tête tel un parapluie. Plusieurs membres de la famille ont laissé échapper un cri de surprise. La fille s'est mise à trembler. Quand elle a ouvert les yeux, ils étaient révulsés et remplis de larmes.

— La sainte mère de Dieu, la Vierge Marie, vous l'ordonne, a-t-elle crié, la voix nouée par l'émotion.

J'étais fascinée. Quelle performance ! Pas mauvaise, en plus. Et dont je faisais étrangement partie.

— La foi des apôtres saints, Pierre et Paul, et la foi des autres apôtres vous l'ordonnent. Le sang des martyrs et la pieuse intercession de tous les saints vous l'ordonnent.

La fille s'est effondrée par terre, se tordant de douleur et parlant désormais une langue inintelligible.

Ma mère m'a tirée par le bras.

— Viens, a-t-elle murmuré. On s'en va.

Elle s'est dirigée vers le vestibule. Je lui ai emboîté le pas, puis j'ai fait un détour par le coin de la pièce, frôlant de très près l'homme en noir, toujours solennel.

Avant de mettre les voiles, j'ai fouillé prudemment – plus prudemment que jamais – sa poche. J'en ai extrait les billets qui, comme il fallait s'y attendre, s'y trouvaient.

C'était l'argent que les habitants de cette maison lui avaient donné pour qu'il se débarrasse de nous.

23

Denise m'a lancé un coup d'œil paniqué – à moi, le fantôme enveloppé dans un rideau. Sans attendre, elle a tendu la main pour ôter le tissu de ma tête.

La femme dans l'entrée – probablement Larissa, rentrée plus tôt que prévu – clignait des yeux face à moi sans me voir. Elle a secoué la tête.

— J'espère que ce n'est pas de la cocaïne, a-t-elle lancé en désignant la farine par terre, ou je vais devenir complètement dingue.

— Ce n'est pas de la cocaïne, M'man, a dit Jules. Denise allait prendre une photo.

Un homme qui portait deux valises est apparu dans l'encadrement de la porte, derrière Larissa.

— Mmhmh, a-t-il dit en contemplant le bazar.

C'était trop pour moi. J'ai rasé le mur pour me rapprocher, tout doucement, de la porte.

— Sors l'aspi et nettoie-moi ce grand n'importe quoi, a dit Larissa.

— Bien sûr, tout de suite, a répondu Denise.

— Où est le tapis ? a demandé l'homme.

Il devait s'agir de Terrance, le père de Jules – qui a échangé un regard angoissé avec Denise tandis que je progressais vers la porte.

— J'ai renversé du coca, a répondu Denise. Je l'ai enlevé pour le nettoyer.

— Et ça, c'est quoi ?

Larissa s'est approchée de la cheminée, où la peinture qu'on venait d'appliquer pour couvrir les traces de brûlure était encore fraîche.

Elle ne quittait pas Denise des yeux.

— Alors ? On donne sa langue au chat ? Faut-il que j'appelle ta maman ?

— Non.

La voix de Denise était sourde. Elle fixait le sol.

— On pensait que vous alliez rentrer demain, a dit Jules.

J'ai senti que c'était le bon moment pour partir. J'ai parcouru la distance qui me séparait de la porte à grandes enjambées, aussi silencieusement que possible.

— Sam ? a lancé Denise alors que j'entrouvrais la porte pour m'y faufiler.

— Quoi ? ai-je entendu Larissa demander.

J'ai refermé la porte derrière moi.

Quelques rues plus loin, je suis passée devant une banque et j'ai vu qu'il me restait une heure à tuer avant de retrouver mon père. J'ai marché sans me presser en direction d'Oakland, empruntant uniquement les trottoirs les moins bondés, et prenant tout mon temps avant de traverser sur les passages piétons.

Moins d'une heure plus tard, j'étais devant le musée Carnegie, à contempler un grand tas de ferraille rouillé en forme de feuille de papier géante. Il se trouvait juste devant le bâtiment, alors il faut croire que c'était de l'art.

J'ai trouvé un banc à côté de l'entrée, face à la fontaine – enfin, c'était plus une bande de béton qui crachait des jets d'eau par intermittence. De l'art aussi, sans aucun doute. Un enfant jouait à cap ou pas cap dans l'eau et courait dans tous les sens.

Mon père est arrivé une vingtaine de minutes plus tard dans un costard gris tout froissé. Il portait un gros sac en toile sur l'épaule, et il était plus mince que la dernière fois qu'on s'était vus.

C'était d'ailleurs la seule fois où je l'avais rencontré de ma vie.

J'étais invisible à ses yeux, évidemment. Il s'est assis à une table en s'installant confortablement contre le dossier et s'est allumé une cigarette. Parfaitement détendu.

Il me tournait le dos. J'ai marché jusqu'à lui. Le chuintement de la fontaine et la circulation couvraient le bruit de mes pas.

Quand je suis arrivée à son niveau, j'ai remarqué un trou au sommet de son crâne, où les cheveux étaient devenus si fins qu'ils avaient presque disparu. C'était très mignon. J'ai tendu le cou et je l'ai observé de près en me demandant s'il était au courant. J'ai eu un accès de tendresse pour cet endroit chauve, qui était probablement l'unique élément de sa personne qui ne mentait pas.

Je n'avais aucune idée de son âge. Ma mère avait quarante-et-un ans. D'après moi, mon père aurait très bien pu être plus âgé. Si je lui demandais, il me mentirait sans aucun doute. Il était tellement vaniteux. Pendant le mois où on avait vécu ensemble, je l'avais vu se regarder dans chaque miroir qu'il croisait.

J'ai tapoté son petit trou chauve avec mon gant. Je voulais le prendre par surprise, à un moment où il ne s'y attendait pas. J'espérais un cri. Une réaction authentique, sans possibilité de faire semblant.

Il s'est redressé sans se retourner. Dans le plus grand calme, il a sorti un téléphone de sa veste et l'a porté à son oreille. Sa bonne vieille stratégie pour nous parler en public sans avoir l'air louche.

— Allô ! s'est-il exclamé, enjoué et ravi. Je suis tellement heureux de t'entendre.

J'étais contente d'être derrière lui et de ne pas voir son visage, ainsi que le sourire mielleux qu'il devait afficher. Celui d'un arnaqueur. Pas sûr qu'il l'abandonne un jour, quand bien même il le voudrait.

— Merci d'être venu, ai-je dit avec prudence.

— Il fait froid ici, a-t-il dit. Je rentre et je te rappelle tout de suite.

Il a rangé son téléphone, s'est levé et s'est dirigé vers l'entrée. Il ne faisait pas si froid, et personne n'était assez proche de nous pour entendre notre conversation – la fontaine dissimulait largement nos voix. On aurait pu discuter dehors.

Mais ce n'était pas comme si j'avais le choix. Je n'allais pas crier pour qu'il revienne.

Il avait laissé son sac en toile au pied du banc. Un accident ? Souhaitait-il que je le prenne ? Un cadeau, peut-être ? J'ai retiré un gant et je me suis emparée de la bandoulière avant de me dépêcher pour le rattraper.

Il a poussé la première lourde porte en verre et l'a maintenue ouverte plus longtemps que nécessaire. Je me suis glissée derrière lui et j'ai touché son dos pour le prévenir. Il a fait de même avec la seconde porte.

J'ai attendu devant la petite boutique de souvenirs tandis qu'il prenait un ticket et accrochait un badge à l'un des boutons de son costume. J'étais soulagée qu'il ne m'ait pas demandé de lui en voler un pour ne pas payer l'entrée. Le genre de choses qu'il n'avait pas arrêté de faire quand on vivait ensemble.

Il s'est renseigné auprès de la dame de l'accueil, un peu plus fort que nécessaire, pour savoir où se trouvait « la peinture fin XVIIe et début XVIIIe ». Elle a désigné l'escalier et il s'y est précipité, me laissant une fois de plus sans autre choix que celui de le suivre.

Je l'ai rattrapé dans ce qui constituait sans doute une œuvre d'art interactive, puisque chaque marche s'élevait à une hauteur parfaitement ingérable pour des jambes humaines. Elle nous forçait à adopter une drôle de cadence, entre grandes enjambées peu confortables et minuscules demi-marches qui donnaient l'impression de traîner la patte. L'art du malaise. Idéal, pour ces retrouvailles.

— Papa, ai-je lancé.

Il n'y avait personne dans l'escalier, mais je parlais tout de même à voix basse, consciente de l'écho potentiel dans cet espace immense et épuré.

— Il faut qu'on discute.

— Mmmh, a-t-il répondu en regardant la baie vitrée sur notre gauche, qui donnait sur un jardin avec des sculptures.

Il ne facilitait pas l'échange. Il ne m'avait même pas demandé ce qui n'allait pas. Il n'avait posé aucune question sur maman. Il m'ignorait presque. Fallait-il lui crier dessus, tout simplement ? Le forcer à faire attention à moi ?

À l'étage, il a poussé une autre porte et l'a maintenue entrouverte pour me laisser passer. Une gardienne d'exposition a jeté un coup d'œil dans notre direction avant de continuer sa ronde. Je n'osais pas parler devant elle, même après les folies des deux derniers jours.

Mon père se baladait dans la galerie. C'était tout ce qu'il aimait : des peintures à l'huile démesurées dans de grands cadres dorés. De l'art tarabiscoté et criard. Il a ressorti son téléphone.

— Oui ? a-t-il dit en faisant mine de prendre un appel.

— Papa, ai-je répondu juste à côté de lui, tu as oublié ton sac dehors.

— Je voulais parler affaires, a-t-il répondu en observant une courte pause devant un petit portrait. Il est grand temps qu'on crée notre portfolio.

Il adorait ça, je le savais, cette conversation de business factice. C'était très probable qu'il se trouve irrésistiblement malin. Il s'est approché du portrait pour l'examiner. C'était sans doute la plus petite peinture de la galerie. Une fille pâle, sans expression, aux anglaises blondes et au chapeau bosselé. Elle avait l'air de s'ennuyer ferme, si vous voulez mon avis.

— Voilà, a dit mon père. C'est exactement ça que je veux.

Il m'a tourné le dos.

— À toi de jouer.

Il a poursuivi son chemin dans la galerie.

Je suis restée plantée là et je l'ai regardé s'éloigner.

J'aurais dû me douter de ses intentions quand il m'avait donné rendez-vous, parmi tous les endroits possibles, dans celui-ci. Mais j'avais été naïve. J'avais cru qu'il était heureux de me voir, tout simplement. Heureux de m'aider. Je m'étais trompée.

Il voulait que je vole ce tableau.

De l'autre côté de l'océan

Ma mère avait pour habitude d'aller dans les musées pour toucher des œuvres d'art, m'avait-elle dit. Caresser du bout des doigts les coups de pinceaux défendus, palper les craquelures des couches d'huile anciennes. Embrasser les statues sur la bouche.

Par simple plaisir de pouvoir le faire.

Quand elle était jeune, elle était très téméraire. C'était dur à imaginer. Comme le fait qu'elle ait révélé son existence à quelqu'un d'autre. Mais ce fut bien le cas.

Elle avait rencontré mon père dans un musée. Après des semaines d'observation, à le suivre de galerie en galerie – car il visitait l'endroit tous les jours – elle lui avait parlé.

Mon père était sculpteur. Du moins, c'est ce qu'il avait étudié à l'université. Il n'a jamais validé son diplôme. Et n'a jamais vendu la moindre sculpture.

Un jour, il a essayé de sculpter ma mère, m'a-t-elle raconté, en reconstituant son visage à partir du toucher. Mais pour elle, l'œuvre à moitié terminée était trop perturbante. Une nuit, elle est sortie et l'a balancée dans la rivière. Ça, en revanche, je pouvais très bien le concevoir.

Elle volait pour lui. Des bricoles, au début. Un peu d'argent. Des fournitures pour ses études. Puis des œuvres d'art. Des bijoux, des biens de valeur. Ils ont pris le bateau pour traverser l'océan, et ils ont passé des mois sur un petit nuage, à parcourir l'Europe et aller où bon leur semblait, s'arrêtant dans les musées et les églises. Mon père désignait les objets qui retenaient son attention, ma mère attendait qu'il s'en aille puis s'en emparait. Ils étaient intouchables : ils volaient toujours sur un coup de tête et n'usaient jamais de violence. Les objets qu'ils prenaient étaient généralement petits. Parfois, des jours entiers s'écoulaient avant qu'on s'aperçoive que quelque chose avait disparu. Ma mère m'a raconté qu'elle prenait les écriteaux EN COURS DE RESTAURATION dans les cagibis des musées et les accrochait à la place des œuvres qu'elle dérobait.

Ils n'ont pas arrêté de bouger et ne se sont jamais éternisés au même endroit. Ils dînaient comme des rois. Mon père commandait beaucoup trop de nourriture pour lui seul et partageait avec ma mère. Elle volait des bouteilles de vin. De la soie française et du cuir italien.

— C'était de la folie, évidemment, m'a dit ma mère. Je regrette.

Parfois, quand elle parlait de cette époque – et je la suppliais souvent de le faire, parce que j'adorais ces histoires – je décelais la trace d'un sourire. Le coin de ses lèvres se soulevait.

En tout cas, ce qui est certain, c'est que ça s'est mal terminé.

24

— Tu es encore là ? ai-je entendu mon père demander quelque part dans la galerie suivante.

— Non, ai-je répondu, trop doucement pour que quiconque m'entende.

Je l'avais déjà fait, bien sûr. Voler des choses pour lui. Dans des portefeuilles, des magasins, des restaurants. Et puis, ma mère et moi, on chapardait toute la sainte journée.

Mais je n'avais jamais rien pris dans un musée. Ce n'était pas anodin, tout de même. Impossible de justifier ça en tant que geste de survie.

Et pourtant, ma mère avait été voleuse d'œuvres d'art, et je dois dire que ses récits rendaient la chose plutôt glamour.

Ça ne m'aurait pas dérangée si mon père avait accepté d'avoir une vraie conversation. S'il avait fait ne serait-ce que semblant d'en avoir quelque chose à faire de nous. Ce vol était la seule raison pour laquelle il avait tracé jusqu'à Pittsburgh sans perdre une seconde. Ce n'était pas pour m'aider – pas vraiment, non.

Il voulait juste des tableaux.

J'ai marché d'un pas lourd jusqu'à la galerie suivante en traînant le sac en toile derrière moi.

Mon père attendait patiemment devant une immense peinture de Jésus, rayonnant au milieu d'un troupeau de fidèles qui le regardaient avec adoration. Jésus était censé avoir l'air béat, mais je trouvais qu'il avait surtout l'air imbu de lui-même.

— Papa, ai-je dit.

Il s'est retourné.

— J'ai besoin d'aide. Maman, elle est... je suis hyper inquiète.

Une lueur timide – une véritable émotion ? – est passée sur son visage. Elle est repartie comme elle était arrivée, avant même que je puisse l'analyser.

— Pie, a-t-il commencé.

Il regardait dans la bonne direction, mais ses yeux fixaient une peinture derrière moi.

— J'avais du boulot sur le feu, dans le Michigan. Mais bien sûr, la famille passe avant tout.

Son ton s'est adouci, il dégoulinait de fausse sincérité.

— Alors, évidemment, j'ai tout laissé en plan pour venir sur-le-champ. Ça va de soi. Mais d'une façon ou d'une autre, je mérite une compensation.

C'était un mensonge, j'en aurais presque mis ma main à couper – son discours était trop bien ficelé. Il n'avait rien sur le feu. Me semblait-il.

— Vous m'avez un peu laissé en plan la dernière fois, a-t-il continué sur un ton détaché, tout sourire. Et il faut bien que je gagne ma vie, non ? Impossible d'aider qui que ce soit si je n'ai même pas un toit au-dessus de la tête.

Un jour, au téléphone, je lui avais demandé où avaient fini toutes les œuvres d'art volées en Europe. Il m'avait répondu que ce genre de butin était quasiment impossible à refourguer. Tout ce qu'ils avaient pris était resté dans sa « collection personnelle ».

Alors il y avait très peu de chance qu'il revende ce tableau. Tout ça n'était qu'un tissu de mensonges.

Hormis une chose : cette fameuse « dernière fois ». Ça s'était passé dix ans plus tôt, quand ma mère et moi étions bel et bien parties sans préavis. On n'avait même pas laissé un mot.

Mon père n'avait aucun moyen de nous contacter. Il avait attendu notre appel, qui était arrivé des mois plus tard.

Les rares fois où il avait remis ça sur le tapis, au bout du fil, au cours des dernière années (« je croyais que je n'aurais plus jamais aucune nouvelle de vous »), son discours était toujours fidèle à lui-même, avec un tel détachement, une telle désinvolture qu'il aurait très bien pu être en train de parler de la pluie et du beau temps. Difficile de savoir comment il se sentait vraiment dans toute cette histoire. En colère ? Blessé ?

S'il y a bien une chose que j'ai apprise sur lui dans le court laps de temps où on a vécu ensemble, c'est que plus il paraissait décontracté, plus il était susceptible de nous cacher des choses.

Alors, il faut croire que c'était une sorte de test : je ne lui faisais pas confiance, et lui ne me faisait pas confiance non plus. Il allait m'aider à l'unique condition que ce soit moi qui l'aide en premier.

— Ok, ai-je dit doucement.

— Super, a-t-il répondu en poursuivant son petit numéro de businessman. Parfait, c'est toujours un plaisir de conclure une vente avec vous. Il y a deux autres biens auxquels j'aimerais que vous jetiez un coup d'œil dès que vous en aurez la possibilité.

Je l'ai suivi, résignée. Il a indiqué, via un regard appuyé sur les cartels, accompagné du murmure « intéressant », les deux autres peintures qu'il convoitait.

— Je vous retrouve aux pieds du dinosaure une fois la transaction finalisée, a-t-il dit avant de quitter la galerie.

Je n'étais pas censée le suivre.

Je me suis dirigée vers la première peinture qu'il m'avait montrée. *Portrait d'une jeune femme.* J'ai tiré la langue. Elle n'a pas moufté. Elle s'ennuyait toujours autant. J'ai enlevé mon deuxième gant.

Le cadre était suspendu au mur grâce à une attache solide, mais j'ai réussi à le décrocher sans trop de difficultés. J'y suis allée lentement, je l'ai soulevé avec douceur et je n'ai rencontré aucune résistance. Il n'y a pas eu d'alarme non plus.

Le sac en toile était rempli de papier bulles et de chiffons, dans lesquels j'ai soigneusement niché la jeune femme blasée. Mon père tenait beaucoup à ses œuvres d'art. Probablement plus qu'à moi.

La suivante était un minuscule tableau qui représentait une scène de plage, avec des femmes en jupes longues qui transportaient des parasols de toutes les couleurs. La peinture paraissait toute petite à côté de son cadre doré et baroque, mais c'était tout aussi facile de la décrocher pour la glisser dans le sac.

Le choix final de mon père, *Fleurs dans un vase vert*, était une nature morte fantaisiste avec, vous l'aviez deviné, des fleurs dans un vase vert. L'artiste était visiblement en manque d'inspiration au moment de choisir un titre.

Je m'en suis emparée, je l'ai fourrée dans le sac et j'ai remis un gant.

En rebroussant chemin dans le labyrinthe que formaient les petites galeries, je suis passée devant un enfant qui fixait le mur vide, là où était auparavant la scène de plage. J'ai pressé le pas.

Dans la dernière galerie avant d'atteindre l'escalier, un agent de sécurité parlait très vite dans son talkie-walkie. Il balayait la pièce d'un regard alerte.

Mon pouls s'est accéléré. On avait probablement prévenu la sécurité. Pousser les lourdes portes attirerait l'attention inutilement. Mais que se passerait-il pour moi s'ils les verrouillaient ? Je me balançais, indécise, d'un pied sur l'autre.

Une agente de sécurité m'a sauvée en entrant précipitamment. Je me suis faufilée avant que le battant ne se referme derrière elle.

J'ai descendu les marches bizarroïdes tout en maudissant mon père en silence. Le sac en toile se cognait contre mes jambes, les coins des cadres étaient acérés. J'allais avoir des bleus, aucun doute possible.

Il y avait deux agents de sécurité plantés devant l'entrée principale. Je me suis collée à une jeune femme tandis qu'ils fouillaient son sac. Quand ils lui ont fait signe de circuler, je l'ai suivie comme son ombre – de si près que je lui ai envoyé un coup de sac derrière les genoux. Elle s'est retournée et n'a rien vu d'anormal.

À l'extérieur, les rayons de soleil sur ma peau étaient une sorte de bénédiction. J'étais en sécurité.

J'ai pressé le sac contre moi et j'ai filé à toute allure vers l'immense diplodocus en laine de verre qui se trouvait devant le bâtiment d'histoire naturelle.

Mon père était adossé contre une patte géante et fumait une cigarette, aussi détendu que possible. J'ai délibérément brassé les feuilles mortes en marchant vers lui pour le prévenir de mon arrivée.

Il a jeté sa cigarette et collé le téléphone contre son oreille.

— Bien, comment ça s'est passé ?

En guise de réponse, j'ai plaqué le sac contre sa poitrine et senti les cadres s'enfoncer dans sa cage thoracique. Il a sursauté avant de se ressaisir.

— Tu es exceptionnelle, vraiment, a-t-il déclaré.

— Prends-le, ai-je murmuré.

— Pas ici. Tu as déjeuné ?

Il s'est mis en route sans me laisser le temps de répondre. Que pouvais-je faire à part le suivre ? On a traversé la route en direction d'un restaurant asiatique.

— Pour une personne, a indiqué mon père à la serveuse. Est-ce que je peux m'installer à côté de la fenêtre ?

Il a désigné une table dans un coin, où il y avait moins de monde.

— S'il vous plaît, a-t-il ajouté en baissant d'un ton, la voix soudainement sérieuse et un peu cassée. Je ne me sens pas bien s'il y a des gens derrière moi. Traumatisme de guerre.

Il a posé une main sur sa poitrine. J'ai levé les yeux au ciel – il avait toujours fui l'armée comme la peste.

— Bien sûr, monsieur, a répondu la serveuse.

Je suis gauchement restée debout tandis qu'elle prenait la commande des boissons. Quand elle s'est éloignée, il a sorti son téléphone.

— Bon alors, tu as besoin d'un endroit où vivre ? Ou de médicaments ?

— Non, ai-je murmuré.

Il s'est légèrement penché vers moi.

— C'est plus compliqué que ça.

— C'est quoi ? Un cancer ? On peut trouver un médecin qui ne dira rien contre une bonne grosse somme d'argent.

Prudemment, j'ai tiré une chaise avec mon gant pour m'y glisser et déposer le sac en toile sous la table. À voix basse, j'ai livré des explications saccadées : la maladie de maman, la manière dont elle disparaissait, et avait fini par se volatiliser complètement. Je lui ai parlé du mot qu'elle m'avait laissé, et du mystère qui restait entier.

Mon père écoutait, imperturbable. Une fois mon récit terminé, il s'est appuyé contre le dossier de sa chaise et a pris une bonne minute pour réfléchir en silence.

— Bien, a-t-il commencé, pour moi, ce qui se passe est très clair.

— Vraiment ?

J'ai eu une lueur d'espoir. Mon père a souri.

— Elle a fini par te réserver le même sort qu'à moi : elle est partie. Elle t'a abandonnée.

— Quoi ? Non.

Mon espoir s'est éteint comme une bougie.

— Rien à voir.

Rien à voir... vraiment ?

— On dirait bien que si, a-t-il déclaré en haussant les épaules. N'en fais pas toute une histoire, mon petit. Elle est comme ça.

J'avais envie de lui rentrer dedans, de lui dire qu'il avait tort, mais mon esprit martelait les mots qu'elle avait écrits, encore et encore. Qui ne disaient pas *Retrouve-moi.* Qui ne disaient pas qu'elle avait besoin d'aide. Et qui ne m'aidaient pas non plus le moins du monde.

Je suis désolée.

Et s'il avait raison ?

— Tu peux venir vivre avec moi, a proposé mon père. Qu'est-ce que tu en dis ? On ferait une super équipe, toi et moi.

— Non, ai-je répondu.

Il ne pouvait pas avoir raison. Elle ne m'aurait pas volontairement délaissée. Si ?

— Je veux la retrouver.

— Moi aussi, je voulais la retrouver, a-t-il dit en tendant les mains, paumes vers le plafond, dans un geste de défaite. Il y a dix-sept ans. Dieu sait que j'ai essayé. Et que je n'ai jamais lâché l'affaire.

Las Vegas, Nevada

Ma mère a quitté mon père avant ma naissance. À Las Vegas, à la réception d'un hôtel.

Elle est entrée avec lui, droit vers la moquette trompe l'œil, les dorures du comptoir et les miroirs au mur. Il a payé la chambre avec de l'argent qu'elle avait volé. Il a appelé l'ascenseur, puis longuement pressé le bouton « PORTE OUVERTE » pour lui donner le temps de le suivre.

Elle ne l'a pas suivi.

Elle a regardé les portes se refermer. Puis elle a tourné les talons et elle est sortie du bâtiment. Elle a marché trois kilomètres jusqu'à la gare, elle est montée dans un train et elle est partie.

Il n'avait rien fait de mal. Ils ne s'étaient pas disputés. Rien n'avait changé, hormis le test de grossesse de la veille, qui avait confirmé les doutes qu'elle avait depuis un moment.

Moi.

Ça s'était passé, d'après ma mère, un mois environ après leur retour d'Europe. Elle avait trimballé la majeure partie de leur butin illicite par-delà l'océan, qu'elle avait ensuite caché dans le grenier de la maison d'enfance de mon père.

Deux ans et demi plus tard, elle avait appelé le domicile familial en inventant un mensonge – elle était une vieille amie de la fac – pour obtenir le numéro de portable de mon père via sa mère.

Il avait appris mon existence par un coup de fil qui sortait de nulle part. Je n'en ai aucun souvenir, mais ma mère raconte que quand elle m'a passé le téléphone, à la demande de mon père, j'étais trop timide pour parler. Il avait raccroché à moitié persuadé que je n'existais pas.

On a continué à s'appeler. Pas souvent. Une ou deux fois par an. J'oubliais momentanément les règles qui conditionnaient mon existence et je lui parlais. Nos conversations étaient plutôt courtes et sommaires. « Bon anniversaire, mon petit », disait mon père, ou encore : « Joyeux Noël, ma puce. Tu as eu des chouettes cadeaux ? ».

« Non », répondais-je, parce que je ne recevais jamais de cadeaux. Si je voulais quelque chose, je n'avais qu'à me servir.

25

La serveuse est revenue et mon père a commandé plus de nourriture qu'il n'en faut pour une seule personne.

— Je connais quelqu'un, a-t-il dit quand elle est repartie. Enfin, j'ai un contact qui pourrait peut-être t'aider.

— Un contact ?

Honnêtement, je n'étais pas certaine que mon père ait plus d'amis que moi. Hormis quelques pigeons par-ci par-là.

— Il y a deux ans, juste après l'épisode de la Cathédrale du savoir, ce type m'a aidé à vous retrouver.

— Quoi ?

Dans un accès de panique qui me donnait la nausée, j'ai haussé le ton.

— Tu ne lui as pas parlé de nous, si ?

Une cliente, quelques tables plus loin, nous a lancé un regard. Elle avait entendu ma voix. Mon père en a fait des tonnes, manipulant son téléphone pour faire mine de baisser le volume.

Il m'a lancé un regard désapprobateur.

— Tu aurais tout simplement pu rester avec moi, tu sais. *Vous* auriez pu rester avec moi. Ce n'est pas si mal de faire confiance aux autres, de temps en temps.

— Tu passes ta vie à arnaquer les gens, ai-je répliqué.

Que pouvait-il bien savoir de la notion de confiance ?

Il avait parlé de nous à quelqu'un. Et probablement à plein d'autres personnes. Bien sûr que oui. Pourquoi se serait-il embêté à être prudent, à suivre les règles imposées par ma mère, alors que lui n'avait rien à y perdre ?

— Écoute, je parie qu'il peut aider. Et je pense qu'il acceptera de te parler.

Me parler ? Avait-il seulement conscience de ce qu'il racontait ?

— C'était une erreur, ai-je déclaré. Je n'aurais pas dû t'appeler.

Je me suis levée en déplaçant légèrement ma chaise, et un air de panique est passé sur le visage de mon père.

— Attends, a-t-il dit. Tu peux me faire confiance. Juste, écoute-moi.

Je ne lui faisais pas confiance, mais j'avais besoin de son aide, alors j'ai attendu.

— Il faut que tu le rencontres, a dit mon père. Je t'en prie. Et il faut qu'il te rencontre aussi.

— Il ne peut pas me voir.

Faisait-il exprès de mettre de me mettre des bâtons dans les roues ?

— C'est justement ça, le truc.

Mon père souriait comme s'il venait de balancer sa meilleure blague.

— Il peut te voir.

— Pardon ?

Il a souri de plus belle. Je ne savais pas ce que cet homme faisait à ses dents, mais elles étaient beaucoup plus blanches que des dents normales. Peut-être avalait-il un tube Colgate tous les matins au petit déjeuner.

Mes dents à moi étaient évidemment translucides. Le soleil brillait à travers elles, ce qui dans un sens rendait mon sourire aussi éclatant que celui de mon père. Et aussi creux.

— Il est invisible, a dit mon père. Comme toi.

— C'est faux.

Personne n'était comme moi.

Il m'a lancé un regard de pitié.

— Ne me dis pas que tu penses que vous êtes les seules ? Elle ne t'a pas dit ?

Ça ne pouvait pas être vrai.

J'avais toujours cru qu'il n'y avait que nous sur la planète tout entière. Et cette croyance avait bâti ma solitude, celle qui habitait mes os, qui se lovait en eux en guise de moelle.

Un jour, des années plus tôt, j'ai cru apercevoir à Central Park un homme dont la peau avait l'aspect d'une bulle de savon, mais la foule de midi l'avait avalé avant que j'aie pu l'observer d'un peu plus près. Je me suis tout de même lancée à sa recherche. Ma mère m'a couru après. On était toutes deux exténuées quand elle m'a rattrapée pour me convaincre que ce n'était que le fruit de mon imagination.

— À moi, il ne m'adressera pas la parole, malheureusement, a dit mon père en haussant les épaules. On a eu une, euh, « divergence d'opinion », il y a un moment déjà. Mais j'ai encore son adresse. Je doute qu'il ait déménagé depuis.

Une divergence d'opinion ?

Si mon père mentait – pourquoi aurait-il inventé cette partie-là ? À quoi bon prétendre que le type le détestait ?

Était-il suffisamment rusé pour savoir que ma confiance tiendrait à ce petit détail, plus que tout le reste ?

J'avais le tournis.

La serveuse est arrivée avec la nourriture. Mon père a poussé un plat de nouilles vers moi. Je me suis assise, j'ai retiré mes gants et je l'ai soulevé.

On a mangé en silence. J'avais avalé le tiers du plat quand le malaise a pris le dessus sur la faim.

Dès que j'ai reposé mon bol et qu'il a réapparu, mon père m'a de nouveau prêté attention.

— Pie ? a-t-il demandé – mais ce n'était pas une question.

Il y avait une sorte de mise en garde dans sa voix. Il n'allait certainement pas me laisser filer comme ma mère.

J'aurais pu partir, tout simplement. Qu'aurait-il bien pu faire ? Il ne pouvait pas me suivre.

— Ok, ai-je fini par dire. Je veux bien le rencontrer.

26

La camionnette de mon père était garée quelques rues plus loin. Des rideaux noirs étaient tirés devant les fenêtres arrière, et la peinture beige sombre de la carrosserie était très émaillée par endroit. Le véhicule avait l'air d'en avoir vu de toutes les couleurs. On aurait dit qu'il avait subi l'attaque d'une meute de hérissons sauvages.

Il a ouvert la portière côté passager et je suis montée. Une forte odeur de friture saturait l'habitacle. Il y avait un autre rideau derrière les sièges avant, sous lequel mon père a glissé le sac en toile pour le déposer dans le coffre, puis il a allumé le moteur. J'ai agrippé le siège en imitation cuir.

— Est-ce que tu peux aller moins vite ? ai-je demandé dès qu'il s'est engagé sur la chaussée en accélérant.

— C'est vrai, j'oubliais que tu n'as pas l'habitude des voitures, a-t-il répondu.

Les voitures sont probablement tout en haut de la liste des choses que les gens normaux ne remettent absolument pas en question. Ils montent à bord, tous les jours, comme si de rien n'était. Comme si ces tonnes de métal massif en roue libre, qui transforment le monde en une vaste déchetterie pavée d'autoroutes et de parkings, n'incarnaient pas la mort. Comme si elles n'étaient pas tout à fait terrifiantes. Trop rapides. Trop imprévisibles.

Si ça ne tenait qu'à moi, je débarrasserais la Terre des voitures. Je ferais en sorte que les chemins de fer desservent tous les États, telles des artères, et que des bus, comme des capillaires aux multiples destinations, prennent le relais au départ de toutes les gares.

Les trains ont du sens. Ils restent sur leurs rails. Ils ne vont pas où ils ne sont pas censés aller.

Et puis tout le monde peut prendre le train. Les vieux comme les jeunes. Les gens en fauteuils roulants. Les personnes malvoyantes. Les personnes invisibles. Ça ne fait aucune différence.

On a pilé à un feu rouge, et j'ai laissé échapper un cri de surprise. J'enfonçais tellement fort mes doigts dans le siège que j'avais des crampes dans les mains.

Mon père a froncé les sourcils dans ma direction.

— Rien ne t'empêche de monter à l'arrière, hein, a-t-il lancé.

— Merci, ai-je répondu, haletante.

Il a écarté le rideau pour que je puisse crapahuter maladroitement au-dessus de la boîte de vitesses, prise en sandwich entre les deux sièges avant.

J'ai valdingué dans le coffre. Je ne m'attendais pas à ça – non pas que j'étais déjà montée dans plein de camionnettes différentes, mais je doutais fortement que le papier peint fleur-de-lys et le plancher au sol soient une décoration très commune. Et par-dessus tout, il fallait bien admettre que très peu d'entre eux devaient être tapissés de cadres dorés, dont certains étaient presque aussi grands que le véhicule lui-même. Ça ne faisait aucun doute que les peintures – chacune d'entre elles – avaient été volées. Je me suis agenouillée en face d'une grande nature morte baroque : une explosion de fleurs et de fruits dans une nuit d'encre, parsemée de papillons de nuit. Était-ce ma mère qui avait volé celle-ci ?

Blottie au milieu de ces œuvres d'art, j'ai remarqué un tas de couvertures et un réchaud rouillé. Il semblait que mon père vivait dans cette camionnette. Quelques chaussettes pendaient sur une corde accrochée dans un coin, ce qui contrastait fortement avec les dorures opulentes des cadres.

Une fois le véhicule garé, je me suis faufilée à l'avant. La rue, très pentue, était bordée de maisons.

— Il vit là.

Mon père désignait une habitation sur deux étages sans prétention, avec un petit porche.

— Tu m'accompagnes ?

Je n'arrivais pas à dire si l'anxiété qui accélérait les battements de mon cœur venait de la voiture ou du stress.

— C'est mieux si je ne viens pas.

— Et tu vas t'en aller dès que je descendrai de la voiture ? ai-je demandé.

J'avais l'estomac noué. Peut-être que tout ça n'était qu'un vaste mensonge ?

— Pardon ?

Il m'a lancé un regard courroucé.

— Jamais de la vie.

— Donne-moi les clés de ta voiture.

— Pourquoi ?

— Simple garantie.

Mon père était un escroc. C'était son activité principale. Il débarquait toujours avec quelque chose susceptible d'intéresser les gens et prétendait qu'il allait le leur donner. Puis il leur soutirait de l'argent.

En fin de compte, peut-être qu'il avait inventé cette autre personne invisible. Ça m'intéressait, n'est-ce pas, d'être moins seule au monde ?

— Je ne te mens pas, a-t-il insisté. Va donc le constater de tes propres yeux. Il acceptera sans doute de te parler. Il me connaît sous le nom de John Darnsen.

Rien à voir avec son vrai nom. Mais qui étais-je pour juger ? Denise croyait encore que je m'appelais Sam.

J'ai tendu la main pour m'emparer des clés qui étaient sur le contact, le tout sans gant, ce qui les a fait disparaître.

— Hé ! a crié mon père. Rends-moi ça.

Il a gesticulé dans tous les sens, mais je me suis faite la plus petite possible et il n'avait aucun moyen de savoir où je me trouvais. J'ai ouvert la porte tant bien que mal et j'ai sauté sur le trottoir.

— Je te les rendrai quand j'aurai terminé.

J'ai claqué la portière et avancé à grandes enjambées vers la maison que mon père avait indiquée.

Les persiennes étaient tirées. La porte était en bois massif et ne comportait pas de vitre.

J'ai frappé. Pas de réponse. J'ai frappé de nouveau.

Un interphone, que j'avais pris pour un verrou sophistiqué, a émis un grésillement.

— Laissez le colis devant la porte s'il vous plaît, merci bien, a dit une voix d'homme saccadée et neutre.

— Je n'ai pas de colis, ai-je répondu.

Pas de réponse.

J'ai frappé de plus belle.

— Je ne veux pas changer d'abonnement télé ou de fournisseur de gaz je ne veux pas donner de l'argent pour une levée de fond ni entendre la parole du Seigneur passez une excellente journée au revoir.

La voix avait récité ça comme un poème, d'une traite. L'interphone s'est éteint.

— Attendez ! ai-je lancé. Mon père vous connaît.

Silence. Je cherchais en vain un bouton pour parler dans l'interphone, mais ce n'était qu'une simple grille en plastique. Anonyme et impénétrable.

J'ai continué à frapper. J'ai secoué la poignée de porte au cas où, mais c'était verrouillé à double tour. Que faire ? Rester plantée là ?

— Veuillez quitter ma propriété sur le champ, a dit l'interphone.

La voix avait changé. C'était bien le même homme, mais je me suis rendu compte que les deux premiers messages avaient été préenregistrés, voire programmés.

— Monsieur, ai-je lancé sans respiration ni pause exactement comme lui, mon père est John Darnsen et il dit qu'il vous a connu et que vous êtes comme moi et que peut-être vous pourriez m'aider j'ai besoin de vous parler je vous en prie.

— C'est un canular ? a demandé la voix.

— Non, je suis très sérieuse.

— Où êtes-vous ? Mettez-vous devant la caméra pour que je vous voie.

— Je suis devant votre porte, ai-je répondu.

— Non, impossible. Je ne peux pas...

Il s'est brusquement arrêté en pleine phrase.

— Vous êtes encore là ? ai-je demandé.

L'interphone s'est éteint.

Bien. J'allais attendre le temps qu'il fallait. Ou décamper pour ramener mon père devant cette porte, puisqu'il s'agissait de son foutu contact.

Mais quelques secondes plus tard, j'ai entendu le bruit d'une serrure. Puis une autre. Puis un verrou s'ouvrir, et une chaîne tinter.

La porte s'est ouverte. Dans l'encadrement, un homme.

Il n'était pas très grand, avec un début de calvitie, et portait des lunettes. Ses cheveux étaient longs, attachés en queue-de-cheval. Dans l'ensemble, il faut croire qu'il s'agissait d'un intello plutôt classique. Plus vieux que moi, mais plus jeune que mes parents.

Mais rien de tout ça n'avait d'intérêt. Ce n'était pas du tout ce que j'avais remarqué en tout premier.

Car l'homme qui se tenait là, en face de moi, était un miracle.

Un homme d'eau et de verre. Un homme transparent. La lumière traversait son corps, elle s'y pliait et s'y réfractait. Un homme qui ressemblait à une photographie réalisée en double exposition. Un homme comme moi.

— Bordel de merde, ai-je lâché.

— Eh oui, a-t-il répondu en m'inspectant des pieds jusqu'à la tête, s'arrêtant au niveau de mes yeux.

Il me *voyait.*

— Enchanté également. Sache que ton père est un sacré enfoiré.

Encino, Californie

Toute la Californie du Sud a des airs de lieu temporaire, un peu comme un centre de vacances géant. Des complexes d'appartements répliqués à l'identique se dressent autour de piscines turquoise. Tout est terriblement neuf. Les bâtiments les plus vieux datent des années cinquante ou soixante. Les centres commerciaux s'étendent de plus en plus et remplacent les centres-villes. L'artifice supplante l'Histoire. L'architecture pastiche le style méditerranéen – toits en terre-cuite, cours intérieures avec des voûtes, palmiers importés que le climat californien ne saurait faire grandir.

Dans cet État, les riches sont différents selon les endroits. Dans le sud, ils exhibent leur argent et vivent dans d'immenses maisons avec des baies vitrées sur l'océan. Vêtements de créateurs. Voitures de course. Ça les rend faciles à repérer et suivre jusqu'à chez eux. À San Francisco, les riches adorent se prendre pour de braves gens. Ils font de la confiture maison et se baladent en Birkenstock. On ne voit pas forcément au premier abord que des investisseurs viennent de racheter leur boîte.

En Californie du Sud, où les routes sont larges comme des fleuves, les voitures se pressent sur douze voies. Cet endroit peut effrayer, mais il suffit de s'éloigner des villes pour trouver de grands espaces. Le désert Mojave, les montagnes, les plages et les criques. On y est souvent allées en hiver pour profiter de la douceur du climat.

Je me souviens d'une soirée sur la terrasse en pierres d'une maison aux abords de Los Angeles avec ma mère. On était en train de contempler les lumières de la ville quand le sol s'est mis à glisser sous nos pieds. D'un côté, puis de l'autre – le monde entier soudainement ivre. L'eau de la piscine débordait sur les côtés. Les baies vitrées de la villa ont vibré.

Ça a duré une minute entière. On était assez loin de l'épicentre pour échapper aux dégâts. Mais malgré tout, je n'oublierai jamais cette sensation : celle de voir une chose qu'on pensait solide et fiable se dérober tout à coup.

27

Il s'appelait Steve. Un prénom sans intérêt, tout à fait banal. Il ne m'avait pas vue via la caméra de sécurité sur la porte d'entrée puisqu'elle ne pouvait pas enregistrer mon image. Mais j'étais désormais en face de lui et il pouvait bel et bien me voir.

Je me suis installée sur un fauteuil dans le salon minimaliste et bien rangé. Steve s'est assis à l'opposé de moi. À travers son visage, je voyais l'affiche d'un tableau périodique accroché au mur derrière lui. Du nickel dans l'œil droit, du manganèse dans le gauche.

Il est resté muet un bon moment. J'imagine qu'il attendait des explications. Il ne me regardait pas dans les yeux. Par politesse, peut-être. Ou parce qu'il était agacé. Impossible de le savoir.

— Je ne savais pas qu'il existait d'autres personnes comme moi, ai-je finalement dit.

Son regard s'est posé sur mon visage puis s'est détourné.

— Eh bien, a-t-il articulé en prenant son temps, il faut dire qu'on n'est pas faciles à repérer.

Est-ce qu'il plaisantait ? Rien n'était moins sûr. Il ne souriait pas. Son expression était impassible, mais je n'avais pas l'impression qu'il cachait quelque chose, contrairement à mon père. Et pourquoi est-ce que ce type se donnerait des airs ? Personne ne le regardait jamais.

Je me suis demandé si, comme lui, j'avais une palette d'expressions faciales plus restreinte que les gens visibles. Peut-être que non, puisque j'avais toujours eu la compagnie de ma mère.

— Vous le saviez, vous ?

— Pas au début, a-t-il répondu. Et puis j'ai rencontré des gens comme nous.

J'ai eu la vision d'une horde, invisible et silencieuse. Nous étions absolument partout. Accroupis sous les tables, recroquevillés dans les recoins, tapis dans les moindres brèches, hors de la vue de tous. C'était précisément ce dont Denise s'inquiétait lors de notre première conversation.

— Combien ? ai-je demandé.

De toute évidence, s'il y avait beaucoup de gens comme nous, on en aurait bien remarqué un ou deux avec ma mère, non ? Ce pays était vaste, certes, mais on l'avait parcouru en long, en large et en travers. J'ai pensé à l'homme de Central Park que j'avais cru voir.

— En personne, a dit Steve, un seul.

— Oh.

— Deux, avec toi. Et je corresponds régulièrement avec une femme qui vit à Montréal et qui dit être des nôtres.

J'étais déçue. Avant qu'elle n'explose, je n'avais pas conscience de la petite bulle d'espoir qui avait grandi dans ma poitrine quand Steve avait dit en connaître d'autres. Je voulais toute une communauté secrète. Un réseau. Une famille.

— Vous saviez, pour moi ? ai-je demandé.

— En partie. Ton père a toujours été énigmatique quand il parlait de toi – et j'ai souvent pensé qu'il mentait. En gros, il disait connaître deux personnes invisibles.

Il ne me regardait toujours pas. De temps en temps, ses yeux me passaient dessus pour immédiatement se fixer de nouveau sur un point au-dessus de mon épaule gauche.

— Mon père, ai-je commencé sans grande conviction, m'a dit que peut-être, vous pourriez m'aider.

— Non, a répondu Steve avec une telle brutalité que j'ai sursauté dans mon fauteuil. Je ne m'engage plus dans le genre d'activités que ton père juge utiles.

— Ce n'est pas... en fait, j'aimerais juste quelques renseignements.

Le ton de Steve, initialement plat, dénué d'émotions, était désormais glacial.

— Tu veux dire des renseignements type numéro de carte bleue ?

Il s'est levé.

— Bien sûr que non, ai-je dit en me levant aussi. Écoutez, je ne suis pas mon père. Je n'ai rien à voir avec lui.

— Alors, tu es en train de me dire que tu n'es ni une menteuse, ni une voleuse ?

J'ai eu un moment de recul lorsque ses yeux ont croisé les miens avant de se détourner. Je n'avais pas l'habitude qu'on me regarde directement. Et peut-être qu'il était aussi dans ce cas.

— Je...

Toutes les réponses honnêtes possibles joueraient en ma défaveur. Il avait raison, évidemment. J'avais beaucoup menti récemment – à ma mère, à Denise. Et j'étais une voleuse, ça ne faisait aucun doute. Je volais peut-être pour survivre, mais on pouvait tout aussi bien dire ça de mon père. Passons sur le fait que je venais tout juste de voler dans un musée.

— Et vous, alors ? ai-je demandé à Steve.

— Ce n'est plus le cas.

— À qui appartient donc cette maison ?

Elle ne pouvait pas être à lui. Mais peut-être qu'il vivait avec un complice visible, qui lui achetait ce dont il avait besoin. Il n'y avait pas mille façons de survivre sans voler, et quand bien même, ça ne lui donnait pas le droit de me juger.

— C'est la mienne, a-t-il répondu.

— D'accord, et avec qui vivez-vous ?

— Personne.

— Et tout ça ? Comment l'avez-vous eu ?

J'ai désigné les quelques meubles de la pièce – fauteuils, table d'appoint avec une pile de livres. Il devait bien les avoir pris quelque part.

— Je les ai achetés.

— Comment ?

Il m'a regardée en penchant la tête sur le côté.

— Est-ce vraiment inconcevable ? Viens par ici, je te montre.

Sans plus d'explications, il a quitté la pièce. J'ai hésité, sans savoir s'il fallait le suivre ou l'attendre. Après un court instant, je l'ai entendu crier : « Tu peux venir par ici ! » et je me suis dépêchée de le rejoindre.

La pièce se trouvait à l'arrière de la maison. Elle était dotée d'une seule fenêtre, masquée par un rideau sombre. Il y avait un bureau qui prenait toute la place, et un fauteuil ergonomique qui semblait venir tout droit du futur. La quasi-totalité de l'espace, y compris les murs, était saturé d'écrans, dont plusieurs diffusaient les images des caméras installées à l'extérieur. Sur d'autres, on voyait des pages Internet ouvertes, des lignes d'encodage, ou encore un jeu vidéo sur pause.

— Je peux commander tout ce que je veux, a dit Steve. On dépose les colis sur le perron. Je ne parle à personne ou, si vraiment j'y suis obligé, je m'adresse uniquement au livreur via l'interphone.

— Mais l'argent...

En le disant, je me suis rendue compte qu'il allait probablement me répondre la même chose. Il y avait plein de façons de gagner de l'argent sur Internet. Poker. Cryptomonnaie.

— J'ai un emploi rémunéré, je suis programmeur. Je télétravaille.

— Il faut croire que je n'y avais jamais pensé.

— Bien, a-t-il dit. Je t'ai donné de précieux renseignements. Tu peux t'en aller, maintenant.

Il s'est assis à son bureau et s'est mis à taper sur le clavier, totalement absorbé.

— Non.

La frustration commençait à monter.

— Attendez. Vous, ça ne vous intéresse pas le moins du monde ? Vous n'en avez rien à faire, que je sois comme vous ?

De mon point de vue, rencontrer cet homme relevait du miracle, c'était une vraie révélation. Et lui se comportait comme si c'était parfaitement anodin. Je ne comprenais pas.

— Tu n'es pas comme moi, a-t-il lancé sans se retourner.

— Bien sûr que si, ai-je insisté.

Nos personnalités respectives étaient peut-être très différentes, mais il suffisait de me regarder pour qu'un point commun lui saute aux yeux. Comme il ne répondait pas, j'ai tendu la main et je lui ai mis une petite tape sur l'épaule.

Il a sursauté si violemment qu'il en est presque tombé de son siège. J'ai fait un bond en arrière, choquée par sa réaction.

— Merde, ai-je dit. Je suis désolée.

— Ton père et moi, on avait un accord, a-t-il dit en regardant ses mains. Il doit me laisser tranquille pour toujours, et, en échange, je ne remets pas les preuves de ses délits – que j'ai en ma possession – à la police. Preuves que je pense suffisantes pour le faire condamner. Si tu ne pars pas sur-le-champ, je considérerai que l'accord a été rompu par l'intermédiaire de sa fille, et je mettrai ma menace à exécution.

J'ai encaissé sans broncher.

— Ça me va.

Pourquoi protéger mon père ? Non pas que j'avais spécialement envie qu'on l'arrête, mais je ne pouvais pas non plus dire que suite à son comportement au musée un peu plus tôt, je ressentais une quelconque loyauté envers lui.

Steve est resté silencieux un bon moment. Assez longtemps pour me mettre mal à l'aise.

— Qu'est-ce que tu veux, exactement ? a-t-il fini par demander en levant les yeux vers moi.

On venait apparemment de trouver une sorte d'accord tacite.

— Ma mère, ai-je dit. Elle est comme nous. Enfin, invisible. Mais elle a disparu. Elle s'est volatilisée sous mes yeux. Je ne comprends pas ce qui lui arrive, et je suis inquiète, et j'ai peur, et je ne savais même pas que d'autres personnes invisibles existaient, mais vous, si, donc j'ai bon espoir que vous en sachiez plus que moi sur le sujet, que vous sauriez ce qui lui est arrivé et ce que je dois faire.

— Ah, a répondu Steve en tapotant sur son bureau. Ta mère. Ça doit se transmettre de génération en génération donc. Même si je n'ai jamais entendu parler d'autres cas dans ma famille.

— Est-ce que vous pouvez m'aider ?

— Peut-être, a-t-il dit. Mais je ne suis pas expert en la matière. Je ne peux pas te donner bien plus que des hypothèses et des statistiques déduites à partir d'un échantillon bien trop restreint.

J'ai cligné des yeux. Il était l'homme le plus curieux que j'avais jamais rencontré. D'ailleurs il était, dans un sens, le seul homme que j'avais jamais rencontré, mis à part mon père.

— Ce que je peux t'indiquer, c'est que le phénomène que tu décris n'est pas nouveau. J'en ai été témoin de première main.

— Une seconde, ai-je dit en essayant de le comprendre malgré ses expressions très formelles. Vous l'avez vu se produire, vous aussi ?

— Oui, a-t-il répondu. Une fois seulement.

28

Il a accepté de me raconter son histoire en échange d'une coupe de cheveux. C'était l'un des seuls services qui lui restaient inaccessibles quoi qu'il advienne. Personne ne pouvait les voir, et encore moins les lui couper.

Il s'est assis bien droit dans la cuisine. Il se raidissait dès que mes mains passaient trop près de ses épaules et de ses oreilles, risquant de le toucher. Il voulait simplement raccourcir les pointes, m'avait-il dit. Le résultat importait peu. Ce qui était une bonne chose, car j'avais coupé les cheveux de ma mère plein de fois, mais je n'avais jamais réussi à les égaliser.

Tandis que je maniais la paire de ciseaux, il parlait. Les mots semblaient venir plus facilement quand il n'avait pas à me regarder en face. Il m'a raconté son histoire en commençant au tout début, ou presque.

Comme ma mère, Steve était né parfaitement visible, et à l'adolescence, le désir de disparaître l'avait rongé. Mais pas pour les mêmes raisons. Il n'y avait pas d'histoire d'abus. Ses parents, m'a-t-il dit, étaient tout comme lui bien intentionnés, calmes et détendus.

Tout le reste, en revanche, posait problème.

L'école ? Insupportable. Les magasins. Les rues. Beaucoup trop de bruit. De chaos. Les lignes et les couleurs s'entrechoquaient. La musique, les tondeuses à gazon, les voix. Les visages.

— Il y a tellement d'informations sur les visages, poursuivait-il, et on reçoit le tout de plein fouet. As-tu déjà remarqué ?

C'était comme si l'ensemble du monde hurlait dans ses oreilles sans aucune forme de répit.

Alors il est parti. Il a fait le mur une première fois à dix-sept ans, en se cachant dans une forêt aux abords de la ville. Il campait et faisait des allers-retours dans le centre en pleine nuit. Il cambriolait sa propre maison et celles des voisins pour voler de la nourriture et emprunter des livres. Il se sentait coupable, mais il ne pouvait plus supporter l'idée d'avoir à affronter qui que ce soit.

— Vous aussi, vous avez volé, ai-je dit, encore irritée par ses accusations.

— Ça m'est arrivé, a-t-il admis.

Mais plus le temps passait et plus son image s'effaçait. Au bout d'un moment, il n'a plus eu besoin de la protection de la nuit pendant ses escapades : plus personne ne pouvait le voir. Il prenait de plus en plus de choses dans les magasins et s'était installé un campement de luxe dans les bois, bien dissimulé des regards. Cette vie ne le satisfaisait pas entièrement, mais il n'y avait pas d'alternative possible.

Mon père a débarqué trois ans plus tard. Intrigué par ces mystérieuses disparitions et par les vols en plein jour complètement loufoques, il s'est mis à traquer Steve, qu'il a fini par prendre la main dans le sac pendant un casse. Il ne le voyait pas mais il lui parlait. Il avait l'air au courant de l'existence des invisibles. Et de prendre Steve, au début, pour quelqu'un d'autre.

Mon père, à ce moment-là, était probablement à notre recherche. Il a compris que Steve était un étranger et lui a proposé un pacte : il ne révèlerait rien aux habitants de la ville en échange de plusieurs services.

C'est comme ça que Steve est devenu son complice : il volait pour lui et soutirait des informations confidentielles, très utiles pour l'escroc qu'était mon géniteur, qui lui a déniché un bel appartement, dans un quartier calme. Il faisait ses courses et lui ramenait parfois des plats à réchauffer.

Steve a rencontré un autre invisible par l'intermédiaire de mon père, qui était attentif aux étranges disparitions en ville et qui s'était lancé à la poursuite de leur auteur. Steve l'a aidé : c'est lui qui a trouvé le type en premier. Il n'a pas prévenu mon père, pour essayer de préserver le jeune homme d'une vie de délits.

Felix n'avait que seize ans, et c'était un fugitif. Steve n'a jamais cherché à connaître les détails, mais il savait qu'il venait d'une famille extrêmement pieuse. Qu'il avait, d'une manière ou d'une autre, désobligée. On l'avait enfermé dans une chambre, forcé à jeûner et à prier pour le laver de ses péchés.

— C'est ce qui a dû précipiter sa disparition. Je crois que c'est une sorte de mécanisme de défense. Comme un camouflage.

Ma mère disait la même chose. J'aurais aimé qu'elle soit présente et qu'elle puisse entendre ça, elle aussi.

Steve avait laissé Felix dormir sur son canapé et lui avait fourni des vivres pour qu'il n'ait pas à voler. Le tout sans rien révéler à sa famille ou à mon père.

— Il était très angoissé, a poursuivi Steve. Convaincu que quelqu'un viendrait le chercher, même s'il était invisible. Il disparaissait par à-coups, comme tu l'as décrit tout à l'heure. Ça a duré quelques semaines, puis un jour, quelqu'un a frappé à ma porte – c'était ton père, pas sa famille – et il s'est volatilisé. Il n'est jamais revenu.

— Vous savez où il est allé ? ai-je demandé.

Je m'étais stoppée net, ciseaux en l'air. J'étais à deux doigts d'obtenir une réponse, enfin. Une onde d'espoir m'a parcourue.

— Je l'ignore.

Il a agité une main impatiente pour que je me remette au travail.

Je suis retournée à ma coupe de cheveux en tremblant légèrement.

— Vous ne l'avez pas cherché ?

Steve a haussé les épaules, ce qui a dévié mon coup de ciseaux, encore moins droit que prévu.

— Je respecte son désir de solitude. C'est ce à quoi j'aspire, moi aussi. Tu as terminé ? Ça prend plus de temps que nécessaire.

Il a tâté l'arrière de son crâne. J'ai grimacé, mais il n'a pas bondi d'horreur lorsque ses doigts ont caressé la coupe en dents de scie.

— C'est bon, ça ira comme ça, a-t-il dit avant de se lever en faisant tomber une cascade de mèches sur le carrelage de la cuisine.

Ça ne me suffisait pas. Il devait en savoir plus. Je voulais qu'il en sache plus.

— Qu'est-ce que je fais de tout ça, moi ?

J'ai déposé la paire de ciseaux sur le plan de travail et j'ai pris une grande inspiration, bien déterminée à ne pas pleurer.

— Comment je fais pour qu'elle revienne ?

Steve s'était accroupi pour rassembler ses cheveux en un petit tas.

— Je ne sais pas.

— Est-ce que Felix vous a envoyé une lettre, ou quelque chose ? ai-je demandé, désespérée.

— Je n'ai plus jamais entendu parler de lui.

Sa réponse m'a serré le cœur. J'avais eu tellement d'espoir.

Et qu'avais-je appris ? Pas grand-chose, à part que c'était arrivé à quelqu'un d'autre.

Est-ce que c'était le sort de tous les invisibles ? Est-ce que j'allais vivre ça un jour ?

Le type de l'histoire voulait fuir et se cacher. C'était précisément ce que désirait ma mère aussi. Tout le temps. Peut-être que les deux avaient réussi à passer au niveau suivant, tout en laissant les autres sur le carreau.

— Merci pour ces informations, ai-je dit à Steve, qui balayait les cheveux désormais visibles, car détachés de son crâne.

Tout ça n'avait peut-être pas été aussi éclairant que ce que j'avais espéré, mais au moins j'avais réussi à obtenir quelque chose, ce qui n'était pas gagné.

— Oui, a-t-il dit. Si tu veux, tu peux m'envoyer une lettre à l'avenir. Je préfère discuter par écrit. Maintenant, je te prie de partir et de ne jamais revenir.

Déjà trop habituée à ses manières farouches pour le prendre personnellement, je me suis mise à rire. Il m'a lancé un drôle de regard en coin. Ses lèvres ont dangereusement esquissé l'ombre d'un sourire.

— D'accord, ai-je dit.

Il m'a raccompagnée à la porte.

— Puis-je vous demander une dernière chose ? ai-je lancé tandis qu'il ouvrait la serrure et la chaîne qui sécurisaient la porte.

— S'il le faut absolument.

— Est-ce que vous ne vous sentez pas un peu seul, parfois ?

— Non.

— Moi, je me sens tout le temps seule, ai-je confessé tandis qu'il crochetait le dernier verrou.

— J'ai été seul, a-t-il déclaré.

Il disait ça comme on préciserait « j'ai été enfant » – un fait évident, sans intérêt.

— Quand j'étais entouré d'autres personnes.

— Ça n'a aucun sens, ai-je dit.

— Je devais faire semblant, à l'époque, a-t-il ajouté. J'essayais sans relâche de me comporter comme il fallait, et de comprendre ce que les gens attendaient de moi. « Isolé » ne veut pas dire « seul ». Dans ce monde, on t'ordonne d'être toi-même et rien d'autre, et puis, lorsque finalement tu deviens toi-même, on te punit.

Il m'a ouvert la porte.

— Et pourtant, les autres n'avaient pas tort. Je suis seul et je peux enfin être moi-même.

Liste non exhaustive des personnes que j'aimerais être

À peu près n'importe qui.

29

Mon père attendait dans la voiture. Il avait les yeux clos. J'ai frappé contre la vitre et il a violemment sursauté en appuyant sur le klaxon au passage. Il s'était endormi.

— Alors ? a-t-il demandé en baissant la vitre. Comment ça s'est passé ?

J'ai pris les clés dans ma poche avec mes gants et je les ai agitées sous son nez.

— Il a dit que tu étais un sacré enfoiré.

— Ça se tient, a-t-il répondu en s'emparant du trousseau qui voletait dans les airs.

— Et il connaît quelqu'un qui a disparu comme maman.

— Vraiment ?

Mon père a froncé les sourcils.

— Il ne me l'a jamais dit, ça. Donc il sait où elle est ?

— Non.

— Elle reviendra. Ne t'en fais pas, mon petit. Elle est comme ça. Elle m'a déjà fait le coup à deux reprises. Bon, allez, monte.

J'ai regardé la camionnette.

— Je préfère marcher.

— Où est-ce que tu vas ? Je te dépose.

Je ne savais pas exactement où on se trouvait, mais je voyais le sommet de la Cathédrale du savoir dépasser d'une colline au loin. Elle ferait office de boussole. La camionnette était trop étroite et trop rapide. À bord, j'avais l'impression d'être en captivité.

— Je vais marcher, ai-je répliqué fermement en m'éloignant.

— On se voit demain, a dit mon père. On peut déjeuner ensemble.

Face à mon absence de réponse, il a passé la tête par la vitre ouverte.

— Pie ? Tu es encore là ? Écoute, j'aimerais te montrer autre chose. Une lettre de ta mère.

Ça m'a coupée dans mon élan.

— Une lettre ?

— Ouais, reçue il y a deux semaines. Peut-être que c'est en lien avec tout ça. Viens déjeuner avec moi demain et je te la montrerai. Même heure, même endroit. D'accord ?

— Je...

— Parfait, a-t-il crié. À demain !

La camionnette a rugi et j'ai fait un bond sur le trottoir juste avant qu'il ne démarre en trombe.

Si la lettre existait vraiment, il aurait pu me la montrer pendant le déjeuner. Il aurait pu me la montrer sans attendre. C'était un appât, ou une garantie, peut-être. Pour me revoir, ou s'assurer que je ne me volatiliserais pas comme ma mère.

Il était censé ramener quelque chose susceptible de m'intéresser. Et c'était le cas avec cette lettre.

Seulement, s'il voulait établir un vrai lien entre nous deux, une preuve qu'il tenait vraiment à moi aurait été bien plus efficace.

Je traînais des pieds en direction de ce que j'espérais plus ou moins être la maison de Denise, des bus passaient à côté de moi à toute allure. Malgré mes jambes lourdes, je n'ai pas osé en prendre un. Je ne connaissais pas les itinéraires et je ne voulais pas me retrouver dans un quartier inconnu de la ville, livrée à moi-même.

Sur le chemin, les mots de mon père me revenaient par échos.

Ne me dis pas que tu penses que vous êtes les seules ? Elle ne t'a pas dit ?

Je savais désormais qu'il avait raison. Il y avait d'autres gens comme nous. Ma mère savait-elle ? M'avait-elle menti ?

Elle a fini par te réserver le même sort.

Et si c'était bien le cas, avait-elle menti à d'autres sujets ? Déjà, on ne pouvait pas dire qu'elle avait été tout à fait sincère avec moi la veille dans le train, quand elle commençait à tomber malade.

Ce que mon père suggérait avait du sens. Peut-être qu'il avait raison. Peut-être que ma mère m'avait abandonnée volontairement. Peut-être qu'elle avait trouvé une autre façon de fuir.

N'en fais pas toute une histoire, mon petit. Elle est comme ça.

Je me suis arrêtée au supermarché pour ramener autre chose que des bagels rassis à Denise et Jules. Cette fois-ci, j'ai été très prudente. Je respirais profondément et je réfléchissais calmement, en touchant un article à la fois avant de le glisser dans mon sac à dos.

Au rayon traiteur, j'ai reconnu la fille de la veille – celle qui avait vu le comptoir disparaître. J'ai attendu qu'elle tourne le dos pour voler du rosbif et du salami dans le présentoir. Un paquet de dinde fraîchement émincée était posé sur la balance – je l'ai pris aussi.

J'étais en train de m'éloigner quand j'ai entendu la vendeuse s'exclamer :

— Mais où est passée la dinde, bordel ? Jessie, t'as pris ma dinde ?

J'ai lancé un coup d'œil derrière moi. Elle pointait la balance du doigt, les yeux écarquillés.

Sa collègue – Jessie, probablement – est arrivée, très calme.

— Je ne me suis pas approchée de ta foutue dinde.

— Je viens d'en découper, je te jure. C'est comme ce que je te racontais l'autre jour, il y a des choses pas nettes qui se passent ici. Peut-être que la dame avait raison. Je devrais l'appeler.

La dame ? Je suis revenue sur mes pas pour ne rien rater de la conversation.

Jessie, plus âgée, un filet sur les cheveux, s'était adossée contre le comptoir. Elle inspectait ses faux ongles.

— Il y a beaucoup de gens qui racontent n'importe quoi. Ne pas leur accorder de crédit, c'est ma règle.

— Elle a dit qu'elle était chercheuse en activité paranormale, a insisté la fille, presque exaltée. Et qu'elle avait déjà vu ce genre de « phénomène ».

— Un tissu de conneries, si tu veux mon avis.

— Tu n'as pas vu ce que j'ai vu. Je te jure, Jessie, le comptoir entier a juste disparu. En mode, bam !

Elle agitait ses mains en démonstration.

— Cette dame se payait ta tête.

— Je n'en avais même pas parlé à qui que ce soit, a dit la fille. Tu veux dire que c'est une coïncidence qu'elle se ramène et me demande si j'ai vu des choses disparaître dernièrement ? C'était comme si elle *savait.*

Un frisson a parcouru ma colonne vertébrale. Peut-être parce que j'étais au rayon traiteur, en pleine climatisation. Mais tout de même.

Quelqu'un se renseignait sur moi.

La première chose qui m'était venue à l'esprit, c'était qu'elle parlait de mon père, mais elle faisait bien référence à une femme.

— Ce que je pense, a dit Jessie, c'est que tu as de l'imagination à revendre.

— Et toi, t'en as sûrement pas assez, a répondu la fille.

Jessie a grogné avant de se retourner pour répondre à un client qui s'aventurait par là. L'autre s'est remise à découper de la dinde.

Le malaise ne m'a pas quittée tandis que je sillonnais le reste du magasin. J'ai rempli une grosse barquette d'olives premier choix. Pris du fromage de qualité, du houmous, des cookies et des pitas non rassies. J'ai fourré le tout dans mon sac à dos.

En marchant vers la maison de Denise, je suis passée devant un petit porche en béton avec un sanctuaire installé dans un coin : une statue de la Vierge Marie, encerclée de fleurs en plastique sous verre. Le genre de carreaux avec lesquels on fabrique des fenêtres. La lumière inondait la scène. C'était digne d'un musée.

Je me suis arrêtée pour la contempler un moment. J'ai pensé à l'écran de verre qui me séparait du monde. À la manière dont il me protégeait. Dont il me piégeait, aussi.

Sauf que je l'avais franchi.

30

Quand j'ai retrouvé la maison de Denise, j'ai essayé quelque chose que j'avais dû tenter une ou deux fois dans ma vie : j'ai frappé à la porte d'entrée. Je prenais le risque.

J'ai attendu et mon cœur s'est mis à battre presque aussi vite qu'au musée, juste après le braquage des tableaux. Et si c'était Larissa ? Et si personne ne venait ?

La porte s'est ouverte. Debout dans l'encadrement, nulle autre que Denise. J'ai expiré et je me suis détendue.

Elle a plissé les yeux en scrutant le perron désert, puis son regard s'est illuminé.

— Sam ?

— Salut, ai-je murmuré.

— Allez, entre. Dépêche-toi.

J'avais l'impression d'être une sorte de vampire. Mais un vampire bienvenu. C'était trop pour moi.

— C'est Neely ?

La voix de Larissa provenait du premier étage. J'ai suivi Denise à l'intérieur.

— Non, a crié Denise pour toute réponse.

— C'était qui ?

— Euh, des mormons !

Denise est entrée à grands pas dans le salon et s'est jetée dans le canapé. Elle a tapoté la place vacante à côté d'elle. Je me suis approchée d'elle sans conviction, mais je suis restée debout.

— Tu étais où ? a-t-elle demandé. J'ai eu peur que tu ne reviennes jamais.

— Désolée. J'ai juste pensé que ce serait mieux si je prenais un peu mes distances.

Ce n'était pas totalement un mensonge.

— Assieds-toi, que je sache où regarder, a dit Denise.

Je me suis exécutée scrupuleusement.

— Il faut qu'on te file un téléphone. Attends... est-ce que tu as déjà un téléphone ?

— Non.

— Je suis contente que tu sois revenue. Si tu étais rentrée plus tard, tu nous aurais ratées. Neely arrive bientôt, on sort ce soir.

— Tu n'es pas punie ou un truc dans le genre ? ai-je demandé.

— Ce n'est pas trop le style de Larissa et Terrance.

Denise s'est penchée vers moi pour me faire une confidence :

— En plus, ils n'ont pas encore capté pour la soirée.

On a entendu des pas dans l'escalier. Je me suis levée par réflexe, et je me suis collée contre le mur. Mais ce n'était que Jules, qui a balayé la pièce du regard :

— Où est Neely ?

— Pas encore arrivée, a dit Denise.

— Ah, j'ai cru entendre sonner.

Jules a fait quelques pas avant de se laisser tomber à côté de Denise, qui a crié : « Non stop ! » sans se douter que j'avais bougé. Jules à fait un bond pour se remettre debout, en alerte.

— Je suis là, ai-je dit.

Les deux ont tourné la tête vers moi en un éclair.

— Sam ! a dit Jules en souriant dans ma direction.

J'avais chaud, et j'avais l'impression que j'allais imploser. On me saluait, on m'accueillait. Comme si je faisais partie de la famille.

— On a dû enlever la farine, a dit Denise en désignant le sol. Navrée que ça n'ait rien donné.

— Ne t'en fais pas, ai-je répondu en repensant à ce que mon père avait dit.

— On peut se remettre à chercher un peu plus tard, dès qu'on rentre.

— Vous allez où ? ai-je demandé pour changer de sujet.

Je n'avais aucune envie de raconter ce que j'avais découvert : je ne retrouverai peut-être jamais ma mère, et de toute façon, elle n'en avait peut-être pas envie.

— Le groupe de Neely joue encore ce soir, a dit Denise. En mode concert privé dans une maison.

Le groupe de Neely – le groupe de Tess, aussi.

J'avais à peine pensé à Tess depuis la veille, c'était étrange. Même si, une fois de plus, cette journée se révélait l'une les plus étranges de toute ma vie.

Quelqu'un a frappé à la porte. Enfin, « cogné » serait le mot exact. C'est Jules qui a ouvert. Au même moment, Larissa est descendue.

La porte s'est ouverte et Neely est entrée, suivie du guitariste maigrichon dont je ne connaissais toujours pas le prénom. J'ai tendu le cou pour voir si Tess les accompagnait.

— Oh, Larissa, a dit Neely, surprise. Je ne savais pas que vous étiez rentrés.

— On a un peu écourté notre séjour, a répondu Larissa.

J'ai vu Denise secouer la tête à l'attention de Neely pour qu'elle se taise. Elle avait sûrement peur que son amie vende la mèche au sujet de la soirée sans le faire exprès. Derrière Neely, la porte s'est de nouveau ouverte, et Tess est entrée.

Mon cœur battait de plus en plus vite. Il fallait que je retourne à mon état normal : une mouche posée sur un mur. Je n'étais personne. Je n'étais même pas présente – officiellement, du moins.

Je me suis reculée jusqu'à la cuisine sans faire de bruit. J'ai rangé en vitesse les courses dans le frigo et le placard. Des voix provenaient de la pièce à côté.

— Vous rentrez pour vingt-trois heures au plus tard, ai-je entendu Larissa déclarer sur un ton sans appel. Ne faites pas de bêtises, et prenez soin les uns des autres.

Des acquiescements en pagaille, puis des pas dans l'escalier.

J'ai prudemment lancé un coup d'œil dans le salon : Larissa était remontée à l'étage. Tess était assise sur un bout du canapé, Jules à l'opposé, et Denise au milieu. Neely s'est accroupie près d'une prise pour brancher son téléphone. Le guitariste était adossé contre le mur près de la fenêtre, affichant un air de totale désinvolture.

De temps en temps, Denise lançait un regard vers la cheminée en briques, où elle pensait que j'étais. Je me suis aventurée dans la pièce.

— Ça craint, pour le feu, a dit le guitariste.

— Baisse d'un ton, a renchéri Denise. Pas moyen que mon oncle et ma tante soient au courant un jour.

— Et cette fille sans tête, a ajouté Tess. C'était fou. Je vous ai montré la photo que j'ai prise ?

Un petit frisson a parcouru mon dos.

— Quelle photo ? a demandé Jules.

Tess a dégainé son téléphone. Je me suis penchée vers le canapé pour observer la scène.

Tess a ouvert Instagram de sorte que tout le monde puisse voir l'écran. J'ai tendu le cou pour ne rien rater.

C'était une photo de moi.

Enfin, une photo de mes vêtements, prise d'assez près. L'éclairage était étonnamment bon, vu la lumière tamisée de la veille. L'image était un tout petit peu floue par endroits. Ma robe et mes gants flottaient devant la cheminée. Au-dessus du col, rien que le mur et la flamme des bougies.

Je me suis approchée autant que possible. Tess avait légendé la photo : *soirée hantée #nofilter #nophotoshop.*

La photo avait fait réagir une centaine de personnes. Ce qui n'était pas énorme, au demeurant, mais ça faisait quand même pas mal de paires d'yeux.

Si ma mère avait vu ça, elle aurait été furieuse. Ça aurait peut-être été pire qu'après la Cathédrale. Oui, des tonnes de photos avaient été prises lors de cet événement. Publiées partout, sur les réseaux et dans la presse locale. Mais là, il s'agissait d'une photo de moi. De ma personne. Pas juste du bâtiment que j'avais eu le malheur de toucher.

Mon cœur battait à tout rompre. J'ai essayé d'inspirer lentement, sans faire de bruit.

Internet. Un océan de n'importe quoi. De faux, pour la majeure partie. Une photo ne voulait rien dire. Et même si les gens croyaient à ces hashtags débiles, ça ne voulait pas dire que c'était réel. Ça pouvait très bien être un mannequin. Ou le résultat d'une prise de vue sous un angle bien spécifique, ou encore un tour de passe-passe avec un miroir. Un peu plus tôt dans la journée, Denise m'avait montré les montages photo qu'elle créait, avec ces techniques précisément. Et puis, n'avais-je pas laissé Denise me photographier ? C'était la même chose.

— Ça faisait vraiment flipper, a dit Neely. J'ai vraiment cru une seconde qu'elle était morte. Que sa vraie tête était tombée. Un putain de cauchemar.

— Tu m'as hurlé dans les oreilles, a complété monsieur Guitare.

— Peut-être que tu ne crois pas si bien dire, a dit Tess. Ce que j'entends par-là, c'est que personne ne la connaissait. Vous croyez aux fantômes ?

Denise a ri.

— Je suis on ne peut plus sérieuse, a dit Tess.

— On ne peut plus sérieuse, vraiment ? a répété Denise sur le ton de la moquerie, avant d'entamer un mouvement à la fois ambigu et quasiment imperceptible.

Elle s'était penchée vers Tess puis elle s'était résignée, comme attirée par un aimant qui lui résistait. C'était très furtif. J'étais certaine que personne n'avait remarqué.

À part moi.

— Non, a continué Tess, mais il y a quelques années, plein de trucs chelous se sont passés chez moi. Et hier... enfin bref, je commence vraiment à croire que ma maison est hantée.

J'ai mis un moment à comprendre. Puis mon estomac s'est retourné.

Elle parlait encore de moi. De ma mère et moi. C'était nous, les trucs chelous qui s'étaient passés chez elle quelques années plus tôt. Deux années plus tôt, pour être précise.

Et dire que la veille, j'avais prononcé son nom à voix haute dans sa cuisine.

— Est-ce que tu as remarqué des choses étranges dernièrement ? a demandé Tess.

Denise et Jules ont échangé un regard. Prise de panique, je me suis approchée du canapé pour tapoter l'épaule de Denise. *Ne dis rien,* voulais-je lui signifier. Surprise, elle a fait un petit mouvement brusque.

— Euh non, a-t-elle répondu. Juste ça.

Tess l'a observée comme si elle l'évaluait. Denise l'a remarqué et a souri avant de détourner le regard, timide.

Ça m'a fait ressentir quelque chose de voir ça, comme l'écho d'une émotion que je connaissais déjà. Deux ans plus tôt, assise dans la cafétéria du lycée, j'avais regardé Tess, qui elle-même scrutait Taylor, la fille qu'elle embrasserait plus tard.

À force d'être spectatrice, j'ai beaucoup appris sur ce que les gens se disent sans se parler. Avec les yeux, les mains ou leur manière de se tenir.

Et ça, c'était de la drague. Un langage que je ne pouvais pas parler, uniquement décoder.

Comme une scientifique qui vouerait sa vie à l'étude du chant des baleines. Qui serait capable d'interpréter les motifs, les comprendre, mais dont la gorge ne saurait jamais reproduire les sons et chanter elle aussi.

Je ne faisais pas partie de la famille, je n'avais pas ma place. Comment avais-je pu penser que c'était le cas ?

De ce côté de l'océan

J'ai vu le Pacifique et j'ai vu l'Atlantique. J'ai habité dans des maisons qui les surplombaient. J'ai fait les cent pas sur des balcons filants et des terrasses. J'ai respiré l'air chargé de sel. Écouté la berceuse du ressac. Observé l'eau gonfler, les surfeurs rouler sous la langue des vagues et, au loin, les pointes minuscules des voiles scintiller dans la lumière réfléchie du soleil.

Je ne peux pas aller à la plage quand il y a du monde. Les cratères de mes pas, qui s'enfoncent dans le sable, sont trop visibles. Mais j'y vais lorsqu'elle est déserte, pendant les tempêtes et la pluie, au comble de l'hiver.

J'y vais la nuit, lorsque l'eau est aussi noire que le ciel, que la ligne d'horizon est indécelable et que les deux étendues se fondent l'une dans l'autre, indistinctes. Quand on dirait que le ciel de la nuit s'effondre sur le sable par vagues, surmontées de l'écume blanche des étoiles.

Je suis allée dans les deux océans jusqu'aux chevilles, jusqu'aux cuisses. J'ai senti la force de la lame de fond derrière mes genoux. Je ne suis pas allée plus loin que ça.

Ce pays est immense. Je suis bien placée pour le savoir. Il faut des jours et des jours et des jours pour le traverser.

Mais chaque fois que je suis au bord de l'océan, mon monde paraît terriblement petit.

31

J'étais quasiment certaine de ne pas avoir inventé le regard que Denise avait lancé à Tess. Ou plutôt, celui qu'elle ne lui avait pas lancé, ce qui était tout aussi éloquent.

J'étais douée pour observer les gens. En fait, c'était mon unique compétence, à part voler.

— On devrait se mettre en route, a dit Neely.

— Vous pouvez vous serrer à l'arrière, a dit le guitariste.

— Non, a répondu Denise précipitamment. Partez devant. Je prendrai le bus. Je vous retrouve sur place, il faut que je me prépare.

— T'es sûre ? a demandé Tess.

— Ouais.

— Moi, ça me va d'y aller en voiture, a dit Jules.

Les quatre sont sortis en même temps. Dès que la porte s'est refermée, Denise s'est levée et s'est tournée vers la pièce vide.

— Sam ? T'es encore là, hein ?

— Oui, ai-je répondu à côté d'elle.

Elle n'a même pas sursauté cette fois. Elle s'est simplement retournée pour me faire face.

— Cool, c'est parti.

— Tu ne devais pas te préparer ? ai-je demandé.

— Pas vraiment, non. Je me disais simplement que tu ne pourrais pas monter dans la camionnette sans éveiller les soupçons.

— Ah.

J'ai encaissé sans broncher. C'était peut-être marrant, pour elle, d'avoir un secret. Une amie imaginaire. Mais bon, je pouvais bien être son petit fantôme. Ça dépassait mes rêves les plus fous. Ça me suffisait.

Il fallait que ça me suffise.

— Merci, ai-je dit en essayant de ne pas hausser la voix.

J'avais la gorge nouée.

— C'est mieux s'ils ne se doutent pas que t'es là, pas vrai ? m'a-t-elle demandé en se dirigeant vers la porte après avoir attrapé sa veste, un coupe-vent vintage fluo, et non une veste en cuir noir comme celles de Neely et Tess.

— Euh...

J'ai ajusté mon sac à dos et je l'ai suivie.

— C'est juste que c'est un peu risqué. Ma mère m'a toujours dit de...

Je me suis tue. Avais-je encore envie de suivre les recommandations de ma mère ? Denise et Jules savaient que j'existais. Et rien de terrible n'en avait découlé.

— Elle m'a toujours dit de ne jamais mettre qui que ce soit au courant.

— Ça m'a un peu foutu les jetons quand t'es partie, a dit Denise. De penser qu'elle était peut-être là, dans la maison, à nous observer.

— Non, ai-je répondu. Elle n'est plus là.

Je l'affirmais sans certitude. Je n'en avais aucune idée.

J'essayais surtout de rassurer Denise.

J'aurais dû tirer une leçon de ma rencontre avec Christy quelques années en arrière, et apprendre à ne jamais m'attacher. Tout comme avec Tess. Puisqu'il fallait toujours s'en aller, en fin de compte.

Et pourtant, je me retrouvais encore là, avec quelque chose à perdre. Si Denise prenait peur, si au final elle se mettait à penser qu'on était dangereuses, ce serait la fin. Elle voudrait que je parte.

Et je ne voulais pas. Pas encore. Peut-être que je ne réussirai jamais à m'adapter pour de bon, à être une vraie personne, mais je n'avais jamais été aussi proche de me faire une amie.

— Elle n'est plus là ? a demandé Denise, sceptique.

— Euh, non, ai-je improvisé. C'est ce que j'ai compris quand je me suis absentée. Elle est partie. Ça lui arrive parfois, elle s'éloigne. Jusqu'ici, elle m'a toujours emmenée avec elle, mais cette fois c'est différent.

Ce n'était pas vrai. Enfin, pas tout à fait.

Mais plus j'y pensais, plus je commençais à croire mon père. Elle m'avait volontairement abandonnée.

— Oh, j'allais oublier, a dit Denise. Une seconde.

Elle est montée à l'étage avant de revenir une minute plus tard avec sa sacoche d'appareil photo à la main. Elle a ouvert la porte d'entrée et je l'ai suivie, perdue dans mes pensées.

Steve disait qu'il n'avait plus jamais croisé Felix. Allais-je revoir ma mère un jour ? Et voulait-elle, d'ailleurs, me revoir ?

— Je suis vraiment désolée pour ta maman, a lancé Denise une fois dans la rue.

Qu'on la remarque en train de parler toute seule ne semblait pas la préoccuper.

— Je comprends ce que tu dois traverser. Enfin, ce n'était pas exactement la même chose avec ma mère. Mais elle aussi est partie, dans un sens.

— Qu'est-ce qui s'est passé ? ai-je demandé.

— Elle a fait une crise. Une crise psychotique.

Denise a shooté dans un caillou sur le trottoir.

— Dis comme ça, ça a l'air tragique. Mais bon, il faut croire que ça l'était vraiment.

— Je suis désolée, ai-je dit précipitamment. Tu n'es pas obligée d'en parler si tu n'en as pas envie.

On s'est arrêtées au coin de la rue pour attendre que le petit bonhomme devienne vert.

— Non, ça va, a dit Denise. La plupart des gens ne comprennent pas. Ils entendent « crise psychotique » et pensent qu'elle est, genre, une tueuse en série complètement tarée. On a toujours peur de ce qu'on ne comprend pas. Mais moi, je crois que tu es différente.

Elle a lancé un sourire vague en tournant la tête vers la gauche.

Le feu est passé au vert. Denise a traversé. Je courais derrière elle en me faisant violence pour ne pas lui prendre la main. Enfin. Jusqu'à ce qu'elle disparaisse. Ou parte.

— J'essaie, en tout cas, ai-je dit quand on a atteint le trottoir opposé.

— Maman va beaucoup mieux aujourd'hui, a dit Denise. Avec les médocs, le traitement et tout le bordel. Mais on a décidé ensemble que ce serait mieux pour moi si je vivais chez Larissa. Je suis plus proche du lycée, et c'est moins stressant pour elle. Parfois, quand j'y pense, je me sens mal, genre, est-ce que ça a empiré son cas, de devoir s'occuper de moi ? Est-ce qu'elle a fait une crise à cause de moi ?

Elle a haussé les épaules.

— Je sais que je ne devrais pas penser ça.

— Je crois que je comprends ce que tu veux dire.

— L'arrêt de bus est là, a lancé Denise en désignant un panneau et en réajustant la bandoulière de sa sacoche.

— Tu vas avancer sur ton projet, ce soir ? ai-je demandé en m'arrêtant à son niveau.

Elle a tourné la tête dans ma direction et son regard m'a traversée.

— Nan, je prends des photos pour le groupe.

— Ils font beaucoup de concerts ?

— Pas mal, oui. Ils ont déjà joué dans des bars une ou deux fois, mais ils se produisent surtout dans des maisons. À L'Église, par exemple.

— À l'église ?

La dimension ecclésiastique du groupe ne m'avait pas sauté aux yeux.

— Ah oui, désolée, c'est le nom du lieu. Un authentique repaire de punks. Ed y organise des concerts tous les week-ends. C'est le copain de Neely. S'ils sont toujours ensemble. On ne sait jamais trop, avec ces deux-là.

Elle a haussé les épaules.

— Il est sympa. C'est probable qu'il ne sache pas se faire des pâtes. Ou qu'il ne connaisse pas le concept d'éponge. Mais c'est un mec cool, la plupart du temps. Et il se fout totalement des normes. C'est peut-être le meilleur parti possible pour une meuf hétéro, finalement.

Un passant a jeté un coup d'œil à Denise avant de détourner le regard. Peut-être avait-il pensé que, comme Javier, elle avait des hallucinations auditives. Ou qu'un appareil connecté en Bluetooth était caché sous la masse de boucles bleues et violettes.

— Neely est hétéro ? ai-je murmuré.

Ça me surprenait. J'imagine que parce qu'elle s'habillait comme Tess et traînait avec elle, elle devait aussi lui ressembler sous d'autres aspects. Mais je n'en savais rien. Je n'étais sûre de rien non plus concernant Denise. Je n'avais que des hypothèses.

Denise a ri.

— Ah oui, c'est vrai, j'oublie que tu nous connais à peine.

J'ai eu un mouvement de recul. Elle avait raison, évidemment. Allait-elle se rendre compte qu'elle ne devrait pas me parler ? Ni me faire confiance ?

— C'est la blague préférée de Neely, de dire que l'hétéro en elle a dû faire son coming out. Parce que, quand elle était petite, tout le monde pensait qu'elle était un garçon hyper efféminé qui aimait les autres garçons. Et d'un coup elle était genre : « Hé, les teubés, je suis une meuf en fait ».

— Oh, ai-je dit. Cool.

Denise est descendue du trottoir, le regard rivé sur la route.

— Le bus arrive. Bon, comment ça marche ? Pour toi, j'entends ?

Elle était tout excitée et ne tenait pas en place. C'était marrant – comme si on allait vivre une grande aventure et que je n'avais pas déjà pris le bus une centaine de fois.

— T'en fais pas pour moi, ai-je dit alors que le bus s'arrêtait à notre hauteur. Comporte-toi comme d'habitude.

Ce qu'elle n'a absolument pas fait.

Denise a trifouillé pour retrouver sa carte, puis elle s'est mise à discuter, nerveuse, avec le chauffeur. Elle s'est retournée plusieurs fois pour jeter un coup d'œil à la porte. Elle a sursauté lorsqu'elle s'est refermée. J'ai dû lui tapoter le bras pour lui demander d'avancer dans l'allée centrale.

Je marchais sur ses talons. Elle s'est brusquement arrêtée à mi-chemin et je lui suis rentrée dedans.

— Où est-ce que je m'installe ? a-t-elle demandé à voix haute.

Il n'y avait pas grand monde dans le bus, mais les quelques personnes présentes l'ont regardée. J'étais hyper gênée pour elle.

Je me suis glissée sur le siège le plus proche, j'ai tendu la main et j'ai tiré tout doucement, le plus doucement possible, sur sa manche. Elle a fait volte-face si brusquement qu'elle a failli tomber avant de s'asseoir à côté de moi. Elle s'est décalée d'un siège et sa cuisse a touché la mienne. Je me suis raidie, assaillie par une vague de peur que j'étais incapable de repousser.

Je me suis collée à la vitre autant que possible, en contractant mes muscles jusqu'à ce qu'il n'y ait plus de contact. Aucun contact. C'était trop pour moi. Beaucoup trop.

— C'est dingue, a lancé Denise en louchant vers mon siège.

Je savais ce qu'elle voyait : son propre reflet dans la vitre sombre. Et rien d'autre.

Personne ne lui accordait vraiment d'attention, tous les passagers étaient retranchés dans leur petit monde, mais j'étais malgré tout beaucoup moins à l'aise que lorsqu'on se parlait dans la rue. J'aurais dû lui expliquer la technique du téléphone de mon père.

Elle s'est tortillée sur son siège pour sortir son portable de sa poche, et je me suis dit qu'au moins l'une d'entre nous devait être medium. Mais au lieu de le tenir près de son oreille, elle l'a collé contre le dossier du siège en face de nous et a ouvert l'application Notes.

J'imagine que tu ne veux pas parler à voix haute ? a-t-elle tapé. Elle a tourné le téléphone pour que je puisse lire. J'ai été parcourue d'un drôle de frisson. Tout ça me rappelait notre échange de petits mots avec Tess.

Tu devrais te procurer un téléphone, a écrit Denise. *Comme ça tu pourrais m'envoyer des messages.*

Elle ne tapait qu'avec son index. Il se déplaçait partout sur l'écran et décrivait des boucles et des virages, sorte de trajectoire abstraite et rapide. Je me suis surprise à observer sa main plutôt que les mots qu'elle écrivait.

Ça m'a fait penser à la langue des signes. Et à ma mère. Le trou dans mon estomac s'est rempli d'aigreur.

Denise fixait son téléphone. J'ai compris qu'elle attendait que je fasse quelque chose. J'ai tendu la main et j'ai maladroitement tapoté avec mon gant : *Oui, désolée.*

On pourra parler comme bon nous semble à L'Église, a-t-elle écrit. *Il y aura du bruit et la moitié des gens seront déjà bourrés.*

32

Il se trouvait que le nom entier de la maison punk, c'était L'Église Va Te Faire Foutre, mais on l'appelait L'Église tout court. Elle était grande et en piteux état, située sur un flanc de colline abrupt. Si on voulait la rejoindre de la route, il fallait escalader des marches en béton précaires tout en s'agrippant à une rampe rouillée.

On est entrées dans ce qui ressemblait à une caverne. Plusieurs cloisons avaient été abattues entre les pièces, dévoilant un squelette de poutres porteuses et de croûtes de plâtre arrachées. Tout au fond, une petite scène sous une grande fenêtre recouverte de feuilles plastique colorées – un peu comme des filtres gélatines pour projecteurs – qui la transformaient en vitrail. Une icône criarde, la Mère et le Fils, était posée sur le rebord de la fenêtre.

— Sam ? a dit Denise.

— Quoi ? a demandé une fille à côté d'elle.

— Oh non, rien du tout.

J'ai reconnu une ou deux personnes de la soirée de la veille, même si je ne connaissais pas la plupart des gens et qu'ils avaient l'air plus âgés, comme s'ils allaient déjà à l'université. Certains étaient déguisés. Un autre groupe que celui de Neely s'installait sur scène.

Denise s'est frayé un chemin à travers la foule. Je l'ai suivie en essayant de ne pas rentrer dans qui que ce soit.

Dans un coin, une porte menait sur une cuisine étroite. Un panneau SORTIE était posé sur le plan de travail, flèche pointée en direction d'un frigo, qu'une fille avec des plumes dans les cheveux et des grosses lunettes était en train d'ouvrir. On avait visité une exposition à Santa Fe un jour, intitulée *La maison de l'éternel retour*, et dans laquelle un frigo conduisait à un passage secret. Ça ne m'aurait pas étonnée que ce soit le cas là aussi.

Sauf qu'il ne contenait que de la bière. Mais, quand même, cette maison n'était pas si différente, sous certains aspects, de l'exposition. La moindre surface était taguée et bariolée. Les murs étaient saturés de graffitis. Sur le four, des lettres de peinture rouge dégoulinaient : BURN BABY BURN.

Je me laissais guider par Denise, que je suivais dans les différentes pièces. On aurait dit un labyrinthe, qui dissimulait des choses dans chaque recoin. Sur une rampe était gravé PLUS GOTHIQUE JE MEURS.

On est tombées sur Jules dans la montée d'escalier, qui a dit en nous voyant :

— Ouf, merci ! Cette foule me fait peur. Je crois que je suis le plus jeune de cette soirée.

— Où sont les autres ? a demandé Denise.

Jules a haussé les épaules.

— Je les ai perdus.

Je m'étais collée contre un mur pour éviter qu'on me rentre dedans. Un groupe de gens qui riaient aux éclats s'est faufilé entre Jules et Denise pour monter les marches.

Dans la pièce voisine, une musique tonitruante a éclaté. Denise avait l'air inquiète.

Elle s'est retournée pour inspecter le couloir.

— Hé ! a-t-elle crié. Ed, par ici !

Un type petit et musclé – Ed, apparemment – s'est approché. Tout autour de son bras droit serpentait ce que j'ai au début pris pour un tatouage, mais en regardant d'un peu plus près, j'ai vu que c'était une cicatrice, gonflée et toute en relief. La peau y était rose et brillante.

— Tu as croisé Neely ?

— Pas depuis qu'elle est arrivée, a répondu Ed. Squirrel Kill joue juste après, donc j'espère qu'elle ne s'est pas barrée.

— Merde, a lâché Denise tandis qu'Ed s'éloignait.

— Qu'est-ce qui se passe ?

C'était les premiers mots que je prononçais depuis notre arrivée. La musique était assez forte et il n'y avait personne autour de nous, alors je ne prenais pas beaucoup de risques.

— Ça lui arrive d'être hyper stressée avant les concerts, a dit Denise. J'espère qu'elle n'est pas en train de nous faire une crise de panique ou quoi. Il faut la retrouver.

— Je te file un coup de main, ai-je dit.

Elle m'avait déjà tellement aidée. J'avais besoin de lui rendre la pareille. De me sentir utile, pour qu'elle ait envie de me garder à ses côtés.

Denise et Jules ont monté l'escalier pour inspecter l'étage. J'ai refait le tour du rez-de-chaussée, slalomant entre les différents groupes de gens et rasant les murs.

J'ai vu quelqu'un sortir par la porte d'entrée et je me suis dit que ça valait la peine de jeter un coup d'œil dehors. Comme il fallait s'y attendre, j'ai repéré Neely dans la rue, à quelques pas, qui fumait en faisant les cent pas à côté d'une camionnette blanche.

J'étais sur le point d'aller chercher Denise quand Neely a mis un grand coup de pied dans l'une des roues en criant : « Putain ! » Être témoin de la scène m'a rappelé l'époque où j'observais Tess. C'est vrai qu'elles se ressemblaient un peu. Neely, elle aussi, avait beaucoup de colère en elle. Elle s'est dirigée vers la maison d'un pas raide, passant juste devant moi avant de s'engager dans l'allée.

Je lui ai emboîté le pas et j'ai contourné L'Église avec elle jusqu'au jardin à l'arrière, où des mauvaises herbes démesurées donnaient le meilleur d'elles-mêmes pour fendre les dalles en béton du patio. Il y avait des gens autour d'un feu de camp. Neely s'est avancée vers deux silhouettes : Tess, qui fumait une cigarette, et le guitariste maigrichon, qui sirotait tranquillement une flasque. La lueur du feu dansait sur leur visage et leur donnait un air démoniaque.

Je me suis rapprochée pour écouter.

— Ça fait un quart d'heure que vous devriez être au point de rendez-vous, a dit Neely.

— Calme ta joie, Neely, a répondu le guitariste.

— Je ne me calmerai pas. On s'était mis d'accord : rendez-vous devant la camionnette quinze minutes avant le premier set, et j'ai...

— Non, on s'est jamais mis d'accord, l'a coupée Tess. Tu as juste déclaré que c'était comme ça. Ce n'était même pas une discussion.

— Écoute, a crié Neely, si ça te posait un problème, il fallait le dire à ce moment-là. Résultat, on n'est pas prêts. Il faut passer les morceaux en revue. S'échauffer.

— Mais c'est précisément ce que je suis en train de faire, là, a répondu le guitariste en levant sa flasque.

Neely a mis un coup sur la main du type. La flasque est tombée avec fracas sur le béton. Plusieurs personnes se sont retournées pour regarder. J'hésitais à aller chercher Denise, mais je n'arrivais pas à détacher mon regard de Tess et de la lueur orangée du feu dans la prunelle de ses yeux.

— Je crois qu'on n'a plus les mêmes attentes pour le groupe, a-t-elle simplement lâché.

— C'est clair, a craché Neely, en redressant les épaules pour se déployer de toute sa hauteur – une tête de plus que Tess. Tu as raison. Parfois, j'ai l'impression d'être la seule à en avoir quelque chose à foutre de ce groupe.

— Eh ben, tu n'as plus à t'en inquiéter, a dit Tess.

Son ton était tranchant comme un éclat de verre.

— Je n'ai plus à quoi ?

— À t'inquiéter. Pour le groupe.

— Et ça veut dire quoi, ça, exactement ?

Le guitariste tout maigre a détourné le regard vers la pénombre. Je me suis déplacée sur le côté pour sortir de son champ de vision. Même s'il ne pouvait pas me voir.

— On a eu une conversation, a dit Tess, et on pense que c'est mieux si on continue sans toi.

Choquée, j'ai pris une grande inspiration par le nez. Neely a reculé, ses épaules se sont affaissées. Elle avait l'air fragile tout à coup, seule et filiforme, la lumière des flammes accentuant le creux de ses joues. C'était débile – je ne la connaissais pas depuis autant de temps que Tess, loin de là –, et pourtant à cet instant, toute ma compassion lui était destinée. Je ne comprenais pas ce qu'elle avait fait pour mériter ça.

Tess devait avoir ses raisons. Elle était de marbre, les traits terriblement inexpressifs.

— C'est tellement n'imp, a dit Neely. Vous ne pouvez pas me virer du groupe : c'est le mien.

— Bah... a commencé Tess.

Neely ne l'a pas laissée finir.

— Sans moi, il n'y a pas de groupe. C'est moi qui tiens tout le truc à bout de bras. Je fais absolument tout. Vous, vous voulez juste boire des coups, faire la fête et prendre des selfies.

— Arrête ça tout de suite.

La posture glaciale de Tess s'est fissurée. Elle s'est enflammée, laissant toute la colère qui bouillonnait en elle déborder.

— Je suis la chanteuse, et par la même occasion, le visage de Squirrel Kill. Et c'est moi qui m'occupe de toute la communication, ok ? Tu dis que tu en as quelque chose à faire, mais tu te moques de moi avec mes « conneries de réseaux sociaux », qui sont indispensables aujourd'hui. Tu peux t'accrocher à ton fantasme punk-rock à l'ancienne, mais c'est débile et prétentieux, et tu le sais, Neely. Tu essaies d'être une vraie de vraie, mais tu n'es qu'une pâle copie, à tous points de vue.

Ses mots ont flotté dans les airs un moment, sans aucun autre bruit que les craquements du feu. Neely avait l'air aussi abasourdie que moi.

— Va te faire foutre, a fini par cracher Neely en tournant les talons.

Le guitariste avait ramassé la flasque par terre. Il l'a tendue à Tess, qui en a bu une gorgée avant de se retourner vers le feu.

J'avais toujours admiré la colère de Tess, je l'avais même enviée. Mais je ne l'avais jamais vue la déverser sur autrui comme ça, et honnêtement, à ce moment-là, elle me paraissait juste cruelle.

Le donjon

La mère de Tess était obsédée par les apparences. Elle a mis sa fille au régime dès l'âge de six ans. Lui a décoloré le duvet de la lèvre supérieure à neuf ans à peine. L'emmenait à des séances d'épilation définitive au laser à onze. L'habillait. Lui apprenait à se maquiller. À aspirer l'intérieur de ses joues pour les photos. Et ne manquait jamais d'émettre des commentaires, l'air de rien, sur son tour de taille. Je tenais tout ça du journal de Tess.

Comme si j'étais sa putain de poupée, écrivait-elle. *Sa chose.*

Pour elle, comme pour ma mère, le regard des autres était un fardeau.

Une fois adolescente, et après que la colère a eu le temps de grandir année après année, elle s'est mise à contrarier sa mère. En portant des vêtements noirs, déchirés, trop larges et difformes. Elle ne portait pas de maquillage, hormis un trait d'eyeliner sombre et bâclé à l'occasion.

Un uniforme punk. Un style vestimentaire en signe d'appartenance, toujours, à une autre allégeance. Fini, les robes mignonnes et les pantalons bien ajustés. Terminé, les couleurs pastel bon chic bon genre. Tess s'habillait non pas pour faire plaisir aux autres, mais pour se soustraire à leur regard.

Tout ça me fascinait. C'était un aspect de la vie que je ne pourrais jamais comprendre tout à fait. Je portais des tas de fringues dépareillées qui me plaisaient, mais je n'avais jamais à m'inquiéter de ce que les autres penseraient de moi – les autres ne pensaient jamais rien de moi. À leurs yeux je n'étais ni riche, ni pauvre. Ni aguicheuse ni sainte nitouche.

Et le regard des hommes, des hommes âgés, en particulier, ne se posait jamais sur moi. Tess en parlait dans son journal, elle évoquait leurs coups d'œil, parfois comparables à des gestes déplacés.

C'était ce que ma mère devait ressentir quand son père la regardait de façon malsaine.

Il y a beaucoup de choses qu'elle ne m'a jamais racontées, mais j'ai réussi à combler les pièces manquantes du puzzle. C'était difficile pour moi de l'imaginer à mon âge, ou plus jeune que moi encore. Adolescente. Visible.

Je savais qu'elle n'avait pas beaucoup d'amis. Et qu'elle ne parlait pas aux enfants de son âge, parce qu'elle se sentait coupée du monde, même s'ils pouvaient la voir. Ou justement parce qu'ils pouvaient la voir.

Peut-être parce qu'elle ne pouvait parler à personne de ce qui lui arrivait. Elle ne m'en a jamais vraiment parlé non plus, mais je crois savoir.

Elle était pauvre. Elle n'avait pas grand-chose, et ne portait pas de beaux vêtements. Ça, elle m'en parlait. Et me réprimandait quand j'avais l'air blasée tandis qu'on se vautrait, le plus naturellement du monde, dans l'opulence.

Tess était riche. La plupart des gens chez qui on vivait étaient riches. Ils possédaient plus que de raison. Ce qui était confortable, évidemment, mais ne les rendait pas heureux pour autant.

33

J'ai suivi Neely – je me sentais étrangement responsable d'elle, désormais. J'allais veiller au grain et m'assurer qu'elle ne ferait rien de stupide. Elle avait séché ses larmes avec le revers de sa manche tout en contournant la maison et en piétinant les mauvaises herbes, puis s'était dirigée vers la camionnette en bas de la colline.

J'ai cru qu'elle prendrait le volant pour s'en aller, mais elle a ouvert le coffre et s'est débattue pour en sortir un clavier, coincé entre un étui de guitare et des amplificateurs. Elle l'a maladroitement glissé sous son bras, avant d'attraper un ampli et de se diriger droit vers L'Église. La prise du clavier traînait par terre derrière elle.

Je l'ai ramassée en vitesse avec mes gants et je l'ai discrètement maintenue en l'air pour éviter qu'elle s'abîme contre le trottoir. Un petit ange gardien. Elle n'a rien remarqué.

Le groupe précédent était justement en train de sortir de la maison avec les instruments. L'épaule de Neely a frôlé un type qui transportait un étui de guitare.

Une fois à l'intérieur, elle a joué des coudes dans la foule, se cognant dans plusieurs personnes qui se sont poussées à contrecœur. Je la suivais, la prise toujours dans les mains.

Je l'ai lâchée juste avant qu'elle ne monte sur scène. Elle s'est dépêchée d'installer le clavier.

— Je suis Squirrel Kill, a dit Neely dans le micro éteint. Quelqu'un peut allumer ce putain de micro ? a-t-elle crié.

Quelques personnes au premier rang l'ont entendue, mais ce n'était pas le genre d'endroit qui avait une vraie sono. Rien qu'un bouton sur le micro, que Neely n'avait pas vu. Sans réfléchir, je suis montée sur scène et j'ai appuyé sur le bouton moi-même.

— Je suis Squirrel Kill, a répété Neely, désormais amplifiée. Et ce sera moi toute seule !

Elle est retournée derrière son clavier et s'est mise à plaquer des accords violemment.

J'ai reconnu un morceau de la veille. En partie seulement : il manquait les paroles. Les gens prenaient manifestement ça pour de la musique d'ambiance. Quelques personnes ont jeté un coup d'œil à la scène, mais la plupart continuaient à parler aussi fort qu'avant.

Je suis restée plantée là, à côté du micro.

J'y étais. J'étais sur scène.

Ce n'était pas la première fois. D'ailleurs, je m'étais déjà retrouvée sur des scènes bien plus impressionnantes. C'était la grande ironie de mon existence : je pouvais faire face à des centaines de gens, tous les regards braqués vers moi, et rester parfaitement invisible.

J'ai aperçu Ed tout au fond de la pièce, qui gesticulait devant une fille et se penchait un peu trop près d'elle quand elle lui parlait, et je me suis sentie extrêmement mal pour Neely. Elle jouait bien, mais je comprenais pourquoi les gens ne faisaient pas attention à elle. Elle cognait avec colère contre les touches du clavier en fixant ses mains. *Elle devrait chanter*, ai-je pensé. En était-elle capable ?

J'ai à peine eu le temps de me poser la question qu'elle a ouvert la bouche et s'est mise à prononcer quelques mots. Est-ce qu'elle était en train de fredonner ? Je me suis approchée en tendant l'oreille.

Non, elle chantait tout doucement, et sa voix ne portait pas du tout.

Mais j'étais là.

Et j'étais son ange gardien, pas vrai ?

Sans réfléchir, j'ai rapproché tout doucement de Neely le pied de micro, celui dédié au chant sur l'avant-scène. Elle n'a pas relevé la tête, les joues rougies de colère, entièrement concentrée sur ses mains, et n'a rien remarqué.

Les autres, si. Pas tout le public. Juste quelques personnes au premier rang. J'ai entendu des : « hé, regarde », des : « ouah » feutrés, un rire amusé, une onde de murmures qui parcourait la foule et s'éloignait de moi telle une vague.

Un frisson m'a secouée des pieds à la tête en passant par le dos. On me regardait. En revanche, on ne pouvait pas me voir. J'en étais certaine – j'étais en sécurité. Mais des gens avaient vu le micro bouger tout seul. « Une action tout droit sortie de *Fantasia* », aurait dit Jules. Mais j'ai continué jusqu'à ce que le micro soit assez proche de Neely pour capter sa voix.

Elle n'était pas en train de chanter les paroles du morceau qu'elle jouait. Non pas que je les connaissais par cœur, mais dans mon souvenir ce n'était pas ça, j'en étais sûre. Elle ne chantait pas vraiment, d'ailleurs. Elle parlait. Elle déclamait, presque. À voix basse, comme une respiration qui, dans le micro, prenait un grain curieusement doux et puissant.

— *Allez-vous faire foutre / Allez-vous faire foutre / L'Église, vous la vénérez / Et le pardon, vous demandez / Le pardon ne viendra jamais / Jamais vous ne l'aurez / Jamais vous ne l'aurez.*

Elle improvisait. Ma main à couper. Elle pestait contre son ancien groupe tout en faisant un clin d'œil au lieu qui accueillait la soirée, mais il faut dire que ça fonctionnait plutôt bien. C'était brut de décoffrage.

Elle râlait dans une sorte de transe hypnotique, et elle y allait à fond.

J'ai observé la foule. De plus en plus de gens lui prêtaient attention. Une fille au premier rang a dit quelque chose au garçon à côté d'elle en pointant Neely du doigt.

Ou plutôt, en pointant le pied de micro.

Ce n'était pas dramatique, ce que j'avais fait. Sur la scène d'un stade, ce genre d'animation passait totalement inaperçue au beau milieu des feux d'artifices et des lasers. Alors quoi ? Le micro pouvait très bien se déplacer tout seul grâce à des rails, ou via un aimant, peu importe. Mais j'étais dans une maison punk et bien crado. Le public ne s'attendait à rien de si élaboré.

Neely a baissé d'un ton, et sa voix s'est brisée, comme si elle allait pleurer.

— *Vous, vous n'êtes rien / Sans moi, vous n'avez rien / Des bouteilles vides / Des chansons vides / Défoncez-vous, si ça vous chante.*

En fond, des gens continuaient à discuter. J'ai entendu quelqu'un rire aux éclats. Très fort. Les yeux de Neely ont quitté ses mains pendant une seconde pour regarder la foule. Tess était là, je l'ai vue tout derrière en train de grimacer.

J'ai tendu la main vers le pied de micro pour l'approcher encore. Mais il y avait des câbles qui bloquaient le passage. Alors j'ai changé d'avis : j'ai détaché le micro de son pied.

La foule a pris une grande inspiration collective. Quelqu'un a sifflé. Ce n'était pas comme la veille – personne n'a crié. Tout le monde se disait que c'était prévu. Que c'était fait exprès.

Les gens adoraient.

M'adoraient moi ?

Non, mais presque. J'étais comme une actrice qui se fondait dans le rôle.

Et tout ce que je faisais, c'était tenir le micro. Mais pour les autres, c'était comme de la magie. Je pouvais presque sentir, comme jamais auparavant, l'effet que mon pouvoir produisait sur eux.

J'ai approché le micro du visage de Neely.

Aux yeux du public, il flottait dans les airs.

— *Je m'en fous,* déclamait-elle. *Partez d'ici si vous voulez / Laissez-moi seule / Je me porte mieux sans vous.*

Tout le monde fixait le micro en chuchotant. Les yeux de Neely ont de nouveau regardé la foule, puis elle a remarqué le micro. Elle a cligné des yeux sans comprendre. Sa voix s'est éteinte un instant, puis elle a repris :

— *Vénérez donc L'Église / Je suis ma propre putain d'église / Je suis une chapelle / Je suis le Pape / Je suis le buisson ardent / Et le pouvoir du Va-Te-Faire.*

Sa voix s'est intensifiée à la fin de la dernière phrase, elle chantait de plus en plus fort, elle criait presque. Elle a plaqué de nouveaux accords sur le clavier, dans une autre tonalité cette fois. Elle ne s'en tenait plus au morceau initial, ça ne faisait aucun doute. C'était quelque chose de nouveau.

Elle a laissé échapper un cri, un hurlement sans mot.

Neely a levé la main pour s'emparer du micro. J'ai retenu mon souffle et calculé au mieux l'enchaînement d'actions. Une fraction de seconde avant que sa main ne rencontre la mienne, je l'ai retirée. Le micro est tombé. Et elle l'a rattrapé. La foule était en délire.

New York, État de New York

Ma mère et moi, on a vu plein de pièces à Broadway. Elles étaient toutes gratuites pour nous, même les premières à guichet fermé. Si le spectacle était victime de son succès, ça nous arrivait de rester debout ou de nous asseoir dans l'allée, et ce n'était vraiment pas grave.

J'adorais le théâtre, je ne m'en lassais jamais. On allait où on voulait, alors je pouvais visiter les loges. Les couloirs exigus et les petits espaces sous la scène, aussi. J'ai pu observer de près les sacs de lestage et les projecteurs.

Une fois, on s'est installées dans les coulisses pour regarder une pièce en entier. Étrange, cette vue de biais. Les sorties de scène des comédiens me fascinaient. La plupart restaient dans le personnage quelques pas après être sortis de la lumière, puis leur langage corporel se modifiait petit à petit. Ils redevenaient eux-mêmes.

Il y a une soirée que je n'oublierai jamais : ma mère m'avait laissée assister au spectacle sur scène. Quand je l'avais suppliée, elle m'avait répondu que c'était trop risqué. J'avais insisté en promettant que je serais prudente. Je voulais juste voir ce que ça faisait, d'être tout près. Aussi près que possible.

J'avais ajouté que ça pouvait m'apprendre des choses.

C'était son point faible. Il lui arrivait de se sentir coupable parce que je n'avais jamais mis un pied à l'école.

Alors je m'étais assise là, dans le décor, perchée au bord d'une table que personne, je le savais, ne toucherait avant la fin du troisième acte. Je regardais les comédiens, leur maquillage, les petites gouttes de sueur qui perlaient sur leur front. Ils passaient à quelques centimètres de moi. J'avais l'impression de faire partie de la pièce.

Mon plus grand rêve, secret et absurde. Plus absurde, peut-être, que l'espoir d'être aimée un jour.

Je désirais tellement être l'une de ces comédiennes. Je désirais tellement, ridiculement, traverser la scène à grandes enjambées et me planter là, les bras ouverts, le visage sous les feux de la rampe, tous les regards braqués sur moi.

Pendant le dernier acte, je suis descendue de ma table. Déambulant telle un personnage qui déclamait son monologue, je me suis approchée de l'avant-scène et j'ai fait un plongeon droit dans la lumière. J'ai écarté les bras en faisant mine que le public me voyait moi et moi-seule, et ne regardait pas à travers moi.

Puis ma mère m'a agrippé le bras. Elle était restée dans les coulisses, et j'avais dû lui faire peur. Digne d'un cliché dans un bon vieux vaudeville, elle m'a traînée hors de scène.

34

Je me tenais juste à côté de Neely et chaque cellule de mon corps vibrait. De la sueur dégoulinait de mon front. De son front, à elle aussi. Nos mains avaient failli se toucher, mais j'avais été prudente et réactive. Une bonne perf.

— Merci, a dit Neely dans le micro. Le prochain morceau s'appelle *Les œufs au plat.*

Elle a reposé le micro sur son pied avant de rapprocher le tout du clavier. Elle était sûre d'elle, désormais – comme un poisson dans l'eau. En partie grâce à moi.

Elle a fait craquer ses doigts. Les gens la regardaient, impatients de voir la suite. Elle s'est mise à jouer un air mélodieux au clavier, presque baroque, avant d'appuyer sur une pédale pour que les notes jaillissent avec des effets de distorsion.

— *Tu n'es qu'un crâne d'œuf !* a-t-elle crié.

J'avais réussi mon coup. On lui accordait de l'attention. J'aurais pu m'arrêter là, quitter la scène et disparaître.

Mais je n'en avais aucune envie.

Et je ne voulais pas laisser Neely toute seule. Elle avait trouvé une énergie bien à elle, et crachait presque les paroles.

— *Que j'ai envie de casser !*

Mais elle ne pouvait pas beaucoup bouger. Et elle devait rester derrière le clavier. La scène n'était pas très grande, elle paraissait toute petite sans le reste du groupe.

— *Dans une poêle avec du beuuuurre !*

Tandis qu'elle laissait traîner le dernier mot pour le transformer en une sorte de cri perçant, je me suis agenouillée et j'ai attrapé le premier objet à portée de main, soit un câble qui traversait la scène.

Un murmure d'approbation a parcouru la foule. Le câble était relié à un ampli posé au bord de la scène, mais son extrémité n'était branchée à aucun instrument. Je l'ai secoué en rythme sur la musique, en l'agitant pour faire des vagues qui montaient et qui descendaient, et j'ai fait danser la prise jack en métal tel un charmeur de serpent.

— *Pour le manger sur du pain !*

C'était simple comme bonjour. Presque bête. S'ils avaient pu me voir, les gens se seraient dit, genre : « Mais qui est cette débile qui fait mumuse avec un fil comme un gros bébé ? ». Mais puisqu'on ne me voyait pas, le câble semblait avoir son propre libre arbitre. Il avait l'air ensorcelé. Vivant.

— *Avec du sel, du poivre, et un peu de piment !*

J'ai fouetté la scène. Puis j'ai regardé Neely, qui écarquillait désormais les yeux dans ma direction. Dans la foule, quelqu'un a crié. J'ai repris de plus belle.

Neely hurlait dans son micro. Pas un cri de terreur, non, un cri puissant, plutôt timide au début, et de plus en plus intense, jusqu'à exploser les compteurs.

J'ai fracassé le câble contre le sol avec tant de force qu'il s'est débranché de l'ampli et l'a renversé sur le côté. Déconnecté et hors de contrôle, il m'a quasiment fouetté le visage et s'est écrasé contre le mur avant de retomber par terre.

— *Tu n'es qu'un crâne d'œuf !*

Suite à son dernier hurlement, la voix de Neely était devenue rauque. Et moi, je voulais continuer. De plus belle. J'étais ivre d'attention.

J'ai repéré l'icône dorée derrière elle et je me suis précipitée pour la prendre.

— *Et je vais le manger !*

Elle a sauvagement plaqué un accord final et traînant sur le clavier. Juste à temps, j'ai attrapé la peinture de Marie et Jésus et je me suis avancée. Je la portais, les mains tremblantes à cause de l'adrénaline, au-dessus de la tête de Neely, qui a levé les mains pour s'en emparer. Je l'ai laissée faire, exactement comme pour le micro, et j'ai retiré mes mains en vitesse au moment où les siennes se refermaient.

— Merci, a-t-elle dit en tenant la peinture contre sa poitrine.

On l'a à peine entendue.

Elle est descendue de scène précipitamment, toujours agrippée à l'icône. Le public continuait à applaudir. J'ai entendu des « encore ! » et des « allez, recommence ! ».

Je suis restée sur scène. Plantée en plein milieu. Et j'ai absorbé tout ce que j'ai pu.

Ils ne le savaient pas, mais c'est moi qu'ils acclamaient – au moins un tout petit peu.

Raton, Nouveau-Mexique

Après le fameux spectacle de Broadway – celui où j'étais sur scène – ma mère a décrété qu'on en avait terminé avec cette ville. Le lendemain, on est montées dans le train pour arriver deux jours plus tard au Nouveau-Mexique, dans la petite gare d'une ville où les enseignes des magasins étaient peintes à la main. Il y avait un camp de scouts réservés aux garçons à quelques kilomètres : un groupe est descendu du train en même temps que nous. On les a suivis.

On a dévalisé leur campement cette nuit-là, en s'emparant des sacs à dos remplis de vivres que des maigrichons de douze ans auraient dû porter pendant une randonnée éreintante sur plusieurs jours dans la montagne. Ce qui était précisément le plan que ma mère avait élaboré pour nous.

— Je ne veux pas faire ça, avais-je prévenu.

— Pas de problème, avait-elle répondu. Tu peux rester ici.

Elle avait fait un geste en direction du camp de scouts et des rangées de toiles de tentes. Je pense qu'elle était sérieuse.

Mais je ne voulais pas rester seule, alors je l'ai suivie dans la nature, même si je savais qu'elle s'y rendait pour se réfugier dans le silence.

Je dois dire que c'était magnifique. Envoûtant. Les monts Sangre de Cristo peints en rouge par le soleil couchant. Les peupliers trembles et les pins jaunes. Les potentilles et les ancolies bleues. Les dessins millénaires gravés sur les parois des falaises. Les canyons rocailleux et arides, aussi vides et assourdissants que la surface de la lune.

J'ai détesté.

J'avais mal aux jambes. Le soleil estival gerçait mes lèvres. J'ai arraché un lambeau de peau séchée, je m'en souviens, et je l'ai jeté dans le vent. Il est devenu pleinement visible dès qu'il a quitté mon corps et mes mains.

On peut me voir seulement quand je suis morte, ai-je pensé.

Ma mère adorait la chaleur sèche, les nuits froides avec tellement d'étoiles qu'on aurait dit un ciel factice, comme une fresque peinte sur le plafond d'une maison de riches. J'avais l'impression que tout ça la soignait. Elle n'a pas décroché un seul mot pendant trois jours entiers.

Quand elle a finalement cédé et accepté de retourner à la civilisation, j'ai bien vu à quel point elle était dévastée de quitter la nature.

Je me demande ce qui se serait passé si je n'étais pas partie avec elle. Serait-elle revenue un jour ?

35

Quand le public a compris que Neely ne reviendrait pas sur scène, quelqu'un s'y est précipité pour ramasser le câble déchu et l'inspecter. Une autre personne a suivi pour examiner le micro d'un peu plus près.

À contrecœur, les jambes en coton à cause de l'adrénaline, j'ai quitté la scène.

J'étais encore ivre de ce que j'avais ressenti là-haut. J'étais sur un petit nuage. Mes pieds ne touchaient plus le sol crasseux et plein d'échardes.

Est-ce que Denise et Jules avaient vu la performance ? C'était les seules personnes qui auraient pu comprendre que j'étais derrière tout ça.

Je savais que Tess était présente. Qu'en avait-elle pensé ?

Je devrais y aller, me suis-je dit. *C'est de la folie, je vais trop loin, il faut que je parte d'ici sans me retourner.*

J'ai couru jusqu'à la porte d'entrée et je suis sortie. Trois silhouettes se tenaient sur la pelouse devant la maison : Jules, Denise et Neely.

— Je suis une sorcière, disait Neely alors que je m'approchais. Je crois que j'ai des pouvoirs magiques. Je peux bouger des trucs avec la pensée.

Elle faisait les cents pas dans un petit périmètre. Ses mains tremblaient.

— Qu'est-ce qui s'est passé avec Tess et James ? a demandé Denise.

— Ces connards m'ont plantée, a répondu Neely. Je vais leur jeter une malédiction. Les transformer en grenouilles ou un truc du style.

— Tu n'es pas une sorcière, en fait, a dit Jules.

— Je suis quoi, alors ? Tu l'as vu de tes propres yeux, nan ?

— On a vu, a dit Denise.

— J'ai des pouvoirs. Des pouvoirs de malade.

— Tu peux lui dire, ai-je lancé.

Neely s'est retournée, cherchant d'où provenait la voix. Je commençais à m'y habituer. C'était presque marrant.

Denise a souri. Et moi, je crevais d'orgueil. Je voulais de la crédibilité. Des éloges.

— Qui a dit ça ? a demandé Neely.

— Neely, a dit Denise en prenant son amie par les épaules pour la regarder droit dans les yeux. Je suis désolée, mais tu n'es pas une sorcière. Sam en est une, en revanche.

— Qui ça ?

Bonne question. Qui étais-je ?

Qui étais-je, bordel ?

Je n'en avais plus la moindre idée.

Denise l'a attrapée par le poignet et l'a tirée vers elle, la main de Neely pendouillant dans les airs.

— Allez-y, a dit Denise, tout sourire, ravie d'être dans le coup. Serrez-vous la main. Faites amie-amie.

Avec un frisson d'effroi incontrôlable – je m'habituais aussi à ça – j'ai attrapé, dans un geste simple et solennel, la main de Neely. J'avais mes gants, bien sûr. Mais tout de même.

Ses yeux se sont écarquillés et elle l'a retirée en un éclair.

— Tu te souviens de la fille sans tête ? a demandé Jules d'une voix douce, sur un ton qui ne se voulait pas provocateur. À la soirée ? Ce n'était pas un trompe-l'œil.

Neely n'a pas crié. Elle n'est pas partie en courant. Elle a fixé sa paume, en bougeant les doigts comme pour vérifier qu'ils étaient bien réels, puis elle a relevé la tête vers le vide en dégainant encore une fois sa main, suspendue en l'air, le regard déterminé.

Elle a attendu.

Je me suis avancée de nouveau avec prudence. J'ai posé ma paume sur la sienne. Elle s'est agitée et a brassé l'air jusqu'à attraper mon bras.

— Oh bordel, a-t-elle déclaré. Il y a quelque chose ici.

— Quelqu'un, a corrigé Jules.

— Salut, ai-je lancé en m'étranglant, prise de panique.

Neely a lancé une autre main en l'air, en plein dans mon visage cette fois. J'ai eu des réminiscences de la soirée et je me suis souvenue de Slots. J'ai crié en me laissant tomber par terre dans un bruit sourd.

— Sam ? a demandé Denise en regardant dans ma direction. Ça va ?

J'ai réussi à grommeler un acquiescement confus.

— Qu'est-ce qui se passe ? a demandé Neely.

Alors une fois de plus, Denise a tout expliqué pour moi. Jules était calme, un petit sourire indulgent aux lèvres, exactement comme le matin même pendant les révélations de sa cousine.

Neely, au contraire, paniquait totalement.

— Putain de merde, mais attendez ! Vous ne plaisantez pas, là ?

Elle plissait les yeux pour essayer de voir, tout en tendant les mains pour me toucher.

J'étais retournée vers la porte d'entrée, la peur – qui aurait dû m'accompagner toute la soirée – avait enfin eu raison de moi. Était-elle en colère ? Allait-elle se mettre à crier ? Tout raconter aux autres ?

— Ben, je peux la remercier, je crois, a fini par lâcher Neely après que Denise l'a convaincue qu'elle disait la vérité. C'était le moment le plus incroyable de toute mon existence.

— Elle t'entend, a précisé Denise.

— Ah. Euh, merci ! a-t-elle crié en direction de l'endroit que j'avais déserté depuis un moment déjà.

— De rien, ai-je soufflé.

Les trois têtes se sont tournées dans ma direction. Je me suis affalée contre le mur, le soulagement m'avait rendue fébrile. Ça ne s'était pas trop mal passé.

Une explosion d'accords de guitare inaudibles est sortie de la maison derrière nous.

— Ah, a dit Neely.

Ses yeux lançaient des éclairs.

— C'est eux. Ils jouent sans moi. Le putain de culot.

— Peut-être que tu peux encore arranger les choses, a suggéré Denise.

— Jamais de la vie. Qu'ils pourrissent en enfer.

Son visage s'est illuminé tout à coup.

— Sam, est-ce que tu pourrais, genre, faire foirer quelque chose ? Débrancher l'ampli ou un truc du style ?

J'étais abasourdie qu'on s'adresse à moi. Neely fixait le mur quelques mètres sur ma gauche.

— Elle n'a pas à faire ça, a dit Denise.

Puis, elle a ajouté à l'intention de l'espace vide en face d'elle :

— Tu n'as pas à faire ça.

— Si j'avais vraiment des pouvoirs de sorcière, c'est ce que je ferais, a continué Neely. Tu en dis quoi, Sam ? Toi et moi ? Tu peux intégrer mon nouveau groupe. On sera bien meilleures qu'eux.

Neely s'est dirigée vers la maison. Sur le pas de la porte, elle s'est retournée. Pour attendre.

Pour m'attendre moi.

Elle m'avait acceptée si vite. Comment ne pas lui renvoyer l'ascenseur ? Et Tess avait vraiment été horrible avec elle – je l'avais constaté de mes propres yeux.

— Je ne crois pas que ce soit une bonne idée, a dit Denise.

— Viens, Sam, a dit Neely.

Je devais encore être ivre de ma performance. Parce que Denise avait raison : ce n'était évidemment pas une bonne idée. Malgré tout, j'ai suivi Neely quand elle a ouvert la porte pour s'engouffrer dans la maison.

J'aurais fait n'importe quoi suite à ses promesses. *Tu en dis quoi, Sam ? Toi et moi ?* J'avais fait bien pire pour moins que ça, pas vrai ? Les tableaux dans leur cadre doré, par exemple.

— Sam ? a gémi Neely lorsqu'on est arrivées dans le public, tout au fond de la pièce.

Elle tendait le cou pour apercevoir Tess et le guitariste, qui apparemment s'appelait James.

— T'es avec moi ?

— Ouais.

J'étais avec elle – trop bizarre, d'être avec quelqu'un.

Les yeux de Neely brillaient dans la pénombre. Ses traits étaient pétris d'une allégresse pleine de mauvaises intentions.

— Je t'en devrais une comme jamais, si tu le fais, a-t-elle dit. Ça ne te dérange pas, hein ?

— Quoi ? a demandé quelqu'un à côté de nous. C'est à moi que tu parles ?

Je n'ai pas répondu et je me suis faufilée dans le public, en me frayant un chemin jusqu'à la scène pour l'escalader exactement comme je l'avais fait un peu plus tôt. Mais j'étais prudente, cette fois, et rapide. Je me suis tout simplement agenouillée près d'un ampli et j'ai tiré sur le câble tout doucement. Le son de la guitare s'est évanoui. James, totalement confus, a secoué la tête et Tess l'a fusillé du regard.

James a ramassé le câble et l'a rebranché en vitesse. Puis il s'est remis à jouer. J'entendais mon cœur battre jusque dans mes oreilles. Je suais dans mes gants. Je me suis déplacée doucement, tout doucement, en direction de Tess.

Sous les projecteurs, elle paraissait irréelle. Ou peut-être trop réelle, au contraire. La transpiration plaquait des mèches de cheveux sur son front. Des postillons voltigeaient dans les airs tandis qu'elle criait les paroles.

À mes yeux, elle était toujours aussi belle, et j'avais encore des papillons dans le ventre. Mais la connaissais-je vraiment ? Était-elle la fille dont j'étais tombée amoureuse deux ans plus tôt, grâce à nos lettres, quand j'avais lu ses mots tenus secrets ? Ou la fille cruelle que j'avais vue dans le jardin un peu plus tôt ?

J'ai tendu une main tremblante. Une putain de main en carton, une main toute pourrie. Transparente, dans mes éternels gants de soie que je n'avais même pas pu laver une seule fois. Le tissu tirait vers le gris à cause de la crasse.

Et si je touchais son visage ?

J'ai éteint son micro. La voix de Tess a baissé avant de disparaître totalement. Elle s'est arrêtée de chanter.

— Et puis merde, l'ai-je entendue dire.

Elle a ramassé la bouteille de bière posée à ses pieds et elle a sauté dans la fosse. Elle m'a frôlée de si près que j'ai pu sentir son haleine chargée d'alcool.

James était bouche bée, aussi seul sur scène que Neely un peu plus tôt. Mais lui n'a pas insisté : il a haussé les épaules en déclarant que le concert était terminé.

Tess aurait tout simplement pu rallumer le micro. Elle n'avait même pas essayé.

J'ai été prise de regrets. J'allais trop loin. Il fallait la suivre et lui présenter des excuses.

Toute ma loyauté aurait dû aller vers elle, non ? Je l'avais connue en premier. Et j'étais amoureuse d'elle, n'est-ce pas ?

Je me suis engouffrée dans la foule. J'ai attrapé des bribes de conversations et de chuchotements au passage. « Est-ce que Neely va revenir ? C'était dingue. Sacré dispositif. Comment elle fait ? J'ai cru que c'était la défonce, au début. » « Ouais, moi pareil ! »

Je rentrais dans tout le monde mais je m'en fichais. Jeans noirs déchirés, vestes parsemées d'écussons. Bottes noires.

T-shirts achetés en friperies. Mais rien qui appartenait à Tess. Je ne me suis pas découragée. Impossible.

Si j'avais été capable de faire tout ça, à l'instant et un peu plus tôt sur scène, et puisque j'étais si courageuse – et stupide – alors je devais bien être parée à entreprendre quelque chose d'encore plus courageux et stupide. Quelque chose dont j'avais rêvé pendant deux ans.

J'allais retrouver Tess. Et tout lui avouer.

Elle était la raison pour laquelle j'avais convaincu ma mère de revenir à Pittsburgh. Et peut-être la raison pour laquelle ma mère avait disparu. Si je ne sautais jamais le pas, ni mon égoïsme, ni mes mensonges n'auraient servi à rien.

Je ne pouvais pas te le dire avant, allais-je lui annoncer. *Mais c'est moi. C'est moi qui t'ai laissé tous ces petits mots. C'est moi. Je suis invisible. Mais j'existe. Je suis désolée.* Et elle comprendrait, n'est-ce pas ? Elle comprendrait que ça faisait deux ans qu'elle se trompait. Elle se souviendrait du lien qui nous unissait. Et de toutes ces lettres échangées. Elle me pardonnerait et m'accepterait, exactement comme Denise, Jules et Neely.

Je me suis précipitée dans les différentes pièces. La cuisine avec le panneau SORTIE pointé vers le frigo, la pile de canettes vides de plus en plus grande, et les bouteilles dans l'évier. Pas de Tess.

La cage d'escalier, désormais bondée de gens qui traînassaient, discutaient et fumaient. Pas de Tess.

La porte d'entrée, encore. Le ciel comme une couverture sombre. J'ai contourné la maison en direction du patio.

Au sol, des tessons de verre où dansait la lumière du feu mourant. Je me suis arrêtée et j'en ai ramassé un morceau.

Un joyau vert et brun. J'ai entaillé mon pouce avec un bout tranchant. Du sang s'est écoulé, translucide.

L'écran de verre. Brisé. Dangereux. Mais qu'est-ce que je foutais ?

Puis je l'ai vue, dans la lueur du feu qui s'éteignait – Tess.

Elle me tournait le dos. La main collée à son oreille. J'ai avancé vers elle.

Tess, de loin.

Tess, de près.

Tess, juste à côté de moi. Rien qu'une respiration entre nous deux.

Tess au téléphone. Sa voix pressée, hachée.

— Il est ici. Là, tout de suite. Je vous assure, le fantôme est ici. Ce doit être le même.

Je me suis arrêtée net, le cœur en pagaille.

— Je crois qu'il est en colère. Et qu'il me hante. Exactement comme les trucs dingues qui se sont passés chez moi il y a deux ans.

Elle faisait référence à moi. Elle parlait de moi.

— Vous pouvez m'aider, alors ? a-t-elle demandé. Genre, l'exorciser, ou n'importe quoi ? Le faire partir, quoi ?

Le sol s'est dérobé sous mes pieds. J'ai eu l'impression de tomber dans le vide.

Je n'avais pas besoin de lui parler de moi. Elle savait déjà, c'était bien ça ? Et elle voulait se débarrasser de moi. Jamais elle ne me comprendrait.

— Oh, Dieu merci. Oui, enfin pas vraiment, ce n'est pas une vraie église, pardon. Vous avez de quoi noter ?

La pénombre du ciel fondait sur moi et coulait dans le patio, le long des arbres, le long de tout ce qui se trouvait dans mon champ de vision, à l'exception de Tess. Le monde devenait noir. Il n'y avait plus rien d'autre qu'elle. Elle, penchée sur son téléphone, la main serrée sur lui, conspiratrice, révélant l'adresse.

— Merci du fond du cœur d'avoir répondu si vite, a-t-elle dit. Je veux juste que ça s'arrête. Vous pouvez vous dépêcher, s'il vous plaît ? Je ne sais pas quels sont ses plans.

Le château qui s'effondre

Je n'ai pas tout dit de notre dernier séjour à Pittsburgh. Il y a un détail auquel je n'aime pas penser.

Ce que j'ai fait la veille de notre départ. Après avoir vu Tess embrasser Taylor.

Toucher le mur, c'était déjà une catastrophe. J'ai supprimé tout un bâtiment à grands coups de jalousie complètement irrationnelle.

Mais je ne me suis pas arrêtée là.

Je n'arrêtais pas de me répéter que j'étais bête. Que je n'étais qu'une horrible ratée. Ma bulle d'espoir, totalement débile, était partie en fumée. C'était tellement injuste, tout le pouvoir que Tess avait sur moi, alors qu'elle ne savait même pas que j'existais.

J'étais en colère.

Surtout envers moi. Mais aussi envers Tess. Je n'en suis pas fière. Rien de tout ça n'était sa faute, même pas un petit peu. J'en ai bien conscience aujourd'hui. Je vois bien à quel point mon amour était égoïste.

Je suis retournée chez elle. J'y suis arrivée bien avant qu'elle ne rentre. Taylor et elle s'étaient certainement acheté des glaces, et les avaient mangées en se câlinant sur le banc d'un parc, ou un truc romantique dans ce goût-là. Je suis entrée par la fenêtre du sous-sol. Les parents de Tess étaient absents. Je le savais car aucune lumière n'était allumée. Alors j'ai appelé haut et fort ma mère, qui était de sortie, elle aussi. Dans le cas contraire, je ne sais pas ce que j'aurais fait. J'aurais éclaté en sanglots ? J'aurais tout raconté ?

Au lieu de ça, j'ai tout cassé.

Sans réfléchir. J'ai tout lâché. Tout ce que je contenais depuis des mois. J'ai tout laissé exploser. J'ai pris une coupe de fruits posée sur l'îlot central de la cuisine, je l'ai soulevée au-dessus de ma tête, et je l'ai fracassée sur le sol. Plus rien ne pouvait m'arrêter.

36

Dans le patio plongé dans la pénombre, ma première intuition fut de me mettre à courir.

C'est ce que ma mère m'avait appris.

C'est ce qu'on faisait dans des situations comme celle-là. Quand les gens appelaient une entreprise d'extermination ou des exorcistes, on détalait. À qui Tess s'était-elle adressée ? Un ami, une amie ? Un prêtre ? J'ai repensé à la chercheuse en activité paranormale dont la fille du supermarché avait parlé. Avais-je quelqu'un à mes trousses ?

Peu importe, j'étais en danger. J'ai pris la mesure de ce que je venais de faire, et une gueule de bois précoce m'a frappée.

Mais je me suis forcée à prendre une grande inspiration avant d'y retourner. J'ai trouvé Denise et j'ai tapoté sur son épaule. Elle s'est retournée, et ses yeux ont cherché ce qu'ils ne trouveraient jamais. Serait-elle en colère contre moi, après tout ça ? J'espérais que non.

— Je dois y aller, ai-je murmuré.

— Est-ce que tout va bien ? a-t-elle demandé.

J'étais soulagée de ne déceler que de l'inquiétude dans son regard.

J'ai eu envie de lui dire la vérité – à propos de Tess – mais c'était trop long et trop compliqué.

— Ça va, ai-je répondu. Je suis désolée. C'est juste que... je n'aurais pas dû faire tout ça. C'était beaucoup trop.

Elle a regardé son téléphone.

— On va devoir y aller, de toute façon. Attends une seconde.

Elle a interrompu Jules et Neely qui discutaient juste à côté.

— On y va, nous. Tu restes ici avec Ed ? a-t-elle demandé à Neely, qui a cogné le bout de sa botte contre le sol.

— Je peux dormir chez toi ce soir ?

— Bien sûr, a répondu Denise.

Notre petit groupe s'est mis en route. On a descendu la colline pour attendre le bus qui nous ramènerait. Je commençais à avoir la nausée. Une véritable nausée, comme si j'allais vomir. Est-ce que j'étais en train d'attraper la même chose que ma mère ?

Je l'ai imaginée debout sur le perron de la maison à notre arrivée, absolument furieuse, sur le point de me punir en m'envoyant un mois dans une tente dans les bois pour méditer sur ce que je venais de faire. Je m'y rendrais sans résistance, et je savourerais le silence. Je le méritais, et rien n'aurait d'importance, puisqu'elle serait de retour.

Sur le trajet, Neely a raconté aux autres la dispute avec son ancien groupe. Je n'ai pas dit un seul mot, même quand tout le monde est descendu du bus. Il y avait un contrecoup à la témérité dont j'avais fait preuve plus tôt dans la soirée : je n'arrivais même plus à parler.

La température avait chuté et je n'avais pas de manteau. Et de toute manière, je ne peux pas vraiment porter de manteau d'hiver. Ce n'est pas facile, du moins. Si j'empile trop de couches de vêtements, la dernière risque de devenir visible. C'est aussi pour ça qu'avec ma mère on reste principalement dans des endroits chauds. Après New York, on serait sûrement allées dans le sud, en Floride, ou peut-être qu'on serait retournées dans le sud-ouest. Je me suis frottée les bras pour me réchauffer et j'ai traîné la patte derrière les autres, tête baissée.

Larissa descendait l'escalier quand on a passé la porte d'entrée. Elle était en peignoir et en pantoufles, les cheveux enroulés dans un foulard.

— Ce n'est vraiment pas passé loin, a-t-elle déclaré.

— Pardon, M'man, a répondu Jules.

— Désolée, Larissa, a ajouté Neely. Est-ce que je peux dormir chez vous, ce soir ?

— Bien sûr, Neely. Tu le sais bien : il y a toujours une place pour toi ici.

— Je vais préparer le canapé, a proposé Jules.

J'ai compris ce que ça voulait dire : Neely allait dormir sur le canapé. Évidemment.

Je m'étais mise dans la tête que j'allais y passer la nuit. Mais je n'avais aucune raison de penser ça. Il n'était pas à moi.

Allais-je devoir trouver un autre endroit ? Je pouvais peut-être passer la nuit au cimetière.

Mais non, Denise et Jules ne me laisseraient pas dormir dehors. J'avais fait n'importe quoi ce soir-là, mais on me trouverait bien une place quelque part par terre, non ? Au sous-sol, peut-être ?

— Sam, a dit Denise, me faisant sursauter. Tu es là ?

Sa tante était remontée à l'étage.

— Oh, ai-je répondu.

Ma voix n'était qu'un murmure – c'était tout ce dont j'étais capable.

— Oui, désolée. Je m'en vais si vous voulez.

— Hein ? Pourquoi ?

— Ben, euh, il n'y a plus de place.

— Ah, oui.

Elle a lancé un coup d'œil dans le salon.

— Tu n'aurais probablement pas dormi ici dans tous les cas, maintenant que Larissa et Terrance sont rentrés. Ils auraient pu s'asseoir sur toi.

Ou remarquer le creux du poids de mon corps. Elle avait raison. J'étais encore plus bête que ce que je croyais. Était-ce bien raisonnable de rester ici, de toute façon ? J'aurais dû anticiper. M'enfuir après avoir surpris la conversation téléphonique de Tess. Courir comme ma mère me l'avait appris.

Au cimetière, donc. Je n'avais qu'à emprunter une couverture, peut-être, puis fracturer une tombe et dormir à côté d'un cadavre. J'allais demander un duvet à Denise, mais elle ne m'en a pas laissé le temps.

— Tu vas devoir dormir dans ma chambre.

J'étais trop surprise pour répondre. Je n'avais jamais envisagé cette possibilité.

Ce qui était naïf. Effectivement. Avec le recul, j'en ai bien conscience. Mais même pendant tout le temps où on avait vécu chez Tess, je n'avais jamais dormi dans sa chambre. Pas une seule fois. Dormir à côté de quelqu'un d'autre, c'était risqué. Ça faisait des années que je ne l'avais pas fait.

J'ai suivi Denise à l'étage.

— Le futon est assez grand pour nous deux, a-t-elle dit une fois la porte refermée derrière nous. J'y ai déjà dormi avec des potes.

Elle a sorti une couverture supplémentaire du placard et l'a déposée sur le matelas.

— Ça ne te dérange pas, si ?

Si ça me dérangeait ?

C'est bien simple : j'étais terrifiée.

Mais le danger n'était pas si grand, malgré les signaux que mon cerveau envoyait. Et Denise savait déjà que j'existais. Je ne risquais pas de trahir ma présence en faisant du bruit dans mon sommeil.

En même temps, je n'avais jamais, jamais partagé un lit avec quelqu'un d'autre que ma mère. Comme je l'ai dit, c'était à peine si j'avais déjà partagé une chambre.

Et si je touchais son pied avec le mien sans faire exprès ? J'aurais pu en mourir.

— Ça ne me dérange pas, ai-je dit.

— On peut même installer une séparation, regarde.

Elle a enroulé une troisième couverture sur elle-même et l'a placée au milieu du lit.

— Je faisais ça quand ma copine Kylie dormait ici en sixième, parce qu'elle était en mode : « Essaie pas de me lesbianiser ou je sais pas quoi. » Et moi, j'étais là : « S'il te plaît meuf, je t'aime bien mais c'est tout. »

Denise a levé les yeux au ciel.

— Ah, d'accord, ai-je grommelé. Pas de problème.

Elle est allée à la salle de bains pour se changer et se brosser les dents. Je n'avais pas de pyjama. Ma mère et moi, on dormait généralement avec nos vêtements. J'ai retiré mes chaussures, au moins, et mon sac à dos, et j'ai posé le tout dans un coin de la pièce. Je me suis installée avec maladresse sur ma moitié de lit et je me suis enroulée comme un burrito dans la couverture. Elle était devenue invisible, tout comme l'oreiller sur lequel ma tête était posée, mais je me suis arrangée pour que le futon entier ne disparaisse pas lui aussi.

Denise est revenue et a éteint la lumière. Le futon a tremblé lorsqu'elle s'y est installée. Je ne bougeais pas d'un millimètre, toute raide et tendue, terrifiée à l'idée de faire le moindre mouvement.

Je n'étais pas sûre de réussir à m'endormir.

— Raconte-moi un secret, a dit Denise.

— Pardon ? j'ai tressailli et je suis restée bouche bée dans le silence.

— Quand j'étais petite et qu'il y avait des soirées pyjamas, on se racontait toujours des secrets avant de dormir. Quand on est allongées dans le noir, réveillées, incapables de voir les autres, on a l'impression de pouvoir raconter absolument tout ce qui nous passe par la tête. C'est libérateur, vraiment.

— Ah, ok, ai-je répondu.

Je ne comprenais pas un mot de ce qu'elle disait. Les secrets n'étaient pas faits pour être racontés mais au contraire pour être gardés. Sinon, on ne les appellerait pas des secrets.

— Vas-y, tu commences, a dit Denise.

— Euh...

— Pas forcément un méga secret, a-t-elle indiqué. Quand on dort les unes chez les autres, on parle essentiellement de la personne sur qui on vient de flasher.

Je lui avais déjà raconté mon plus grand secret. Le plus grand secret possible, soit dit en passant – bonjour. J'existe.

— Ok, bon, a dit Denise. Je me lance. Tu vois Tess, la chanteuse du groupe de Neely ? Enfin plus maintenant, mais peu importe.

— Ouais, ai-je répondu.

J'avais envie de demander à Denise d'arrêter. Je me doutais de ce qu'elle allait révéler, et étrangement, je n'avais pas envie de l'entendre.

— Allez : c'est sur elle que j'ai flashé.

— Ah ! ai-je répondu.

Denise a ri, mal à l'aise.

— C'est en partie pour ça que j'ai absolument tenu à organiser cette soirée à la maison. Pour l'impressionner, je crois. Ce qui n'était pas très malin. Elle est beaucoup trop riche, et hyper fêtarde. Je pense qu'elle ne m'aurait même pas remarquée si je n'avais pas pris de photos pour son groupe.

C'était étrange d'entendre Denise se livrer ainsi. J'avais un peu l'impression de m'entendre parler moi-même.

Peut-être que ça aurait dû me soulager – la solidarité, ou un truc du style. Genre, on avait quelque chose en commun. Mais ce n'était pas le cas.

Denise connaissait vraiment Tess. Elle lui parlait pour de vrai, les deux pouvaient échanger. Elles vivaient dans un monde dont je ne faisais pas partie. Elles étaient l'une comme l'autre bien réelles.

— Tu n'es pas dans le même lycée qu'elle, si ? ai-je demandé.

Non pas que je me souvenais de chaque personne croisée au bahut de Tess deux ans plus tôt, mais dans un sens, je me disais que si Denise avait été là, je l'aurais remarquée.

— Non, elle va à l'école catholique. Jules et moi, on va à l'APSV.

— Où ça ?

— Ah oui, désolée. C'est un lycée public assez sélectif, avec des options en arts. Neely y était avant, pour les cours de musique, mais elle a décroché. On bosse les maths le matin, et ensuite on a tout l'après-midi pour les activités artistiques.

— Ça a l'air cool !

— Ça va, allez c'est ton tour maintenant ! Je n'ai pas oublié.

Je l'ai entendue se tourner vers moi. À travers la fenêtre, la lueur lointaine des lampadaires suffisait à esquisser le croquis sombre de la pièce. Mais je n'osais pas regarder Denise. J'étais obnubilée par la proximité entre nous. Je gardais les yeux bien fermés.

— Allez, a-t-elle dit. N'importe quel secret.

Qu'est-ce que j'allais bien pouvoir lui raconter ?

Que j'avais regardé des gens faire l'amour juste à côté de moi ?

Que j'étais quasi sûre que ma mère avait tué quelqu'un un jour ?

— Est-ce que tu as un crush ? a demandé Denise pour m'encourager.

Je me suis retenue de rire.

— Je crois bien que oui, ai-je dit. C'est une fille de mon âge, chez qui on a habité avec ma mère il y a quelques années. Et j'ai eu un coup de cœur pour elle. Mais elle ne savait pas que j'existais, et je ne lui ai jamais vraiment parlé.

— Oh, a répondu Denise, un peu déçue. C'est vraiment triste.

Ça l'était, oui.

Et je sentais que c'était dangereux de le verbaliser comme ça, même sans aucun détail. J'étais mal à l'aise, je mourrais d'envie de changer de sujet avant que Denise ne se mette à poser tout un tas de questions.

— Ah oui, aussi, ai-je continué. Je ne m'appelle pas Sam.

— Hein ?

J'ai ouvert un œil et j'ai instantanément regretté ce que je venais de dire. Denise s'était redressée sur ses coudes. Dans la pénombre, impossible de lire son expression.

— Euh, ouais, je suis désolée. C'était juste un prénom au pif pour la soirée.

— Ben merde, c'est quoi ton vrai nom ?

— Pietà. Mais on m'appelle Pie.

— Ah. Ben, je ferais mieux de t'appeler Pie alors.

Silence. De sa part comme de la mienne. J'ai senti le futon bouger tandis qu'elle se retournait. Je l'entendais réarranger les couvertures. Elle me détestait. Et regrettait de m'héberger. De partager sa chambre, son lit.

— Tout va bien ? a demandé Denise dans le silence. Pie ?

Je n'allais pas bien. Très loin de là.

Mais le fait qu'elle me pose cette question – le fait que quelqu'un me pose cette question – m'a rendue tellement heureuse pendant une seconde que je n'ai pas totalement menti quand j'ai répondu « oui ».

J'essayais d'être parfaitement immobile, je n'osais pas faire un geste. Même avec la séparation en couverture, j'avais conscience de la promiscuité, merveilleuse et terrible, avec Denise. J'entendais sa respiration. Même quand je fermais les yeux, je pouvais imaginer la forme de son corps, nette et précise, à côté de moi. Le sommeil a fini par m'emporter, les mots de Denise raisonnant dans ma tête.

Memphis, Tennessee

Une odeur de fumée m'a réveillée. J'ai ouvert les yeux et j'ai vu une jeune femme qui portait un pantalon large et un cache-cœur *tie and dye* aux couleurs d'un coucher de soleil. Elle agitait des bâtons de sauge au-dessus du canapé où j'étais allongée. Ils étaient allumés, et la fumée serpentait en direction du plafond.

Elle était, me suis-je dit à moitié endormie, en train de chasser le mauvais esprit (c'est-à-dire moi).

J'ai attrapé mon sac à dos – qui avait passé la nuit avec moi sur le canapé, une bretelle prudemment enroulée autour de mon poignet pour garantir son invisibilité – et j'ai roulé sur le côté.

Ma mère, qui avait dormi sur un gros pouf dans la pièce adjacente, a fait une apparition dans l'encadrement de la porte. « Il faut partir », m'a-t-elle dit en langue des signes. J'avais l'habitude. Se lever et partir. Ne jamais avoir le temps de se sentir chez soi. Passer son chemin.

On errait, elle et moi, aussi fantomatiques que la fumée purificatrice qui montait en volutes avant de disparaître.

37

Une odeur de fumée m'a réveillée. Je me suis redressée en catastrophe, momifiée dans les draps. Je ne bougeais jamais beaucoup dans mon sommeil, une habitude héritée de toutes les nuits passées dans des compartiments de train étroits.

Denise, au contraire, prenait ses aises, un bras sur la couverture entre nous, une jambe qui dépassait de l'édredon et qui pendouillait.

Avec maladresse, je me suis traînée jusqu'au bord du futon et j'ai réussi tant bien que mal à me mettre debout, tout en me débattant avec les couvertures. J'étais dans le coaltar, persuadée que la maison était en train de prendre feu. Il fallait déguerpir. Sortir d'ici. Aucun pompier ne me sauverait la vie. Personne ne me chercherait, d'ailleurs.

Denise a ouvert les yeux juste à temps pour apercevoir la couverture – dont je venais enfin de me débarrasser – qui redevenait visible.

— 'Jour, a-t-elle lancé.

— C'est quoi, cette odeur ? ai-je murmuré rapidement.

Elle a reniflé.

— Quelqu'un est en train de préparer des tartines.

— Sur un feu de bois ?

Face à son absence totale d'inquiétude, mes nerfs se sont légèrement détendus.

— Le grille-pain est à moitié foutu, a-t-elle expliqué. Des fois ça va. Et d'autres fois c'est la purge.

Je pourrais aller au magasin pour ramener un nouveau grille-pain. Qui ressemblerait au leur. Et faire l'échange, en bon petit fantôme plein de bonnes intentions.

C'est peut-être ce que j'aurais dû faire jusque-là. Habiter dans des maisons plus petites et un peu décrépites. Faire passer des cadeaux en douce. Rendre la vie des gens plus douce.

Mais les habitations modestes n'avaient pas de chambre pour les fantômes.

Combien de temps serais-je autorisée à rester là ? J'allais épuiser mon capital hospitalité d'une minute à l'autre, ça ne faisait aucun doute.

Encore fébrile, j'ai suivi Denise au rez-de-chaussée. Neely ronflait tranquillement sur le canapé. L'oncle de Denise, Terrance, était debout. Il préparait des œufs brouillés pour accompagner les toasts brûlés et râpait le cheddar que j'avais volé au supermarché.

— C'est vous qui avez acheté ça, les jeunes ? a-t-il demandé à Denise en pointant le fromage du doigt.

Denise a louché dans sa direction.

— Non.

— Ah. Ben, c'est sûr que ce n'est pas moi, en tous cas.

Denise a cligné des yeux plusieurs fois et froncé les sourcils en fixant le mur sur sa gauche. Mais j'étais derrière elle.

— C'est peut-être Neely, a-t-elle dit.

— Neely ?

Terrance avait l'air surpris, légèrement dubitatif.

— Il ne fallait pas. Tu la remercieras de ma part.

Il a déposé une assiette fumante d'œufs brouillés sur la table. J'en voulais mais je ne me sentais pas de me servir, comme je le faisais d'habitude au restaurant ou chez des étrangers.

Denise gérait cette partie :

— Hé, tu me passes une autre assiette pour que j'en ramène à Jules ?

— Bien sûr.

Cinq minutes plus tard, on montait les marches en direction du grenier. Denise avait réveillé Neely, qui nous suivait en portant trois tasses de café (dont une pour Jules) sur un petit plateau.

Dès qu'on est arrivées au deuxième étage, Neely a demandé :

— Est-ce que Sam est encore là ?

Sans répondre, j'ai tendu la main pour attraper une tasse de café avec mes gants, je l'ai portée à ma bouche et j'ai pris une gorgée.

Neely a poussé un petit cri de joie, qui a réveillé Jules, encore au fond du lit.

Tout le monde s'est installé par terre sur des coussins, parmi les plantes, pour partager le petit déjeuner. Baignoire est montée pour nous rejoindre et tenter de piquer une bouchée d'œufs brouillés.

— Sam, a déclaré Neely, il faut que tu intègres mon groupe.

J'ai ri.

— Je ne joue pas d'un instrument.

— Un couvercle de poubelle ou quelque chose du genre fera l'affaire, a suggéré Denise. Neely adore les trucs expérimentaux.

— Ouais, a ajouté Jules. Avoir un son dégueu, c'est hyper punk.

— La ferme.

Neely a lancé un coussin, promptement esquivé, dans sa direction.

— Mais ouais, en tous cas ça n'a aucune importance si Sam n'a pas de formation académique. Où est ton ordi ?

Jules a grogné en désignant l'appareil. Neely a lancé un titre sur YouTube.

Il faut dire que... ce n'était pas terrible. On aurait dit que la chanson avait été découpée puis recollée dans le mauvais ordre. Ou alors, qu'aucun instrument ne jouait le même morceau. La chanteuse a entamé une mélodie monotone à propos de son pote, qui s'appelait Foot Foot.

— The Shaggs, a dit Neely en souriant. Les grands-mères du punk.

— Une vraie hipster, a dit Jules.

— Vous pouvez parler, vous deux ! a répliqué Neely. En tout cas, on est d'accord, elles ne jouent pas hyper bien. Ce n'est pas de la « bonne musique » – elle a mimé les guillemets –, mais ce n'est pas non plus médiocre, tu vois ? C'est mauvais mais c'est dense, et c'est authentique. Il y a un vrai potentiel d'aiguilles invisibles.

— De quoi ? ai-je demandé.

— Oh, a répondu Neely, sans vouloir offenser la communauté des invisibles.

Elle a grimacé et je ne savais pas du tout si elle plaisantait ou pas.

— Euh, t'en fais pas pour ça, ai-je dit. Mais qu'est-ce que tu entends exactement par « aiguilles invisibles » ?

— C'est dur à expliquer. C'est une idée qui m'obsédait quand j'étais plus jeune.

— Et que tu fumais beaucoup trop d'herbe ? a demandé Denise.

Neely lui a aussi lancé un oreiller. En plein visage. J'ai ri et plaqué la main contre ma bouche. Mais tout allait bien – j'avais le droit de faire du bruit.

— Non, a continué Neely, bien avant ça. Il y avait des chansons que je trouvais cool, mais qui me passaient au-dessus. Et il y en avait d'autres, je ne sais pas comment dire, je les avais dans la peau. Elles me retournaient. C'était presque trop. Genre, comment une simple grille d'accords pouvait me faire pleurer ? Alors ça m'a fait penser à des aiguilles invisibles. Qui perçaient chaque millimètre carré de mon corps. Jusqu'au plus profond de ma personne.

— T'es chelou, a lancé Jules.

— Comme toi, a répliqué Neely.

— Si tout le monde n'était pas chelou ici, on ne serait pas potes, a dit Denise.

— Et c'est pour ça qu'on t'aime, toi ! a ajouté Neely.

J'ai compris qu'elle parlait de moi quand elle a pointé son doigt en direction du vide sur ma gauche.

— Et c'est précisément pour ça que tu as toute ta place dans mon nouveau groupe.

Mon sourire était si grand que j'aurais été très gênée qu'on puisse me voir. Je me suis cachée le visage entre les mains.

Être appréciée. Avoir une place.

Tout ça, c'était censé être l'affaire des autres. Pas la mienne.

Et pourtant j'étais là. Le soleil se déversait par les Velux et dégoulinait comme du miel sur les grosses feuilles vertes d'un philodendron au-dessus de la tête de mes potes. Ma bande de potes.

Comment est-ce que je pouvais oser être heureuse ? Alors que ma mère avait disparu. Alors que j'enfreignais absolument toutes les règles qui encadraient mon existence. Alors que je prouvais un peu plus l'étendue de ma bêtise à chaque seconde de chaque journée écoulée.

C'était bien pire qu'avec Tess. Bien pire qu'un simple échange de lettres.

J'étais amoureuse d'absolument tout le monde dans cette pièce. Et peut-être bien amoureuse de la maison tout entière. J'avais envie de composer une ode au philodendron. D'adopter Baignoire, de l'emmailloter dans un peignoir à fleurs en soie, la bercer comme un bébé et lui chanter des comptines comme une casserole. J'avais envie d'embrasser Cindy le mannequin sur la bouche, exactement comme ma mère avait embrassé des statues dans des musées.

Mon bonheur était à la limite du supportable. Comme Neely avait dit : des aiguilles invisibles. Un bonheur aiguisé et dangereux, qui m'électrifiait avec une extase pointue comme un couteau. Une bonne répartition de la force sur cette lame fine, et tout semblait parfait.

En revanche, un déséquilibre d'un millimètre d'un côté ou de l'autre, et c'était le désastre.

Je le savais très bien. Et je sentais comme une menace planer, mesurant à quel point tout pourrait extrêmement mal tourner.

Winona, Wisconsin

On a vécu un mois et demi dans une maison de retraite. Les couloirs étaient beiges et tous identiques, sans aucune décoration – choix douteux pour un bâtiment rempli de personnes à la mémoire défaillante.

Je me prenais pour une grande à cette époque, mais en vérité, je n'avais que onze ans. Je me souviens de toutes ces vieilles dames minuscules. Certaines étaient voûtées, agrippées à des déambulateurs, d'autres bien verticales mais tout aussi diminuées. Elles se déplaçaient lentement dans les couloirs en faisant glisser leurs doigts raides le long des rambardes.

On a dormi avec la même dame pendant tout le séjour. Les mèches de cheveux blancs sur sa tête ressemblaient à du coton. Elle flottait dans son pantalon. Je n'ai jamais vu ses jambes dénudées, mais je l'imaginais avec la peau sur les os.

Je n'aimais pas cet endroit, je n'ai pas arrêté de demander à ma mère si on pouvait partir. « Je m'ennuie », disais-je. « La nourriture de la cafétéria n'a pas de goût. » Mais elle n'écoutait pas. On est restées.

Un après-midi, la dame s'est effondrée.

Elle est tombée par terre, tout simplement, juste après s'être levée du canapé. On était assises à même le sol, en train de regarder *Qui veut gagner des millions* et de se donner les réponses en langue des signes.

Quand la dame s'est affalée, maman s'est précipitée pour appuyer sur le système d'appel d'urgence accroché au mur de la salle de bains.

Puis elle a fait une chose inédite : elle a enfreint ses propres règles.

Elle a pris la main de la dame dans la sienne. Je ne sais pas si cette dernière était consciente ou non. Je ne pourrais même pas dire si ses yeux étaient ouverts. J'avais trop peur, je m'étais réfugiée dans un coin de la pièce.

Ma mère s'est penchée en avant et a murmuré quelque chose à l'oreille de la dame.

Le personnel a ouvert la porte quelques secondes plus tard. Ma mère s'est levée et s'est éloignée. La femme a agité sa main dans les airs, en vain.

38

— Et un masque chirurgical ? a demandé Neely. Ça n'attirerait pas trop l'attention.

— Ça ne couvre que la moitié du visage, par contre, a dit Denise.

On essayait de s'occuper de mon cas. Après The Shaggs, Neely avait continué à mettre de la musique. Poly Styrene et X-Ray Spex. The Raincoats. Bikini Kill, auquel le nom de son propre groupe était un clin d'œil.

Et elle m'avait posé des questions, aussi. Allais-je en cours ? À quoi ma vie ressemblait-elle ?

Chaque réponse que j'apportais la réjouissait un peu plus. « Tu en as, de la chance », me disait-elle. Je me suis retrouvée à essayer de la convaincre que ma vie n'était pas si géniale que ça. Je lui ai raconté que je devais être prudente pour ne pas qu'on se doute de ma présence, et puis je lui ai parlé du risque constant d'être capturée, étudiée, exploitée. J'ai dit que ça m'arrivait d'être jalouse des enfants qui vivaient normalement. Qui pouvait aller dans les magasins et à l'école.

Et voilà où on en était :

— Ben, elle pourrait porter des lunettes, aussi, a continué Neely. Ouuuuh, ou alors, un de ces trucs qui recouvrent la tête, là, comment on appelle ça déjà ? Un hijab ?

— Je crois que c'est le niqab qui couvre le visage, a dit Jules, et je crois surtout que ce serait hyper déplacé.

— Ouais, ouais, pas faux. Ok, et si on disait que tu avais un méga problème de peau et qu'il fallait que tu sois couverte de bandage ?

— En mode momie ? a demandé Denise.

— Ça va, j'essaie juste de trouver des idées.

— Et de la peinture ? a dit Jules. Vous en pensez quoi ?

— Oh ! s'est exclamée Neely. Ou tout simplement une couche de fond de teint hyper épaisse ?

Elle a passé les doigts sur son visage.

Jules a bondi pour aller fouiller dans le tiroir de la coiffeuse.

— Tout ce qui touche ma peau disparaît, ai-je rappelé.

C'était plutôt marrant, toute cette agitation. Et attendrissant, aussi.

— Ben, si tu mets une bonne grosse couche, on en verra une partie, non ?

Jules brandissait du maquillage – rouge à lèvres et fond de teint.

— On voyait bien ta robe et ton masque tête de mort pendant la soirée, pas vrai ?

J'ai haussé les épaules, ce qui n'avait aucun sens, puisque personne ne pouvait me voir.

— Il faut que j'empile les couches, ai-je expliqué. Deux paires de gant. Deux masques.

Deux robes. La première couche étant invisible. Et la seconde visible.

— Alors deux couches de maquillage, ça marche, non ? a dit Neely.

— Non, c'est trop... ai-je répondu en m'étranglant. C'est trop similaire. Ça comptera comme une seule couche.

Je savais qu'il n'existait pas de règle aussi simple. C'était mon cerveau et sa perception des limites qui alimentait mon pouvoir. Si j'arrivais à convaincre mon subconscient, pour de vrai, que la peinture bleue et la peinture rouge étaient deux matières différentes, deux entités bien distinctes, alors les superposer pourrait peut-être marcher.

Mais je n'avais aucun espoir. Peu importe toute l'énergie qu'on déploie pour faire semblant de croire en quelque chose, il y a toujours une part de notre esprit qui connaît la vérité. Et peu importe toute l'énergie que je mettais pour imaginer que j'avais une place ici. Ce n'était pas le cas.

— Et si on utilise deux marques différentes ? a demandé Jules. Ou, genre, du fard à paupière sur de l'anticernes ?

Ça ne marcherait pas. J'avais déjà essayé – j'avais tout essayé. Je m'étais peint le corps, un jour, quand j'avais quatre ou cinq ans, j'avais vidé une boîte entière de peinture acrylique. J'en avais étalé sur ma peau comme une lotion, en laissant des traces partout dans la maison. Évidemment, ma mère était furieuse, et ça n'avait même pas donné le résultat escompté.

Mais je ne voulais pas les décevoir. Je ne voulais pas que ma bande baisse les bras en ce qui me concernait. Je voulais faire semblant d'avoir ma place.

— Je ne sais pas, ai-je lancé. On peut toujours essayer.

Alors tout le monde s'est mis au travail.

Je me suis assise devant la coiffeuse de Jules. Neely me tournait autour, surexcitée. Jules a frotté l'extrémité d'un pinceau rond sur une palette de fond de teint couvrant et l'a brandi. J'ai retenu mon souffle. Jusqu'à ce que les poils effleurent ma peau et que le pinceau tout entier devienne translucide – et invisible à leurs yeux.

J'ai eu un mouvement involontaire de recul. Jules a écarquillé les yeux en voyant le pinceau redevenir visible.

— Ouah, a dit Neely, tellement cool.

— Ça va ? a demandé Jules. Tu veux que j'arrête ?

— Non, ai-je répondu.

Comme c'était étrange, d'être au centre de l'attention. Limite étouffant. Mais j'appréciais, malgré tout. Comme une actrice qu'on maquille avant un spectacle.

— Continue.

On a essayé plusieurs fonds de teint. On a rajouté du blush par-dessus. Je me suis concentrée très fort sur le fait que le blush était différent du fond de teint. Mais ça restait du maquillage. Je le savais bien. Je ne pouvais pas oublier cette information. On a testé un fard à paupières, ainsi qu'un eyeliner pailleté. Neely est descendue au rez-de-chaussée pour aller chercher son propre fond de teint.

— Il est ultra couvrant, a-t-elle déclaré.

Mais tout disparaissait. Dans le miroir, je voyais le chaos sur mon visage, les traits, les taches pigmentées. Muettes et diaphanes. Mais les autres ne voyaient rien du tout.

— Oh ! s'est exclamé Neely en fouillant dans les tiroirs de la coiffeuse. Des paillettes ! Et si on mettait des paillettes ?

Elle a brandi un tube.

— Bordel, a dit Jules. Imagine que ça marche, Sam. Tu ne serais que paillettes. Ce serait fou.

— Sauf que ça ne lui serait d'aucune aide, l'a coupé Denise.

Elle n'avait pas dit un mot depuis un moment, adossée contre le pot d'une fougère, collée à son téléphone.

Elle avait l'air ennuyée, mais je ne savais pas pourquoi.

— Et du papier mâché ? a demandé Jules.

— Sam n'est pas une piñata, a dit Denise.

Elle s'est levée et elle est descendue au premier étage.

— Du papier mâché ? ai-je demandé en regardant Denise s'en aller.

— Ben, comme un masque, quoi, a dit Jules. Ou alors, j'ai des bandes de plâtre que je pourrais peut-être utiliser.

Jules a fouillé dans un tas de fournitures au coin de la pièce et a rapporté un rouleau de ces fameuses bandes.

— Je parie que je peux faire un moulage réaliste de ton visage. Et tu pourrais le porter. Comme dans *Mrs Doubtfire*, même si ça ne rendra jamais aussi bien, à mon avis. Ce serait cool. Tu veux qu'on essaye ?

— Ouais, pourquoi pas.

Ça pouvait fonctionner, en vérité, mais en cet instant précis, je n'arrivais pas à me concentrer sur cette hypothèse.

— Donne-moi juste une minute.

Je me suis excusée et je suis descendue. Denise était dans sa chambre, penchée sur son bureau, et faisait défiler des photos sur l'écran de son appareil photo. J'ai frappé doucement à la porte.

— Coucou, ai-je dit, en pensant à la veille, quand elle m'avait posé la même question. Tout va bien ?

Elle s'est retournée.

— Ouais, tranquille, a-t-elle dit, sur un ton qui ressemblait à celui de ma mère deux jours plus tôt : le genre qui indiquait sans équivoque qu'elle était tout sauf tranquille.

J'ai hésité sur le pas de la porte, je ne savais pas s'il fallait insister. Comment une personne normale se comporterait-elle dans ce type de situation – une personne avec des amies ?

Les marches ont grincé. Terrance et Larissa étaient en train de monter. Larissa a dit quelque chose et Terrance a ri. Sa voix grave et sonore a résonné dans la cage d'escalier. Je n'ai pas bougé.

Denise a bondi de sa chaise.

— Pie, a-t-elle murmuré en vitesse, t'es où ? Viens dans ma chambre.

Je m'y suis glissée. Denise s'est avancée prudemment, consciente qu'elle aurait pu me rentrer dedans, pour fermer la porte.

— Est-ce que tout va bien pour toi ? a-t-elle demandé, toujours à voix basse.

— Moi ? Ça va, ouais.

— Ça ne t'a pas saoulée, les deux qui font n'importe quoi avec toi en haut ?

— Ça aurait dû ? ai-je demandé. Vous essayez seulement de m'aider.

Elle a haussé les épaules.

— Peut-être que je m'emballe. Mais les gens nous critiquent parfois parce qu'on n'est pas conformes à ce que la société attend de nous, tu vois. Et toi, tu es différente, mais c'est cool. On devrait juste t'accepter comme tu es, et ne pas essayer de te changer ou de t'arranger à tout prix, comme s'il y avait quelque chose chez toi qui n'allait pas.

— Oh, ai-je répondu.

J'aurais probablement dû la remercier, lui dire qu'elle était cool aussi, vraiment, mais j'étais bloquée sur ce qu'elle venait de dire. Moi-même, j'avais toujours été persuadée que quelque chose clochait chez moi.

Enfin, c'était le cas, pas vrai ?

J'étais incomplète. Inexistante. Irréelle au possible. À peine une vraie personne. C'était les mots que j'utilisais en pensée pour me décrire. En revanche, malgré son côté loufoque, je ne les aurais jamais utilisés pour décrire l'homme que j'avais rencontré l'autre jour – Steve. Il était différent mais il était heureux et autonome, solide à sa manière.

Est-ce que c'était mal, d'avoir toujours voulu changer ?

— Je ne crois pas que ce soit comparable, ai-je dit. Je resterais différente même si les gens pouvaient me voir. Et j'aimerais qu'on me voie, parfois.

— Oui, désolée. J'imagine que je fais une fixette sur mon cas.

Denise est retournée s'asseoir à son bureau.

— Tu veux que je te dise un truc horrible ?

— Euh, ouais ? ai-je répondu, en continuant à penser à ma situation.

Denise a ri, mais ce n'était pas un vrai rire : plutôt un gloussement fatigué, mi-figue mi-raisin.

— L'autre soir, quand tu t'es mise à me parler, j'étais persuadée que je devenais folle. Et je me suis sentie soulagée, à un moment donné. J'ai pensé : *Ok, je peux arrêter de m'accrocher, maintenant. Je peux lâcher l'affaire.* Est-ce que ce n'est pas horrible ?

J'ai émis un son qui ne voulait pas dire grand-chose. Je ne savais pas quoi répondre.

— Ça ne va pas du tout, en tout cas, a dit Denise, très sérieuse tout à coup. Ma mère, elle, elle n'a jamais lâché l'affaire. Elle en a bavé, c'est clair, mais elle s'accroche. Plus que la moyenne, d'ailleurs. Elle n'est peut-être pas « normale », comme on dit, mais ça ne veut pas dire qu'elle vaut moins que les autres.

Elle était presque en colère, les sourcils froncés et les poings serrés.

— Tu as raison, ai-je dit.

Denise a haussé les épaules et s'est détendue.

— Désolée, quand j'en parle, je m'énerve toute seule.

— Ne t'en fais pas, ai-je répondu, aucun problème.

— Je vais la voir tout à l'heure, d'ailleurs. Comme tous les dimanches après-midi. Et euh, je t'inviterais bien, mais ce serait probablement mieux que tu ne viennes pas. Ne le prends pas mal.

Denise a adressé un petit sourire dans ma direction. Elle n'était pas loin : ses yeux fixaient un point à quelques centimètres sur ma gauche.

— Je ne le prends pas mal du tout.

Je pensais à ma propre mère.

Elle était devenue invisible parce qu'elle avait vécu des choses atroces quand elle était jeune. À répétition. Sans pouvoir les stopper. Pour s'échapper, son corps n'avait pas eu d'autre option que la disparition.

Ça avait bien marché : elle s'en était sortie.

Mais elle n'avait pas arrêté une seconde. Elle avait passé sa vie entière à courir et à essayer de nous garder en sécurité par n'importe quel moyen. À s'éloigner du danger qui, dans sa tête, n'était jamais bien loin de nous.

Winona, Wisconsin

— Qu'est-ce que tu lui as dit ?

C'est la question que j'ai posée à ma mère juste après la prise en charge de la dame par les secours.

— Que je lui pardonnais.

— Hein ?

Dans l'appartement avec la moquette qui sentait le renfermé, je l'ai regardée sans comprendre. Ma mère a soupiré, le front plissé.

— C'était ma grand-mère, a-t-elle dit.

— Ta... ai-je répondu d'une voix éteinte, incapable de gérer cette information.

— Avec mon père, on a déménagé loin de la famille de ma mère quand j'avais huit ou neuf ans. On a coupé les ponts avec tout le monde. Mais, un jour, j'ai retrouvé le numéro de ma grand-mère. Je l'ai appelée et j'ai essayé de lui dire... Je voulais qu'elle vienne me chercher, et qu'elle m'emmène le plus loin possible. Mais elle ne l'a pas fait. Elle ne pouvait pas, elle ne voulait pas. Ou alors, elle ne me croyait pas.

J'ai essayé d'intégrer ces paroles. Cette dame était mon arrière-grand-mère. Et pendant tout ce temps, je ne m'étais doutée de rien.

Si seulement j'en avais eu une vague idée, si seulement ma mère me l'avait dit...

— Est-ce qu'elle va revenir ? ai-je demandé.

— Je ne sais pas.

— Est-ce qu'on va l'attendre ?

— Non, a répondu ma mère.

39

Je suis allée à la salle de bains pour nettoyer ce désastre. Chaque fois qu'une goutte de peinture ou de maquillage tombait dans le lavabo, les couleurs retrouvaient tout leur éclat et s'évacuaient en une spirale bariolée.

Quand j'ai eu terminé, Denise et moi sommes sorties. On s'était mises d'accord sur le fait qu'il y avait beaucoup trop de monde à la maison. Elle avait crié du rez-de-chaussée pour prévenir Jules et Neely qu'elle partait bosser sur son projet, et elle avait détalé avant que les deux autres essaient de se joindre à elle.

On déambulait dans la rue, et Denise avait son appareil en main.

— Du coup, est-ce que ça te dit d'être sur d'autres photos ? a-t-elle demandé.

— Écoute, je dois dire que jusqu'ici je n'avais jamais envisagé le mannequinat comme potentielle carrière.

Denise a ri.

— Tu es ma muse maintenant, ni plus ni moins.

Comme souvent, j'étais contente qu'elle ne puisse pas voir mon expression. La couleur de mes joues aurait sans aucun doute été cramoisie.

— Qu'est-ce que tu as fait de la robe ? a demandé Denise.

— La robe ? ai-je répondu sans comprendre de quoi elle parlait.

— De mariée. Que tu portais pendant la soirée.

— Ah.

J'ai repensé à mon sprint désespéré et chancelant. À la panique et à l'angoisse. Ce souvenir n'était pas très flatteur.

— Je l'ai... je l'ai jetée.

Denise a stoppé net.

— Jetée ?

Elle n'en revenait pas.

— Euh, désolée.

Elle a secoué la tête.

— Ben, merde alors, je comptais recréer la photo qui est sur le compte Instagram de Tess.

J'étais tiraillée entre deux sentiments contradictoires. D'un côté, j'avais envie d'aider Denise. Et de me rendre aussi utile que possible pour qu'elle continue à m'apprécier. De l'autre, Denise voulait probablement recréer la photo de Tess parce qu'elle avait un crush sur elle. Allais-je l'aider à gagner le cœur de la fille qui me plaisait ?

C'est le premier sentiment qui a pris le dessus. On a dédié les quinze minutes suivantes à passer chaque ruelle au peigne fin.

Par chance, les ordures n'avaient pas encore été ramassées. On a fini par retrouver la robe. Denise l'a extraite de la poubelle dans laquelle je l'avais roulée en boule.

— Je n'arrive pas à croire que tu l'aies jetée, a-t-elle dit. Ça a l'air de coûter une fortune.

Je n'avais aucune réponse acceptable à lui fournir. Ça ne m'avait rien coûté du tout, évidemment.

Elle l'a secouée. L'ourlet était toujours décousu et plein de boue à cause de ma course effrénée, mais son état ne s'était pas dégradé depuis : dans la poubelle, le reste des ordures était dans un sac hermétiquement fermé.

— Ça ne te dérange pas, si ? a demandé Denise.

— Non, ai-je répondu, consciente que c'était la bonne réponse à donner.

Je n'arrivais pas à dire si ça me dérangeait ou non. Qu'est-ce qu'elle entendait par là, au juste ? Tout ça était nouveau pour moi. Tout ça était étrange, horrible et merveilleux à la fois.

J'ai suivi Denise sur l'artère principale. On a marché un petit moment. Elle s'est arrêtée en face de la maison en briques avec la peinture de mariée.

— Du coup, je me disais que tu pourrais te mettre ici, a-t-elle dit en désignant un endroit bien précis. Devant la fresque. Deux mariées-fantômes.

Ça rendrait probablement bien. Mais j'hésitais. J'ai regardé le mur, et la route juste à côté.

— Il y a du monde ici, ai-je dit. Et pas mal de circulation.

— Oh.

Denise était un peu agacée.

— Tu as bien donné tout un spectacle sur scène, hier soir.

Elle avait raison. J'avais bel et bien balancé toutes les règles par la fenêtre, pas vrai ?

C'était pour ça qu'on m'appréciait, désormais.

Neely m'avait acceptée parce que je lui avais été utile. Mon père m'accordait de l'attention à la condition que je vole pour lui. Il fallait que je fasse des choses pour Denise. Que je continue à la rendre heureuse. C'était ça, l'amitié.

— C'est vrai, ai-je dit. Peu importe. Attends-moi une seconde.

J'ai pris la robe des mains de Denise et j'ai contourné la maison pour plus d'intimité. Ce qui était un peu stupide, puisqu'elle ne pouvait pas me voir. J'ai enfilé la robe au-dessus de mes autres vêtements et je l'ai bien ajustée afin qu'elle ne soit pas au contact de ma peau. Après m'être assurée qu'elle était totalement visible, je suis sortie de ma cachette.

— Ça déchire, a dit Denise.

Je n'ai pas pu m'empêcher de sourire. Ce n'était pas un vrai compliment, évidemment. Je n'avais rien fait de spécial. Mais quand même.

J'ai posé exactement comme elle le voulait tandis qu'elle prenait les photos, tout en essayant de ne pas penser aux voitures qui passaient par là. Avec un peu de chance, personne ne me remarquerait, et, au pire, personne n'en aurait rien à faire. J'ai tout de même pensé à la chercheuse en activité paranormale que la fille du rayon traiteur avait mentionnée, et à la mystérieuse personne que Tess avait appelée pour se débarrasser de moi.

— Ça rend hyper bien, a dit Denise en regardant le petit écran. Viens voir.

Elle m'a tendu l'appareil, et je me suis approchée en traînant des pieds. La robe bruissait au contact du sol.

— Tu vas les utiliser pour ton projet ? ai-je demandé.

— Carrément, a-t-elle répondu. Avec les photos d'hier, j'ai toute une série. Juste à temps, d'ailleurs, parce qu'il faut que je les montre en cours demain. Tu m'as sauvé la vie, Pie. Tu es la meilleure.

Non, c'est toi qui m'as sauvée, voulais-je dire, mais je me sentais trop timide, tout à coup, pour prendre la parole.

Mission accomplie. Elle était heureuse.

On était amies.

Le téléphone de Denise a vibré. Elle l'a sorti de sa poche, laissant l'appareil photo pendre au bout de sa sangle.

— Oh, s'est-elle exclamée de surprise. C'est Tess !

Elle est restée silencieuse pendant qu'elle rédigeait une réponse en plusieurs messages. Un sourire se dessinait lentement sur son visage.

Mon cœur s'est arrêté de battre.

— Elle est dans le quartier, a repris Denise. Elle me donne rendez-vous à la pizzeria. Tu veux venir ?

— Non, ai-je répondu en vitesse, tout en enlevant la robe de mariée. Ça va, merci, je pense que je vais aller au musée. J'ai envie de voir des peintures dont Jules m'a parlé.

C'était un mensonge, évidemment. Du moins en partie. Il fallait effectivement que j'aille au musée, mais pour y retrouver mon père.

Denise m'a expliqué comment y aller en bus. Elle m'a rappelé qu'elle irait voir sa mère plus tard dans l'après-midi, et qu'elle ne serait peut-être pas là quand je rentrerai à la maison, mais je n'avais qu'à faire comme chez moi. On s'est dit au revoir, et je suis partie.

Puis je suis revenue sur mes pas.

Je savais que c'était une mauvaise idée. Qu'il fallait que je me mette en route pour le musée. Mais je devais savoir. Constater de mes propres yeux.

J'ai suivi Denise sur plusieurs rues en gardant mes distances. Tess était adossée contre une maison en briques de plain-pied, couverte de graffitis. Occupée à dévorer un énorme sandwich, elle a fait un signe en la voyant.

Quand me suis approchée, elles se disaient bonjour. Espionner était facile. Je n'avais pas besoin de me cacher.

— Ouais, disait Denise. C'était assez fou.

— Et tu ne sais vraiment pas comment Neely a fait ? a demandé Tess. Elle ne t'a rien dit, tu es sûre ?

— Euh, non.

Denise fixait le sol pour éviter le regard de Tess.

— Je lui poserais bien la question mais on s'est comme qui dirait engueulées. Tu veux prendre un truc à manger ? a demandé Tess avec un sourire qui m'a rappelé celui de mon père, d'une certaine façon – trop exagéré et mielleux pour être honnête. C'est pour moi !

— Non, ça va, merci, a répondu Denise.

— En fait, impossible que Neely balance des effets comme ça à l'improviste, a immédiatement repris Tess. Elle nous aurait prévenus longtemps à l'avance si elle avait prévu un truc pareil pour le concert. C'était totalement surnaturel, nan ?

Denise a haussé les épaules. Elle était un peu mal à l'aise. Tout comme moi. Tess était à la pêche aux informations en ce qui me concernait.

J'aurais pu être flattée, mais à la suite de la conversation téléphonique que j'avais surprise, je n'étais pas certaine qu'elle veuille apprendre à me connaître.

Ce qui, je m'en rendais bien compte, changeait tout.

— Je crois que je fais une fixette sur les trucs bizarres de ce style, a ajouté Tess. À cause de l'époque où ma maison était hantée. Et cette fille sans tête ? Ça ne peut pas être une coïncidence. Deux trucs chelou en deux nuits.

Elle avait raison. Zéro coïncidence.

Denise a de nouveau détourné le regard en se mordant la lèvre inférieure.

— Euh, ouais, c'est possible.

Elle n'allait rien dire, n'est-ce pas ? Elle ne pouvait pas dire quoi que ce soit.

J'avais envie de lui foncer dessus et de crier. Pour lui ordonner de ne rien lâcher. Mais ça aurait été du suicide, bien sûr.

— Et tu étais présente à chaque fois, a répliqué Tess.

Elle s'est penchée en avant, son visage se rapprochant dangereusement de celui de Denise. Un souffle les séparait.

— Si tu sais quoi que ce soit, tu peux me le dire. Je suis douée pour garder les secrets.

Tess a déposé sa main sur le bras de Denise. Le culot.

Avait-elle conscience qu'elle lui plaisait ? J'en étais convaincue. Elle s'en servait probablement pour obtenir ce qui l'intéressait. Denise la fixait. Elle semblait à deux doigts de s'évanouir.

J'ai laissé échapper un petit bruit de dégoût. À peine audible, mais Tess a tourné la tête. Elle ne regardait pas exactement l'endroit où j'étais, mais ses yeux fouillaient le vide dans la bonne direction.

Dans un accès de panique, je me suis éloignée en courant.

Il n'y avait plus qu'à espérer que Denise ne lui raconterait pas ce qu'elle savait sur moi. Et le fait que j'avais envisagé de tout raconter à Tess la veille n'avait plus aucune importance.

Je me suis dirigée vers l'arrêt de bus, assaillie par l'inquiétude.

Et par la jalousie. Je ne savais pas si j'étais jalouse parce que Tess flirtait avec quelqu'un d'autre et que j'étais encore amoureuse d'elle. Ou si je l'étais parce que le simple fait de flirter lui était possible. Moi, je ne pourrais jamais faire ça. La moindre interaction me demandait des efforts considérables.

Je ne savais même plus ce que je ressentais pour Tess. Si on m'avait posé la question deux jours plus tôt, j'aurais répondu que mon amour était éternel et incandescent, et que rien ne pourrait jamais changer ça. J'aurais dit que les lettres de son prénom étaient gravées à la lame de couteau dans mon cœur à vif. J'aurais été hyper sentimentale.

Et ça n'aurait pas été très loin de la vérité.

Mais peut-être que, finalement, j'étais amoureuse de l'idée que je me faisais d'elle. Au fil des années, depuis qu'on avait quitté Pittsburgh, j'avais construit Tess dans ma tête, presque comme une figure mythologique. Elle était légende, rêve et symbole de tout ce qui était précieux, hors d'atteinte.

J'étais de retour, désormais, et il fallait bien considérer le fait qu'elle était une véritable personne.

Ce n'était pas que cette Tess-là ne faisait pas le poids par rapport à mes attentes. Elle était différente, tout simplement.

J'imagine que je ne la connaissais plus. Et peut-être que je ne l'avais jamais réellement connue, avec le recul. Et elle ne me connaissait résolument pas.

Peut-on bâtir l'amour, et même l'amitié, sur un mensonge ?

Je ruminais le tout en montant dans le bus en direction d'Oakland. Mon père attendait devant le musée, adossé à une statue métallique qui ressemblait à une feuille de papier.

— Je ne volerai plus jamais de peinture, ai-je prévenu une fois à sa hauteur.

— Pas de problème.

— J'ai un service à te demander, ai-je dit.

Il a souri.

— Quelle coïncidence ! J'allais justement faire de même.

40

Je suis montée à l'avant de la camionnette cette fois, mais je me suis quand même caché les yeux. Sur le chemin du supermarché, j'ai annoncé à mon père ce que j'attendais de lui.

— Et fais en sorte que ça n'attire pas trop l'attention, ai-je recommandé.

— Pas besoin de m'expliquer comment faire mon boulot ! a-t-il répondu, moqueur.

Quand on est arrivés, je l'ai suivi à l'intérieur et je lui ai montré discrètement la fille du rayon traiteur. J'ai attendu à côté du présentoir avec les olives tandis qu'il engageait la conversation. J'aurais pu m'approcher d'eux, je crois, mais déjà à cette distance ça ne faisait aucun doute qu'il flirtait avec elle, ce qui était très déconcertant. La fille était certes plus vieille que moi, mais de toute évidence, elle était bien plus jeune que lui. Dégoûtant.

Après toute une comédie à base de fromage tranché, il s'est éloigné d'elle, a attrapé un soda et s'est dirigé vers la caisse. Je trépignais d'impatience derrière lui, ne voulant pas attirer l'attention.

Enfin, il a rejoint la camionnette et a ouvert la portière passager.

— Pie ? a-t-il dit. Tu es là ?

— Je suis là. Tu l'as ?

— Bien sûr.

Il a sorti un paquet de fromage et m'a montré le numéro de téléphone écrit au stylo sur l'étiquette.

— Je tente ?

— Oui, ai-je dit, mais sois prudent. Je ne veux pas que cette soi-disant chercheuse ait des soupçons, peu importe son identité.

— Laisse-moi faire, a dit mon père.

Une fois tous les deux enfermés dans le véhicule, il a composé le numéro.

Je me rongeais les ongles en le fixant. Même au téléphone, sachant que personne à part moi ne pouvait le voir, il adoptait une expression charmante et agréable.

— Allô, bonjour, a-t-il dit sur un ton enjoué qui ne lui ressemblait pas le moins du monde.

Sa voix était candide, plutôt légère. Il jouait la comédie.

Mon père était un acteur. J'avais en grande partie hérité de lui. Certainement plus que je ne voulais bien l'admettre.

— Je m'appelle John. J'ai eu votre numéro grâce à mon amie Penny – oui, voilà, elle dit qu'elle vous a rencontrée au supermarché, son lieu de travail.

Je n'entendais que la moitié de la conversation. J'aurais dû lui demander de mettre le haut-parleur – trop tard.

— En fait, je lui ai parlé d'un événement bizarre que j'ai vécu l'autre jour, et elle a dit que vous pourriez savoir de quoi il retourne – ben, c'est difficile à raconter avec précision. J'étais assis sur un banc dans le parc à côté de chez moi, et le banc en face de moi s'est totalement volatilisé. Ça n'a aucun sens. Et une vingtaine de minutes plus tard, alors que je rentrais à la maison, je suis passé devant une maison et je vous jure que j'ai vu la porte d'entrée disparaître et réapparaître. Voilà, peut-être que c'était simplement des hallucinations, mais... Ah vraiment ? Tiens, c'est curieux. Non, mais, j'ai toujours pensé que c'était possible... Ah, vous êtes sûre ? Eh bien, d'accord, je veux bien vous montrer.

Ils ont convenu d'une heure et d'un endroit.

— Elle t'a donné son nom ? ai-je demandé une fois l'appel terminé.

— Cynthia.

— C'est tout ? Pas d'autres informations ?

Je lui avais dit que je voulais connaître son identité, et savoir si elle était dangereuse : cherchait-elle de véritables fantômes ? Ou au contraire, connaissait-elle d'autres personnes comme moi ?

— Tu m'as toi-même demandé de ne pas éveiller ses soupçons. Je la rencontre demain, et je suis bien plus convaincant en chair et en os.

Un sourire est passé sur son visage.

J'ai grogné.

— T'en fais pas, mon petit. Je ne la laisserai pas te trouver.

Évidemment que non. Pas au moment où, enfin, je lui étais utile.

Il avait fini par l'être pour moi aussi. Mais pas comme je l'aurais aimé. Pas comme quelqu'un qui en avait quelque chose à faire de moi.

— Bon, a-t-il déclaré, une petite lueur dans le creux des yeux, on dirait que c'est mon tour de te demander un service.

— Montre-moi la lettre de maman, pour commencer. Sinon, tu peux toujours courir.

Je n'avais pas oublié l'hameçon de la dernière fois, qui lui avait assuré que je viendrai au rendez-vous. Mensonge ou pas, j'y mordais.

— D'accord.

Il s'est penché vers moi pour ouvrir la boîte à gants. Au beau milieu d'un fouillis à base de papiers d'immatriculation et de mini tubes de Ketchup se trouvait une petite enveloppe. Il en a sorti un mot, qu'il a déplié à mon attention.

Je l'ai pris.

Stupéfaite, j'ai constaté qu'il était effectivement noirci du coup de crayon serré de ma mère. Le papier à lettres provenait d'un hôtel dans lequel on avait vécu quelques mois plus tôt, où il avait fallu passer de chambre vacante en chambre vacante sans aucune forme de répit.

Cher J, disait la lettre, *j'espère que ce mot te parviendra.*

C'était la même formulation que sur le billet glissé entre les lattes du plancher. J'avais du mal à respirer.

Je n'arrête pas de penser à Pietà. J'ai besoin de savoir : prendrais-tu soin d'elle – en serais-tu capable ? – s'il m'arrivait quelque chose ? Serais-tu un père pour elle ? Je sais que je ne t'en ai jamais vraiment laissé l'opportunité. Mais j'espère que tu essayerais s'il le fallait. Je t'appelle bientôt. On pourra peut-être se voir sur la côte à la fin de l'automne.

Amitiés,
Annette

— C'est quoi, ça ? ai-je demandé.

Je ne comprenais pas. C'était beaucoup trop bizarre.

— C'est arrivé il y a quelques mois, a-t-il dit. Chez ma mère. J'admets que ça ne m'a pas plus préoccupé que ça sur le coup.

— Ça ne t'a pas...

Je bafouillais, encore sous le choc.

— Comment ne pas être préoccupé par ça ? Et pourquoi tu ne m'en as pas parlé dès qu'on s'est retrouvés ?

Il a haussé les épaules.

— Et ça ne t'a pas étonné, de recevoir une lettre de sa part ? ai-je insisté.

Il m'a lancé un drôle de regard. Ou plutôt, il a lancé un drôle de regard à la portière.

— Non, a-t-il répondu.

Je l'ai fixé, trop déroutée pour formuler une réplique.

Son expression s'est adoucie.

— Elle m'a toujours écrit, a-t-il dit. Environ six fois par ans. Tu n'étais pas au courant ?

Non. Non, je ne le savais pas. Elle ne me l'avait jamais dit. Elle devait écrire les lettres quand je n'étais pas là ou pendant que je dormais, et les poster discrètement. Elle me l'avait caché. Comme tellement d'autres choses.

S'il m'arrivait quelque chose. Elle savait, ou du moins s'en doutait, depuis des mois. Elle avait anticipé.

— Et tu lui réponds ? ai-je demandé.

Mon père a grogné.

— Comment ? Il n'y a jamais d'expéditeur.

Serais-tu un père pour elle ?

— Est-ce qu'elle t'a appelé ? Comme elle le mentionne dans sa lettre ?

— Nan. Je n'ai eu aucune nouvelle jusqu'à ton coup de fil, a-t-il dit. En tout cas, on dirait bien qu'elle mijotait quelque chose. Ce sera juste toi et moi pendant un moment, ma grande. Tu préfères monter à l'arrière pendant qu'on roule ?

J'ai soupiré. Mon père n'était probablement pas capable de mieux. En cherchant bien, c'était presque une preuve d'affection. Il s'était souvenu de ma peur des voitures, et cherchait à me mettre à l'aise. Ce n'était pas rien.

Et c'était toujours mieux que ce que ma mère pouvait m'apporter à ce moment-là.

J'ai enjambé le levier de vitesse et je me suis installée parmi les tableaux volés et les cadres dorés. Les visages peints me fixaient. Les coupes débordaient de fruits. Les coups de pinceaux dessinaient des arbres sur des collines en terre de Sienne brûlée. Des mers azur, baignées de lumière jaune et brillante.

Chicago, Illinois

Ma mère m'emmenait au musée chaque fois qu'elle en avait l'occasion. Quand j'étais petite, je me faufilais dans les zones interdites d'accès, j'escaladais les dinosaures d'exposition et je m'asseyais avec joie sur les meubles anciens.

Un peu plus grande, j'ai commencé à apprécier l'art, moi aussi. Un jour, j'ai enlevé mes gants pour caresser de mes doigts nus les coups de pinceau irréguliers d'un van Gogh. Ma mère m'a surprise et m'a mis une claque sur la main.

— Personne n'a vu ! ai-je protesté en pensant qu'elle avait surtout peur qu'on se fasse prendre.

La peinture avait disparu un moment, bien sûr, mais j'avais bien vérifié qu'il n'y avait personne d'autre dans la galerie.

— Les graisses de notre peau abîment les pigments, a-t-elle dit. Ne sois pas égoïste.

— Au moins, je ne l'ai pas volée, moi, ai-je répliqué.

Elle a grimacé. J'ai cru qu'elle allait s'énerver pour de bon, cette fois-ci. Ou me le faire payer en m'imposant son silence. Mais elle s'est contentée de soupirer.

— Ne sois pas aussi bête que moi, a-t-elle lancé.

Ma mère passait des heures à se balader dans les musées. Peut-être n'étais-je pas assez raffinée, mais au bout d'un moment, il faut bien le dire, les galeries blanches sans fin m'épuisaient. J'observais la composition d'un dîner qui s'éternisait toute la nuit dans les années quarante et je me disais : *L'homme qui a peint ceci est mort. Tous ces gens sont morts.*

La solitude refermait ses bras autour de moi. Elle m'étreignait.

41

Environ dix minutes plus tard, mon père a garé la camionnette. J'ai passé une tête dans l'habitacle. J'ai vu à travers le pare-brise qu'on était dans un quartier qui ressemblait beaucoup à celui de Tess. On venait de s'arrêter pile en face d'une grande maison Tudor un peu en retrait, dissimulée par d'immenses chênes.

— Fais juste l'aller-retour, a dit mon père. Prends tout ce qui te semble avoir de la valeur. Rien de fou.

Je n'étais pas surprise. Ni particulièrement excitée.

— Qui vit ici ?

Mon père a haussé les épaules.

— Quelle importance ça a ? Des riches.

Ça ne me dérangeait pas de voler. Surtout pas ceux qui avaient beaucoup plus qu'il n'en fallait, et qui pouvaient facilement remplacer tout ce qui disparaissait. Je volais constamment, dans des maisons ou des magasins. Je prenais sans même y penser.

Je n'avais jamais envisagé qu'une autre vie était possible avant de rencontrer Steve.

Mais voler comme ça, pour mon père, pour son seul profit – j'avais l'impression d'être une criminelle. Et pourtant la limite était très mince, à bien y réfléchir. Peut-être avais-je toujours été une criminelle.

— Je connais le paysagiste du coin, a expliqué mon père. Certaines maisons sont particulièrement faciles à braquer. Il m'a mis sur le coup.

— Je préfère éviter, ai-je dit tout bas.

Mon père a ri comme si je venais de raconter une super blague.

— On préférerait tous se prélasser du matin au soir et ne pas bouger le petit doigt, pas vrai ? Maintenant, écoute-moi bien, mon petit. Je suis plus qu'heureux de t'aider à te débarrasser de la « chercheuse en activité paranormale » qui est à tes trousses, mais j'ai besoin d'argent pour rester à Pittsburgh. Désolé, simples considérations matérielles.

— Et si les portes sont verrouillées ? ai-je demandé. Tu sais bien que je ne peux pas traverser les murs.

Mon père a tapoté son index sur le bout de son nez.

— Un paysagiste, te dis-je.

C'est ainsi que cinq minutes plus tard, je me suis retrouvée à explorer un jardin parfaitement entretenu pour trouver le fameux caillou en plastique avec un petit compartiment caché dans son socle.

Je suis entrée dans la maison sans faire de bruit, par une porte sur le côté.

Le plancher grinçait à peine, couvert comme il l'était de tapis moelleux.

J'ai fait une rafle rapide : un peu de liquide caché dans une armoire, un iPad et une broche incrustée de pierres. Je suis ressortie et j'ai déposé la clé sous le caillou. Jusque-là, rien de trop difficile.

Mon père s'était garé dans une rue perpendiculaire. J'ai déposé mon butin, qui est redevenu visible, sur le siège passager.

— Attends, c'est tout ? a-t-il demandé en le contemplant.

— Absolument.

Il m'avait demandé de prendre du liquide, des appareils électroniques et des bijoux. C'était précisément ce que j'avais fait.

— La prochaine fois, fouille un peu plus. Et prends le sac en toile.

Et voilà, c'était parti pour la folie des grandeurs. Mon père allait me presser comme un citron pour que j'accède au moindre de ses désirs. J'étais sa poule aux œufs d'or.

Peut-être que ça fonctionnait comme ça, finalement. Que c'était le cœur de toute relation. Qu'il fallait utiliser l'autre. J'ai repensé à Tess qui s'approchait tout près de Denise, le plus près possible, pour tirer avantage de ses sentiments et obtenir les informations qui l'intéressaient. Quant à Denise, j'avais commencé à la considérer comme une véritable amie, mais mon petit doigt me disait qu'elle était en train de tout balancer.

Si c'était bel et bien le cas, j'aurais plus que jamais besoin de l'aide de mon père.

La maison suivante reléguait celle de Tess au rang de modeste cabane. Un large escalier en pierre bordé de haies menait à une entrée voûtée saturée d'ornements. Je suis passée par derrière et j'ai emprunté la porte vitrée que le paysagiste de mon père avait repérée : elle était rarement verrouillée.

À l'intérieur, le sol était en marbre blanc et froid, tandis que des poutres en bois sombre traversaient le plafond et dessinaient des formes géométriques élaborées.

Chaque peinture accrochée au mur avait sa petite lumière individuelle braquée sur elle, comme dans un musée, et non un lieu de vie. Le piano qui trônait dans un coin paraissait presque petit, compte tenu des proportions de la demeure.

On avait vécu plein de fois dans des endroits aussi somptueux que celui-ci, mais il fallait croire que j'avais passé beaucoup de temps chez Denise dernièrement, car cette maison, que j'aurais adorée par le passé, me paraissait trop grande et trop vide.

Je me suis aventurée dans une pièce au papier peint sombre, dans laquelle se trouvait une grande table de billard aux pieds en bois sculpté. J'ai attrapé le tapis persan qui était sous une console. Je l'ai enroulé et coincé sous mon bras. Il avait à peu près la même taille que le tapis brûlé de Denise. Si elle ne m'avait pas encore trahie, il fallait que je reste dans ses petits papiers. Utile.

Cette maison avait un ascenseur. Avec un lustre. Et l'étage était tout aussi opulent. Dans la première chambre, que j'ai passée au peigne fin, il y avait une immense croix en or au-dessus du lit. J'ai l'ai prise pour l'offrir à Neely – c'était la décoration rêvée pour L'Église Va Te Faire Foutre.

Le dressing de la chambre suivante dévoilait des rayons et des rayons de robes somptueuses. J'en ai glissé quelques-unes dans mon sac. Dissimulé sous un carré de soie plié, j'ai trouvé un petit trousseau de clés. L'une ouvrait une boîte à bijoux. J'ai enfilé tous les colliers autour de mon cou, les uns après les autres, jusqu'à me sentir lestée, les épaules alourdies par les métaux froids devenus translucides. J'ai passé une bague à chaque doigt et couvert mes avant-bras de bracelets.

Puisque je tintinnabulais désormais à chaque pas, je me suis dirigée vers la sortie la plus proche : la porte d'entrée. Je l'ai empruntée avant de traverser la grande pelouse en courant. Un bracelet s'est fait la malle et a fini dans le caniveau. Je l'ai laissé là. Peu importe.

Mon père s'était garé un peu plus loin cette fois. Je grelottais quand j'ai atteint la camionnette. J'avais presque envie qu'on puisse admirer ma parure. Ma mère aurait ri. Elle m'aurait appelée Votre Majesté et elle m'aurait balancé que j'aurais tout de même pu faire un effort vestimentaire pour l'occasion.

Sauf que si ma mère avait été bel et bien là, je ne serais pas en train de faire ça.

J'ai frappé contre la vitre. Mon père a ouvert la porte. J'ai déposé l'intégralité du butin, ou presque, sur le siège. Il était ravi. Il a poussé des cris d'admiration en découvrant certaines bagues, ainsi qu'un collier qui, selon lui, était fait de véritables diamants.

— C'est bon là, non ? ai-je demandé, même si je connaissais la réponse.

— Encore une, a-t-il répondu. Encore une maison, mon petit, ok ?

— Ok.

J'étais résignée. Et puis j'avais trouvé le moyen d'en tirer mon parti. Je me suis installée à l'arrière de la camionnette, le tapis toujours coincé sous le bras. Je ne l'avais pas montré à mon père. Avec la croix en or, j'ai aussi mis de côté quelques robes et bijoux qui, d'après moi, pourraient plaire à Jules. J'ai caché le tout dans le coffre.

La troisième maison dans laquelle mon père m'a emmenée était moderne et froide. Il y avait un escalier en métal. Des baies vitrées. Encore un de ces aquariums pour êtres humains, comme les appelaient ma mère.

Trouver des objets de valeur devenait plus compliqué. Tout était rangé, en retrait, dissimulé. Chaque surface était impeccable et brillante. Mais bon, je n'étais pas contre un petit challenge, et faire attendre mon père était le cadet de mes soucis.

J'étais à la recherche d'un bureau à l'étage – et je venais tout juste de glisser un ordinateur portable dans mon sac – quand j'ai entendu une voix d'homme dans une pièce voisine.

— Dan ?

J'ai retenu mon souffle. Je ne m'étais pas doutée qu'il y avait quelqu'un dans la maison.

— Quoi ? a répondu un autre homme.

— Tu peux faire moins de bruit ? Je t'ai dit que j'avais la migraine.

— Et crier, ça arrange ton état ?

— Ne commence pas, Dan.

— Je ne fais pas de bruit. Je suis parfaitement silencieux, exactement comme tu me l'as demandé.

— Tu n'arrêtes pas d'ouvrir et de fermer des tiroirs.

— Non.

— Eh bien, quelqu'un d'autre ouvre et ferme des tiroirs, alors.

Ils se sont tus tous les deux. J'étais pétrifiée. Les secondes se sont étirées. Avec précaution, je suis sortie de la pièce sans faire de bruit et j'ai commencé à descendre les marches. J'étais justement en train de penser au principal avantage des maisons minimalistes au style industriel – pas d'escalier en bois qui grince – quand le sac en toile s'est cogné contre la rambarde en métal.

— Tu as entendu ça ?

— Oui.

— Oh mon Dieu, je crois qu'il y a quelqu'un. J'appelle la police.

— N'exagère pas. Je vais jeter un coup d'œil.

Si j'avais été une voleuse normale, j'aurais été foutue. Qu'aurais-je pu faire ? Me cacher ? Me barrer le plus vite possible ? Il aurait fallu être très chanceuse. Et rapide.

Moi, en revanche ? Je suis restée parfaitement immobile.

Un grand homme aux épaules carrées a fait une apparition en haut des marches, une statue d'art abstrait qui ressemblait à une torsade en pierre polie à la main. Il avait le regard alerte.

Il ne pouvait pas me voir, mais ça ne m'empêchait pas d'avoir peur. Invisible ne voulait pas dire invincible. On pouvait malgré tout me blesser.

Dès que l'homme s'est éloigné, je me suis penchée en avant et j'ai enlevé mes baskets pour me déplacer sans faire de bruit. Comme d'habitude, et par nécessité, je ne portais pas de chaussettes, donc j'ai descendu les dernières marches pieds nus, et chacune a disparu au contact de mes pieds. J'ai sauté sur le plancher en bois clair et je me suis précipitée vers la porte, avant de m'arrêter net.

Je voyais le sous-sol à travers le plancher désormais transparent. Je n'y étais pas encore allée. C'est là que se trouvait tout leur bazar. Des câbles enroulés. Des piles de jeux vidéo. Des étagères remplies de livres et de petits bibelots. Une salle de sport aux murs couverts de miroirs.

Mon sac était presque vide. Si je ne revenais qu'avec ça, il y avait tout à parier que mon père m'aurait forcée à braquer une quatrième maison. Voire une cinquième.

Pour les deux premières, ça avait été du gâteau – et c'était presque marrant, même si je ne devrais pas dire ça. En revanche, je prenais vraiment des risques dans cette demeure. Mais il valait mieux rapporter à mon père ce qu'il voulait et, dans la mesure du possible, en finir une bonne fois pour toutes.

J'ai trouvé la porte qui menait au sous-sol. J'ai enfilé mes chaussures et je suis descendue. J'ai travaillé rapidement et j'ai rempli le sac. Il y avait un appareil photo d'excellente qualité que j'ai pris en pensant à Denise.

Quand je suis remontée, j'ai vu les lumières d'un gyrophare de police.

J'ai pris une profonde inspiration que j'ai retenue un instant. J'ai redressé les épaules, maintenu le sac bien contre moi et j'ai ouvert la porte. Le cœur battant, je suis passée entre les deux policiers qui traversaient la pelouse en sens inverse.

42

Dans la camionnette, je tremblais encore à cause de l'adrénaline. Bien sûr, les policiers ne pouvaient pas me voir, mais ils n'avaient pas besoin de voir pour tirer. J'en avais déjà fait l'expérience.

Cette fois, j'ai laissé mon père me ramener à la maison. J'ai quand même pris la peine de modifier légèrement l'adresse de chez Denise. J'ai rangé mon petit butin personnel dans mon sac à dos et j'ai ramassé le tapis. Il m'a fait un numéro assez peu convaincant pour que je reste avec lui, en disant qu'il avait réservé une chambre d'hôtel, mais j'ai décliné et il n'a pas insisté. On s'est donné rendez-vous le lendemain, juste après son enquête auprès de la chercheuse.

Quand je suis arrivée, la maison était plongée dans la pénombre : pas un chat. Denise devait être avec sa mère comme prévu. Je ne savais pas où étaient les autres.

J'ai utilisé ma clé pour entrer et j'ai déroulé le nouveau tapis sur le sol du salon. Ça rendait bien – mieux que le précédent.

J'ai monté le reste des affaires dans la chambre de Denise. J'ai tout déposé sur le futon : les bijoux scintillants, l'or, l'appareil photo et même quelques billets. C'était beau à voir. Comme un réveil le jour de Noël.

J'ai rêvassé un moment, assise au beau milieu de mes trouvailles, et j'ai attendu que tout le monde rentre.

C'est la porte d'entrée et des voix au rez-de-chaussée qui m'ont réveillée. J'ai collé mon oreille au plancher, comme à mon habitude, pour écouter. J'arrivais à peine à attraper quelques bribes de conversation.

— Elle va beaucoup mieux, mais il faut que tu...

— Je m'en fous, je veux juste...

Quelques minutes plus tard, j'ai entendu des pas dans l'escalier. Denise est entrée dans la chambre et s'est arrêtée net devant les trésors empilés.

— Pie ? a-t-elle lancé.

— Je suis là.

— C'est quoi, ça ?

Ses yeux sautaient d'un objet à l'autre. Elle affichait un air de suspicion – une réaction normale face à un mystérieux magot, j'imagine.

— C'est pour toi, ai-je dit. Tout ça. Tiens.

Je lui ai tendu l'appareil photo. Je portais mes gants, alors il flottait dans les airs. Elle a vite fermé la porte avant de s'en emparer. Elle l'a allumé et a fait défiler les images sur le petit écran. J'ai souri en repensant à elle, qui se plaignait de ne pas pouvoir s'acheter son propre appareil. J'attendais de voir la joie illuminer son visage.

— Il y a les photos d'une famille là-dedans, a-t-elle dit. Où est-ce que t'as eu ça ?

— Je l'ai trouvé quelque part, ai-je répondu en toute honnêteté.

Denise a relevé la tête, le front plissé. Elle a ouvert la bouche pour parler mais Larissa, qui criait son nom au rez-de-chaussée, l'a interrompue.

— Attends une seconde, m'a dit Denise.

Elle a reposé l'appareil et elle est descendue.

Pendant son absence, le malaise m'a dévorée : ce n'était pas la réaction escomptée. Ça voulait peut-être dire qu'elle avait bel et bien raconté à Tess ce qu'elle savait sur moi, et qu'elle se sentait coupable.

Quand Denise est revenue, ça ne s'est pas arrangé.

— C'est toi aussi, a-t-elle demandé, le tapis dans le salon ?

— C'est pour remplacer celui que j'ai massacré.

— Tu as volé tout ça ?

Il y avait presque de la colère dans sa voix.

Pouvais-je lui dire que j'étais tombée dessus dans la rue, exactement comme sa famille avait trouvé le canapé ?

Je veux dire, j'étais bel et bien tombée dessus.

Je commençais à être agacée, moi aussi. J'essayais d'être gentille. Ça ne me semblait pas très juste qu'on me crie dessus.

— Je suis invisible, ai-je lancé, un poil sur la défensive. Et je ne peux rien y faire. Comment tu crois que j'obtiens ce qu'il me faut ? Comment tu crois que j'ai eu cette robe de mariage ?

Denise a poussé quelques bijoux sur le côté et s'est laissée tomber sur le futon.

— Ok, très bien, a-t-elle dit, légèrement abattue. Juste, je ne savais pas que tu volais encore.

Elle a pris une bague pour l'inspecter.

— C'est un putain de diamant ou quoi ?

— Euh, peut-être.

J'étais absolument incapable de faire la différence entre un vrai diamant et un zircon cubique, même si ma mère avait tenté de me l'expliquer un jour.

— C'est toi qui as acheté le fromage de ouf ? a demandé Denise sur un ton accusateur qui était, selon moi, beaucoup trop solennel pour un fromage. Tu as volé de la nourriture pour remplir mon frigo ?

— Désolée d'avoir rempli mon devoir d'invitée, ai-je répondu.

— Tu ne devrais pas voler pour nous. On n'a pas besoin de ta charité.

Je savais que Denise et mon père étaient deux personnes résolument différentes, mais je ne m'attendais pas à des réactions si diamétralement opposées. Mon père était aux anges quand on volait pour lui. Quand il avait posé les yeux sur les diamants dans la camionnette, son bonheur était manifeste.

J'avais pensé que Denise serait contente aussi. Comme lorsque j'avais aidé Neely pendant sa performance. Et lorsque j'avais posé pour elle et ses photos, à fond dans mon rôle de fantôme. Dès que je m'étais montrée utile, somme toute.

— Je n'ai pas besoin de ta charité non plus.

Ma gorge était serrée. J'avais peur d'éclater en sanglots. Ce n'était pas du tout comme ça que les choses étaient censées se dérouler.

J'étais dépassée : jusque-là, je ne m'étais jamais disputée avec quelqu'un d'autre que ma mère. Je me suis levée et j'ai reculé jusqu'à ce que mon dos touche le mur.

— J'imagine que tu n'as pas pensé une seule seconde aux ennuis qui nous attendent si on se fait attraper pour vol ? a demandé Denise en fixant de nouveau la bague. On pourrait m'arrêter, Pie. Me tirer dessus.

— Je n'ai pas...

— Tout le monde ne peut pas se payer le luxe d'être invisible.

Elle fixait l'endroit où elle pensait que j'étais.

— C'est tout sauf un luxe.

J'étais énervée, moi aussi. Mon visage chauffait et ma gorge était brûlante.

— Il faut que tu comprennes comment ça marche pour les autres, a-t-elle dit en secouant la tête. On doit assumer des conséquences dont tu n'as même pas idée. Tu partiras sans doute un de ces jours, sans prévenir personne, et nous, on sera coincés avec tout ça sur les bras.

— C'est faux.

Mais elle avait raison. J'étais la fille de ma mère, après tout. Partir était ma grande spécialité.

Penser à ma mère me mettait encore plus en colère.

— Tu n'as pas à gérer la moitié des merdes que je dois gérer, a dit Denise en jetant la bague sur le lit. Tu peux juste faire tout ce qui te chante : voler un collier, débrancher un micro. Mais moi, si je fais une connerie, je ne peux pas me cacher.

— Tu es complètement à côté de la plaque, ai-je dit.

J'ai ramassé ce que j'avais déposé sur le futon et j'ai tout fourré dans mon sac à dos. J'avais simplement voulu l'aider.

Enfin, j'étais entrée chez elle par effraction. Et je m'étais servie d'elle pour retrouver la fille qui nous plaisait à toutes les deux.

— Tu es juste en colère parce que j'ai merdé avec Tess, ai-je dit, et cette fille t'obsède.

— Rien à voir.

Je me suis précipitée vers elle en pointant un doigt droit sur son visage – geste parfaitement inutile, puisqu'elle ne pouvait pas me voir.

— Tu lui as dit, pour moi ? ai-je demandé.

— Non, a dit Denise, renfrognée. Je n'en ai parlé à personne.

Était-ce la vérité ? Je voulais la croire, mais je n'y arrivais pas complètement.

— Je parie que si.

À mon tour de l'accuser.

— Tu semblais sur le point de tout lui raconter.

Denise s'est rassise, avec sur le visage une expression qui relevait plus de la confusion que de la douleur.

— Hein ?

— Elle te manipule. Elle flirte avec toi pour avoir des infos. Avec sa main sur ton bras, là. Elle fait tellement sa maligne.

— Oh mon Dieu, a dit Denise, les yeux écarquillés.

J'ai pris conscience, bien trop tard, de l'ampleur des dégâts.

— Tu m'as espionnée ?

Denise s'est levée d'un bond.

— Tu m'as suivie ?

— Non, j'ai juste entendu...

C'était elle qui reculait désormais en grimaçant, les yeux pleins de révulsion, d'horreur et de toutes les pires émotions au monde.

— C'est tellement malsain, Pie. Les gens normaux ne font jamais ça.

Ça avait dû aller crescendo, nos voix qui s'élevaient un peu plus à chaque réplique, sans qu'aucune de nous n'y prête vraiment attention, mais on n'était pas loin de hurler à ce stade. J'ai inspiré un grand coup. J'avais des vertiges, comme si le sol se dérobait sous mes pieds.

J'étais au bord des larmes. Mes règles n'allaient sûrement pas tarder. C'était toujours plus difficile de ravaler mes sanglots à cette période du mois.

— Mais c'est la vérité, ai-je insisté, épuisée. Elle t'utilise pour me coincer.

— Ça n'a aucun sens, a dit Denise avant de regarder au loin, comme si elle avait vu quelque chose.

Quand elle a repris la parole, elle parlait à voix basse.

— Attends un peu. La fille de ton âge, dont tu m'as parlée, chez qui tu as vécu il y a quelques années. Celle qui te plaisait, tu m'as dit. J'avais presque oublié.

— Merde, ai-je soufflé trop fort pour passer inaperçue.

— Pie, a-t-elle lancé d'une voix tout à coup monotone et sérieuse. As-tu vécu chez Tess ?

J'aurais pu mentir. J'aurais dû mentir.

— Je... oui.

— Alors, c'est toi qui m'utilises, a déclaré Denise.

C'était cette neutralité dans sa voix qui m'effrayait le plus. Je voulais qu'elle se remette à me crier dessus. Cette fois, j'ai senti les larmes monter sans pouvoir les retenir.

— Je suis désolée, ai-je dit d'une voix faible et lointaine. Ce n'est pas ce que tu crois.

Mais elle avait raison : tout avait commencé exactement comme elle venait de le comprendre.

Mais ce n'était plus le cas. Loin de là.

— Tu n'es qu'une harceleuse, a-t-elle dit platement. Une pauvre fille.

— Non, ai-je dit faiblement.

Je me sentais étourdie et malade. Tout dans la pièce flottait, comme si on était sous l'eau.

— Pire encore : tu es lâche. Tu mets ton nez partout et tu mens comme tu respires. Je te faisais confiance, j'espère que tu t'en rends compte ? J'ai été bête. Tu m'as fait éprouver de la pitié pour toi.

Elle a de nouveau haussé le ton, le timbre de sa voix éreinté par l'émotion.

— Tu as fait en sorte de devenir une personne importante pour moi.

Ça me blessait infiniment plus que si elle m'apprenait qu'elle n'en avait jamais rien eu à faire de moi.

Elle avait raison : je n'étais qu'un monstre. J'ai rasé le mur, à peu près certaine que sans lui je me serais effondrée par terre. J'ai trébuché sur une pile de livres puis j'ai essayé de la remettre en place. Mes mains tremblaient.

Qu'est-ce que j'avais cru ? Je n'étais pas faite pour avoir des amis. Ni pour être appréciée par qui que ce soit.

Une débile profonde. Une pauvre fille, une cause perdue, tellement obnubilée par la moindre marque d'affection que j'avais mis de côté absolument tous les principes qui avaient régi mon existence jusque-là. J'avais oublié tout ce que je connaissais de la vie, toutes les règles, le

Comment-Ça-Marche – tout ça parce qu'une personne s'était montrée vite fait sympa envers moi.

Mon invisibilité ne me protégeait pas : elle protégeait le reste du monde de moi. Pour que personne n'ait à me regarder. Ni même savoir que j'existais.

Il fallait disparaître. Disparaître pour de bon.

— Sors d'ici, a dit Denise.

Son visage était un mur. Une porte fermée.

— Sors de ma maison.

Et la suite ? Elle appellerait Tess, et ensemble elles me balanceraient. Ou elle appellerait son oncle et sa tante à l'aide.

J'étais dans le pétrin – un pétrin sans précédent. J'ai posé une main sur la porte. J'ai cru que j'allais m'évanouir.

Les bords de mon champ de vision sont devenus noirs.

J'ai essayé d'exécuter l'ordre de Denise et de tourner la poignée pour sortir. Ma main tremblait. J'ai cligné des yeux et quand je les ai rouverts la pièce avait disparu. Tout comme le futon et Denise. Je n'étais nulle part.

Le noir. Le néant. Le grand vide.

Je suis morte, ai-je pensé.

Liste exhaustive de toutes les morts potentielles qui m'attendent

Renversée par une voiture parce que le chauffeur ne m'a pas vue.

Renversée par un bus, un camion ou une moto pour le même motif.

Renversée par un vélo, un skate ou l'un de ces petits scooters électriques bizarres. Projetée en plein dans la circulation, écrasée par une voiture parce que la personne au volant ne m'a pas vue.

Écrasée par un objet extrêmement lourd qu'une grue aurait lâché sur moi parce que la personne aux commandes ne m'a pas vue.

Brûlée vive dans un incendie domestique, même si les pompiers arrivent à temps, parce qu'ils n'auraient même pas conscience de ma présence et n'essaieraient pas de me sauver des flammes.

Mais pas comme ça.

43

Je ne voyais pas mes mains. Je ne voyais rien. L'obscurité était si dense qu'il aurait fallu un autre mot pour la décrire.

Je ne sentais pas mes mains. Je ne sentais rien du tout. Comme si mon corps était parti. Comme si j'étais partie.

Heureusement, la peur, la colère et la douleur qui me consumaient un instant plus tôt s'étaient évaporées elles aussi.

Mon cœur ne battait pas vite. Je ne le sentais plus.

L'obscurité était comme un océan. Et moi, j'étais une vague – un élément comme un autre de cette étendue d'eau.

À cette pensée, j'ai senti quelque chose. Même si « sentir » n'était pas le bon mot. « Ressentir », peut-être.

L'obscurité n'était pas parfaitement figée. Il y avait des courants, des tourbillons, des vibrations. Différents niveaux de profondeur. Des endroits où elle dégageait une sorte de chaleur, et d'autres où elle devenait dure ou, au contraire, toute molle.

Elle se révélait riche en textures dès que j'arrêtais de la scruter.

J'ai décelé ses contours. Un endroit avec des courants d'air et des surfaces lisses – une fenêtre ouverte, peut-être. Une ombre froide et immobile, comme la silhouette d'un mannequin. Une obscurité tiède et fluctuante, en forme de fille assise par terre.

J'étais encore dans la chambre de Denise.

Mon corps existait toujours, il était partie intégrante de la pénombre, mais j'étais incapable de le sentir. Je pouvais me déplacer dans l'espace. J'ai essayé de parler, ce qui a produit des vibrations mais pas de son.

J'ai tendu le bras pour toucher l'obscurité-en-forme-de-Denise, mais la pénombre-de-ma-main est passée à travers son épaule.

Le monde et moi étions désynchronisés. J'étais désormais un véritable fantôme. Sans masse ni substance, il faut croire.

Le sol, ai-je pensé. *Pourquoi le sol me maintient-il encore ?*

Et alors je suis tombée, l'obscurité cédant immédiatement sous moi.

Allais-je tomber tout droit sous terre ? Tomber pour toujours dans le vide de l'espace ? J'ai hurlé sans bruit et ma chute a cessé. Je me suis effondrée sur une surface sombre qui était, j'en étais à peu près certaine, le sol du salon.

Je n'étais pas seule.

La silhouette présente n'était pas l'obscurité-en-forme-de-Denise. Elle était plus distincte, et avaient des contours plus nets. En bougeant, j'ai reconnu les traits de son visage.

Maman ! ai-je essayé de crier, mais aucun son n'est sorti.

Elle m'a dit en langue des signes : « Bonjour ».

J'ai ressenti les signes, ainsi que les déplacements de ses mains dans l'air, au lieu de les voir.

Ma mère s'est penchée pour me toucher le bras. J'arrivais presque à le sentir, un peu comme un bourdonnement. De la joie et de la tristesse irradiaient d'elle comme une houle symphonique.

— Est-ce que c'est vraiment toi ? a-t-elle demandé en langue des signes.

— Je crois que oui. Est-ce qu'on est mortes ?

Elle a ri.

Les vagues, solides, ondulaient dans la pénombre.

— Non, a-t-elle répondu.

— Où sommes-nous ?

En guise de réponse, elle a signé les mots « monde » et « endroit », avant de joindre ses mains.

Dans un endroit qui ressemblait au monde, mais qui ne l'était pas. Denise était juste là, en haut. En me concentrant bien, je pouvais encore ressentir sa présence – une obscurité aveuglante – à travers le plafond.

On avait glissé par les fentes du plancher. On était tombées.

Ou alors on avait sauté.

L'émotion que je venais de laisser derrière moi m'est revenue comme un choc électrique : la colère.

— Pourquoi est-ce que tu m'as abandonnée ? ai-je demandé.

La pénombre s'abattait tout autour de moi, dans un mélange d'émotions si écrasant que j'en étais de nouveau étourdie. Regret, tristesse, culpabilité, soulagement, colère, incertitude.

Ma mère a maladroitement signé le mot « erreur ». Ce n'était pas clair : je ne savais pas s'il s'agissait d'un accident ou si elle pensait que c'était mal de m'avoir abandonnée.

C'était la conversation la plus étrange que j'ai jamais eue, et pourtant, d'une certaine manière, ma mère ne m'avait jamais été aussi accessible. Comme si, dans cet endroit, je pouvais sentir bien plus que des mots. Je pouvais lire ses émotions.

— J'ai eu tellement peur, ai-je signé.

Ma colère se débattait tout autour de moi comme un organisme vivant, comme une horde d'animaux étranges cavalant dans la pénombre. J'ai tenté de les calmer.

Ma mère tendait ses mains de part et d'autre de son corps, paumes tournées vers le haut. Le même geste que Marie, sur la statue de Michel-Ange appelée *Pietà.*

C'était mon prénom. Ça signifiait : *Pardon.* Et : *Je n'ai pas été à la hauteur.*

— Je ne savais pas quoi faire, ai-je dit. J'ai appelé papa.

Elle a hoché la tête.

— Bien. Est-ce qu'il est venu ?

— Pourquoi tu n'es pas revenue ? ai-je demandé sans répondre.

Elle s'est figée, beaucoup trop longtemps pour que la réponse soit aussi simple que : « Je ne savais pas comment » ou alors « J'ai essayé plein de fois mais je n'ai pas réussi ». Elle ne voulait pas revenir. C'était une certitude.

Ma mère a dû ressentir ma colère à ce moment-là. Elle a eu un mouvement de recul.

— Tu te caches, ai-je dit. Comme toujours. Tu fuis.

J'ai signé le tout avec conviction et dédain, avec un doigt accusateur pour appuyer chaque « tu ».

Elle s'est affaissée et sa silhouette s'est légèrement enfoncée dans le sol. J'ai eu peur, à un moment donné, qu'elle finisse par le traverser. Je lui ai tendu une main.

Quand ma main a touché son épaule, j'ai compris dans un électrochoc que je pouvais sentir mes extrémités. Les voir, presque. J'ai cligné des yeux et j'ai cru déceler un fredonnement au loin. J'ai retiré ma main. Les sensations se sont évanouies.

— Tu sais comment revenir ? ai-je demandé.

— Je crois que tu es déjà sur le départ.

Elle a désigné ma poitrine.

J'ai compris que je réapparaissais par intermittence. De la même manière qu'elle avait disparu, mais à l'inverse. Pendant un instant, mon corps est redevenu visible, puis il s'est effacé de nouveau.

— Reviens, ai-je dit dans un premier accès de peur depuis que j'avais atterri dans cet endroit.

Je ne voulais pas la perdre à nouveau. J'ai tendu les mains vers elle.

— Je...

Elle a secoué les mains, chancelante.

— Je t'en prie, maman, ai-je signé, le désespoir prenant le dessus, tandis que le monde réel réapparaissait autour de moi. J'ai besoin que tu reviennes.

J'ai frénétiquement tendu les bras encore plus loin. À mon grand soulagement, elle s'est avancée et m'a attrapé la main.

Elle m'a attrapé la main et elle est revenue avec moi.

Au début, j'ai senti comme une séparation – comme si l'air et ma peau se détachaient l'un de l'autre. J'ai repris conscience de mes membres. Jusqu'à son retour, je n'avais pas remarqué à quel point l'absence de cette conscience avait été étrange.

Puis il y a eu un son. Un drôle de fredonnement, une sorte de ronronnement, presque assourdissant après le silence. J'ai compris que c'était le bruit de mon sang qui circulait dans mes veines. Le tambour de mon cœur est ensuite arrivé. Puis les milliers de chuchotements, de murmures et de craquements du monde, par-delà les limites de mon corps.

La lumière en revenue en troisième. Je pouvais voir, mais uniquement les nuances d'ombre et de clarté. Pâles et sombres, marbrées et changeantes. Même ça, c'était un choc après un tel néant. Comme sortir d'une séance de cinéma en plein jour. Je n'arrêtais pas de cligner des yeux.

Je pouvais voir la silhouette de ma mère tout à coup, debout à côté de moi, dans un flou de nuit et de lumière.

La couleur est revenue en dernier.

Le visage de ma mère s'est transformé et m'a rappelé l'une des peintures de Jules. En premier, des taches colorées, puis j'ai reconnu les traits bien familiers, aussi pâles et transparents que d'habitude, néanmoins lumineux, aux couleurs de l'affiche derrière elle.

— Tu es de retour, ai-je lancé à voix haute cette fois, dépassée par tant d'informations sensorielles et soulagée. On est de retour.

La pièce était vide. Aucun signe de Jules, Denise, Larissa ou encore Neely. Je ne savais pas combien de temps s'était écoulé. Il faisait nuit quand j'avais disparu, et c'était toujours le cas. Le temps passait-il différemment dans la pénombre ? Ça ne m'aurait pas surprise.

Ma mère a balayé la pièce du regard. Elle fronçait les sourcils et clignait des yeux, comme éblouie.

— Est-ce que ton père est ici ? a-t-elle demandé d'une voix étouffée.

— Non, il est bien à Pittsburgh, mais je ne lui ai pas dit où je vivais.

— Tu as bien appris ta leçon.

Elle me souriait avec tristesse.

— Peut-être trop bien, d'ailleurs. Je suis désolée, Pie. Je ne voulais pas te faire de mal.

— Je sais, ai-je répondu.

Mais je n'en savais rien, en réalité. J'avais très envie de la croire. Peut-être qu'elle n'avait pas voulu partir pour de vrai. Peut-être que c'était un accident. Moi, par exemple, je n'étais pas partie volontairement.

Le plancher a grincé à l'étage. Notre conversation n'était que murmures, comme toujours.

— On ferait mieux d'y aller, a dit ma mère.

Elle avait l'air fatiguée, moins consistante que d'habitude. Mais elle était bien là. Elle était pâle, mais je la voyais.

— On ne devrait pas rester dans cette maison. Il y a trop de gens ici.

— Euh, ouais, ai-je répondu en pensant à Jules et à Denise.

Est-ce qu'avec ma mère on allait reprendre notre routine habituelle ? Et mener notre existence comme avant ? Vagabonder de ville en ville. Vivre chez les riches. C'était plutôt confortable. C'était tout ce que j'avais jamais connu.

Et c'était bien suffisant.

— Viens, a-t-elle lancé en avançant vers la porte.

J'aurais dû me réjouir et remercier ma bonne étoile. Ma mère était revenue. Tout irait bien, désormais.

Mais j'ai hésité.

— Peut-être que... je pourrais juste dire au revoir.

Ma mère a fait volte-face.

— Pardon ?

À son ton, on aurait dit que je venais d'annoncer que j'allais tout simplement m'immoler par le feu.

— Non, rien, désolée, ai-je grogné.

C'était une idée débile. Denise me détestait, de toute façon. À juste titre. Peut-être que Jules aussi. A priori, Neely n'était même pas à la maison.

Je n'avais qu'à laisser un mot. Et des excuses, éventuellement, pour ce que j'avais dit.

— Dire au revoir à qui ? a demandé ma mère avec empressement, une nuance non identifiée dans la voix.

De la peur ? Sa main tendue s'est refermée sur mon bras, m'agrippant un peu trop fort.

Était-elle devenue encore plus craintive ?

— Ben, les personnes qui vivent ici, ai-je dit. Elles... elles m'ont aidée.

— Elles sont au courant, pour toi ?

Elle a disparu avant de réapparaître si rapidement que j'aurais très bien pu ne pas le remarquer.

— Maman, ai-je dit un peu trop fort, de nouveau désespérée. Je suis désolée, mais tu étais partie. J'ai paniqué. Qu'est-ce que j'étais censée faire, exactement ?

— Tu ne peux tout simplement pas te confier à des étrangers, a-t-elle répondu.

Elle m'a attrapée par les épaules et m'a secouée si fort que j'ai eu peur.

— Pourquoi fallait-il que tu fasses ça ? C'est tellement dangereux.

Elle disparaissait et réapparaissait de plus belle, clignotant comme une ampoule en fin de vie.

Je sombrais avec elle. Je l'ai compris tandis que la pénombre mordait le pourtour de mon champ de vision. J'ai ressenti sa peur encore une fois, comme j'avais pu le faire dans cet autre endroit, et comme si l'émotion n'était qu'un sens de plus.

— Tout va bien, ai-je dit en essayant de la calmer et de me défaire de son emprise. Je te le jure. Ce ne sont plus des personnes étrangères, maman.

— Tu ne peux pas faire confiance à qui que ce soit, a-t-elle glapi.

— Non, mais, pour de vrai, ai-je insisté. Jules et sa cousine, Denise, sont hyper sympas. Jamais on ne...

— Non, a dit ma mère, de l'angoisse dans la voix.

Elle a fait un pas en arrière.

Puis elle s'est volatilisée.

New Haven, Connecticut

On en a vu, des horreurs.

Derrière les portes closes, il arrive que les gens fassent des choses marrantes ou des choses normales. Ils dansent, ils chantent sans honte. Pètent sans retenue. Se curent le nez et se grattent les fesses. Regardent des compilations TikTok sur YouTube pendant des heures et des heures. Rient jusqu'aux larmes. Se masturbent. Parlent tout seul. Font jouer leur chat dans un jeu télévisé imaginaire.

Mais parfois, ils font d'autres choses – des choses dont j'ai peur de parler, auxquelles j'ai peur de penser.

Ils se font du mal à eux-mêmes. Ou se font du mal entre eux.

Quand j'avais huit ans, on a habité dans une maison où vivait une fille de mon âge. Elle avait une longue chevelure brillante, et j'en étais jalouse. Je la trouvais très jolie, et à l'époque, ça voulait simplement dire que je rêvais d'avoir son apparence. Ou d'avoir une apparence tout court.

On dormait dans la chambre d'amis, mais il arrivait que ma mère me laisse passer la nuit avec la petite fille, un peu comme une soirée pyjama. Il y avait un tapis blanc, doux et épais, alors je me couchais à même le sol, dans un coin, juste à côté de la veilleuse coccinelle.

Un soir, très tard, son père est entré.

J'ai regardé ce qui s'est passé. Oui, j'ai regardé. Je n'ai pas compris. Je voulais avoir le pouvoir de tout stopper. Mais je ne savais pas quoi faire.

Alors je suis restée plantée là, dos au mur, et j'ai regardé.

J'en ai parlé à ma mère le lendemain matin, après le départ de chaque habitant de la maison. J'ai raconté ce que j'avais vu, elle m'a demandé si j'étais sûre de ce que j'avançais, et j'ai répondu que oui, que je l'avais vu, même si je ne l'avais pas compris. Ma mère serrait ma main tellement fort qu'elle me faisait mal.

Elle m'a dit de ne plus y penser. On est sorties, on a volé une pizza entière sur le comptoir d'un restaurant et on l'a mangée dehors, dans un parc. Puis on est allées à la bibliothèque. Ma mère m'a installée au rayon jeunesse et m'a dit de l'attendre là. Elle serait de retour une heure plus tard. J'ai attrapé le dos déchiré de *Bonsoir lune*. Une heure est passée. Ma mère n'est pas revenue.

J'ai eu peur, alors j'ai parcouru le kilomètre qui me séparait de la maison. Il y avait des voitures de police et une ambulance sur le trottoir. Ma mère avait-elle appelé la police pour leur raconter ce que j'avais vu ? Allaient-ils arrêter le père ?

Elle m'a retrouvée plantée devant la maison. Elle avait changé de vêtements et emprunté une robe à la femme qui vivait là. Ses mains étaient humides, comme si elle venait tout juste de les laver, et elle avait les cheveux en bataille.

— Viens là, m'a-t-elle dit. Dépêche-toi.

Tandis qu'elle pressait le pas sur le trottoir, je me suis retournée et j'ai vu qu'on chargeait un corps dissimulé sous des couvertures à l'arrière de l'ambulance.

Des années se sont écoulées avant que je comprenne ce qui s'était passé ce jour-là, et que je prenne la mesure de ce que ma mère avait fait.

44

— Maman ?

La panique m'envahissait. Ce n'était pas possible. Pas encore. Je venais à peine de la retrouver, et elle s'était de nouveau volatilisée. Je m'agitais désespérément dans tous les sens pour tenter de la rattraper, à l'endroit où j'avais vu ses mains en dernier.

Elle n'était pas réellement partie. Elle était là. Dans la même pièce. Elle était simplement désynchronisée. Ce n'était pas possible autrement.

— Maman ?

J'ai retenté ma chance sans oser crier. Larissa et Terrance étaient peut-être à la maison. J'entendais des petits craquements à l'étage.

Ma mère ne pouvait pas m'entendre, de toute manière, n'est-ce pas ? Pas si elle était dans l'obscurité. J'ai essayé de lui parler en langue des signes, encore et encore.

— Maman, reviens !

J'ai cligné des yeux à plusieurs reprises et j'ai essayé de retourner dans cet endroit étrange. J'ai tenté de retrouver l'état émotionnel qui m'y avait emmenée quelques instants plus tôt – trahison, tristesse, peur. Le tapis du monde s'était dérobé sous mes pieds.

Malgré ma détermination, je n'arrivais pas à avoir peur. Je ne ressentais aucun désespoir, vraiment.

Je ne ressentais rien hormis de la colère.

Et je ne voulais pas de cette colère. J'aurais dû avoir de l'empathie pour ma mère. C'était la peur, de toute évidence, qui l'avait repoussée – je l'avais sentie en elle avant qu'elle disparaisse. Et Steve n'avait-il pas exactement dit ça de ce type, Felix ? Qu'il avait eu peur ?

Elle a recommencé. Elle m'a abandonnée. C'était tout ce à quoi je pensais.

Je ne sais pas combien de temps je suis restée là, à attendre et espérer que quelque chose se passe. À espérer qu'elle revienne, ou que je la rejoigne.

J'ai entendu des voix feutrées à l'étage.

Je me suis levée et j'ai monté l'escalier en longeant le mur pour éviter tout grincement.

La porte de Denise était ouverte. Je me suis avancée et j'ai jeté un coup d'œil dans sa chambre. Elle était assise au bord du futon, les genoux repliés contre elle. Elle venait de pleurer. En voyant les petites bosses sous la couette, je me suis dit qu'elle s'était empressée de cacher les objets volés. Est-ce que ça voulait dire qu'elle n'avait pas encore parlé de moi à sa tante ?

Larissa était assise sur la chaise de bureau, penchée en avant, les mains posées sur ses genoux, le visage doux et plein de compassion.

— J'aimerais tellement que les choses soient plus simples, a-t-elle dit. Pour vous deux.

— Elle est beaucoup trop bornée, a dit Denise, sévère.

Pendant un instant, j'ai cru qu'elle parlait de moi.

— Tu dois tenir d'elle, alors, a dit Larissa avec un sourire.

Elles parlaient de sa mère, évidemment.

Denise a baissé la tête, se recroquevillant davantage sur elle-même. Larissa s'est approchée d'elle pour s'agenouiller à ses côtés et l'enlacer.

— Elle t'aime, tu sais, a-t-elle dit.

— Ouais, a murmuré Denise.

— Je suis sûre qu'elle adorerait que tu reviennes vivre avec elle.

— Alors pourquoi est-ce qu'elle...

— Denise, l'a coupée Larissa avec douceur, elle ne veut pas que tu sois obligée de prendre soin d'elle. Ce n'est pas ton rôle.

Je n'étais pas censée entendre tout ça. Les mots de Denise me sont revenus à l'esprit : *Tu n'es qu'une harceleuse. Une pauvre fille.*

Je suis redescendue. Avec prudence, j'ai ouvert la porte d'entrée sans faire de bruit, juste assez pour m'y faufiler, puis je l'ai refermée derrière moi.

Je me suis écroulée sur le perron. Il faisait froid – le genre de température qui nous aurait poussées à descendre dans le sud. Mon souffle formait un petit nuage. Il devenait visible dès qu'il quittait mon corps.

Je l'ai contemplé un moment. Puis j'ai laissé tomber ma tête entre mes mains.

Ne fais confiance à personne, m'avait toujours dit ma mère. *Ne tombe pas amoureuse. On te trahira. On te blessera. Tu perdras tout, tout ce que tu as, et tu comprendras, après toutes ces années à penser que tu étais « seule », dans ta tête et dans le monde, que tu ne savais même pas ce que ce mot voulait vraiment dire.*

Une main s'est refermée sur mon bras.

Une main.

Dans un accès de peur, j'ai essayé de m'extirper d'un coup sec, mais l'emprise était tenace. La personne a agrippé mon autre bras par derrière – impossible de la voir.

Tess ? Denise ? Jules ? Mon père ?

Je me suis débattue en gigotant dans tous les sens, sous le choc, incapable d'articuler une pensée en dehors du domaine du viscéral ou de l'instinct.

J'étais tellement habituée à ne pas faire de bruit que crier ne m'a même pas traversé l'esprit.

Était-ce ma mère ? Avait-elle fini par revenir ? Cette pensée a infiltré ma panique animale une bonne seconde avant que la personne ne se mette à parler.

Dans une voix que je n'ai absolument pas reconnue.

— Arrête. Je te vois.

Denver, Colorado

— Patricia, je crois qu'il y a quelqu'un dans la maison, avait dit l'homme.

Un autre homme, dans une autre maison, des années plus tôt.

— Tu es ivre, avait répondu Patricia.

C'était vrai.

Ma mère et moi étions dans la pièce avec eux. On avait marqué une pause en revenant de la cuisine, les bras remplis de nourriture piquée dans le frigo. L'homme et son épouse se prélassaient sur le canapé en cuir, à quelques centimètres de nous seulement. Ils venaient d'éteindre la télévision.

— Non mais, vraiment, a-t-il dit. J'ai l'impression que quelqu'un est ici avec nous. J'entends des bruits.

Patricia s'est redressée, les sourcils levés, l'air septique, mais le malaise a commencé à s'installer dans sa voix.

— Bien, qu'est-ce que tu veux que je fasse exactement ?

L'homme cachait des petites bouteilles de whisky partout dans la maison. Le couple était aisé, mais pas excessivement riche. Ils se payaient un service de nettoyage hebdomadaire plutôt qu'une femme de ménage. Ils avaient un bar bien rempli, avec des alcools forts de qualité, mais le whisky que l'homme planquait était conditionné dans des bouteilles en plastique. Il le cachait pour en avoir à portée de main à tout moment, et pour le boire sans que Patricia ne s'en doute.

— Rien, a dit l'homme. Rien du tout. Mais dis-moi, Pat.

— Te dire quoi ?

Je ne sais pas s'il est nécessaire de mentionner que j'avais vu Patricia avec un autre homme, un matin, alors qu'elle était censée être au travail. J'avais vu cet homme glisser une main sous sa jupe. Patricia s'était précipitée sur son pantalon, la bouche collée à son cou telle une sangsue. Puis ma mère était arrivée près de moi, et je m'étais retournée en vitesse pour qu'elle ne remarque pas que j'étais en train de les observer.

Ce couple n'était pas heureux. Je ne sais pas s'il est important de le préciser.

— C'est lui, c'est ça ? a demandé l'homme à Patricia.

— Qui ?

— Celui avec qui tu baises ?

La seconde d'après, ils étaient tous les deux debout, en train de se crier dessus. Ma mère m'a lancé un regard appuyé. Pas besoin de langue des signes. C'était l'heure de partir. On a pris le temps qu'il fallait pour ranger une partie de la nourriture dans nos sacs à dos. L'homme est sorti de la pièce, furieux.

On était sur le point de déguerpir sans bruit lorsqu'il est revenu. Un pistolet à la main.

— Sors de ma maison ! a-t-il crié.

— Mon Dieu, Ron, a dit Patricia. Arrête ça.

Ma mère et moi avons détalé. Dans la pièce voisine, j'ai trébuché et je me suis cognée dans une table basse. L'homme m'a entendue et s'est lancé à notre poursuite.

Il ne nous voyait pas, il ne voyait rien, mais il a quand même tiré en direction du bruit. On a couru vers la sortie. Le second tir s'est encastré dans le cadre de porte en bois.

J'ai titubé à l'extérieur, dans la pénombre, la terreur sur les talons. Si proche de moi que je la sentais. Comme des mains glacées sur ma peau.

45

On venait de me capturer sur le perron de Denise. J'étais pétrifiée. Mon cœur palpitait et battait à tout rompre. La personne qui me tenait les bras a serré quelque chose autour de mes poignets. Clic. Du métal froid.

On venait de me menotter. Est-ce que c'était les policiers qui s'étaient garés devant chez les riches ? M'avaient-ils finalement retrouvée ? Savaient-ils ce que j'avais fait ? Comment était-ce possible ? Et surtout comment pouvaient-ils me voir ?

On m'a forcée à me lever et poussée pour que j'avance. J'ai trébuché.

Une voiture était garée au bout de la rue. La porte côté conducteur, qui était grande ouverte, déversait une lumière tamisée. Ce n'était pas une voiture de police. Juste une berline.

On a tiré sur mon bras d'un coup sec pour m'amener sur le trottoir. J'ai enfin pu voir de qui il s'agissait.

C'était une femme plus grande que moi, qui avait les cheveux relevés en une queue-de-cheval bien serrée. Elle portait une veste d'hiver, des gants et un pantalon noir. Elle était consistante, pas translucide. Je ne voyais pas ses yeux : ils étaient dissimulés sous les lunettes les plus étranges qu'il m'ait été donné de voir. Comme deux objectifs d'appareil photo vissés sur chaque œil, pointant en avant pour traquer comme il se doit. Ils étaient rattachés à une structure en métal noir, avec une mentonnière et une courroie de tête.

La chercheuse en activité paranormale. Ça ne pouvait être qu'elle.

J'ai trébuché dans l'herbe et j'ai lancé un coup d'œil vers la maison de Denise. Aurais-je dû crier ? Quelles auraient été les chances qu'on vienne me secourir ? Denise avait dû appeler Tess, ou lui écrire pour tout lui raconter. Et Tess avait envoyé cette personne à mes trousses.

J'ai voulu dire quelque chose, mais la femme a plaqué sa main contre ma bouche.

— N'y pense même pas, a-t-elle dit.

À travers les disques plats et sombres de ses lunettes, j'avais l'impression d'être observée par un extraterrestre. Ou un monstre.

— Ce n'est pas toi, a-t-elle lancé. Si ?

Je ne comprenais pas sa question qui, par ailleurs, ne ressemblait pas à une question. C'était comme si elle avait déjà la réponse mais espérait se tromper. J'ai cligné des yeux, trop perplexe pour répondre quand bien même elle m'y aurait autorisée.

La femme m'a tirée jusqu'à sa voiture. Elle ne manquait pas de force. Elle a ouvert d'un coup sec la portière arrière et m'a poussée à l'intérieur avant de la claquer. Avec mes mains attachées dans le dos, impossible d'atteindre la poignée. En tortillant la tête, je pouvais voir que les menottes étaient devenues transparentes, mais ça ne les rendait pas moins efficaces.

Toutes ces années à observer la plus grande prudence, pour qu'on ne découvre jamais mon existence, et voilà que j'avais tout foutu en l'air. On me kidnappait, on me volait exactement comme je volais des objets.

Bordel, pourquoi est-ce que je n'avais pas écouté ma mère ?

La voiture a démarré. J'ai tendu le cou pour regarder derrière nous, en direction de la maison de Denise, et j'ai essayé de mémoriser notre itinéraire. De noter les différents virages. Peut-être que ça allait m'aider ?

— Qui êtes-vous ? ai-je demandé.

La femme n'a rien répondu. Elle a continué à conduire en silence.

— Qu'est-ce que vous voulez ? ai-je insisté.

Ça ne ressemblait pas à l'une des voitures noires et impeccables du gouvernement. De toute évidence, si on était en train de m'emmener vers la zone 51 pour y effectuer des expérimentations, on aurait envoyé plus d'une femme pour me capturer. Ou au moins, elle aurait porté une élégante combinaison noire.

Mais qu'est-ce que j'en savais, après tout ? On ne voyait ça que dans les films.

— Pourquoi est-ce que vous pouvez me voir ? ai-je tenté.

— Lumière infrarouge, a-t-elle répondu.

Ce qui expliquait les lunettes.

— Où est-ce que vous m'emmenez ?

Elle n'a plus dit un seul mot.

Une heure plus tôt, je me croyais morte, mais à ce moment précis, j'avais le sentiment d'être sur le point de mourir. On pense que c'est la même chose, mais c'est faux. L'un est largement pire que l'autre.

Si on meurt, c'est fini. Il n'y a rien de plus à faire, alors autant se détendre.

Mais si on a le sentiment qu'on va mourir, notre intuition se met à hurler et se débattre dans tous les sens. Elle fait tout ce qui est en son pouvoir pour remplir sa principale fonction : assurer la survie.

Que pouvais-je bien faire ? J'étais dans une voiture en mouvement, les mains menottées dans le dos. La femme portait encore ses lunettes. Je ne voyais pas ses yeux. Je ne voyais presque rien.

Ma respiration s'est emballée, exactement comme sous le masque tête de mort deux jours plus tôt. J'avais le souffle encore plus court. Impossible d'inspirer correctement, même si rien n'obstruait mes poumons mis à part la terreur.

Personne ne partirait à ma recherche. Si je mourais, je ne manquerais à personne, même pas ma mère. Elle ne serait de toute façon pas au courant, bien en sécurité dans sa pénombre.

Et Denise penserait tout simplement que j'étais partie, exactement comme elle s'y attendait.

Denise.

On avait été amies. De vraies amies, non ? Et j'avais tout foutu en l'air.

C'était trop. Beaucoup trop. J'ai fermé les yeux.

La femme a pilé. J'ai glissé de mon siège, incapable de me rattraper.

Elle s'est retournée pour me regarder à travers ses lunettes. C'était troublant, presque douloureux, d'avoir ces disques noirs braqués sur moi.

— Qu'est-ce que tu fabriques ? a-t-elle demandé.

— Absolument rien, ai-je répondu en remontant sur le siège tant bien que mal.

— Oh que si, a-t-elle dit. J'ai bien vu, dans le rétroviseur ! Tu as disparu.

— Je suis invisible, ai-je dit, confuse.

Puis j'ai compris. J'avais dû disparaître par intermittence. Comme ma mère dans le train. Je n'avais pas été transportée jusqu'à la pénombre, mais c'était la première étape du voyage.

Pouvais-je aller jusqu'au bout ? Et m'enfuir, grâce à ça ? Fuir dans l'ombre, dans le néant ? Il fallait que je me concentre sur la peur. Que je la laisse m'envahir.

La femme s'est de nouveau tournée vers la route et a mis un coup violent sur le volant. Le klaxon a poussé une plainte vaine.

Sa main, je l'ai vue, tremblait.

J'ai refermé mes yeux et j'ai essayé de ressentir le même accès de désespoir qu'un instant plus tôt, juste avant de disparaître puis réapparaître. Tout ce que je pouvais voir, cependant, c'était l'image de la main qui tremblait. Ce qui d'une certaine manière a exalté ma panique.

J'ai ouvert les yeux.

— Je vous en prie, laissez-moi partir.

Ma voix était plus calme que prévue.

La femme a sursauté, comme si je venais de la frapper. *J'avais raison*, ai-je pensé. Elle avait peur, elle aussi.

— Je vous donnerai de l'argent, ai-je dit en pensant à mon père.

Elle lui ressemblait probablement. Elle voulait se servir de moi.

— Ou de la drogue. Tout ce que vous voudrez.

— Je ne suis pas une junkie.

Elle s'est tournée pour me regarder encore une fois.

Son regard m'a fait tressaillir.

La femme ne m'a pas quittée des yeux pendant un bon moment, avant de reprendre la parole :

— Je ne cherche rien à part mon frère.

Quelque part au sud des sources d'eau chaude de Glenwood, Colorado

Des semaines après les tirs de pistolet, je me réveillais au milieu de la nuit en tremblant, dégoulinante de sueur, prête à déguerpir. Ma mère me caressait le front, en me disant qu'on était en sécurité, qu'on s'en était sorties et qu'elle ne laisserait plus jamais ça arriver.

On a vécu loin de la civilisation pendant un mois. Sans parler, on a marché deux jours le long du sentier Rio Grande, et on s'est installées un campement dans une ville fantôme avec des cabanes en bois dans lesquelles le vent s'engouffrait. Les Rocky Mountains, telles des sentinelles, se dressaient au loin.

Je me sentais tellement seule. Et j'avais tellement peur.

Je n'arrêtais pas de penser au fait que, si ces balles nous avaient touchées, si ma mère et moi avions été tuées, personne ne l'aurait jamais su. Nos corps auraient pourri sans que personne ne les voie. Personne ne nous aurait cherchées. Personne n'aurait lancé d'alerte suite à notre disparition. Personne ne se serait demandé pourquoi on ne s'était pas pointées au travail ou à l'école. Personne n'en aurait eu quoi que ce soit à faire.

46

La mystérieuse femme s'est garée dans une rue sombre.

— Je ne sais rien sur votre frère, ai-je dit en lançant un regard vers la portière.

Je n'arrivais pas à dire si elle était verrouillée ou non, je ne m'y connaissais pas assez en voitures.

— Vous êtes comme lui.

Elle a agité une main dans ma direction et s'est retournée.

— Il est comme vous. Invisible.

À peine quelques jours plus tôt, ça aurait été la nouvelle de l'année, mais désormais ma perception du monde avait totalement changé.

— Oh, ai-je dit simplement.

Quelque part, cette femme me rappelait mon père. Il était à notre recherche, à ma mère et moi, quand il était tombé sur Steve.

J'ai voulu ouvrir la portière, mais la femme m'a prise en flagrant délit. La seconde d'après, sa main traversait l'habitacle pour agripper mon bras. Pas fort, mais le simple fait d'être touchée envoyait des ondes de choc partout dans mon corps et mettait mes nerfs en alerte.

— Je ne te laisserai pas partir, a-t-elle déclaré. J'ai observé cette maison pendant de longues heures. Et je l'aurais fait toute une semaine si c'était nécessaire.

— Mais pourquoi ? me suis-je exclamée, le souffle court.

Le métal froid des menottes s'enfonçait dans mes poignets.

— Je suis attentive, a-t-elle dit. Des événements étranges se passent un peu partout en ville. Des événements que la plupart des gens ne comprennent pas. Mais moi si. J'espérais que ce soit lui.

— Mais la maison, ai-je dit. Pourquoi observiez-vous cette maison précisément ?

Peut-être que ça n'avait aucune importance. Mais je voulais savoir. Et si c'était Denise ? Avait-elle eu le numéro de cette femme grâce à Tess ? Lui avait-elle donné des indications précises ? D'une certaine façon, tout ça était bien pire que révéler mon existence à Tess.

— Un indic, a lâché la femme.

— Qui ça ?

— Est-ce bien important ? Une fille. Bon. Tu vas m'aider à retrouver mon frère.

— Je ne sais rien sur votre frère, ai-je dit, agacée et distraite.

Une fille. La réponse la plus évidente, c'était qu'il s'agissait de Tess, mais je voulais en être certaine.

Est-ce que Denise m'avait balancée ?

Mais après tout, pourquoi me focaliser là-dessus ? Ça n'avait plus d'importance. Tout était en ruines. J'étais de nouveau en danger. Je devais trouver une manière de me barrer de là vivante, au lieu de me concentrer sur la potentielle trahison de Denise.

— Je ne peux pas porter ça tout le temps, a dit la femme en désignant ses lunettes, mais vous, vous pouvez vous voir les uns et les autres, n'est-ce pas ? Entre invisibles ?

— Laissez-moi partir, ai-je dit en tirant sur les menottes pour en extraire mes mains.

La peur revenait. Une peur primaire d'animal en cage.

— Je vous en prie.

Elle a secoué la tête.

— Impossible.

Mon cœur a fait une chute libre.

— Je ne lâcherai rien, quoi qu'il en coûte. C'est mon petit frère. C'est comme ça. J'ai besoin de lui parler.

— Est-ce qu'il s'appelle Steve ? ai-je demandé, désespérée.

— Non, a-t-elle répondu avec méfiance. Felix. Pourquoi ?

Felix. J'ai sursauté en prenant conscience que j'avais, de fait, des informations sur son frère. C'était lui qui avait disparu.

Est-ce que je pouvais me contenter de balancer ça ? Est-ce qu'elle allait me croire ?

— Écoutez, ai-je dit. Si je vous emmène voir quelqu'un, une autre personne invisible, vous me laisserez tranquille ?

Elle m'a fixée.

— C'est le seul invisible que je connaisse, ai-je ajouté.

Dans cette dimension, disons.

— Et peut-être qu'il saura où est votre frère.

Je ne savais pas s'il fallait considérer ça comme un mensonge.

— Entendu, a-t-elle dit.

Je lui ai donné l'adresse.

On s'est garées dix minutes plus tard devant la maison de Steve.

— Vous pouvez enlever mes menottes ? Je coopère, là. Je suis en train de vous aider.

— Non, a-t-elle répondu en m'aidant à descendre de la voiture, une main fermement posée sur mon bras pour m'indiquer que je n'étais pas libre.

Ses manières étaient brusques mais méthodiques.

— Pas encore.

Elle était plus grande que moi. Et plus forte, apparemment. Je ne savais pas s'il était possible de me libérer en me débattant, et de courir pour sauver ma peau. Le contact de sa main avait mis tout mon système nerveux en alerte. Mon cœur émettait un bruit sourd. Comme une porte qu'on claque encore et encore, en vain.

— Il est là ? a demandé la femme en jetant un regard en biais à la maison tout en me traînant dans l'allée.

— Oui, ai-je dit. Mais il est parano. Il risque de ne pas ouvrir s'il vous voit. Vous devriez enlever mes menottes : je frappe à la porte, et vous, vous vous cachez.

Une fois libre, je pourrais courir. Elle m'a lâchée – la pression a disparu, quel soulagement ! – et a ôté les menottes, mais avant même que je puisse me dégourdir les bras, elle m'a attrapé les poignets et les a rattachés ensemble, à l'avant cette fois.

— Je reste juste ici, a-t-elle déclaré.

Elle s'est légèrement décalée sur la gauche, adossée à la façade de la maison.

— Vous avez dit que vous me laisseriez tranquille.

— C'est ce que je vais faire, a-t-elle répondu. Dès que j'aurai la preuve que tu n'essaies pas de me la faire à l'envers.

Puisque je n'avais pas le choix, j'ai fait de mon mieux pour frapper à la porte, compte tenu des menottes.

— Hé, c'est moi, ai-je crié. Pie. S'il vous plaît, laissez-moi entrer. J'ai besoin d'aide.

Il faisait nuit. Il devait être en train de dormir. Mon corps tout entier était tendu, à l'affût du moment adéquat pour prendre mes jambes à mon cou.

La femme a gesticulé pour m'ordonner de recommencer. Je me suis exécutée maladroitement. Avec une moue de dégoût, elle s'est avancée et a cogné contre la porte elle-même. Fort. Sans s'arrêter.

— Allez-vous-en, a crié l'interphone.

J'ai essayé de reculer, mais la femme m'a mis un petit coup de coude et m'a adressé un regard lourd de sens.

— Euh, je suis navrée de débarquer comme ça, ai-je dit à l'interphone. Mais j'ai vraiment besoin de ton aide. Et mon père n'est pas avec moi.

— Je t'avais bien demandé de ne jamais revenir, a répondu Steve.

Il y avait, dans sa voix, plus d'incompréhension que de colère : pourquoi donc n'avais-je pas respecté sa demande ?

La femme m'a poussée et s'est mise à parler dans l'interphone.

— Je suis à la recherche de mon frère, Felix, a-t-elle dit. Vous le connaissez ?

Il y a eu un long silence. J'ai cru que Steve n'allait pas répondre. Puis l'interphone a grésillé :

— Je l'ai connu.

C'est le moment que j'ai choisi pour courir.

J'ai réussi à descendre l'escalier et à m'élancer sur la pelouse. Mais la femme était plus rapide que moi. Tout ce dont je me souviens, c'est que j'ai fini à plat ventre par terre. Le dos immobilisé sous son genou.

— Laissez-moi partir, ai-je crié, en panique.

— Ça ne va pas, de faire un cirque pareil ? a grésillé l'interphone. Arrêtez ça tout de suite.

Le poids sur mon dos s'est allégé. La seconde d'après, la femme me remettait debout et me tirait par le bras jusqu'à la porte d'entrée. Elle s'est remise à cogner dessus avec le poing.

— Où est-il ? a-t-elle crié.

La lumière de la maison voisine s'est allumée. J'ai essayé de couvrir mon visage avec mes mains, mais elles étaient toujours attachées.

— Taisez-vous, par pitié, a dit l'interphone.

La femme a redoublé d'ardeur.

— Je crierai aussi fort que mes poumons me le permettent !

J'ai entendu un grommellement inaudible, puis le verrou a cédé.

— C'est du grand n'importe quoi, a dit Steve en ouvrant la porte. S'il faut vraiment que vous hurliez, faites-le à l'intérieur.

La femme est entrée en me traînant derrière elle. Steve se tenait contre le mur, immobile et tendu, une expression de fureur absolue sur le visage.

La femme, dont je ne connaissais toujours pas le nom, a tourné la tête pour l'examiner. Il s'est raidi encore plus et m'a regardée avec de gros yeux.

— Elle peut nous voir, ai-je lancé, misérable.

— Vous n'êtes rien de plus que des sortes de taches, a renchéri la femme. Des masses de chaleur informes.

Steve avait lui aussi un air misérable.

— Mais qu'est-ce que tu as fait ? m'a-t-il demandé, la voix serrée.

— Elle m'a kidnappée, ai-je fébrilement protesté. Je n'ai pas eu le choix.

— Où est mon frère ? a demandé la femme.

Steve a fermé les yeux et a posé ses paumes de main sur ses paupières. Il s'est laissé glisser contre le mur et s'est assis, courbé en avant, se protégeant du regard de la femme.

— Ne lui criez pas dessus, ai-je ordonné à la femme. Ou il ne vous dira rien.

Elle a levé les mains vers ses lunettes. J'ai cru, au début, qu'elle allait les réajuster, puis j'ai compris qu'elle essuyait les larmes qui coulaient sur son visage.

Elle pleurait. Elle pleurait de colère. De deuil et de désespoir. Tous les trois, on partageait tout simplement la même misère et on la lançait au visage des uns et des autres comme une absurde patate chaude qui brûlait nos mains, qui brûlait autrui, qui nous brûlait nous-mêmes – qui brûlait absolument tout.

Était-ce comme ça que ça fonctionnait ? Était-ce le cœur pourri et immuable de toute interaction humaine ? Était-ce la raison pour laquelle ma mère répétait qu'il ne fallait jamais faire confiance à personne ?

J'ai fait un pas en arrière dans le couloir. La femme s'est tournée vers moi.

Elle me voyait. Ces deux personnes me voyaient. La terreur d'être captive m'a écrasée comme une vague qui surprend, exactement comme le son des tirs de pistolets dans le Colorado m'avait poursuivi pendant des mois. Surgissant de nulle part. Un danger sans échappatoire. Rien que de la peur.

Je n'avais personne. Personne à mes côtés. Ma mère était partie, mon père tenait plus à ses peintures qu'à moi. Et pour Tess, je n'avais jamais rien été de plus qu'un fantôme en colère.

Le pire, c'est que j'avais perdu la seule amie que j'avais jamais eue.

Et que je me retrouvais encore une fois en captivité.

J'ai fait un autre pas en arrière.

Et la pénombre m'a engloutie.

47

J'étais de retour dans le noir, déconnectée de moi-même et du monde. Je percevais à peine la pièce que je venais de quitter, mais pas grâce à la vue. Je me suis demandé si c'était la manière dont les chauves-souris ou les dauphins appréhendaient le monde. Avec une sorte de sonar de l'âme. Une cartographie de la pièce, dans ma tête et sans couleurs, uniquement de la lumière. Des formes et des contours.

J'ai senti une silhouette avancer vers moi. Une pénombre encore plus noire, qui dégageait de l'électricité.

Cette silhouette, j'en étais quasiment certaine, c'était Steve. Ou la femme.

Je ressentais les vibrations de leurs paroles, comme les basses d'une enceinte, mais je ne les comprenais pas.

La silhouette de Steve s'est de nouveau déplacée.

Il a tendu la main vers moi. J'ai essayé de reculer, mais je bougeais avec maladresse dans l'étrange néant de la pénombre. Les menottes avaient voyagé avec moi, mes mains étaient encore liées. La forme de son bras est arrivée jusqu'à moi.

Elle a atteint mon épaule.

Ni contact. Ni douleur. Juste une sensation qui tenait à la fois du froid et du chaud. L'impression d'un rasoir délicat qui pèle la peau en bandes aussi fines qu'une feuille de papier, qui la sculpte si lentement que c'en est presque imperceptible. Comme une bourrasque de vent qui soulève le duvet de l'avant-bras, mais qui vient de l'intérieur.

Steve ne m'avait pas touchée. La forme de son bras avait rencontré celle de mon épaule et ne s'était pas arrêtée. Elle m'avait traversée.

Dans une horreur muette, j'ai senti que son bras me transperçait. La sensation glaciale-brûlante-coupante-venteuse (et douce, tellement douce, comme le souvenir d'une sensation) palpitait là où les différents ressentis se superposaient.

J'étais pétrifiée. Clouée par la lame de son bras.

Mais l'étais-je vraiment ?

Je me suis éloignée. Sans résistance. J'ai découvert que si je pensais mes déplacements comme de la nage, plutôt que de la marche, c'était plus facile.

La silhouette de Steve s'est redressée, il a retiré sa main. J'ai mis un moment à comprendre ce que je percevais. Il l'avait tendue vers une surface. Une table basse. Il y avait pris quelque chose. Il ne savait pas du tout que j'étais là.

Je n'existais pas.

J'ai trouvé la forme de la porte et je suis sortie de la pièce. Je naviguais plus grâce à ma mémoire qu'à mon sens de l'ombre peu développé. La porte d'entrée était fermée à double tour.

Je m'en suis approchée et j'ai tendu ma main, qui est passée au travers du verrou. J'ai ressenti un léger picotement, plus ténu que lorsque le bras de Steve m'avait transpercé l'épaule.

C'était exaspérant. Je ne voyais pas. Mon cerveau avait du mal à gérer ce nouveau mode de perception et à comprendre ce qui m'entourait. J'étais sur le point de verser des larmes de frustration quand j'ai pris conscience que j'étais une parfaite idiote.

J'étais devenue ce que j'avais toujours pensé être : un fantôme. Or, les fantômes ne s'embêtent pas avec des verrous. Ni avec des portes.

J'ai avancé. Une part de mon esprit résistait et envoyait frénétiquement des signaux instinctifs pour tout stopper, s'accrochant à l'ancien concept de « mur ». Mais je l'ai mise de côté et j'ai foncé vers la porte. Je suis passée de l'autre côté et un léger frisson m'a parcourue.

J'étais dehors. Les limites de mes sens s'élargissaient. Une immense étendue de néant au-dessus de moi, et une cacophonie de formes tout autour.

Alors que je me concentrais sur ces formes, elles ont paru se démultiplier. Je ne percevais pas seulement l'extérieur des maisons, mais aussi ce qui se trouvait à l'intérieur.

Mon esprit s'est mis à vagabonder. C'est, je crois, la meilleure manière de le décrire. Le rayon de ma perception du monde n'avait apparemment aucune limite. Les bâtiments n'obstruaient pas ma vision, parce qu'il ne s'agissait pas vraiment de vision. La distance ne l'entravait pas non plus. J'ai exploré jusqu'à perdre mes repères. Jusqu'à m'égarer moi-même.

J'avais déjà perdu contact avec mon corps, et mon identité aussi s'éloignait de plus en de moi. Je n'étais qu'une observatrice. Je n'étais plus moi. Toute différence entre le monde observé et le point d'observation avait disparu. Impossible de dire où ma personne terminait et où le monde commençait. L'écran de verre se dissolvait intégralement.

Ce n'était pas douloureux. Ni triste, ni solitaire. C'était apaisant et facile.

Plus que tout, je me sentais en sécurité. Rien ne pouvait me blesser. Rien ne pouvait m'atteindre.

J'aurais peut-être pu rester comme ça pour toujours. Flotter, sans fardeau ni peine. Mais quelque chose a capté mon attention. Une silhouette. Différente des formes qui l'entouraient. Plus distincte.

Ma mère ? Son souvenir m'a pincé le cœur. En observant d'un peu plus près, il est devenu évident que ce n'était pas elle. C'était quelqu'un d'autre.

Felix ? Mon être étrange, désincarné, a pensé son prénom – ne me demandez pas comment – et la silhouette a semblé comprendre. Comprendre et répondre.

Oui.

C'est arrivé jusqu'à moi – pas le mot, mais une vague de sensations.

Ta sœur. Je n'ai pas prononcé cette réplique, je ne l'ai pas signée non plus. J'avais perdu la localisation de ma bouche, de mes membres et de moi-même. Mais j'ai fait parvenir ces mots à Felix. *Elle te cherche.*

La réponse obtenue n'était même pas un mot.

Refus. Tristesse. Retrait. Un sentiment accablant de rejet et d'isolement, que je connaissais bien. J'avais ressenti la même chose tellement de fois dans ma vie. Le puits, très profond, de la solitude. Sans fond. Écrasant.

Alors j'ai refusé le refus.

Je ne connaissais pas Felix. Mais je connaissais ce qu'il ressentait. Et peut-être que le simple fait que la même solitude nous liait pouvait nous sauver d'elle.

À côté de ça, il avait une sœur qui l'aimait si férocement qu'elle était capable de n'importe quoi pour le contacter.

Je lui ai tout envoyé sans le moindre mot. Sans vraiment le faire exprès, d'ailleurs. C'était juste une explosion de pensées, tel un éclair de lumière.

Oh. Sa réponse est arrivée, un léger scintillement. Une vrille de son être a fait un pas vers une vrille de mon être. Il essayait de comprendre, je crois, qui j'étais. Il essayait d'établir un lien dans la pénombre.

Ça m'a tellement surprise que j'ai reculé, et le monde entier s'est rétracté.

Et tout à coup, je suis revenue à moi-même.

J'étais encore dans la sécurité de la pénombre, pas dans le monde réel. Mon corps semblait toujours loin, comme une marionnette faite d'ombres, étrange et engourdie, mais j'y étais bien, c'était indéniable.

J'ai réfléchi à ce qui venait de se passer. Même si tout ça semblait relever du rêve, ça ne faisait aucun doute que j'avais réellement communiqué avec Felix.

Tout était limpide, et non embrumé par les complications du monde normal.

J'allais retrouver ma mère, je l'avais décidé. J'allais lui dire qu'elle avait eu raison sur toute la ligne.

Je me suis déplacée dans la rue, en suivant ce que je pensais être le trottoir, même si j'aurais très bien pu marcher au milieu de la route. J'ai fini par gravir une colline. Tout en haut, je me suis concentrée sur l'horizon, j'ai scruté les formes au loin, et j'ai perçu la silhouette des immeubles, les points culminants et les terrasses sur les toits.

J'ai fini par trouver ce que je cherchais : la Cathédrale du savoir. Je connaissais sa forme, et la manière dont elle se dressait plus haut que le reste. Une fois localisée, j'ai pu m'orienter.

J'ai avancé vers la maison de Denise en prenant l'itinéraire le plus rapide, c'est-à-dire en traversant les murs et les maisons. Il m'arrivait de percevoir d'autres personnes. Elles étaient dans le monde réel, donc pour moi, elles n'étaient rien de plus que des ombres mouvantes, dont émanait une énergie étrange.

À un moment donné, sans vraiment en avoir conscience, je me suis mise à marcher. Je m'étais déplacée en flottant jusque-là. Mais l'instinct était revenu à la charge, j'imagine, et j'avais repris conscience de mes membres inférieurs – même s'ils semblaient loin, un peu comme s'ils appartenaient à quelqu'un d'autre. Plus je marchais, et plus je sentais mon corps.

Je percevais tout ça comme une douleur. Dans les pieds et les jambes, pour commencer, puis dans l'estomac, car je n'avais pas mangé depuis un long moment. J'avais mal aux poignets et aux épaules, aussi, à cause des menottes, desquelles je n'avais pas réussi à me défaire. Ma langue était sèche. J'avais froid.

Et plus je sentais mon corps, plus je sentais le monde autour de moi. Il y a eu des moments, comme des flashs très brefs, où j'ai presque cru voir. Mais je leur ai résisté, je m'en suis détournée, je n'ai pas essayé de me concentrer sur eux.

Je ne voulais pas retourner dans le monde.

Le monde m'avait mise à la porte – ou alors, je m'en étais échappée comme d'un immeuble en feu. J'étais désormais à ma place.

J'ai senti ma mère avant d'arriver chez Denise, une ombre tremblante qui voletait au loin.

Je pense qu'elle m'a sentie aussi. Elle s'est calmée à mesure que j'approchais. Et lorsqu'elle est arrivée près de moi en traversant la surface fragile des murs, on était, j'en étais presque certaine, devant la maison de quelqu'un. Je ne pouvais pas dire si c'était la rue de Denise ou non, mais ça n'avait aucune importance.

— Pie ? a signé ma mère, en épelant mon prénom avec les mains. Pourquoi est-ce que tu es de retour ?

En guise de réponse, j'ai tendu mes bras pour lui montrer qu'ils étaient attachés.

Elle avait encore son sac à dos sur elle. Elle l'a fouillé et en a sorti un tout petit objet. Elle s'est penchée vers les menottes.

Il n'y a pas eu de « clic », ce n'était pas audible, mais j'ai senti la pression diminuer alors qu'elle déverrouillait les menottes. Quand elles sont tombées, elles ont changé d'apparence et sont devenues floues.

Elles venaient de retomber de l'autre côté. Dans le monde réel. J'ai cru les voir étinceler un instant et discerner la bande de gazon sur laquelle elles gisaient, puis j'ai détourné le regard.

Je ne voulais pas y retourner. Je voulais rester là, à ma vraie place.

Une tristesse sourde émanait de ma mère.

— Tu n'es pas contente de me voir ? ai-je demandé.

— Je ne m'y attendais pas.

— Ne t'en fais pas. Je n'essaierai pas de te convaincre de revenir avec moi. Je veux rester ici.

Ma mère a secoué la tête :

— Tu ne devrais pas, crois-moi.

J'ai eu un accès de colère. J'ai ressenti toute la force de cette émotion, comme un rayon de lumière qui transperçait l'autre monde, m'incitant à y retourner. J'ai tenté de retrouver mon calme et de retourner à l'état de néant.

Il fallait que je reste.

— Restons, ai-je dit. Toutes les deux. Je comprends pourquoi tu es ici. On est en sécurité. Pas comme là-bas.

Des images ont défilé dans mon esprit : l'homme qui nous tirait dessus, la main de la femme qui se refermait sur mon bras, l'expression de dégoût et de rejet de Denise. Ici, je pouvais maintenir tout ça à distance. Ça ne pouvait plus m'atteindre.

Ma mère a soupiré, plissant la pénombre entre nous.

— Je suis désolée, a-t-elle dit. Je t'ai laissée tomber.

Ma surprise devait être palpable et irradier de mon être. Elle a continué :

— C'est plus facile d'avoir une vision objective ici. De regarder en arrière et de constater à quel point j'avais peur. Je voulais te garder en sécurité. Empêcher qu'on te fasse du mal. Mais dans mes efforts, je t'ai entravée. Je sais, depuis longtemps, que tu veux plus que la vie qu'on a toujours eue.

J'ai voulu protester, mais elle avait raison, évidemment. Je voulais plus. À tel point que j'avais tout foutu en l'air.

— J'avais tellement peur pour toi, a dit ma mère. J'avais peur de faire ce qu'il fallait.

— C'est-à-dire, t'enfuir ?

J'ai senti la colère, et le monde, aussi, m'aspirer. Je les ai repoussés.

— Non, a dit ma mère. J'avais peur de te laisser partir.

Impossible de dire si la tristesse était mienne ou sienne : elle ne faisait qu'une. Je me suis précipitée vers elle. Je ne voulais pas qu'on me laisse partir. Je voulais rester.

J'ai jeté mes bras autour d'elle et je l'ai serrée contre moi, comme si je m'accrochais à une bouée. De sorte qu'elle pouvait me garder là, avec elle.

Puis il s'est passé une chose étrange. J'ai ressenti des images, et non des émotions. Un peu comme notre échange avec Felix, en plus intense. J'ai vu des images comme on voit des souvenirs : dans sa propre tête. Indistinctes. Parfois floues, parfois trop lumineuses ou trop claires. Lourdes d'émotions et de circonstances.

J'ai vu ma mère attraper une petite main, une main d'enfant – la mienne – et courir. Je l'ai vue m'observer tandis que je jouais seule avec les jouets du petit dernier chez des riches. J'ai vu un extrait de la fameuse pièce de Broadway, au moment où j'avançais sur scène. Je l'ai vu de ses yeux, tandis qu'elle tendait sa main pour m'arrêter.

Je l'ai vue écrire une lettre adressée à mon père. Se regarder dans un miroir, disparaître et réapparaître. J'ai senti son malaise, alors qu'elle résistait à l'envie irrépressible de fuir pour de bon, de se dissocier pour se mettre en sécurité. J'ai contemplé tout l'effort fourni pour se maintenir dans le monde réel.

Et j'ai vu la peur. Qui grouillait comme des insectes sous sa peau. Ma comparse de toujours était la solitude, la sienne était la peur. Elle la suivait partout. Inexorable.

À ce moment-là, elle s'est défaite de mon étreinte pour rompre la connexion. Ses mains ont signé le mot « pardon ».

Je me suis avancée vers elle encore une fois et j'ai attrapé ses mains.

En me concentrant très fort, je lui ai envoyé une image. Une série de scènes. Moi, en train de la regarder. Moi, à quatre, sept, dix, seize ans, moi quelques semaines plus tôt. L'observant se retrancher dans le silence. Ne voulant rien, hormis savoir ce qu'elle avait en tête.

En guise de réponse, ma mère m'a envoyé l'image d'une porte close, dans une maison que je n'avais jamais vue. Une main, la sienne, en train de la fermer. Sa main telle que je ne l'avais jamais vue : consistante.

Elle fermait la porte encore et encore, essayant à tout prix de maintenir quelque chose à l'extérieur de la pièce.

Dans la pénombre, elle s'est mise à parler avec des signes.

— Je...

Elle s'est interrompue et a laissé ses mains retomber un instant.

— Je n'ai jamais réussi à faire face à ce qui m'est arrivé quand j'étais jeune. Je n'en ai jamais parlé à qui que ce soit. Pas même à ton père. Et je n'avais personne d'autre.

— Tu m'avais moi ! ai-je protesté, un peu blessée.

— Mais tu es ma fille. Mon devoir, c'est de te protéger et de te réconforter, pas l'inverse. Il faut que tu y retournes. Que tu vives ta vie.

— Comment peux-tu rester là et me demander d'aller vivre ma vie ?

J'ai eu un nouvel accès de colère, malgré tous mes efforts pour la repousser.

— Tu as ta vie. J'ai la mienne. Du moins j'essaie, a-t-elle dit d'une voix un peu hésitante. Il y a les autres aussi, tu sais. Je peux... – elle a fait un signe à mi-chemin entre « voir » et « sentir » – leur présence. J'ai rencontré quelqu'un. On a parlé. Sans mots. À distance.

Était-ce Felix ? J'ai levé les mains pour lui poser la question, mais comment allais-je lui expliquer qui il était et comment j'avais entendu parler de lui ?

Tant de choses étaient arrivées depuis que ma mère avait disparu.

Tant de choses horribles et merveilleuses à la fois.

— Est-ce que tu savais ? ai-je fini par demander. Qu'il y avait d'autres gens comme nous ?

Ce que je voulais savoir, en vérité, c'était si elle m'avait menti ou non.

— Non, a-t-elle dit.

Puis :

— Enfin si. Peut-être. Je n'en étais pas sûre.

La colère s'est de nouveau déversée en moi, perturbant la paix du néant.

— Et donc ? ai-je demandé. Tu vas rester ici, fin de l'histoire ?

Sa forme a fait un drôle de mouvement, que j'ai pris pour un haussement d'épaules.

— Je reste avec toi, ai-je insisté.

— Non, a-t-elle répondu. Tu n'arrêtes pas de disparaître et de réapparaître. En ce moment même.

C'était vrai. J'ai essayé de ne pas y faire attention. Je me suis forcée à rester immobile, dans le monde des ombres, à ma place. Mais une partie de mon esprit résistait et glissait vers la substance. Des flashs de sons. De couleurs. Les mains qui picotent. Le cœur qui bat.

— Tu veux juste te débarrasser de moi ? ai-je demandé à ma mère.

— Non ! Jamais de la vie. Écoute, on peut s'envoyer des lettres.

Elle a sorti un cahier et un stylo de son sac. Ces objets, puisqu'ils existaient là, avec nous, étaient plus distincts que les contours sombres du monde normal. Elle a ouvert une page blanche pour y tracer quelques mots, avant d'arracher le papier et me le tendre.

Lorsque j'ai passé mes doigts sur la feuille, j'ai senti le dessin de l'encre. Je pouvais lire de cette manière.

Je t'aime, avait-elle écrit. *Quoi qu'il arrive.*

Les larmes me sont montées aux yeux, et je les ai senties rouler le long de mes joues. Je luttais pour ne pas partir.

— Regarde.

Ma mère a arraché une autre page et l'a lâchée. Tombée dans le vrai monde, elle est devenue une tache sombre.

J'avais peur de vivre le même sort. Je réapparaissais et disparaissais encore et encore, et je voyais au-delà des limites de mon champ de vision. Une bande de pelouse. Une brique sur la façade de la maison. Une fenêtre. Je voulais tout ça. Ça ne servait à rien de le nier. Je voulais le monde.

— Reviendras-tu un jour ? ai-je demandé à ma mère.

— Un jour, a-t-elle répondu. Je l'espère.

48

J'étais de retour dans le monde, debout devant la maison de Denise.

Je me sentais incroyablement lourde. Ça m'a rappelé les quelques moments exceptionnels où ma mère m'avait autorisée à nager – pas la nage en elle-même, mais l'instant qui suivait la fin de la baignade, quand la gravité rassoit son pouvoir avec une joie vindicative et nous ancre dans le sol.

Je ne pouvais pas dire que j'étais triste d'être là, en revanche. Le monde était lumineux et net, les lampadaires scintillaient comme des projecteurs sur une scène. Chaque brin d'herbe dévoilait toute sa superbe.

La pénombre avait adouci le monde, l'avait rendu plus intelligible et plus calme. Il m'avait manqué. La terre, les détails subtils comme de la dentelle, l'extravagance m'avaient manqués.

Les menottes brillaient sur la pelouse à côté de mes pieds. Je les ai ramassées pour les mettre dans ma poche.

Ma mère venait de dire qu'elle m'avait laissée tomber, mais ce n'était pas vrai, du moins pas entièrement. Elle m'avait offert une bien meilleure enfance que la sienne. En pagaille, et solitaire, certes, mais au moins j'avais reçu de l'amour.

Je pouvais affronter mes problèmes.

Enfin, je l'espérais.

J'ai vagabondé dans les rues et j'ai retrouvé mon chemin vers le bar de la dernière fois. Je m'y suis glissée, invisible. Je me suis servie dans les poches du pochtron le plus insolent – téléphone portable, portefeuille. J'y ai pris des billets et je l'ai laissé à ses pieds pour qu'il le retrouve un peu plus tard.

Il fallait absolument que j'arrange tout ce qui était parti en vrille, que je recolle tous les morceaux.

Une fois à l'extérieur, j'ai appelé mon père et je lui ai demandé de venir me chercher. J'ai reposé le téléphone pour que le soulard le retrouve aussi.

— Il est tard, a lancé mon père, à moitié endormi, après s'être garé en face du bar.

Je venais de frapper contre la vitre.

— J'ai trouvé la chercheuse en activité paranormale, lui ai-je annoncé en me glissant sur le siège passager.

— Oh.

Cette information avait l'air de le prendre réellement au dépourvu, ce qui m'a procuré un peu de satisfaction.

— Tu veux toujours que je la voie demain ?

— Pas besoin, ai-je répondu. Tu peux m'emmener chez Steve ?

— Hein ?

Mon père a cligné des yeux, ahuri, en direction de la portière passager.

— Ben, Steve quoi, le gars invisible.

— À cette heure-ci ? Pourquoi ?

— Tiens, ai-je dit sans autres explications.

J'ai fouillé dans ma poche et j'en ai sorti la liasse de billets volée au type du bar. Ils sont redevenus visibles. Mon père a écarquillé les yeux – très discrètement, mais je l'ai vu.

Il a tendu la main pour s'en emparer.

Mais je les ai vite touchés avec ma main gauche, qui était nue. Ils se sont volatilisés.

— Tu les auras quand on arrivera, ai-je dit.

— On forme une bonne équipe, toi et moi, a déclaré mon père avec un petit sourire en coin.

Je me suis frayé un chemin à l'arrière de la camionnette pour m'assoir tandis que mon père conduisait. À l'arrivée, je lui ai tendu l'argent, comme promis, et je lui ai demandé d'attendre dehors pendant que j'allais voir Steve.

Je me suis approchée de la porte d'entrée, mon cœur battait à tout rompre. Il serait peut-être furieux. Ou assoupi. Ou mort – qu'est-ce que j'en savais, après tout ?

J'ai frappé.

Je n'ai pas attendu longtemps. L'interphone n'a pas grésillé. Steve avait dû jeter un coup d'œil aux caméras, car il a ouvert la porte, et j'ai pu lire sur son visage plus d'émotions que d'habitude. De la surprise, essentiellement. Et de la curiosité.

— Tu as disparu, a-t-il dit. Je ne pensais pas te revoir un jour.

— Eh ben, je suis de retour, ai-je dit, très soulagée d'échapper à sa colère. Est-ce que la femme est toujours là ?

— Cynthia. Elle refuse de partir.

Steve a fait un geste pour m'inviter à rentrer.

Elle était assise sur le canapé, les lunettes posées sur un coussin à côté. Je me suis demandé si Steve avait réussi à faire en sorte qu'elle les retire. Elles lui avaient laissé des traces sur la peau. Ses yeux étaient rouges, elle avait le visage gonflé d'avoir trop pleuré.

Elle s'agrippait à une tasse, qu'elle fixait des yeux.

J'ai fait un pas en avant.

— Je m'appelle Pietà, ai-je dit.

Elle a sursauté et fait tomber la tasse. Sans ses lunettes, elle ne pouvait pas savoir qu'il y avait quelqu'un d'autre dans la pièce.

Derrière moi, Steve a lâché un soupir exaspéré. Il s'est agenouillé pour ramasser la tasse et a essuyé le thé renversé – ou qu'importe le liquide qui s'y trouvait.

— Tu ne l'as jamais demandé, ai-je dit, mais c'est mon prénom.

Cynthia a attrapé ses lunettes. Ses gestes étaient différents, désormais. Elle semblait exténuée, et légèrement effrayée.

— Ne les mets pas, ai-je dit, ou je pars.

Elle a hésité.

— J'ai trouvé ton frère.

Elle a bondi du canapé et ses yeux ont balayé la pièce désespérément. Une trace d'entêtement est revenue dans sa voix.

— Où est-il ?

J'ai reculé d'un pas.

— Est-ce que tu vas présenter des excuses ? ai-je demandé. De m'avoir kidnappée ?

Elle s'est rassise, les traits tordus par la douleur.

— Désolée, a-t-elle dit, mais je sentais qu'elle n'était pas sincère.

Il était clair qu'elle pourrait recommencer à tout moment.

— Tu peux m'emmener le voir ? S'il te plaît ?

— Qu'est-ce qui te fait dire qu'il veut te voir ? ai-je demandé.

Elle a laissé tomber sa tête entre ses mains. La voilà qui avait l'air sincèrement désolée, désormais.

— Nos parents, s'est-elle hasardée, ne l'acceptaient pas comme il était. À cause d'eux, il avait l'impression d'être un monstre. Ils ont essayé de le changer. J'aurais dû prendre sa défense, à l'époque. Je ne l'ai pas fait. J'ai besoin de me rattraper maintenant. Je t'en prie. Je suis désolée de la manière dont je t'ai approchée. C'était un geste de désespoir. Emmène-moi le voir s'il te plaît. Je te revaudrai ça.

— Je ne peux pas t'emmener, lui ai-je dit en voyant un rideau de colère retomber sur son visage. Tu ne peux pas te rendre dans cet endroit.

Je lui ai donné l'explication la plus simple possible, alors même que je ne comprenais pas tout. J'ai dit qu'il y avait un autre niveau, au-delà de l'invisibilité, un endroit où seuls les invisibles pouvaient se rendre, uniquement en situation de détresse extrême. Je n'étais même pas certaine que Steve en soit capable – lui qui avait l'air d'être en paix.

— Mais tu peux écrire une lettre, ai-je terminé. Je m'assurerai qu'il la reçoive. Et s'il répond, je te tiendrai au courant. Par contre, il faut que tu promettes de nous laisser tranquilles.

Elle a reniflé et desserré les poings.

— Oui, a-t-elle dit, c'est d'accord.

Steve a trouvé du papier et un stylo. Pendant que Cynthia écrivait, j'ai raconté plus en détail mon expérience de la pénombre à Steve. Il m'a demandé s'il pouvait prendre des notes et m'a posé diverses questions sur des éléments que je n'avais pas vraiment observés – la gravité, par exemple, et les champs magnétiques. Ses yeux brillaient. Il était fasciné. J'ai senti qu'il me pardonnait.

Je suis partie un peu plus tard avec une longue lettre à la main ainsi que l'adresse de Cynthia. Steve et elle, à ma grande surprise, ont échangé leurs coordonnées. Il voulait avoir des nouvelles.

J'allais écrire ma propre lettre, destinée à ma mère. Et j'allais lui transmettre le tout.

J'étais déjà épuisée, physiquement et psychologiquement, par tout ce que je venais d'affronter.

Mais ce n'était que le début.

J'avais posé à Cynthia une dernière question avant de partir. Comment avait-elle su qu'il fallait surveiller la maison de Denise ? Qu'est-ce que la jeune fille qu'elle avait mentionnée plus tôt, sa fameuse indic, lui avait raconté ?

— Elle m'a dit que c'était dans cette maison qu'était apparue la fille sans tête, avait répondu Cynthia. Et que la fille qui vivait là – Deborah, je crois ? – affirmait ne rien savoir, et qu'elle avait l'air de mentir.

Denise ne m'avait pas balancée.

49

Il n'y avait personne sur le siège conducteur, alors j'ai cogné contre la porte du coffre. Mon père a ouvert quelques minutes plus tard, complètement vaseux. Il avait déplié des couvertures sur le plancher de la camionnette et s'était endormi au beau milieu des trésors aux cadres dorés.

— C'est moi, ai-je annoncé, même s'il devait s'en douter.

Mon père s'est poussé pour que je puisse monter à bord.

— Alors, tu l'as convaincu de t'adopter, ou quoi ?

Je l'ai ignoré.

— J'ai besoin de faire un saut autre part, ai-je déclaré.

— Vraiment, Pie ? Il est quoi, là, trois heures du matin ?

— Je ne te laisserai pas tout seul cette fois, ai-je lancé pour le faire marcher.

— Hein ?

Il s'est frotté les yeux. Il n'avait pas l'air de faire semblant : il était juste lui-même, c'est-à-dire un homme d'un certain âge qui voulait simplement retourner dormir.

— C'est que tu veux, non ?

J'ai scruté son visage en espérant y déceler quelque chose de vrai, une émotion authentique.

— Maman n'est pas là et elle veut que tu t'occupes de moi. Tu m'as proposé de vivre avec toi l'autre jour. Et tu as dit qu'on formait une bonne équipe, toi et moi.

Il a changé d'attitude, un sourire charmeur est apparu sur son visage comme si quelqu'un venait d'activer un bouton.

— Carrément. Heureux de voir que tu fais enfin preuve de bon sens.

— Conduis-moi à la Cathédrale du savoir, ai-je dit en soupirant. Et ne pose pas de questions.

— Ça ne peut pas attendre demain matin ?

— Non.

Mon père a levé les yeux au ciel avant de grommeler dans sa barbe une phrase qui devait sûrement s'apparenter à : « Non mais alors vous, les femmes ! », mais je n'en étais pas sûre. Il est sorti du coffre et s'est installé au volant.

Tandis qu'il conduisait, j'ai calmement empilé les peintures tout en les enroulant consciencieusement dans les couvertures.

Mon père s'est garé assez loin du bâtiment, pas du côté qui faisait face au musée, ce qui m'allait très bien. La vérité, c'est que je ne voulais pas révéler mes plans.

— Tu peux sortir de la camionnette ? ai-je crié. Et me filer un coup de main pour un truc ?

Il est sorti sur le trottoir en zigzagant et a laissé échapper un bâillement. J'ai sauté hors du véhicule et je l'ai rejoint sur la pointe des pieds.

— Papa.

Il a relevé la tête :

— Ouais ?

— Est-ce que tu m'aimerais toujours, si je n'étais plus invisible ?

— Bien sûr, a-t-il répondu, tu es ma fille.

J'ai scruté son visage de près, en me concentrant très fort pour détecter la moindre trace de mensonge. Mais honnêtement, impossible de savoir.

Bien. Je ne pouvais plus faire demi-tour, désormais.

J'ai effleuré sa manche. Il a penché la tête sur le côté. L'incertitude se lisait sur son visage – il ne me faisait pas entièrement confiance. Et il avait bien raison.

Je lui ai passé une menotte invisible autour du poignet. Rapidement, avant qu'il puisse réagir à la morsure glacée du métal, j'ai fermé la deuxième d'un coup sec sur son autre poignet. Puis je l'ai lâché et j'ai reculé.

Il a écarquillé les yeux. Son regard alternait entre mon visage et les menottes, désormais visibles.

— Att... attends, pardon ? a-t-il bégayé.

— Désolée, papa, ai-je dit. Je te dévalise.

Ses yeux sont sortis de leur orbite. J'y ai lu de l'horreur, alors qu'il comprenait ce qui était en train de lui arriver. J'ai cru qu'il allait se mettre à se débattre et à hurler. J'étais prête à ce que sa fureur éclate et fasse voler son masque de bonnes convenances en éclat.

Mais au lieu de ça, il a été pris d'un fou rire.

— Mon Dieu, a-t-il fini par lancer en reprenant son souffle avec difficulté. Tu es vraiment ma fille. Parfois je me demande. Mais vraiment, ça ne fait aucun doute.

Je n'ai pas bougé, décontenancée.

— Parfois tu te demandes ?

Il a haussé les épaules, entravé par ses mains menottées.

— Je n'ai jamais vu ton visage. Tu pourrais avoir le nez du facteur, qu'est-ce que j'en sais, moi ?

Il a ri encore et je me suis éloignée.

Il avait laissé la porte de la camionnette ouverte et les clés étaient sur le contact. Je suis montée au volant. Je n'avais qu'à emprunter quelques rues. Je me suis dit que je pouvais m'en sortir.

J'ai fermé la porte et j'ai mis le contact. J'avais vu ça à la télé, dans des films. La camionnette s'est mise à rugir et mon estomac a fait des bonds.

— Hé ! a crié mon père. Hé, mais qu'est-ce que tu fais ? Tu ne sais même pas conduire !

Était-ce bien prudent, tout ça ? Absolument pas.

J'aurais pu demander à mon père de nous conduire au musée, mais rien ne me disait qu'il aurait coopéré. Je ne voulais pas qu'il ruine mon plan. Et qu'il découvre ce que je m'apprêtais à faire.

J'ai à peine appuyé sur l'accélérateur. Juste assez pour que la camionnette s'engage doucement sur la chaussée. Mon père a déboulé en courant, alors il a fallu passer la deuxième. Il n'y avait quasiment pas de circulation à cette heure-là, ce qui était une bonne chose, parce que sinon j'aurais été mal. J'ai glissé sur la route, le cœur battant à tout rompre, et j'ai rassemblé tout mon courage pour prendre un virage.

Mon père, qui coursait la camionnette, est tombé. Impossible de suivre le rythme.

Et voilà que j'étais dans l'arène, mais j'avais le contrôle, les mains agrippées au volant, les yeux rivés sur la route.

J'ai inspiré et expiré, en faisant des efforts pour garder mon calme.

Je me suis garée tant bien que mal derrière le musée.

Au début, j'avais pensé y entrer par effraction. Ce dont je n'avais pas l'habitude. Pour moi, c'était un jeu d'enfant : entrer, sûre de moi, en plein jour, et prendre tout ce que je voulais.

Je découvrais l'état de tout voleur lambda – le cœur qui remonte dans la gorge, le pouls qui s'emballe, un peu comme pendant mon enlèvement.

Même si je n'étais pas là pour voler. Je me suis demandé si mon père n'avait pas une passion pour les tableaux parce qu'ils lui rappelaient ma mère. Peut-être étaient-ils la preuve, d'une certaine manière, de son attachement. Sous cet angle, c'était presque touchant.

Mais c'était égoïste, aussi. Quand ma mère m'avait réprimandée après que j'ai touché le van Gogh, elle m'avait demandé de ne pas m'abaisser à l'imiter. Le reste du monde méritait de voir ces œuvres. Et si mon père voulait prouver qu'il tenait à ma mère, et qu'il tenait à moi, il n'avait qu'à avoir moins d'affection pour son matériel. Les personnes importent plus que les objets. Toujours.

Au final, sans avoir la moindre idée de comment entrer par effraction, je me suis tout simplement faufilée dans le jardin avec les sculptures derrière le musée. J'y ai déposé les trois peintures que j'avais volées tout au fond.

J'ai pensé à laisser un mot – *et voici, désolée pour le dérangement* ou encore *oups, j'ai cru qu'il était possible de les emprunter, toutes mes excuses* – mais je n'avais pas de papier sur moi.

J'ai couru jusqu'à la camionnette, nerveuse qu'un agent de sécurité, ou mon père, dans une colère noire, ne surgisse de la pénombre. J'ai laissé le reste de sa collection de peintures en plein milieu du jardin, sous leurs couvertures, pour les protéger du vent et de la lumière. Si je ne me trompais pas, la plupart d'entre elles venaient de l'autre côté de l'Atlantique, mais les rapporter moi-même n'était pas une option.

Il faudrait donc se contenter de ça.

J'ai conduit la camionnette sur quelques pâtés de maison avant que la peur ne me rattrape et ne me fasse quitter le navire. Je me suis assise quelques minutes sur un trottoir, la tête entre les genoux, et j'ai respiré à fond. Au moins, je l'avais éloignée du musée. Je ne voulais pas que mon père se fasse attraper. Il fallait simplement qu'on pense aux autres, et qu'on arrête d'être égoïstes, pour changer.

J'ai sorti tout ce que j'avais volé la veille, j'ai mis l'ensemble dans un sac en toile – appareils électroniques, bijoux, billets – et je me suis mise à courir. Il y avait un bout de chemin à parcourir, et ça montait sec, mais je ne me suis pas arrêtée une seule fois, transportée par une détermination froide. Dormir pouvait attendre.

En arrivant près de la première maison, le stress était encore là, donc j'ai abandonné les biens volés dans le jardin. Pour la deuxième, j'ai pris mon courage à deux mains et j'ai sorti les clés de leur cachette pour déposer le tout à l'intérieur. Idem pour la troisième. Dans cette dernière maison, je me suis servie : il me fallait un bout de papier et un stylo. Mais c'était tout sauf un stylo de valeur, donc je me suis dit qu'il ne manquerait à personne.

L'aube se levait lorsque je suis arrivée à ma destination finale : le château. Ou plutôt, la cabane derrière lui.

Je m'y suis faufilée et j'ai rédigé un mot. Je n'ai pas confessé tout ce que je ressentais, ce qui aurait été égoïste. Laisser un mot l'était peut-être aussi, mais je ne perdais rien à essayer.

Tess, je suis sincèrement désolée de t'avoir hantée. À partir d'aujourd'hui, je te laisserai tranquille pour toujours. Cordialement, le fantôme.

Ce n'était vraiment pas grand-chose. Mais rien n'aurait pu être à la hauteur. Il ne me restait plus qu'à avancer sans me retourner. Et tenir ma parole.

50

C'est le soleil, qui brillait à travers une petite fenêtre crasseuse, qui m'a réveillée. Je m'étais endormie, roulée en boule, à même le sol de la cabane à l'arrière de la maison de Tess. Selon mes estimations, seules quelques heures s'étaient écoulées. La nuit avait été longue, mais je n'étais pas au bout de mes peines.

J'ai laissé le mot par terre, lesté par une pierre.

C'était la dernière tâche qui allait me donner le plus de fil à retordre. Denise m'avait traitée de lâche et de menteuse. Je devais lui prouver que je valais mieux que ça.

À pied, j'ai parcouru le chemin désormais familier jusqu'à sa maison, une douleur sourde dans les jambes. On était lundi. Denise et Jules seraient au lycée. Avec un peu de chance, Larissa et Terrance travailleraient. Tout ce dont j'avais besoin, c'était des bandes de plâtre du grenier. Celles que Jules voulait utiliser l'autre jour pour me fabriquer un masque.

Je suis entrée grâce à la clé que j'avais empruntée la toute première nuit. Les lumières étaient éteintes. J'ai monté les marches quatre à quatre, sans m'embêter à ne pas faire de bruit.

Je me suis arrêtée net en arrivant dans le grenier.

Jules, qui était en position assise dans son lit, fixait un point juste à côté de moi, les yeux écarquillés.

— Sam ?

J'ai expiré. Je ne voulais plus mentir.

— Ouais.

— Oh, merci mon Dieu, a répondu Jules, visiblement plus calme. Tu m'as fait tellement flipper !

Mon esprit moulinait pour inventer une excuse, mais je me suis forcée à cracher toute la vérité :

— Je suis désolée, je ne pensais pas qu'il y avait quelqu'un à la maison. Je pensais que tu serais au lycée. C'est férié, aujourd'hui, ou... ?

— Non, maman a dit que je pouvais rester ici, a expliqué Jules avec un haussement d'épaules. J'ai dit que j'étais malade, mais honnêtement, c'est juste que je ne le sentais pas aujourd'hui. Tu ne vas jamais au lycée toi, chanceuse.

Ça m'a rappelée ce que Denise m'avait lancé avant que je bascule dans la pénombre, même si Jules n'avait pas l'air en colère.

— Je suis désolée, ai-je répondu. Je peux partir.

J'ai tourné les talons. Une marche a craqué sous mes pieds.

— Non, attends, Sam, reviens.

Jules a bondi hors du lit et a enfilé le peignoir à fleurs suspendu à une plante.

— Je ne bouge pas, ai-je déclaré.

— Qu'est-ce qui s'est passé, hier ?

Iel a fait un pas en avant, balayant la pièce du regard, l'air anxieux.

— Denise n'a pas voulu me raconter. À part que tu étais partie sans crier gare.

— Euh, ouais. On s'est disputées. Elle m'a demandé de partir.

— Merde, sérieux ?

J'ai pris ma tête entre mes mains.

— Tout est ma faute. Je suis vraiment désolée d'avoir essayé d'entrer dans ta chambre. Je voulais juste emprunter...

Je me suis interrompue. « Emprunter » n'était pas le bon mot, n'est-ce pas ?

— Je voulais juste prendre tes bandes de plâtre.

— Pour quoi faire ?

Jules n'avait pas l'air en colère, ce n'était que de la curiosité.

J'avais donc moins de mal à dire la vérité.

— Je veux un visage, ai-je répondu.

Sans transition, Jules, qui se moquait de savoir que j'étais venue pour me servir sans rien demander, m'a proposé son aide. Avec insistance, d'ailleurs. Le challenge l'excitait.

On a donc utilisé les bandes de plâtre pour mouler mon vrai visage : on a recouvert ma peau de vaseline puis on y a déposé plusieurs couches de bandes. Le plâtre était froid et humide mais, bizarrement, il me réconfortait. Une fois le masque sec, on l'a retiré : on y était. Un visage. Blanc et vide, mais consistant, contrairement à mon vrai visage.

J'ai profité de cette opération pour raconter à Jules tout ce qui s'était passé depuis mon départ.

Je me suis emmêlé les pinceaux au moment d'expliquer que j'avais fait demi-tour pour espionner Denise et Tess. Je me suis surprise à atténuer cette partie, presque instinctivement, et à la présenter comme un accident.

Puis je me suis forcée à dire la vérité.

J'ai parlé de mon père. Et des vols. De tout ce que j'avais dérobé. Je lui ai aussi révélé que mon vrai prénom n'était pas Sam. J'ai précisé comment j'avais atterri ici. Et j'ai dit que j'avais vécu dans la maison de Tess deux ans plus tôt.

Si Jules avait changé d'avis, avait cassé le masque en deux morceaux et m'avait fichue à la porte, je n'aurais pas pu lui en vouloir.

J'ai livré le récit de ma dispute avec Denise. Rapporté ses paroles. Les miennes.

— Elle n'allait vraiment pas bien, hier soir, a dit Jules. Elle venait de rendre visite à sa mère. Ça la met toujours dans un sacré état. Ne le prends pas personnellement.

— Non, ai-je répondu. Elle avait raison d'être en colère contre moi. Et là, je compte bien arranger la situation.

J'ai désigné le masque. Jules était en train de le peindre, en y mettant sa patte. Des couleurs harmonieuses, et pures. Du bleu, du rose, du violet et du rouge.

— Je vais lui parler. En face à face. Et lui dire que je suis désolée.

Jules a jeté un coup d'œil à son téléphone.

— Elle ne rentrera pas avant un moment. Les cours du matin ne sont pas encore terminés.

— Je vais aller au lycée, ai-je dit. Lui prouver que je ne suis pas lâche.

— Le portail est fermé pendant la journée, en revanche. Question de sécurité. Tu ne peux pas rentrer comme ça, même invisible.

— Ah ok, ça, je ne l'avais pas anticipé.

J'étais déçue. C'était bête, mais bon, l'attendre sur le trottoir n'avait pas le même panache.

— En tous cas, certains profs arrivent plus tard, vers l'heure du déjeuner, a dit Jules. Ah, et je connais un type qui m'a dit qu'il avait réussi à entrer par les toilettes des garçons du septième étage. Apparemment, il y a moyen d'atteindre la fenêtre en passant par le toit du bâtiment juste à côté... Mais ce toit-terrasse, c'est une espèce d'endroit désaffecté, où il y a des événements pour gens bien sapés de temps en temps. On n'a pas le droit d'y aller.

— Pourquoi... ai-je commencé avant de me raviser.

— Pourquoi on n'a pas le droit d'y aller ?

— Non. Pourquoi tu ne me détestes pas, toi aussi ?

Je lui avais raconté mes pires secrets. Je m'étais montrée telle que j'étais. Une voleuse. Une menteuse.

Jules a grogné.

— Ok bon, t'es un peu chelou et dérangée, et alors ? Tu es une chouette fille, Sam. Enfin, Pie. Je n'ai aucune raison de te détester. Et Denise ne te déteste sûrement pas non plus. Pas vraiment. Elle était juste en colère, c'est tout. Tiens.

Iel m'a tendu le masque finalisé. C'était une version inédite de mon visage : un kaléidoscope solide, plein de vie et de couleurs.

— J'espère que tu as raison, ai-je dit.

Jules m'a indiqué où aller, quel bus prendre. Je me suis demandé si, sans sa présence, sans sa gentillesse, j'aurais eu le courage de m'embarquer dans tout ça malgré tout. J'ai fait quelques arrêts sur le chemin pour faire des courses.

L'APSV, le lycée des Arts Plastiques et du Spectacle Vivant, se trouvait en centre-ville, au bord du fleuve. On voyait l'un des nombreux ponts de la ville se dessiner juste derrière lui. Tous les bâtiments de ce secteur avaient des murs mitoyens, donc une fois sur le toit, c'était facile d'aller de l'un à l'autre. J'ai repéré la fenêtre des toilettes dont Jules m'avait parlé et je m'y suis glissée.

Je me suis changée dans une cabine. J'ai sorti une deuxième paire de gants, une deuxième paire de collants et une robe empruntée à Jules pour l'enfiler au-dessus de la mienne. Une cagoule de ski. Et une perruque, plus le masque que Jules avait créé pour moi.

Un visage.

Il n'était pas tout à fait réaliste, mais il était beau. Jules y avait même peint des yeux et collé des faux cils. On avait soigneusement découpé des petits cercles à l'endroit des pupilles pour que je puisse voir. Au-dessus, une paire de lunettes de soleil légèrement teintées.

J'ai traversé le couloir et emprunté l'escalier.

Je ne voyais pas bien du tout à travers le masque. Mes mains tremblaient. Mais puisque je me lançais, autant y aller à fond. Je suis passée devant des salles d'où s'échappait de la musique, et d'autres où je voyais des corps bouger et danser à travers les portes vitrées.

L'après-midi avait commencé, ce qui signifiait que Denise était en cours de photo. Jules m'avait indiqué l'étage, mais pas la salle exacte. J'espérais que personne, ni professeur ni surveillant, ne m'arrêterait dans un couloir. Je n'avais aucune idée de ce que j'aurais bien pu raconter.

J'ai lancé un coup d'œil dans un couloir bordé de vitres : j'ai vu des élèves penchés sur leur bureau, qui dessinaient. Ailleurs : une salle vide. Je me suis dirigée vers une troisième.

Et là j'ai vu, projetée au fond de la classe, une photo de moi.

J'ai senti mes genoux se dérober, et l'attraction de la pénombre, le désir d'abandonner, de disparaître complètement.

C'était l'une des photos avec le rideau jaune, sous lequel on décelait à peine un profil suggéré, une épaule en guise d'indice, un bras levé. Denise était debout devant la classe, en train de parler.

À travers la vitre, impossible d'entendre ce qu'elle disait.

Et je ne pouvais pas entrer.

Ce plan tout entier était ridicule. J'ai reculé et je me suis collée contre le mur. Je pouvais fuir en courant. Ou simplement me débarrasser de ma deuxième couche, juste là, pour redevenir invisible.

La sonnerie a retenti.

Toutes les portes se sont ouvertes, et le flot d'élèves s'est déversé dans le couloir. Je me suis tournée et j'ai penché la tête. La plupart des étudiants qui sont passés à côté de moi m'ont ignorée, pressés de se rendre au prochain cours. Certains m'ont regardée avec curiosité.

Quelqu'un a chuchoté : « Halloween, c'est fini, espèce de taré », en me dépassant.

Denise est sortie de la salle en avant-dernier.

Elle s'est figée en me voyant, les yeux rivés sur le masque. La personne derrière elle lui est rentrée dedans. Denise a laissé tomber toutes les photos qu'elle avait dans la main.

Et elle a lâché un gros mot – beaucoup trop fort.

51

Je me suis mise à genoux pour aider Denise à ramasser les photos répandues par terre.

— Est-ce qu'il y a un endroit où on peut discuter ? ai-je murmuré.

J'avais peur qu'elle refuse. Peut-être que j'aurais dû me lancer, et balancer tout ce que j'avais à dire.

— Ouais, a-t-elle dit en battant des paupières, comme si elle n'en croyait pas ses yeux. D'accord.

Elle m'a emmenée dans un studio vide au fond du couloir.

— Je suis terriblement désolée, ai-je dit dans un souffle dès que la porte s'est refermée derrière nous. Pour tout.

— Je n'arrive pas à croire que tu sois devant moi, a-t-elle répondu.

Elle a tendu la main vers mon masque puis s'est ravisée.

— Où est-ce que tu as eu ça ?

— Ben, Jules m'a filé un coup de main.

Était-elle énervée ? Impossible de le savoir.

— Moi aussi, je suis désolée, a-t-elle dit. Je n'aurais pas dû te traiter de lâche.

— Mais tu avais parfaitement raison. Tout ce que tu as dit est vrai.

Elle a froncé les sourcils.

— J'étais bouleversée. Enfin. Je venais tout juste de voir ma mère. Et, je veux vraiment la soutenir et tout, mais parfois je me sens horriblement mal.

— Mmmm, ai-je dit.

Je venais de voir ma mère, moi aussi. Bien sûr, elle vivait dans une autre dimension et non dans un appartement, mais nos deux mères négociaient avec leurs propres démons – des démons dont on n'était pas responsables, et contre lesquels on ne pouvait rien, mais qui jetaient parfois leur ombre sur nous.

— Je comprends.

Le téléphone de Denise a vibré. Elle l'a regardé. J'espérais que ce ne soit pas Tess. Elle a pris un moment pour lire un message, puis elle me l'a montré.

— C'est toi ? a-t-elle demandé en haussant les sourcils.

C'était un article publié sur le site du journal local, titré CONTRE-BRAQUAGE AU MUSÉE.

J'ai parcouru les première lignes. Selon les sources, l'équipe du musée Carnegie était visiblement ravie mais très confuse d'avoir retrouvé non seulement les peintures dérobées dans sa propre galerie quelques jours auparavant, mais aussi des œuvres qui venaient de plein d'autres institutions, dont certaines avaient disparu dix-sept ans plus tôt.

— Oui, ai-je dit, non sans une touche de fierté dans la voix. J'ai essayé de m'en débarrasser.

— Jules vient de m'envoyer le lien, a dit Denise, déroutée.

— Il y a des choses que je ne t'ai pas dites, ai-je lancé avant de me mettre à parler de mon père.

C'était la version courte, mais j'ai essayé de ne pas laisser trop d'éléments de côté. Et d'éviter les mensonges. Je lui ai raconté les œuvres volées au musée, et celles que ma mère avait volées avec lui, avant ma naissance.

— Mais j'ai tout remis en place. Et j'ai aussi rapporté tout ce que j'ai pris dans les différentes maisons.

Ou presque.

— Je peux aussi rendre ce que je t'ai offert. Ou tu peux le garder. Mais je suis désolée de l'avoir ramené chez toi. Tu avais raison, c'était totalement inconscient. Je voulais juste que tu m'apprécies, je voulais me rendre utile.

— Tu n'as pas besoin d'être utile, a dit Denise.

Elle fronçait légèrement les sourcils. J'ai eu peur de ne pas avoir dit ce qu'il fallait.

— Ben, ai-je clarifié, je voulais t'aider, tu vois. Comme quand j'ai posé pour tes photos. J'étais capable de le faire, et ça comptait à tes yeux. Je voulais t'apporter quelque chose. Pour qu'on soit amies. Je suis désolée d'avoir tout foutu en l'air.

Denise a secoué la tête.

— Mince, je crois que j'ai déconné, moi aussi. Tu n'avais pas à être utile pour gagner mon amitié.

Elle a de nouveau regardé son téléphone.

Un sourire s'est installé sur son visage, et mon cœur s'est emballé.

— Pie, est-ce que tu as vraiment vécu tout ça, cette nuit ?

— Oui.

Et je n'ai pas pu m'en empêcher. Les mots se sont bousculés pour sortir de ma bouche, et je lui ai parlé de la chercheuse en activité paranormale. De la pénombre. De ma mère.

— C'est pas vrai, a-t-elle dit, inquiète. Je n'arrive pas à croire que tu aies été kidnappée comme ça, d'un coup. Je ne savais pas du tout.

— Tout va bien, ai-je dit en souriant malgré moi.

— Non, a-t-elle répondu, je suis vraiment désolée. Je crois que je n'avais pas conscience de la menace qui planait sur toi.

— Ça va, vraiment, ai-je insisté. Je viens de vivre les jours les plus incroyables de toute mon existence. Tu es ma plus belle rencontre.

En le disant, j'ai compris que c'était la vérité. J'avais cru que c'était Tess, mais je m'étais trompée.

Peut-être que c'était ça, la vie. Un enchaînement d'actions de plus en plus excitantes, toutes plus dingues que les précédentes.

Ça me paraissait à la fois incroyable et très fatigant.

— Ouais, a dit Denise. Pareil pour moi.

J'ai eu un petit rire moqueur. Enfin, c'était plus un grognement, pour être honnête.

Denise a haussé les sourcils.

— Quoi ?

— Impossible que notre rencontre représente pour toi le millième de ce qu'elle a été pour moi.

— C'était quelque chose, pourtant, a-t-elle insisté. Je ne savais pas qu'il y avait des gens invisibles avant de te rencontrer.

— Et moi je n'avais jamais adressé un seul mot à qui que ce soit avant de te rencontrer !

Denise a ri.

— J'ai envie de voir ton visage.

— Je sais, ai-je dit. C'est pour ça que je l'ai créé.

J'ai effleuré le masque avec mon gant.

— Je parlais de ton vrai visage.

— Ah.

J'ai eu une idée débile. Et horrible. La pire qui soit.

Mais peut-être que l'écran de verre était une fenêtre que je pouvais ouvrir, et non briser. J'ai retiré les gants de ma main droite. Les deux. La première et la seconde couche. Je les ai laissés tomber par terre.

La sonnerie a retenti encore une fois.

— Tu dois y aller ? ai-je demandé.

— Ce n'est pas très grave si j'ai un peu de retard, a dit Denise.

Alors avant de prendre le temps de réfléchir pour de vrai, j'ai tendu la main et j'ai caressé celle de Denise du bout des doigts, très doucement.

Tout comme le mur de la Cathédrale, et comme tout ce que j'avais touché de ma peau nue dans ma vie, elle est devenue transparente. Elle conservait son apparence, ses joues rondes et ses cheveux bouclés, mais elle était translucide, vidée de toute nuance de couleur, sauf une touche de marron, de noir et de violet. Vidée de sa substance, comme si j'étais un vampire.

J'étais abasourdie. Je n'avais jamais touché une personne de ma peau nue. Pas une seule fois.

Ses yeux étaient grands ouverts. Elle avait senti le changement. Elle observait son propre corps. J'ai rapidement lâché sa main et j'ai reculé, terrifiée par ce que je venais de faire.

C'est elle qui a repris la mienne, avec maladresse puisqu'elle ne voyait que l'extrémité de ma manche, mais dès que sa peau a touché la mienne, elle s'est changée en statue de verre encore une fois, je discernais la fenêtre derrière elle, la lumière lui passait au travers. Une onde de choc m'a parcouru le bras.

Mes larmes coulaient, mais heureusement, mon visage était couvert.

Puis elle a tendu son autre main et, tout doucement, elle a ôté mon masque. En premier, le plâtre couvert de peinture, qu'elle a déposé avec douceur sur une table à côté de nous, puis la cagoule de ski.

Elle était invisible aussi, désormais, ce qui signifiait qu'elle pouvait me voir.

Elle pouvait voir mon visage.

Elle me regardait dans les yeux.

C'était comme se jeter dans l'eau froide : il y a un choc, puis le corps s'habitue.

— Donc, c'est à ça que tu ressembles, a-t-elle dit en souriant.

Je ne pouvais pas dire un mot. Ne pas détourner le regard, ne pas tout laisser en plan, ne pas partir en courant. Ça me prenait déjà toute mon énergie.

J'étais parfaitement consciente du toucher de sa main contre la mienne. Une pression tiède. Un paysage doux, de collines et de vallées. Il y avait une callosité rugueuse sur sa paume. J'y sentais son pouls. Le battement de nos cœurs, légèrement désynchronisés.

C'était trop. Tout ce que j'avais toujours craint. Tout ce que j'avais toujours désiré. C'était tellement plus que la photo sur Instagram. Tellement plus que les photos projetées en grand devant tout le monde. Ce n'était pas une performance.

C'était juste moi. Sans masque. Ni filtre. Et entre nous, rien que de l'air.

J'ai lâché la main de Denise et j'ai reculé.

— Attends, a-t-elle dit.

Elle a repris ma main. Sa peau a glissé contre la mienne. Chaude et étrange.

Cette fois, elle est restée identique.

C'est moi qui ai changé.

Un moment seulement. Mais on l'a vu toutes les deux. Aussi furtif qu'un flash d'appareil photo.

Pendant une seconde, je suis devenue consistante. Visible. Pendant une seconde, n'importe qui sur cette planète aurait pu me voir.

52

Ma main n'était plus translucide. Ma peau n'avait plus l'aspect d'une bulle de savon, mes ongles n'étaient plus des éclats de verre. J'étais devenue taupe, olive, avec une touche de vert et de bleu sous la peau à l'endroit des veines. Denise m'a lâchée.

— La vache, a-t-elle balbutié. C'était... que... est-ce que tu... ?

Mon estomac a vacillé. J'ai senti la pénombre m'attirer vers elle, me dérober à moi-même.

— Je suis désolée, ai-je soufflé en reculant. Il faut que j'y aille.

— Hé, attends une seconde.

Denise a tendu la main comme si elle voulait prendre la mienne une nouvelle fois.

— Je sèche le prochain cours. Je te rejoins dans une heure. D'accord ?

— Oui, ai-je répondu.

Puis je me suis mise à courir. Dans le couloir, en haut de l'escalier, j'ai bousculé une poignée de retardataires qui n'avaient pas encore rejoint leur salle de classe. Vers le septième étage et les toilettes des garçons, j'ai vu un type perché à la fenêtre, comme un oiseau, en train de fumer une cigarette. Je l'ai bousculé. Il a crié. Je me suis hissée et tortillée pour passer par la fenêtre, je suis tombée sur le toit voisin et j'ai roulé sur le côté.

Un peu plus loin, accroupie à l'abri des regards, j'ai enlevé ma seconde couche de vêtements – la robe, les collants, le masque et la perruque.

Je suis restée un moment par terre, agenouillée sur le revêtement en goudron, avec l'envie de vomir.

L'image de ma main n'arrêtait pas de me revenir à l'esprit. Ma main solide. Grande, irréfutable, soudainement éclatante. Une main comme une balise : n'importe qui aurait pu la voir. Me voir.

D'une certaine manière, c'était ce que j'avais toujours désiré.

Mais ce n'était pas rien. C'était trop beau pour être vrai. Et si ça avait été permanent ? S'il n'y avait pas eu de retour possible ?

J'ai senti la pénombre de l'autre monde m'agripper et m'aspirer. J'avais envie de courir pour trouver une cachette. Et me mettre en sécurité. C'était ce que j'aurais dû faire.

C'était dangereux d'être vue. Ce n'était pas bien d'être solide. D'être là, vulnérable. Exposée au regard d'autrui, tout le temps. Mon cœur battait vite. J'avais le souffle court. Comme pendant les mois qui ont suivi les tirs de pistolet. Je ressentais la même peur, mon corps réagissait de la même manière, sans crier gare, face à un danger qui venait du passé.

Je me suis forcée à prendre quelques inspirations, lentes et profondes. Personne ne pouvait me voir. J'étais de nouveau en sécurité. Et j'avais le choix.

Je suis descendue et j'ai déboulé sur le trottoir. Je marchais vite, en slalomant entre les passants. J'avais une vague idée de la direction à prendre, mais après quelques minutes, j'ai reconnu les rues et j'ai accéléré le pas. Je ne me suis pas arrêtée jusqu'à atteindre la gare.

J'étais debout face au bâtiment, les yeux rivés sur les rails, et j'imaginais la vie qui m'attendait. La même que celle de ma mère à mon âge. En cavale. Tout à fait seule.

D'une certaine façon, ça me semblait plus prudent que de rester là. Denise m'avait vue. C'était incroyable, c'était cataclysmique. Elle m'avait vue pour de vrai.

Mais une petite voix au fond de moi disait : *Est-ce bien différent de la manière dont elle te perçoit depuis le début ?*

Dès les premières secondes, elle m'avait considérée comme une personne, et non comme un monstre ou un phénomène étrange. Elle m'avait abordée comme quelqu'un qu'on apprend à connaître. Et avec qui on apprend à discuter, à plaisanter, à se disputer également. À être amies. Elle avait vu mes secrets et mes failles. Mes qualités, aussi.

Elle m'avait toujours vue.

Peut-être que c'était la raison pour laquelle j'étais devenue visible une seconde. Au final, j'avais bel et bien contrôlé, inconsciemment, mon pouvoir. Peut-être qu'une part de moi avait senti qu'avec Denise, être vue ne représentait aucun danger. Ou peut-être qu'une part de moi s'était sentie prête à être vue.

J'ai regardé un train de marchandises passer. Puis j'ai tourné les talons et j'ai rebroussé chemin.

Une fois de retour devant le lycée, il ne me restait qu'une quinzaine de minutes avant que Denise sorte de cours.

— Pie ? a-t-elle demandé en tournant la tête dans tous les sens une fois arrivée.

— Suis là, ai-je répondu doucement.

— Viens, a-t-elle dit en souriant, suis-moi. Je ne peux pas traîner ici pendant que je sèche, sinon je vais avoir des ennuis.

Je l'ai suivie plus loin dans la rue, en direction du pont, mais elle a pris un virage avant d'y arriver et s'est dirigée vers un grand centre de congrès. Puis on a continué sur un chemin qui passait sous le bâtiment. De chaque côté, des cascades d'eau artificielles s'écoulaient à pic le long des murs de béton.

Denise s'est arrêtée. Les chutes d'eau couvraient la circulation au loin. On n'a pas bougé, ni l'une ni l'autre, pendant un moment.

— Du coup, a fini par dire Denise, est-ce que tu savais ce qui allait se passer ? Le truc, là, tout à l'heure, tu sais ?

— Non, ai-je répondu.

Il faisait froid, le vent du fleuve s'engouffrait dans le passage bétonné sous le bâtiment et déviait l'eau de la cascade par petits jets. J'ai frissonné.

— Ça n'était jamais arrivé.

— Est-ce que c'est mal ?

Elle n'essayait pas de regarder dans ma direction, et se contentait de fixer l'eau qui s'écoulait le long des murs. De mon côté, je ne la quittais pas des yeux.

— Je ne sais pas, ai-je répondu.

On a vu une personne passer un peu plus loin, mais elle n'aurait pas pu m'entendre avec le bruit de l'eau. Denise avait été prévenante de m'emmener ici.

— Ça m'a fait un peu peur, je crois. Aucune personne, sauf ma mère, n'avait jamais vu mon visage.

— Personne ?

Denise s'est tournée vers moi, cette fois. Elle était à quelques pas, les yeux rivés sur ma gauche.

— Personne, ai-je répondu.

— Eh ben, merde alors.

Elle souriait.

— J'imagine que j'ai de la chance.

Je voulais qu'elle me regarde. Cette simple pensée m'embarrassait. J'ai jeté un coup d'œil à l'eau et je l'ai regardée tomber, tomber, tomber sans fin.

— Est-ce que tu m'avais imaginée autrement ?

Elle a pris un moment pour réfléchir.

— Tu sais, c'est bizarre. Je crois que je ne t'avais pas imaginée comme ci ou comme ça. Dans ma tête, ton visage était une sorte de sphère de lumière. Un peu comme la nuit où ta tête est tombée, et que les bougies scintillaient derrière toi.

— Désolée de te décevoir.

— Ça ne m'a pas déçue. Tu as un joli visage.

— Un visage chiant.

— Ne dis pas ça. Tu as des yeux magnifiques.

Pendant quelques secondes, je me suis sentie trop timide pour parler ou la regarder. J'ai fini par lever la tête vers elle, et plonger mes yeux dans les siens.

— Comme toi, ai-je lancé.

Elle a ri. J'ai ressenti un pic de jalousie en la regardant. Elle avait tant de vitalité. Ses dents blanches et solides, sa grande bouche, la lèvre supérieure foncée, la lèvre inférieure légèrement rosée au milieu.

Je n'arrivais pas à me défaire d'une envie furieuse et absurde d'avancer vers elle et de l'embrasser.

Impossible, évidemment. Imaginez-moi. En train d'embrasser quelqu'un.

— Est-ce que tu veux réessayer ?

Denise a tendu la main, paume vers le ciel. Je me suis souvenue de la première nuit. Et de sa paume dans la lueur de la lampe.

Quand j'avais touché sa main, sa peau était tiède. Un peu rugueuse au milieu, avec des callosités, mais les coussinets des doigts étaient doux. Un paysage étrange et miraculeux.

Ma tête me martelait de prendre mes jambes à mon cou. Il fallait fuir.

J'ai repoussé ces envies contradictoires. J'ai essayé de me concentrer plutôt sur l'instant présent.

Ma main tremblait légèrement quand j'ai voulu la déposer dans la sienne. J'ai eu une seconde d'hésitation avant qu'elles entrent en contact.

— Je ne sais pas comment ça marche, ai-je dit. Je ne sais pas si tu vas devenir invisible, ou si c'est moi qui vais devenir visible, ou quoi.

— Il n'y a qu'un seul moyen d'en avoir le cœur net, a-t-elle répondu.

J'ai fermé les paupières et laissé retomber ma main. Je lui faisais confiance.

— Qu'est-ce que tu vas faire, du coup ? a demandé Denise.

J'ai ouvert les yeux. Elle était transparente, les cascades d'eau autour de nous se déversaient à travers son visage et sa poitrine. Un être d'eau, une rivière déchaînée. Tout comme moi, probablement.

— Comment ça ? ai-je demandé en fixant nos mains, l'une sur l'autre, qui se touchaient à peine.

Je voyais ses doigts à travers les miens.

— Eh ben, où est-ce que tu vas aller ? C'est quoi la suite, pour toi ?

— Je ne sais pas, ai-je dit.

— Tu devrais rester avec nous.

Je l'ai dévisagée. Elle n'avait pas l'air de plaisanter.

— Ce n'est pas possible.

— Pourquoi pas ? Enfin, si tu ne veux pas, bien sûr je comprendrais. Mais il y a plein de place dans le grenier. Je suis sûre que ça ne dérangerait pas Jules, qui a toujours voulu avoir une grande sœur, de partager sa chambre – mon arrivée s'est très bien passée, d'ailleurs.

— Et ton oncle et ta tante ?

— Ben, il faudrait qu'on leur en parle.

J'ai légèrement vacillé et j'ai failli lâcher sa main.

Elle a dû déceler quelque chose dans mon regard – imaginez ça, déceler un truc dans mes yeux ! – parce qu'elle a ajouté précipitamment :

— Je sais que ça ne les dérangerait pas. Larissa a proposé à Neely de venir chez nous quand ses parents l'ont mise à la porte.

— Si tu crois que c'est possible, ai-je dit d'une voix hésitante.

Je n'en attendais pas tant. Avoir une place à moi. Un endroit où vivre.

— Ce serait cool, a dit Denise. On pourrait passer plein de temps ensemble. Enfin, si ça te dit. Comme tu veux.

J'ai ri.

— J'adore passer du temps avec toi.

— Moi aussi.

J'ai souri et je me suis surprise à me pencher vers elle avant de reculer, comme si je résistais à l'attraction d'un aimant.

Elle a pressé ma main et m'a tirée vers elle. Elle se tenait tout près de moi. Je voyais ses cils. Dont un qui était tombé, petit trait noir sur la colline brune et douce de sa joue. Elle a fermé les yeux. Son visage se rapprochait du mien. De plus en plus.

J'ai paniqué et poussé une exclamation de surprise avant de faire un bond en arrière, ma main délivrée de la sienne.

Ses yeux se sont rouverts.

— Oh, merde.

Elle a reculé sa main vivement, comme si elle venait de se brûler, et l'a pressée contre sa poitrine.

— Je suis tellement désolée. J'ai cru qu'il se passait, genre, un truc entre nous.

Je n'ai pas bougé. J'étais paralysée, sous le choc, et de nouveau invisible.

— Merde, a répété Denise frénétiquement, le souffle coupé. Pie ? Est-ce que tu es encore là ? Ou tu es partie ? Je suis sincèrement désolée, je n'aurais pas dû. Je suis vraiment débile. J'ai mal compris, mais je te promets que je ne ferai plus jamais ça. Je t'en prie, pardonne-moi. Je me suis trompée.

Mon cœur battait à tout rompre. Mais je ne voulais pas sombrer dans l'oubli. Je ne voulais pas quitter mon corps pour la sécurité du néant. Tout ça me dépassait. Me dépassait totalement. Dans ma tête, je hurlais. Chaque cellule de mon corps hurlait.

Mais tout ça, c'était plutôt dingue.

— Tu ne t'es pas trompée, ai-je dit à voix basse.

— Oh, a lâché Denise, abasourdie.

Elle a dégluti en fixant ses pieds. De nous deux, c'était désormais elle la plus gênée.

Je me suis penchée et j'ai repris sa main. Elle m'a regardée dans les yeux.

— Est-ce qu'on s'arrête là, pour cette fois ? ai-je demandé.

— Absolument.

Elle souriait.

Le monde n'a pas vraiment disparu comme quand j'avais plongé tête la première dans la pénombre de l'autre dimension.

Mais ça n'aurait fait aucune différence.

Car pour moi, plus rien n'existait mis à part ce sourire.

53

Jules et Denise m'ont présentée à Larissa et Terrance tout en douceur. En leur parlant de moi, pour commencer. Denise s'est mise à mentionner une amie à elle, à la rue depuis peu, qui souffrait d'une maladie rare.

Pendant ce temps-là, j'ai temporairement élu domicile dans la fameuse demeure qui avait un ascenseur avec un lustre. À l'époque où je vagabondais avec ma mère, je l'aurais trouvée parfaite : si grande et vide que je croisais à peine la famille qui y vivait. J'avais une chambre d'amis rien que pour moi. Je prenais plaisir à voler les produits raffinés dans les placards et à m'endormir dans des draps de luxe.

Mais je me suis surprise à regretter le petit couloir sombre de la maison de Denise et sa moquette bordeaux hideuse. Le mobilier confortable. Les trous dans le plancher. Le canapé avec la tache en forme de Texas.

J'imagine que ce n'était pas vraiment la maison qui me manquait, en vérité.

Je passais le temps en écrivant des lettres. J'avais soudainement plein de correspondants.

Steve et moi avons échangé des nouvelles via sa boîte aux lettres. Les mots de ma mère, en revanche, apparaissaient de nulle part, juste à côté de moi, peu importe l'endroit où je me trouvais. À ma grande surprise, ma mère et Steve se sont mis à s'écrire aussi. J'ai fait office d'intermédiaire au début, mais rapidement ils se sont passés de moi.

Le plus surprenant, c'était le courrier que j'avais reçu de Felix lui-même. Il est apparu comme ceux de ma mère, avec laquelle il échangeait dans la pénombre. Il me remerciait de l'avoir retrouvé et de lui avoir donné l'opportunité de renouer avec sa sœur. Il me parlait de la peur qui avait marqué sa vie, et de la solitude. Il voulait savoir comment je m'y étais prise pour aller et venir dans la pénombre.

J'ai répondu sans attendre et j'ai déposé la lettre par terre. Elle s'est volatilisée sous mes yeux. On s'est de nouveau écrit dans les jours qui ont suivi. Il m'a raconté ses échanges avec sa sœur Cynthia, qui regrettait amèrement de ne pas l'avoir protégé de la sévérité de leurs parents. En fait, tout un réseau de communication s'était établi, entre Cynthia, Steve, ma mère, Felix et moi.

Toute une communauté de gens qui ne s'étaient jamais touchés ni vus. Mais une communauté malgré tout. Le genre de liens que ma mère et moi n'avions jamais eus jusque-là.

J'ai dit à Felix que quand il serait prêt à revenir dans le monde, je serais très heureuse de l'accueillir et de l'aider à s'adapter. Et qu'il pouvait compter sur le reste du groupe aussi.

J'ai suivi de loin l'enquête sur les peintures mystérieusement rendues au musée, pour savoir si mon père était impliqué dans l'affaire. Je suis allée voir à l'endroit où j'avais laissé la camionnette, mais elle n'y était plus. Mon hypothèse la plus plausible ? Il avait largué les amarres. Il reviendrait peut-être après que les choses se soient tassées, et si c'était le cas, j'irais lui parler. Mais s'il voulait une vraie relation, il lui faudrait me traiter comme sa fille, et non comme sa complice. J'avais enfin fini par lui faire comprendre qu'il ne pouvait pas m'utiliser.

Et après tout, il n'était plus mon unique lien avec le monde des visibles. Comme Denise l'avait prédit, Terrance et Larissa n'étaient pas réticents à l'idée d'aider une amie dans le besoin. Ils avaient envie de me rencontrer et de m'aider.

Le moment venu, leur réaction a surpassé mes rêves les plus fous. Jules et Denise avaient préparé le terrain sur plusieurs jours, à grands coups d'indices et de sous-entendus. Il n'y a pas eu d'évanouissement, ni de hurlement.

Évidemment, quand j'ai débarqué dans le salon et fait flotter un livre dans les airs, ils ont tous les deux cru à un canular. Mais j'ai touché leur main avec mes gants, puis j'ai rendu Denise invisible, et ils n'ont plus eu d'autre choix que d'y croire.

Ils ont donné leur accord pour que je m'installe chez eux.

J'ai cru que Jules aurait du mal à partager sa chambre, mais iel s'est tout de suite lancé dans une nouvelle décoration, déplaçant les plantes et séparant la pièce en deux avec un rideau pour me créer un espace.

Un espace. Rien qu'à moi.

La semaine qui a suivi mon emménagement a été bien moins mouvementée que les événements qui l'avaient précipité, mais même le train-train quotidien était étrange.

Je me réveillais dans mon lit (bon, au début, une pile de couvertures, mais tout de même). Je m'asseyais à table avec d'autres personnes et je mangeais avec elles. Certains jours, j'accompagnais Denise et Jules au lycée. D'autres, je restais et je m'occupais de la maison. Larissa et Terrance ne me l'avaient pas spécialement demandé, mais je voulais me rendre utile. Sans voler ni les mettre en danger. Alors je récurais les plans de travail et le sol. Je gardais en tête les paroles de Denise, que je n'avais pas à être utile pour avoir ma place, mais j'étais heureuse de m'exécuter. Avant ça, je n'avais jamais eu d'endroit à moi.

— Bien, a déclaré Denise un samedi matin. On s'est arrêtées à quel État ?

On était dans sa chambre. J'étais assise sur le futon, elle était à son bureau, un miroir posé devant elle. Cindy était, comme d'habitude, sur la pointe des pieds.

— La Californie, ai-je répondu en regardant Denise dénouer habilement ses vanilles colorées.

Une semaine plus tôt, j'avais commencé à lui faire le récit de tous les endroits que j'avais visités dans ma vie. On passait en revue chaque État du pays, un par un, dans l'ordre alphabétique (avec une impasse sur l'Alaska et Hawaii, puisque je ne les connaissais pas).

— Honnêtement, ça va nous prendre un moment. C'est vaste.

— On n'est pas pressées, a-t-elle répondu.

Et elle avait raison. Pour l'heure, je vivais chez elle, à Pittsburgh. Je n'y resterais peut-être pas indéfiniment. Mais il était bien trop tôt pour le dire.

En attendant, pour une fois, j'avais un chez-moi.

— Bien, ai-je dit, tu sors du train à Los Angeles et une brise transporte l'odeur de la mer jusqu'aux arches des fenêtres de la gare...

Tandis qu'elle parcourait son cuir chevelu en long, en large et en travers, défaisant délicatement les nœuds des vieilles extensions, je lui ai parlé des endroits dans lesquels on avait vécu avec ma mère. Des grandes maisons. Et du ciel bleu.

Plus tard, après le déjeuner, je me suis assise à côté d'elle tandis qu'elle peignait ses cheveux fraîchement lavés. J'ai évoqué mes souvenirs d'un tremblement de terre et de l'océan. Alors qu'elle appliquait de l'huile de coco mèche après mèche pour remodeler les boucles, je lui ai raconté la fois où on était dans la maison d'une star de cinéma, et les soirées décadentes qui allaient avec. Je lui ai parlé du parc national Joshua Tree et des genévriers qui poussaient très lentement.

Je lui ai parlé jusqu'à ce que la nuit tombe. Jusqu'à ce que Denise termine sa coiffure. Jusqu'à ce qu'elle annonce, en regardant l'heure, qu'il fallait y aller.

On a sauté dans le bus et on a rejoint Neely devant un bar, dans le quartier de Lawrence. Jules, Denise et Neely, qui n'avaient pas atteint la majorité, ont reçu une grosse croix sur la main à l'entrée. J'ai ignoré le videur et j'ai passé la porte sans me poser de questions.

L'intérieur était défraîchi et sombre. Il y avait des murs entiers couverts de graffitis, et quelques canapés miteux. Pas si différent de L'Église, finalement, même s'il y avait des tables de billard et un long bar avec des bouteilles scintillantes, ainsi qu'une vraie scène avec une sono. Un groupe était en train de jouer.

Je ne le trouvais pas exceptionnel, mais Neely ne tenait pas en place.

— Argh, c'est tellement plus pro que moi, a-t-elle dit quand notre petit groupe s'est posé dans un coin. Je vais me décomposer.

— N'importe quoi, a dit Denise. Tu vas tout déchirer.

— Et je ne peux même pas boire un coup.

Elle a tapoté mélancoliquement sur la croix noire au dos de sa main.

— Sérieux, Neely, a réprimandé Jules, ce n'est pas précisément pour ça que vous vous êtes engueulées avec Tess ?

— Ben, si, a-t-elle dit. En grande quantité, ça rend les gens très cons. Mais une petite bière ? Est-ce que c'est vraiment trop demander ?

Denise a levé les yeux au ciel.

— Tu as dix-neuf ans, pas vingt et un, Neels.

— Si on était en Angleterre, je pourrais en boire une, a grommelé Neely.

Je me suis penchée et j'ai chuchoté à son oreille.

— Dis que tu dois aller aux toilettes.

Elle a écarquillé les yeux avant de s'exécuter.

Je l'ai retrouvée cinq minutes plus tard. Elle s'est retournée quand la porte s'est ouverte et refermée toute seule. J'ai posé sur le lavabo une canette de cinquante centilitres, qui est alors redevenue visible.

— Ne dis rien aux autres, ai-je dit.

Oui, ça va, j'admets que je n'étais pas irréprochable. Ce n'était pas parce que j'avais rendu les peintures et que je faisais mon maximum pour ne pas attirer d'ennuis à mes hôtes que j'étais devenue une tout autre personne pour autant. Et puis, j'avais laissé de l'argent sur le comptoir, accompagné d'un généreux pourboire. Donc, techniquement, ce n'était pas du vol.

Où avais-je eu cet argent ?

J'avais ramené tout ce que j'avais volé chez les riches. Je ne m'étais pas souvenue des sommes exactes prises dans chaque maison, alors je ne m'étais pas embêtée. Qu'on se mette d'accord, et d'ailleurs vous le savez aussi bien que moi : ce n'est pas comme s'ils en avaient besoin.

Neely a souri en ouvrant la cannette. Elle en a bu une gorgée. Quand je lui avais raconté mon braquage et mon contre-braquage, je m'étais rendu compte que c'était le deuxième qui l'avait le plus atterrée. Selon elle, personne ne devenait riche sans tirer profit d'un système profondément corrompu et injuste. À ses yeux, j'avais tout simplement redistribué de l'argent.

Malgré tout, j'avais pratiquement arrêté de voler. Il fallait être prudente, désormais. Ma vie de vagabonde était terminée. Si mes actions avaient des conséquences, plus moyen de fuir.

— Merci, a dit Neely. T'es une vraie pote.

— Toi aussi, ai-je répondu.

Une part de moi n'arrivait pas à y croire. Une pote, moi ?

Mais c'était la vérité. J'avais mon petit groupe, et j'aurais fait n'importe quoi pour lui. Peut-être que c'était dangereux. Peut-être que ça angoissait ma mère. Mais il fallait bien que je mène ma propre existence. Que je fasse mes propres erreurs.

Neely m'a tendu la bière.

— Et toi ? T'as le trac ?

Je l'ai prise mais j'ai fait semblant de boire une gorgée, pour le bien de notre amitié. Je n'aimais pas ça.

— Tellement le trac que je risque de passer à travers le plancher.

Littéralement, peut-être. J'ai reposé la bière sur le lavabo pour la rendre à Neely.

— Du coup, a-t-elle commencé, est-ce que toi et Denise, vous êtes...

Elle s'est interrompue en haussant les sourcils.

J'ai toussoté et j'ai fait un pas en arrière.

— Euh, on devrait peut-être y retourner.

J'ai entendu Neely rire derrière moi tandis que je sortais en vitesse des toilettes.

Denise et moi, on ne s'était pas embrassées. Mais il nous arrivait de nous tenir la main. Et on passait des heures à discuter. En fait, on était collées l'une à l'autre toute la journée.

Je l'avais laissée me voir encore une fois – du moins, j'étais redevenue visible.

Ce n'était pas quelque chose que je pouvais contrôler, et je ne pouvais pas non plus en maîtriser la durée, mais si on était seules, que j'étais dans le bon état d'esprit et que je touchais sa main, c'était ce qui se passait. C'était un peu effrayant, et incroyable aussi.

Pour le moment, je n'étais pas prête à me dévoiler comme ça devant les autres, mais peut-être que ça allait venir. Peut-être qu'un jour, on pourrait marcher dans la rue en se tenant par la main, et tout le monde pourrait me voir.

Je me suis faufilée jusqu'au bar pour rejoindre Denise et je lui ai mis un petit coup de coude. Elle a souri et s'est décalée sur le côté pour que nos épaules se touchent. Ce geste seul suffisait à m'intimider, mais ne me faisait plus paniquer. Pendant quelques incroyables minutes, ma conscience tout entière gravitait uniquement autour de mon épaule. La pression, légère et mouvante, la vibration de son rire quand Jules lui parlait.

Le groupe a enfin terminé son set et on s'est détachées du mur pour s'approcher de la scène. Neely a installé son clavier, les mains légèrement tremblantes.

J'étais debout dans le public et je l'ai regardée jouer sa chanson *Crâne d'œuf*. C'était brut de décoffrage, certes, et elle criait plus qu'elle ne chantait – j'imagine que c'était son style – mais si vous voulez mon avis, l'auditoire avait sans aucun doute des aiguilles sous la peau.

À la fin du morceau, il y a eu quelques applaudissements et Denise a poussé un cri d'encouragement.

— Merci. J'aimerais que tout le monde ici sache que je suis une putain de sorcière ! a crié Neely dans le micro. La prochaine chanson s'appelle *Tous mes amis sont des fantômes* : *La vie*.

— *La vie n'est pas grand-chose. Seuls les fantômes s'éclatent.*

La chanson était courte, je le savais. J'ai couru jusqu'aux toilettes pour m'enfermer à double tour dans une cabine. J'ai sorti de mon sac à dos une robe et une perruque, que j'ai enfilées en vitesse.

— Ok, ai-je entendu Neely dire quand je suis ressortie deux minutes plus tard. Merci. Vous êtes incroyables. Et moi aussi, je suis incroyable. J'ai encore préparé un numéro pour vous ce soir.

Elle a éloigné le micro et l'a poussé vers l'avant-scène. Il a grésillé.

J'ai attendu tout au fond de la salle, et je l'ai observée une seconde, paralysée.

Neely s'est mise à jouer une mélodie sur son clavier. C'était subtil et harmonieux, avant de se transformer en bruit dissonant – puis elle s'est reprise.

En me déplaçant comme dans un rêve, je me suis avancée jusqu'à la scène et je suis montée, le cœur léger comme un oiseau, si bien que j'ai cru que j'allais m'envoler, malgré les différentes couches de vêtements. Doubles paires de gants et de collants, une robe à manches longues moulante et, par-dessus elle, celle avec des morceaux de tulle superposés – une explosion de couleurs extravagantes.

Une robe que je n'avais pas volée, pour une fois.

C'était Denise qui l'avait fabriquée. Larissa nous avait emmenées au magasin de tissus. J'avais aidé à choisir les couleurs, mais c'était Denise qui avait tout cousu.

C'était une robe désordonnée, chaotique même, mais c'était sans aucun doute la plus belle que j'avais jamais portée de toute ma vie. Elle m'appartenait. Denise l'avait créée et me l'avait donnée.

J'ai levé les mains, mes gants lila à perles sont devenus roses sous les projecteurs. J'ai secoué mes cheveux, des extensions multicolores cousues sur une capuche. Une création de Denise également.

Toutes les personnes dans la salle me voyaient. Comme pendant la soirée, mais ce n'était pas Halloween. Comme à L'Église, mais il n'y avait pas de magie. Mes yeux ont scanné la foule.

Elle était là. Au premier rang, à côté de Jules. Elle souriait. Nos regards se sont croisés.

Elle me voyait. Mieux que quiconque. Et je la voyais.

J'ai ajusté le micro. J'ai ouvert la bouche, derrière le masque que Jules avait peint pour moi.

Et j'ai crié.